本书由四川大学出版基金（编号skcb201504）、四川大学"文明互鉴研究"丛书资助出版

Boris Groys'
Art and Literary Theory

鲍里斯·格罗伊斯
文艺理论研究

何燕李 ◎ 著

四川大学出版社
SICHUAN UNIVERSITY PRESS

图书在版编目（CIP）数据

鲍里斯·格罗伊斯文艺理论研究 / 何燕李著. — 成都：四川大学出版社，2022.8
ISBN 978-7-5690-5650-1

Ⅰ.①鲍… Ⅱ.①何… Ⅲ.①鲍里斯·格罗伊斯—文艺理论—研究 Ⅳ.①I0

中国版本图书馆 CIP 数据核字（2022）第 157597 号

书　　名：	鲍里斯·格罗伊斯文艺理论研究
	Baolisi Geluoyisi Wenyi Lilun Yanjiu
著　　者：	何燕李

选题策划：	于　俊
责任编辑：	于　俊
责任校对：	吴连英
装帧设计：	墨创文化
责任印制：	王　炜

出版发行：四川大学出版社有限责任公司
　　　　　地址：成都市一环路南一段 24 号（610065）
　　　　　电话：（028）85408311（发行部）、85400276（总编室）
　　　　　电子邮箱：scupress@vip.163.com
　　　　　网址：https://press.scu.edu.cn
印前制作：四川胜翔数码印务设计有限公司
印刷装订：四川五洲彩印有限责任公司

成品尺寸：170 mm×240 mm
印　　张：16.25
字　　数：301 千字

版　　次：2022 年 8 月 第 1 版
印　　次：2022 年 8 月 第 1 次印刷
定　　价：88.00 元

本社图书如有印装质量问题，请联系发行部调换

版权所有 ◆ 侵权必究

四川大学出版社
微信公众号

前　言

作为当代西方文艺理论家和社会理论家的新生代领军人物之一，鲍里斯·格罗伊斯（Boris Groys）先后受聘于众多世界知名学府和机构，如国际艺术批评家协会、哈佛大学、加州大学、纽约大学、维也纳国际文化研究中心等，其学术贡献尤其是俄国和斯拉夫研究的成果饮誉全球。1992年以来众多涉及俄国或苏联文学、艺术领域的研究都会提及格罗伊斯。为此，本书旨在从六个方面对格罗伊斯的文艺理论进行系统、深入的研究。

导论：概述本书选题的缘由和意义，介绍国内外研究状况以及本书的研究内容和研究方法。

第一章：格罗伊斯与苏联遭遇的文化身份困境。第一节探讨格罗伊斯自身遭遇的身份困境——双重无根的局外人。1947年出生于东德，1954—1981年成长于苏联，1981年又移民西德的复杂经历，使格罗伊斯清晰地认识并感知到自己既无苏联之根也无西德之根，即一方面在苏联时期"背负"了德国人的身份，另一方面在西德时期又同时"承受"了东德人和苏联人的身份。第二节阐述格罗伊斯如何从"灰色自我"的局外人视角发现苏联遭遇的文化身份困惑——美学与艺术的局外人。格罗伊斯在西德明斯特大学获得哲学博士之后留校任教，讲授莫斯科浪漫构成主义。然而，授课内容本身遭到了其学生的质疑："苏联有艺术吗？"此时，格罗伊斯切身意识到西方对他的祖国苏联的文化偏见——苏联文艺作品只是政治宣传工具，而对苏联的非官方和半官方艺术——索兹艺术，如莫斯科浪漫主义和苏联后现代主义，西德的学生则一无所知。实际上，不仅仅是非官方和半官方的苏联艺术，苏联的非官方和半官方文学——萨米兹塔特、塔米兹塔特也承受着相同的文化歧视，即使西方学界对索兹艺术、萨米兹塔特、塔米兹塔特有所耳闻，也只把它们视为美学与艺术的半成品，而非真正的艺术或文学作品，从而剥离了苏联文艺作品的美学和艺术价值、审美权利及文化身份。

第二章："西方—东方"与"欧洲—亚洲"文化夹缝中的沙俄与苏联。第

一节探讨格罗伊斯从社会形态和地理学层面,分析了"欧洲"和"西方"之所以对沙俄和苏联具有浓厚的文化偏见的历史根源,即"欧洲"通过绑定人道主义与文化评价标准,他者化非欧洲文化的传统,从而把沙俄和苏联安置在"灰色地带",并承受着"东方"与"亚洲"他者的身份。第二节基于格罗伊斯指出的沙俄知识分子针对"西方"和"欧洲"的文化偏见,早已开启的逆写文化情结,具体化为沙俄时期知识分子穿越文化边界,抵达"西方"与"欧洲"文化彼岸的梦想,并结合卡罗尔·阿文斯的《穿越边界:苏联文学中的西方与俄国身份 1917—1934》,探讨 1917—1934 年苏联文学中的西方与俄国身份,梳理十月革命的胜利首度给苏联知识分子带来表征自我的文化自信的原因。

第三章:格罗伊斯的社会主义现实主义框架。第一节重点探讨格罗伊斯如何缝合社会主义现实主义与俄国先锋派之间的文化裂隙。结合沙俄和苏联所遭遇的文化歧视,格罗伊斯发现当时苏联文艺作品遭受西方歧视的重要原因就在于官方的创作方法——社会主义现实主义,而歧视的内核就是这种官方主义下的苏联文艺作品都被视为政治宣传工具。为了回击这种歧视,格罗伊斯回溯到苏联及其社会主义现实主义的发端,发现东方与西方文化分野前的历史原点——先锋派运动,因为俄国先锋派运动从发生之初就在西方得到了前所未有的肯定。在发现俄国先锋派的特殊性之后,格罗伊斯挖掘出社会主义现实主义与先锋派的血亲关系。第二节论述格罗伊斯如何重建社会主义现实主义与苏联后现代主义的血亲关系。基于对先锋派与社会主义现实主义血亲关系的发现,格罗伊斯开始重新审视苏联后现代艺术,即非官方和半官方艺术与斯大林时期高度社会主义现实主义的关联,进而挖掘出两者的血亲关系。为此,基于三个文化过渡阶段的关联性,格罗伊斯建立了社会主义现实主义框架,即把俄国先锋派时期、社会主义现实主义时期、苏联后现代主义时期看成一个相互衔接的完整文化脉络。三个阶段衔接的特点是先锋派开启了一个美学极致化的项目,这个项目在斯大林社会主义现实主义时期以政治极致化的形式得以完成,而在后斯大林时期苏联后现代艺术又以美学极致的形式,把苏联文艺作品拉回先锋派时期美学极致化的一端。

第四章:阐明苏联社会主义现实主义的艺术性:艺术之力的平等审美权利和文化逻辑。格氏社会主义现实主义框架很快遭到了批评和质疑,批评重点指出社会主义现实主义框架的裂隙,尤其怀疑俄国先锋派"艺术"与社会主义现实主义"政治"之间的关联性,以及苏联后现代主义的艺术性,对此,这一章重点论述格罗伊斯如何从三个方面回应了诸多质疑。第一节,格罗伊斯指出艺术之力是两种力之和——艺术的"政治性之力"与"自治性之力",正是这两种力共同平衡了艺术之所以为艺术的艺术天平,因此政治性艺术与自治性艺术应该拥有平等的审美权利,从而以艺术之力天平的文化逻辑为苏联的政治性艺术申诉了平等的审美权利。第二节,格罗伊斯转向媒介研究,去论证文化媒介本身的双重特性,即媒介的政治性和媒介空间对亚文化的遮蔽性,进而一方面说明苏联文化是如何被"西方"媒介有意遮蔽的,另一方面则指出实际上"西方"文化也是政治性的,因为文化媒介自身就是政治性的。第三节,格罗伊斯从哲学层面重新阐释"共产主义"和"资本主义"的差异。其中"资本主义"的缺陷主要表现为语言是无力的,也就导致了人始终是无声的,因为人们不能言说自我的命运。而共产主义革命则促使社会从以金钱为媒介转向了以语言为媒介,所以"共产主义"应该被理解为一个自由人的联合体,目的是使政治能够拥有相应的自由和主权,进而使人获得争论、抗议以及撼动宿命的可能性。在两种主义差异的基础上,格罗伊斯驳斥了"西方"在冷战期间对苏联的文化偏见以及对冷战胜败的刻板定论,即驳斥了苏联解体意味着苏联在冷战中的失败,而冷战的失败又意味着"共产主义"的失败这样的错误观点。

第五章:博物馆——视觉化艺术之力的天平及"政治"与"美学"绑定关系的文化媒介。尽管格罗伊斯从艺术之力、文化媒体和重新阐释"共产主义"三个层面,针对有关他的社会主义现实主义框架的批评进行了回应,但是这些回应再度受到了质疑。一方面,格罗伊斯的理论努力和策展实践被界定为不过是在探讨陈腐的话题,而且其总体主义倾向本身是对斯大林时期的怀旧;另一方面,格氏阐释的艺术之力被认为是不可信的,因为所谓的艺术之力及其天平是不可见的,所以相应的平等审美权利及文化逻辑也就是可疑的。同时,艺术的"政治性之力"与"自治性之力"也被认为是不可见的,以及"艺术"与"政治"之间的界限被认为是鲜明的甚至是不可调和的,进而再次说明格氏社会主义现实主义框架是不可信的。为此,格罗伊斯从两个方面进行了回应:一方面他积极投入当时西方鲜活的艺术问题和艺术实践的论争,突出体现在博物馆存亡论的争辩浪潮之中;另一方面,格罗伊斯以博物馆及其是否会终结作为切入点对"新"与"旧"本身进行了重新定义。格罗伊斯选择博物馆的重要原因在于博物馆自身具有的视觉化文化特性,即不仅可以视觉化地呈现艺术之力以及"艺术"与"政治"之间的绑定关系,还可以了解视觉化亚文化(如苏联文艺作品)如何通过策展和装置展示自我的在场性,进而不仅可以视觉化地回应针对社会主义现实主义框架裂隙的质疑,还可以回应格氏理论只不过是在探讨陈腐的话题以及对往昔苏联总体艺术的怀旧这种观点。

第六章：从"灰色自我"到"黑白方块"：格氏文艺理论的双面性。第一节论述格罗伊斯文艺理论的贡献，集中表现为赋予苏联文艺史以新的面孔，同时不仅使得"东方—西方""亚洲—欧洲"重新对视，还促使"政治—美学""社会主义—资本主义"重新对话。第二节论述了格罗伊斯文艺理论的局限性，重点表现为格氏理论走向了非"黑"即"白"的极端论，具体化为摇摆于"美学"与"政治"极致的两端，而这种极端论并未解开美学化政治与政治化美学之链。此外，格罗伊斯的文艺理论比较零散琐碎，覆盖了艺术评论、博物馆理论、媒介理论、策展理论、哲学等，从而使人较难把握其理论核心，同时格氏文艺理论的核心本身是艺术理论，而不是文学理论。然而，格罗伊斯的核心论点——艺术之力的平等审美权利和文化逻辑，不仅对众多被宰制的、被定义为"政治性"的艺术理论申诉文化身份和美学权利有效，对文学理论也具有同理的效用。就此，本书通过对比格罗伊斯的理论策略与美籍非裔理论家小路易斯·盖茨的非裔文学理论策略，说明格氏策略较盖氏策略更具有解构性和建构性。因为格罗伊斯的策略超越了传统后殖民框架，从而对其他政治性诉求强的理论提供了有效的范式。例如，对社会主义形态的国家、地区申诉群体国家文化身份，对深受主流语境宰制的边缘群体申诉群体文化身份，以及对流散族裔、"二等公民"等申请个体文化身份等，提供了一种新的思考可能性。

结语：回归"文学"与"艺术"的 DNA。格罗伊斯文艺理论最大的特点是重"艺术"而轻"文学"，重"面"而轻"点"，两者的结合就是格氏文艺理论忽视了苏联文艺作品本身，尤其是苏联文学作品。同时，在《论新》一书的英文版于 2014 年出版时，格罗伊斯的理论重心实际上已经开始发生转向，即开始重点关注互联网媒介对艺术的影响，并投身各种策展实践之中。然而，随着苏联文学艺术文献的不断出现，苏联研究还任重而道远，而未来的研究应该是回归到"点"本身，即去探究苏联文艺作品之所以成为"文学"与"艺术"的 DNA。

目 录

导 论 …………………………………………………………………（ 1 ）
 第一节　本书选题的缘由及意义 ……………………………………（ 1 ）
 第二节　国内外研究概况 ……………………………………………（ 6 ）
 第三节　研究内容和研究方法 ………………………………………（ 11 ）

第一章　格罗伊斯与苏联遭遇的文化身份困境 ……………………（ 16 ）
 第一节　格罗伊斯遭遇的身份困境——双重无根的局外人 ………（ 16 ）
 第二节　苏联遭遇的文化身份困境——美学与艺术的局外人 ……（ 32 ）

第二章　"东方—西方"与"欧洲—亚洲"文化夹缝中的沙俄与苏联
   ………………………………………………………………（ 49 ）
 第一节　强贴的文化标签："东方""亚洲"与"社会主义" ……（ 49 ）
 第二节　逆写的文化情结："西方""欧洲"与"资本主义" ……（ 70 ）

第三章　格罗伊斯的社会主义现实主义框架 ………………………（ 81 ）
 第一节　社会主义现实主义与俄国先锋派的血亲关系 ……………（ 81 ）
 第二节　社会主义现实主义与苏联后现代主义的血亲关系 ………（ 91 ）

第四章　阐明苏联社会主义现实主义的艺术性：艺术之力的文化逻辑
   ………………………………………………………………（107）
 第一节　艺术之力与平等审美权利的文化逻辑 ……………………（107）
 第二节　冷、热媒介中的亚文化空间与平等的审美权利 …………（114）

i

　　第三节　重新阐释"共产主义"与"资本主义"的差异 …………（125）

第五章　博物馆——视觉化艺术之力天平及"政治"与"美学"绑定关系的文化媒介 ……………………………………（133）
　　第一节　博物馆作为可视的国家文化身份载体 ………………（134）
　　第二节　博物馆作为可见的艺术之力天平 ……………………（182）

第六章　从"灰色自我"到"黑白方块"：格氏文艺理论的双面性 …（206）
　　第一节　苏联文艺理论的新面孔 ………………………………（206）
　　第二节　未解开的"美学"与"政治"之链 …………………（222）

结语　回归"文学"与"艺术"的DNA ……………………………（240）

参考文献 ………………………………………………………………（244）

导 论

第一节 本书选题的缘由及意义

自 1934 年社会主义现实主义成为苏联的官方文艺创作及批评方法之后，欧美学术界针对苏联文艺作品的研究主要可以分为四个阶段。

第一，萌芽阶段：1935 年至 1953 年。这一阶段主要倾向于对苏俄文学的研究，代表作品主要分为三种类型。（1）简短介绍苏俄作家、作品和社会主义现实主义，典型代表作品有格列布·斯特鲁韦（Gleb Struve）的《苏俄文学》（*Soviet Russian Literature*，1935），《25 年苏俄文学：1918—1943》（*25 Years of Soviet Russian Literature: 1918 - 1943*，1944）和《苏俄文学：1917—1950》（*Soviet Russian Literature: 1917 - 1950*，1951），以及埃梅斯特·J. 西蒙斯（Ernest J. Simmons）的《透视苏联文学》（*Through the Glass of Soviet Literature*，1953）。这些作品具有两个共同特点：其一，虽然有针对苏联文学和苏俄文学的较为客观的描述，但是整体而言是欧美文化优越性立场；其二，对 1934 年成为官方苏联文艺作品创作方法的社会主义现实主义均有介绍，给出的结论大致是东方化的、亚洲性的、异类的、政治性的等。（2）大量翻译、整理 1917 年以来的苏俄文学，立场为西方共产党员立场，代表作品是约书亚·库尼茨（Joshua Kunitz）的《十月革命以来的俄国文学》（*Russian Literature since the Revolution*，1948）。作品的特点是：一方面站在共产党员的立场为苏联文学辩护，指出苏联文学的新特点是"艺术与科学的等同性"，以及苏联文学真实地再现了苏联的生活；另一方面翻译了近 900 页的苏联文献，包括 1917—1948 年之间的文学作品节选、官方文学政策、领导重要讲话等。（3）介绍苏联文学理论与实践，代表作品是哈里特·宝兰（Harriet Borland）的《第一个五年计划时期的苏联文学理论与实践：1928—1932》（*Soviet*

Literary Theory and Practice during the First-Five-Year Plan, 1928 – 32，1950）。该书是第一本集中讨论苏联文学理论的书籍，重点介绍了苏联第一个五年计划期间的各种文学政策和领导的重要讲话，以及这些讲话如何为1934年社会主义现实主义的出现奠定了政治基础。在此基础上给出的结论是：苏联文学只能是政治的，而不可能是艺术的，究其根源主要在于政治与艺术本身只能效忠一个"主子"，而苏联的集权统治使得文学只可能成为政治。

第二，发展阶段：1954年至1964年。这一时期由于斯大林的离世及赫鲁晓夫的解冻政策，促使苏联研究取得了一定程度的发展，具体表现为四个方面。(1) 欧美视野下的苏联文学研究，开始落实到针对具体的作家、文学作品和文学形象的研究，代表作品是鲁夫斯·W.小马修森（Rufus W. Mathewson, Jr.）的《俄国文学中的正面英雄》（*The Positive Hero in Russian Literature*，1958），爱德华·J.布朗（Edward J. Brown）的《十月革命以来的俄国文学》（*Russian Literature Since the Revolution*，1963）和马克·斯洛宁（Marc Slonim）的《苏俄文学：作家与问题》（*Soviet Russian Literature: Writers and Problems*，1964）。其中，小马修森针对俄国文学中具体作品形象的研究以及把苏联时期的正面英雄形象追溯到19世纪俄国现实主义文学传统的关联性探讨，对随后的苏联文学产生了不可忽视的影响。尽管如此，小马修森的结论依旧是典型的欧美优越性立场，即认为在苏联政体下苏联文学中的正面英雄是不可能成功的。对此，布朗和斯洛宁也得出了相似的结论，即苏联文学是政治性的，离开了政治性的探讨是不可能的。此外，布朗和斯洛宁还针对社会主义现实主义进行了探讨。布朗指出社会主义现实主义的出现是"突如其来的"，而且"没人知道是来自谁"，但是"肯定与斯大林有关"。斯洛宁的言辞则更为犀利，指出如果苏联政府直接说好的文学就是为共产主义服务的，而不好的就是没有专注或者半专注于共产主义的，那么就不会给西方学者造成如此令人困惑的理解难度。(2) 苏联学者的社会主义现实主义和苏联文学理论研究，代表作品是艾伯拉姆·特尔茨（Abram Tertz）[①]的《社会主义现实主义研究》（*On Socialist Realism*，1960）和盖尔曼·叶尔莫拉耶夫（Herman Ermolaev）的《1917—1934年的苏联文学理论：社会主义现实主义的起源》（*Soviet Literary*

[①] 安德烈·西尼亚夫斯基（Andrei Sinyavsky）的笔名。《社会主义现实主义研究》是第一本苏联学者针对社会主义现实主义进行探讨的专著，最先于1959年在法国以俄语出版，1960年其英文版得以面世。然而，在1959年和1960年两个版本出版之后，西方学者并不知道特尔茨是笔名。直到1965年，西尼亚夫斯基因为在西方发表不利于苏联的作品而在苏联被捕，并接受了公开审判之后，西方学界才得以知晓特尔茨是西尼亚夫斯基的笔名。

Theory 1917 – 1934: The Genesis of Socialist Realism，1963）。两部作品从苏联视角对社会主义现实主义的起源和诞生过程进行了详细的描述，不仅首度向西方学界提供了重要的文献学资料，还针对社会主义现实主义时期与其他历史时期的关联性提供了新的视角，具体表现为特尔茨认为社会主义现实主义继承了18世纪而不是19世纪的俄国传统，而叶尔莫拉耶夫则指出1917—1934年的苏联文学发展是前后延续，而不是相互分离的。（3）专注于苏联解冻时期文学的研究，代表作品是乔治·吉比安（George Gibian）的《自由间隔：1954—1957年解冻时期的苏联文学》（*Interval of Freedom: Soviet Literature During the Thaw, 1954 – 1957*，1960）。吉比安的研究与库尼茨1948年研究的共同点在于，两者都在为苏联文学进行辩护，而差异性在于吉比安的申诉不仅更深入、更全面，而且也更明确、更具力度，他在结语中对比了西方与苏联在生活方式、社会价值观念、个人理想等方面的差异，并指出了苏联具有的优势，如集体意识、对物质主义的摈弃、伟大梦想等，进而提议西方要向苏联学习相关的优势。（4）出版诸多苏联研究会议论文集，典型代表作品是帕特里夏·布莱克（Patricia Blake）和麦克斯·海沃德（Max Hayward）的《苏联文学的不同声音》（*Dissonant Voices in Soviet Literature*，1962）、海沃德和利奥波德·拉贝兹（Leopold Labedz）的《苏俄文学与革命：1917—1962》（*Literature and Revolution in Soviet Russia 1917 – 1962*，1963），以及海沃德和爱德华·L. 克罗雷（Edward L. Crowley）的《20世纪60年代的苏联文学：国际研讨会》（*Soviet Literature in the Sixties: An International Symposium*，1964）。这些论文集的共同点是从不同视角探讨了后斯大林时期苏联文学的各种新问题，如随着斯大林时期的众多文学作品得以公开发表，如何重新有效地定义苏联文学，以及苏联内部不同加盟共和国的文学随着解冻政策的实施有哪些新的发展，从而开始首度向西方学界展示苏联文学的多面性。

第三，成熟阶段：1965年至1991年。这一阶段西方和苏联学者开始进行深入的交流，总体上趋向于苏联研究的成熟时期，具体可以表现为五个方面。（1）关注苏联非官方文学萨米兹塔特（samizdat）和塔米兹塔特（tamizdat）[①]，并介绍因为发表这些非官方文学而遭受牢狱之灾的苏联作家。主要代表作品是

[①] 萨米兹塔特和塔米兹塔特的共同意义是苏联非官方文学，与苏联官方文学戈西兹塔特相对，即未通过苏联官方文化审查机制审查的文学。其中，萨米兹塔特的字面意义为"自我发表"，如海沃德就英译为"self-publishing"，而斯洛宁则英译为"self-publication"；塔米兹塔特的字面意义为"在那里发表"，西方学者英译为"publishing there"。

海沃德的《审判：苏联政府与"亚当·特尔茨"和"尼古拉·阿尔扎克"之间的对抗》（*On Trail: The Soviet State versus "Abram Tertz" and "Nikolai Arzhak"*①，1966），斯洛宁的《苏俄文学、作家和问题：1917—1977》（*Soviet Russian Literature: Writers and Problems，1917 - 1977，1977*）使用专章对萨米兹塔特和相关作家的审判进行讨论，戴明·布朗（Deming Brown）的《斯大林以来的苏俄文学》（*Soviet Russian Literature since Stalin*，1978）也具有极为相似的研究内容和模式。（2）不停地再版解冻时期欧美学界针对苏联文学的研究，如布朗的《十月革命以来的俄国文学》分别于1969年和1982年再版，斯特鲁韦1951年版的《苏俄文学：1917—1950》在1971年再版为《列宁和斯大林统治时期的苏联文学：1917—1953》，斯洛宁的《苏俄文学、作家和问题：1917—1977》先后于1967年和1977年再版，海沃德的《苏联文学的不同声音》于1975年再版，小马修森的《俄国文学中的正面英雄》于1978年再版。这些再版与原版的差异在于，再版加入了新发现的"旧材料"和"旧作家"。然而，前后版本针对苏联文学的总体结论并未发生本质的变化。（3）苏联学者和西方学者针对苏联社会主义现实主义发表了系统而深入的新观点，代表作就是A. 奥夫恰连科（A. Ovcharenko）的《社会主义现实主义与现代文学进程》（*Socialist Realism and the Modern Literary Process*，1968）和C. V. 詹姆斯（C. V. James）的《苏联社会主义现实主义：起源与理论》（*Soviet Socialist Realism: Origins and Theory*，1973）。前者把苏联社会主义现实主义放置在世界文学总体发展的进程中进行讨论，如把社会主义现实主义与西方的现代主义、浪漫主义、现实主义进行对比；后者则集中探讨苏联社会主义现实主义的起源，并把源头追溯到列宁，而不是斯大林。此外，詹姆斯还把社会主义现实主义视为一种世界现象，而不是苏联独有的文学政治，并简要梳理了社会主义现实主义从19世纪90年代到苏联社会主义现实主义的发展演变及相关原因。（4）超越传统苏联社会主义现实主义的研究，具体包括三个向度：其一，开始关注苏联非官方文学和苏联移民他国的作家及其作品，代表作品是杰弗蕾·霍斯金（Geoffery Hosking）的《超越社会主义现实主义：伊凡·杰尼索维奇以来的苏联小说》（*Beyond Socialist Realism: Soviet Fiction Since Ivan Denisovich*，1980），海沃德的《俄国作家：1917—1978》（*Writers in Russia: 1917 - 1978*，1983），大卫·洛威（David Lowe）的《1953年以来的俄国文学：一项批评研

---

① 尼古拉·阿尔扎克（Nikolai Arzhak）是尤里·丹尼尔（Yuli Daniel）的笔名，丹尼尔与西尼亚夫斯基同时期在西方发表文学作品。

究》(*Russian Writings Since 1953: A Critical Study*, 1987）。其二，开启了苏联社会主义现实主义的美学研究，代表作品是卡特琳娜·克拉克（Katerina Clark）的《苏联小说：作为仪式的历史》(*The Soviet Novel: History as Ritual*, 1981）和丽金·罗宾（Régine Robin）的《社会主义现实主义：一种不可能的美学》(*Le Réalisme socialiste: Une esthétique impossible*, 1986）。两者的共同点在于：一方面都受到了小马修森的"正面英雄"研究的影响，以及特尔茨分析的苏联社会主义现实主义与18、19世纪俄国传统的关系的影响；另一方面两者都通过深入研究苏联文学作品本身以及不同时期文学作品和文学形象之间的关联，开启了有关苏联文学的美学研究。其三，极大地拓展了苏联社会主义现实主义的美学研究向度，建构了社会主义现实主义框架，代表作品就是格罗伊斯的《斯大林主义的总体艺术》(*Gesamtkunstwerk Stalin*, 1988，简称《总体艺术》）。格罗伊斯通过衔接社会主义现实主义与俄国先锋派和苏联后现代主义，一方面把1917—1988年的苏联文艺史重新建构为一个完整的社会主义现实主义框架，另一方面对社会主义现实主义进行了极致的美学化解读，从而也开启了苏联文艺研究的崭新篇章。

第四，重新审视与多元发展阶段：1992年至今。这一时期主要有两个研究特点：一方面格罗伊斯的理论受到了极大的关注，尤其是其社会主义现实主义框架；另一方面开启了多向度的研究，即开始走出对苏联文学的专注，把研究范围涵盖到美学、艺术、媒介、社会学等，甚至超越了苏联社会主义现实主义本身，开启了对其他国家的社会主义现实主义的探讨。格罗伊斯德语版的《总体艺术》和罗宾的《社会主义现实主义：一种不可能的美学》先后被翻译为英文，成为这一时期的代表作品。同时，涌现出诸多新的研究，如叶尔莫拉耶夫的《苏联文学审查：1917—1991》(*Censorship in Soviet Literature 1917 - 1991*, 1997）、托马斯·拉胡森（Thomas Lahusen）与叶夫根尼·多布连科（Evgeny Dobrenko）的《无边的社会主义现实主义》(*Socialist Realism without Shores*, 1997）、艾莉娜·古特金（Irina Gutkin）的《社会主义现实主义美学的文化根源：1890—1934》(*The Cultural Origins of the Socialist Realist Aesthetic: 1890 - 1934*, 1999）、彼得·M.比得洛夫（Peter M. Petrov）的《无意识的大众：作家的死亡与社会主义的诞生》(*Automatic for the Masses: The Death of the Author and the Birth of Socialist Realism*, 2015）、多布连科和加林·提汉诺夫（Galin Tihanov）的《俄国文学理论与批评史：苏联及其后时代》(*A History of Russian Literary Theory and Criticism: The Soviet Age and Beyond*, 2017）、多布连科和娜塔莉亚·琼森-斯科拉多尔（Natalia Jonsson-Skradol）的《中欧和东欧文学中的社会主义现实主义》(Socialist Realism in Central and Eastern European Literature, 2018) 等。

综上可知，格罗伊斯的社会主义现实主义框架是苏联研究走向成熟的标志，不仅为重新书写苏联文艺史提供了有效的范式，还促使西方学界对社会主义现实主义进行重新审视。究其根源，主要在于格罗伊斯突破了受制于传统意识形态的研究定式，回溯到历史上俄国先锋派得以发生和演变的历史现场，重新组织东西方未分裂之前的文化实践系谱，从而为重述苏联的文学和艺术打开了一个具有巨大潜力的阐释空间。不仅如此，格罗伊斯还迎接新媒体技术带来的挑战，并从文化政治视角将新媒体技术的积极意义与后现代思想资源整合起来，从而为当代文艺理论界提出了一系列独树一帜的理论观点。由于我国20世纪有相当长的时间受到苏联文学艺术的强烈影响，因此格罗伊斯对苏联文艺作品的相关论述特别是对社会主义现实主义的论述，就毋庸置疑具有学理上的借鉴价值，这也就是本书之所以将格罗伊斯作为研究对象的重要原因。

第二节　国内外研究概况

一、国外研究概况

国外的格罗伊斯研究主要分为三个阶段：第一阶段集中于格罗伊斯的首部专著《总体艺术》，1989—1998年共有23篇书评和1本译著。第一篇评论是德裔美国学者W. R. 希切贝格（W. R. Hischeberg）1989年的书评，指出格氏的最大特点是以文化史家的身份重新定义了斯大林时期的社会主义现实主义，并肯定了这种定义。1992年，美国苏联研究界的权威翻译专家查尔斯·鲁格尔（Charles Rougle）英译了格氏专著，命名为 The Total Art of Stalinism: Avant-Garde, Aesthetic Dictatorship, and Beyond （《斯大林主义的总体艺术：前卫艺术、审美独裁及其他》），由普林斯顿大学出版社出版，1992—2011年共重印了9次，使格罗伊斯获得了世界范围的关注。随后的22篇文章都围绕此译本展开，其中最具代表性的研究者为罗切斯特大学艺术学教授安拉·埃菲莫娃（Alla Efimova）1992年的书评，她高度赞誉此书不仅是一本书，还是知识分子的划时代事件，因为已经有几十年未曾出现过超出艺术史学范围去探讨艺术史的书，而格氏之书却大步跨入文化理论、政治科学和哲学史领域，全面挑战了学界熟悉的有关20世纪的艺术和政治史研究，因此即使不赞同格氏的陈述，也无法否认此书的成就。此后的21篇文章对此书评进行了三个方面的推进：其一，批评格氏理论过于纯美学，指出格罗伊斯忽视了先锋派与斯大林社会主义现实主义艺术存在的重要历史缺口，且在论述社会主义现实主义时忽略了很多当时被斯大林时期经典化的重要作家，典型代表是俄裔美国学者维亚切斯拉夫·伊万诺夫（Vyacheslav Ivanov）；其二，批评格罗伊斯论述的整体框架存在明显裂隙，包括先锋派与社会主义现实主义之间的裂隙和社会主义现实主义与苏联后现代主义之间的裂隙，同时也指出格氏论述社会主义现实主义的新颖观点，即社会主义现实主义并不是大众趣味的，而是延续了先锋派的精英趣味，典型代表是英国学者卡特琳娜·梅里代尔（Catherine Merridale）；其三，以格罗伊斯及其作品是否被提及、如何被提及作为评判标准，去评介苏联社会主义现实主义、文艺研究、建筑研究、俄国先锋派研究，以及东欧文艺研究、中国后革命文学研究、黑人社会主义现实主义研究等，典型代表是美国学者约瑟芬·沃尔（Josephine Woll）。由此可见，第一阶段的格氏研究尽管论文的数量多、语种丰富，包括英、德、俄、法等语言，且论文刊物覆盖了美国、德国、加拿大、新西兰的斯拉夫研究、东欧研究、艺术研究和文学研究领域，但成果形式单一，局限于书评和翻译。

第二阶段集中于格罗伊斯的策展实践研究，1999—2009年共有2本译著和约13篇书评讨论格罗伊斯在全球举行的各种策展活动和编辑出版的策展主题文集。在这些活动中，最具代表性的是4场大型策展——"共产主义梦工厂"（2003）、"后共产主义状况"（2004）、"私有化"（2004）、"总体启蒙：1960—1990年的莫斯科概念艺术"（2008），而代表性活动文集有4本——《共产主义梦工厂：斯大林时期的视觉艺术》（2003）、《零点：测绘俄国先锋派》（2005）、《新人类：俄国20世纪早期的生命政治乌托邦思想》（2005）、《伊利亚·卡博科夫》（2006）。此外，格罗伊斯还依据"后共产主义状况"策展撰写了论著《共产主义后记》（2006）。这一阶段的格氏研究就围绕上述策展活动文本展开，成果形式延续为翻译和书评。译著有菲奥拉·艾略特（Fiona Elliott）2006年英译的《伊利亚·卡博科夫》和托马斯·H. 福特（Thomas H. Ford）2009年英译的《共产主义后记》；书评则涵盖了5个活动文本，代表作可表现为三方面：其一，亚历山大·普罗霍罗夫（Alexander Prokhorov）2005年和克里斯汀·洛德（Christina Lodder）2007年探讨了《共产主义梦工厂：斯大林时期的视觉艺术》与格林伯格《先锋与媚俗》（1939）的对话，指出格罗伊斯认为社会主义现实主义的总体特征是通过避免让大众文化被商业主义玷污，而保留了一种先锋派模式的乌托邦文化生产，因为大众文化被格林伯格定位为资本主义现代性的主要特征；其二，布莱基特·门泽尔（Birgit Menzel）2007年和斯文·史派克（Sven Spieker）2007年探讨了《零点：测绘俄国先锋派》和《新人类：俄国20世纪早期的生命政治乌托邦思想》的共同点，即展示了苏联对科技的重视是源于征服自然界限（时空和生死），以达到身体不朽和生命拯救的生物宇宙主义；其三，彼得·彼德诺夫（Petre Petrov）2009年质疑了《共产主义后记》重新界定"共产主义"概念的有效性。由此可见，第二阶段格氏研究的成果形式较第一阶段在译著数量上有所增加，但论文数量则有所减少，且仍局限于书评。

第三阶段更全面地对格氏策展实践、艺术理论和媒介理论进行研究，2009年至今国外学者集中围绕格氏的诸多策展活动和4本专著展开：《论新》（On the New，1992）、《揣测与媒介》（Under Suspicion: A Phenomenology of Media，2000）、《艺术之力》（Art Power，2008）和《反哲学简介》（Introduction to Antiphilosophy，2012），成果形式不仅是书评和译著，还增加了一种形式——访谈录。其一，译著的特点具有先后推动关系。2012年大卫·菲恩巴赫（David Fernbach）英译了《反哲学简介》，而卡斯腾·斯特拉特豪斯（Carsten Strathause）英译了《揣测与媒介》，后者在22页的前言中梳理了格罗伊斯的生平和学理路线，重点指出《揣测与媒介》与《论新》在讨论"主体性"方面的承继关系；随后G. M. 戈什加里安（G. M. Goshgarian）在2014年英译了《论新》。其二，书评的特点是首次打破了割裂理论与实践的陈旧模式。娜塔莎·库尔恰洛夫（Natasha Kurchanove）2009年的《艺术总体主义》指出《艺术之力》与《环形思考》（Thinking in Loop，策展集，2009）的共同点为艺术的总体主义，这种总体倾向的特点是主题宏大繁复，而论据匮乏。其三，访谈录的特点是文集众多，并成为近年格氏研究的主流趋势，形式包括围绕格氏策展和讲座进行的采访。2009年至今共有十余本书直接或间接地收集了格氏访谈，代表作有安德鲁·韦库阿（Andro Wekua）的《等待》（2009）、彼得·韦伯（Peter Weibel）的《媒介宗教》（2009）和鲁道夫·弗里林（Rudolf Frieling）的《参与性艺术》（2010）等。由此可见，国外针对格罗伊斯的研究的总体发展趋势是从孤立地翻译评介格氏文艺理论著作或策展实践文集，迈向综合格氏理论和实践文献去探讨格罗伊斯的艺术观念。

二、国内研究概况

国内的格罗伊斯研究主要分为译介和介绍两部分。截至目前，译介共有15篇论文和3本专著。15篇论文中有13篇为网络文章，第一篇《鲍里斯·格罗伊斯访谈录》2010年9月16日载于艺术经理人张鸿宾的网易博客，这是首次把格罗伊斯引入中国艺术界；随后有10篇文章由《艺术论坛》（Artforum）的中文编辑杜可柯翻译，并载于其新浪博客"琴嘎仓库"，2011—2012年先后刊载《多重作者》等10篇译文，把格氏艺术理论带入中国策展界和学术界。最近的网文是陈旷地2015年4月15日载于《中国当代艺术社区》的《论"新"》和王婧思2017年2月26日载于《文艺中国》的《趋向革命：论卡济米尔·马列维奇》（原始来源是"空白艺论"博客）。目前只有2篇正式发表的译文，即陈荣钢的《艺术，技术与人文主义》（《上海艺术评论》2018年第2期）和费婷的《艺术工作者》（《东方艺术》2013年第9期）。3本专著分别为2012年苏伟、李同良等翻译的《走向公众》（2010），2014年张芸、刘振英翻译的《揣测》，以及2018年潘律翻译的《论新》。

介绍始于2011年，共有12篇文章，包含四个方面内容。

第一，1篇硕士论文，即王令的《走向档案——格罗伊斯与格林伯格媒介观念的比较》（2017）。文章从三个方面对比了格罗伊斯与格林伯格的媒介观差异：媒介是物理媒介还是礼物媒介，媒介的开放性与封闭性，媒介的真诚性问题。进而得出结论：格罗伊斯的媒介理论认为现代主义艺术与当代艺术之间存在逻辑上的联系，而格林伯格则认为它们是断裂的，没有逻辑上的联系。

第二，7篇格罗伊斯的艺术观研究，具体可细分为两个层面：其一，在理论层面探讨格氏文艺观，尤其是博物馆理论的总体特点——空间性，代表作品是陶锋的《西方文化关键词　复制》（2018）、李军的《收藏的逻辑与创新的空间——格罗伊斯眼中的艺术博物馆》（2011）和《现代艺术史体制之完成》（2011）及唐宏峰的《艺术及其复制：从本雅明到格罗伊斯》（2015）。李军指出格罗伊斯从空间层面拯救了陷于终结论漩涡中的博物馆，因为艺术的创新并不在时间而在空间中；陶峰和唐宏峰则指出格罗伊斯从空间层面赋予复制品以"光晕"（aura），因为一旦空间被重新赋予复制品，"光晕"就可再次发生。其二，在实践层面借用格氏有关艺术与市场关系的探讨，组织了策展"不进入市场的艺术生产及其流通"（蔡茜影，2011），从而衍生了策展后续文章：卢迎华的《就去做！》（2011）和陆兴华的《艺术家：在美术馆做方案的民工——评鲍里斯·格罗伊斯的〈照杜尚来看马克思〉》（2012），而2012年格罗伊斯参加上海双年展后则衍生了杜可柯和李梅的访谈。

第三，2篇格罗伊斯的媒介观书评和1篇艺术观书评，即吴佳玲的《亚媒介空间、揣测经济与"媒介即讯息"——评〈揣测与媒介：媒介现象学〉》（2016）和杨磊简短的《评格罗伊斯的〈揣测与媒介〉》（2015），指出格罗伊斯的特点是把那些经常被忽略的"符号承载体",包括书、画布、银屏等拉回人们的视线,以及李小川的《当代艺术中的大众艺术生产与艺术参与再定义——鲍里斯·格洛伊斯〈走向公众〉书评》(2020),探讨了格罗伊斯的"大众艺术生产"对 20 世纪前卫艺术、当代设计、公众参与艺术行为等的影响。

第四,1 篇格罗伊斯的马克思主义研究,即董金平的《总体矛盾与社会的语言学化——鲍里斯·格罗伊斯的共产主义理念》(2016),探讨了格罗伊斯如何站在辩证唯物主义的基础上,用语言的中介取代了经济的中介,实现社会的语言学化,进而思考一种非乌托邦式的共产主义。此外,一些学者在谈及某些关键词的时候提及格罗伊斯,如陶锋《西方文论关键词 复制》(2018);同时,还有一些学者开始引用格罗伊斯的艺术理论观点去研究其他西方学者,如诸葛沂《雅克·朗西埃哲学中的语图关系思辨》(2019)。由此可见,国内的研究集中于格罗伊斯的艺术观、媒介观,特点是零散化,且实践层面多,理论层面少。

纵观国内外的格氏研究,可发现国外的研究虽然论文众多,但都局限于书评,而国内的研究也未真正进入格氏理论,非常零星且与国外有很大的差距。究其根源,主要在于国内外研究都孤立地理解格氏理论,共同表现为双重孤立:其一,孤立格氏的艺术理论和策展实践;其二,孤立格氏的文学观和艺术观。为此,本书一方面打破双重孤立模式,紧密结合格氏艺术理论、文学观念和策展实践,因为格氏理论和策展所选择研读和展出的文本具有共同的特点,即作品本身兼顾了苏联文学和艺术,或者知识分子本身同时是作家和艺术家,另一方面则在国内外已有研究的基础上深入探讨格氏的文艺观。首先厘清格氏文艺理论之所以独特的根源,即格氏文艺理论为何既能冲出苏联六十余载的社会主义现实主义批评丛林而鹤立鸡群,又能戳穿冷战以来"西方"的文化隔离墙为苏联夺得艺术身份的飞地;其次,认识后斯大林时期和后冷战时期苏联知识分子,尤其是移民西方的苏联知识分子的学术旨归和相应的政治指向,进而理解格氏的理论策略已对苏联研究、西方社会主义研究、东欧研究产生的实质性影响。

第三节　研究内容和研究方法

一、研究内容

本书总体以格罗伊斯的文艺思想为研究对象，具体以社会主义现实主义框架为切入点，并以问题意识为导向，展开格氏文艺理论逻辑发展的脉络和问题史，主要又细化为格氏文艺理论是如何发生的，即在什么样的历史语境中接过了哪些问题意识，并呈现为何种发生形式；格氏文艺理论是如何展开的，即最初的发生形式——重述社会主义现实主义，出现后遭到了哪些质疑，而格罗伊斯是如何回应这些质疑的，以及回应本身又有哪些递进演绎过程。为此，本书的目标就是把这些问题理论化，最终回答两个问题：第一，格罗伊斯重述社会主义现实主义的逻辑起点和内在机理为何是苏联文化的艺术性问题，而这个问题的终极向度为何又是政治性向度？第二，格罗伊斯的重述策略如何超越了传统意义上的苏联研究框架，进入20世纪先锋派运动、意识形态本质、哲学本质和艺术本质跟随媒介形态和社会形态变迁而更替演绎的纵深地带，为国家形态的苏联和社会形态的社会主义区域申诉文化身份？本书围绕社会主义现实主义框架这个主线，对格罗伊斯的文艺理论进行深入的分析，具体表现为如下五个方面。

第一，理论背景与社会主义现实主义的出场。出生于东德的格罗伊斯，出生时正值第二次世界大战的尾声和冷战的开始，其成长环境是复杂多变的。当时的社会大环境是东德与西德面临着分裂，这种分裂缘于两种互为冲突的政治意识形态"社会主义"和"资本主义"的对立。随后，东德被纳入苏联的社会主义阵营，从而也就导致了苏联与西德之间存在体制上和意识形态上的矛盾，这种矛盾随着冷战的加剧和柏林墙的修建愈演愈烈。同时，就格罗伊斯自身成长的小环境而言，格罗伊斯随同父母从东德移民苏联的年份是1954年，刚好是斯大林去世之后苏联进入解冻时期的第一年，这一时期苏联的文化审查机制首次出现宽松的势头，同时也给人们诸多文化自由的希望。后来，格罗伊斯从苏联移民到西德是1981年，1954—1981年苏联的文化制度在"解冻"与"冷冻"之间循环往复，格罗伊斯试图在西德寻找的是创作与发表的自由。这两种历史语境一方面让格罗伊斯认识到自己的双重局外人身份，即既无苏联之根，也无东德或西德之根；另一方面在苏联的时候格罗伊斯积极参与非官方的艺术活动，而在到达西德之后又向其西德学生讲授苏联的非官方艺术——索兹艺术。然而，由于西德学生对苏联艺术的了解要么是一无所知，要么仅限于刻板化的社会主义现实主义，从而使得格罗伊斯的课程受到了学生的质疑。这种质疑首次把格罗伊斯拉回到苏联语境之中，即促使他萌生了重新书写社会主义现实主义的想法。

第二，社会主义现实主义框架的萌芽。格罗伊斯首先探讨了西方针对社会主义现实主义的总体偏见，即把社会主义现实主义定位为苏联的文化之祸，也就是某种意义上是苏联集权体制下产生的畸形的"政治怪物"。随后，在对社会主义现实主义进行重新审视之前，格罗伊斯追溯了从沙俄到苏联的俄国知识分子针对西方各种文化偏见的内化与解构。在此基础上，格罗伊斯一方面简要梳理了"西方"和"欧洲"之所以对沙俄和苏联抱有文化偏见的历史根源，即主要在于后者所处的"东方"和"亚洲"的地理位置，从而被贴上了各种"异域的""野蛮的""亚洲性的"文化标签。另一方面则重新界定了"欧洲与他者"和"东方与西方"，也就是既把冷战时期欧洲最有力的盟国美国列入"欧洲"，又把社会主义形态的国家和地区割出"西方"。格罗伊斯的这种界定与卡罗尔·阿文斯（Carol Avins）的《穿越边界：苏联文学中的西方与俄国身份 1917—1934》（*Border Crossings: The West and Russian Identity in Soviet Literature 1917 - 1934*，1983）的观点极为吻合，差异在于阿文斯的理论较为系统和深入。阿文斯基于对 1917—1934 年苏联文学作品中"西方"意象的分析，梳理了苏联学者的逆写情结，以及每一阶段支撑他们进行逆写的不同历史语境，突出表现为十月革命胜利之后苏联知识分子首度赢得的文化自信，以及这种自信随着苏联经济和政治地位的提高逐渐得到了相应的提升，最终演变为苏联文艺作品想要阐述的"社会主义"是等于甚至是大于"资本主义"的，即苏联不仅等于甚至可以引领"欧洲"和"西方"。

第三，社会主义现实主义框架的建构。尽管社会主义革命的胜利为苏联表征自我的设想层面赢得了一定的文化自信，然而在现实层面苏联文艺作品却沦为"西方"视野下的纯政治产物。这种文化偏见具体表现为两个方面：一方面，苏联文艺作品被"西方"定义为纯苏联集权体制的政治性产物，没有美学或艺术价值；另一方面，社会主义现实主义被认为是政治性伴随品，也就是历史的"异类"，既来自历史的"真空"，又是对俄国先锋派的摧毁，转而成为斯大林主义宰制下的纯政治衍生品。简而言之，社会主义现实主义直接导致了苏联文艺史的断裂期。为此，格罗伊斯以社会主义现实主义时期为中心，向前衔接俄国先锋派，向后衔接苏联后现代主义，把三个时期视为一个完整的苏联文艺时期，进而建构了社会主义现实主义框架。然而，这个框架遭到了历史学家和艺术学家的双面攻击，理由主要是"政治"与"艺术"之间是水与火的关系，而这种关系也就决定了格罗伊斯社会现实主义框架天然具有裂隙。随后，格罗伊斯就以艺术之力及其平等审美权利的文化逻辑来稳固他的社会主义现实主义框架。

第四，社会主义现实主义框架的巩固。格罗伊斯通过三个层面回应了针对社会主义现实主义空间的质疑：（1）艺术之力与平等审美权利的文化逻辑；（2）冷、热媒介的亚媒介空间与平等审美权利的文化逻辑；（3）从哲学层面重新阐释"资本主义"与"共产主义"的差异。当艺术之力及其平等审美权利的理论遭遇不可信和不新鲜的质疑之后，格罗伊斯开始积极投入当时火热的博物馆怀疑论与存在论之争，因为博物馆是视觉化"政治"与"艺术"之间可以相容的、可信的、肉眼可见的文化媒介。为此，格罗伊斯一方面把博物馆阐释为可视的国家文化身份载体，另一方面把博物馆描述为可见的艺术之力天平，并通过法国大革命、十月革命等对博物馆发展所起到的决定性作用，论证了一直以来博物馆如何视觉化地呈现了文艺空间与政治权力的绑定关系，从而不仅有力地证实了博物馆存在的必要性，还弥合了俄国先锋派、社会主义现实主义和苏联后现代主义三个时期之间的裂隙，进而较为有效地巩固了社会主义现实主义框架。

第五，社会主义现实主义框架的反思。格罗伊斯文艺理论的核心组成部分就是三大部分：（1）社会主义现实主义框架；（2）艺术之力和平等审美权利的文化逻辑；（3）博物馆作为视觉化文艺空间与政治权力绑定关系的文化载体。这三个部分回应了长期以来"西方"和"欧洲"视野针对社会主义现实主义的偏见，解决了三个向度的问题：其一，社会主义现实主义时期是断裂的、真空的历史时期，与其他时期相互隔离；其二，社会主义现实主义是纯政治的、宣传工具论的产物，不存在任何美学或艺术价值；其三，社会主义现实主义研究重视文学，而忽视艺术的问题。由此可见，社会主义现实主义框架支撑了格罗伊斯的文艺理论。为此，可以根据三个部分的形成步骤把格罗伊斯的文艺理论简化如下：

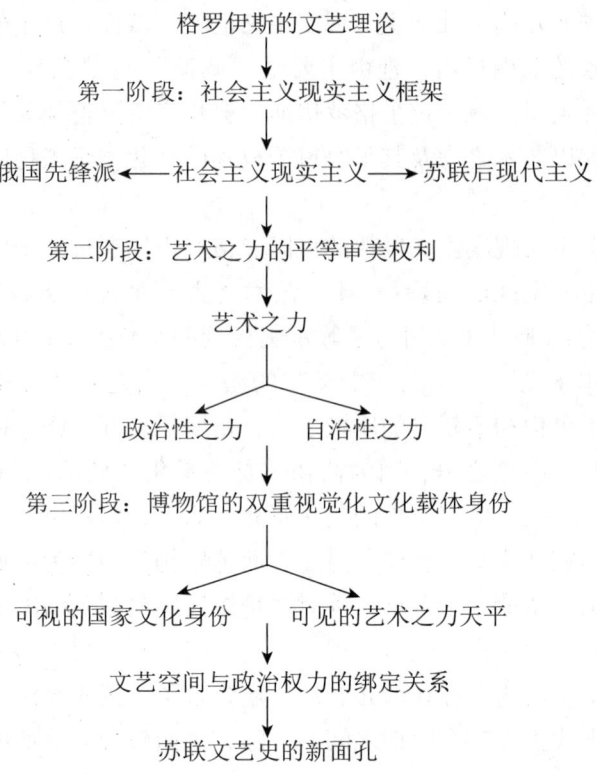

然而，尽管具有不可忽视的贡献性，格罗伊斯的文艺理论还是存在一定的局限性，突出表现为一方面以"面"盖"点"，以"艺术"盖"文学"，另一方面则是对斯大林及斯大林主义的美学化处理。根据这些研究内容，本书分为导论、正文及结语三大部分。其中，正文一共六章，分别对应六部分研究内容，结语部分则是对未来苏联文艺研究走向的浅析。

二、研究方法

格罗伊斯的"社会主义现实主义框架"文字艰涩、涉及范围广泛，如俄国先锋派、欧美现代主义、结构主义、解构主义、新历史主义、后现代主义等均涉及在内，这就要求在研究时必须要有足够的理论宽度与积淀，才能完全把握其理论意涵。再者，要如其所是地探讨格氏文艺理论就必须关注两个问题：其一，格罗伊斯是如何通过重新阐明社会主义现实主义的艺术性，解决了苏联文化身份的他者问题？其二，在与其他知识分子的理论对话关系中，格罗伊斯是接过了谁的问题意识，然后是如何发展的？要回答这两个问题就必须把格罗伊斯放置在整个社会主义现实主义问题史中加以考察，并结合东方与西方、欧洲与他者的二元诉求，去发现格氏文艺理论问题意识的由来，回应问题的独特方式与递进阶段，以及回应的目的和结果为何均是一种政治向度。为此，本研究主要运用福柯的知识考古学方法，一方面梳理在"主流语境"宰制下苏联文艺作品的发展逻辑，另一方面阐释它之所以在20世纪80年代末要以"艺术性"出场，以及在为其出场赋形的过程中格罗伊斯之所以能够越过其他学者并取得巨大成就的根源。此外，本书运用文本细读、语境分析和个案分析法，对构成社会主义现实主义框架发展中被解读次数最多的文本，以及"艺术性"策略所选择阐释的文本进行细读。应用到中国语境及斯拉夫研究语境之中，笔者则重点考察学者们选择了哪些文本进行细读，以此来考察格氏文艺理论的有效性和适切性。

第一章　格罗伊斯与苏联遭遇的文化身份困境

　　1979 年，格罗伊斯以文章《莫斯科浪漫概念主义》（"Moscow Romantic Conceptualism"）正式进入西欧学术界，并就此开启了格氏重新言说和书写苏联文化身份的理论与实践之旅。格罗伊斯理论和实践之旅起源于他自身以及他生活了 27 年的祖国——苏联，所遭遇的相似的双重文化身份困境。

第一节　格罗伊斯遭遇的身份困境
——双重无根的局外人

　　格罗伊斯的全名为 Boris Efimovich Groys，1947 年 3 月 19 日出生于柏林。第二次世界大战之后，格罗伊斯所在的柏林由苏联占领，并被命名为东柏林，成为苏联旗下的社会主义国家德意志民主共和国的首都。1954 年，格罗伊斯随同父母移民苏联，1965—1971 年在列宁格勒大学学习哲学与数学，1971—1976 年先后就职于列宁格勒的不同学术机构，1976—1981 年就职于莫斯科大学结构与应用语言学高等研究院，1981 年移民西德，1985 年在明斯特大学（University of Münster）获得哲学博士学位并留校任教。由此可见，格罗伊斯的生存语境深受第二次世界大战和冷战的影响，从第二次世界大战结束之前统一的德国到冷战时期的东德、苏联、西德，随后经历了柏林墙倒塌之后东德、西德的再次统一，以及随后苏联的解体。正是这种复杂的历史语境，以及相应的移民经历和文化冲突决定了格罗伊斯自身的身份困境，突出表现为双重无根的局外人。

一、1954—1981 年：苏联的局外人

　　作为出生于第二次世界大战时期的德国人，在移民苏联之后，格罗伊斯承受了苏联局外人的身份，突出表现为他的文章《莫斯科浪漫概念主义》的研

究内容和发表途径的特殊性。这种特殊性具体表现为两个方面：其一，莫斯科浪漫概念主义是一种苏联的非官方艺术；其二，格罗伊斯的文章是通过塔米兹达特（tamizdat）渠道才得以出版。在《历史成为形式：莫斯科概念主义》（*History Becomes Form: Moscow Conceptualism*，2013）一书中，格罗伊斯阐述了他接触并参与莫斯科概念主义艺术的过程：

> 我与莫斯科概念主义艺术家圈子的接触始于1976年，那时我从列宁格勒（现在的圣彼得堡）搬到莫斯科。尽管在列宁格勒期间我就已经对苏联非官方文化的栖身之所略知一二，所谓的非官方文化栖身所也就是为那些无法在苏联官方文化体制内发表艺术作品和理论话语的艺术家、诗人、作家和知识分子提供发表的平台。这些学者尽管持有不同的政见，但是严格意义上讲政治性参与度均不强，而是想通过创造艺术作品和理论话语来表述己见。因为当时的官方文化异常狭窄：排斥一切看起来迷信的、现代的、颓废的、存在主义的、色情露骨的或隐射政治的艺术作品……尽管这些非官方的文化栖身所或多或少地得到当局的容忍，但是却完全被主流媒介切断了发表平台，以及与大量观众群体接触的可能性。起初在列宁格勒期间，我已经知晓了一些非官方艺术家，也了解他们的作品，但是由于这些艺术家主要隶属于超现实主义、立体主义或表现主义传统，故而相较于当时的西方艺术，这些苏联非官方艺术家的作品并非真正意义上的当代艺术。我对西方当代艺术的了解来自我所阅读的西方艺术杂志和书籍，这些杂志和书籍描述了有关模仿主义者、概念艺术家、表演艺术家等的艺术实践。因此，在当时我并没有兴趣撰写研究苏联的非官方艺术的作品。
>
> 然而，当我知晓伊利亚·卡扎科夫（Ilya Kabakov）、艾瑞克·布拉托夫（Erik Bulatov）、德米特里·普里戈夫（Dmitri Prigov）、列弗·鲁宾斯坦（Lev Rubinstein）、伊万·崔可夫（Ivan Chuikov），以及其他莫斯科艺术家之后，我的态度发生了改变。因为当看到他们的作品之后，我第一次发自内心地感受到自己正面对着一些有趣而值得书写的艺术品。然而，当时不论我书写什么，都不可能有机会发表，所以我在没有写作计划的驱使下，长时间地在这些艺术家的工作室以及家里与他们交流。这种情形在与崔可夫交流之后才得以改变，因为他告知我，他的一位刚刚移民巴黎的艺术家朋友伊格诺尔·切尔科夫斯基（Igor Chelkovsky），即将创办一个名为*A-Ya*的艺术期刊。这个期刊将同时发表俄语和英语作品，以便能够吸引西方与俄国读者群，同时编辑们还正在计划如何走私一批期刊到苏联。伊

万问我是否愿意为第一期写一篇介绍,我立即给出了肯定的答复。那时是1978年,而 A - Ya 杂志以我的《莫斯科概念主义》一文作为介绍的第一期于1979年正式面世。①

从格罗伊斯的描述中,可以看出刊载《莫斯科概念主义》一文的期刊 A - Ya 具有多重特殊性。首先是由移民法国的苏联学者切尔科夫斯基创办,"A""Ya"分别取自"俄语第一个与最后一个字母的组合",此杂志从创始之初就定位为双语期刊,即"同时发表为英语与俄语",旨在同时吸引"西方公众和俄国公众"。其次,A - Ya 所承担的文化期待是编辑们希望能够借此平台翻越苏联与西方的文化边界:"一方面偷运一批杂志走出苏联,另一方面又偷带一批杂志进入苏联。"② 最后,A - Ya 为众多苏联知识分子提供了发表作品的平台,这些在 A - Ya 期刊上发表的作品被称为塔米兹达特,也就是"在那里发表",即在苏联境外发表,是一种重要的、典型的苏联非官方文艺作品。

苏联的非官方文学艺术承袭了沙皇俄国时期的文化传统,因为在18、19世纪的沙俄,当时的出版业尚处于古腾堡时期③,就已经出现了非官方的文学艺术作品。这些作品主要通过手稿的形式进行有限的非法传播,数量较少,重点限于少量志同道合的、可信任的知识分子、亲戚、朋友之间。针对18、19世纪非官方的沙皇俄国文化传统源头,此文赞同 H. 戈登·斯克林(H. Gordon Skilling)的观点。斯克林指出,1790年当亚历山大·拉季谢夫(Alexander Radishchev)反农奴制的书《从彼得堡到莫斯科的旅程》被禁止出版之后就是以"手稿的形式在知识分子阶层的圈子里传播"④。1825年,在十二月党人武装起义之后,普斯金等一批知识分子也开始"悄悄地传播手稿,以避免审查",而"亚历山大·赫尔芩(Alexander Herzen)的期刊《钟》(The Bell),就是在伦敦出版之后再私运回俄国"。1848年12月22日,陀思妥耶夫斯基因为三项罪名被判"死刑"。因为他参与了一个谈论社会主义和批评俄国境遇的文化圈子,传递了一封由记者维萨里昂·布林斯基(Vissarion

---

① Boris Groys. *History Becomes Form: Moscow Conceptualism*. Cambridge, MA: MIT Press, 2013, pp. 3 - 4. 本书中所引用的外文文献,如无特殊说明,均为笔者所译。

② Boris Groys. *History Becomes Form: Moscow Conceptualism*. Cambridge, MA: MIT Press, 2013. p. 4.

③ 根据斯克林的论述,苏联时期的非官方文艺作品是"回到了前古腾堡时代",即依靠德国活版印刷技术的时代。

④ H. Gordon Skilling. *Samizdat and an Independent Society in Central and Eastern Europe*. London: The Macmillan Press LTD, 1989, p. 3.

Belinsky）写给尼古拉·果戈理（Nikolai Gogol）的极端地批评东正教的信件，并且在一家私人出版社的资助下试图传递一些反政府的言论。19世纪后半叶，众多"未发表的宣言"在"俄国流通"，通常都是"由非法的出版社制作的，或者是在国外制作的"，实际上，"布尔什维克和其他革命运动当时也正是依靠这种地下出版物来宣传政治观点和革命原因"。①

斯克林进一步指出苏联成立之后，非法出版现象并未消失，在20世纪20年代初，奥西普·曼德尔斯塔姆（Osip Mandelshtam）与其他作家的打印稿就是以所谓的"安德伍德"形式进行非法传播，这种形式来自作家使用的"安德伍德"打字机。针对当时的非法出版，马琳娜·茨维塔耶娃（Marina Tsvetayeva）回忆道："我摘抄一些诗歌，缝合成笔记本的形式进行销售，我们称此为'超越古腾堡'。"② 在斯大林时期，非法出版面临严峻的形势，但是仍然出现了一些"地下作家"和"抽屉文学"，即无法出版的文学作品沦为了为抽屉而作，其中一些手稿必须存放在最为安全的地方，也就是需要比一般的抽屉更为安全的地方。很多手稿直到斯大林去世之后，才得以手手相传，并在未获得作者同意的情况下，由一些编辑和渴望阅读相关手稿的读者抄录、拷贝进而传播。这种现象在"20世纪50年代末60年代初，迅速成为传播未出版的手稿的一种范式"③。苏联非法出版现象的重要转折点是1958年鲍里斯·帕斯捷尔纳克（Boris Pasternak）的《日瓦戈医生》（Doctor Zhivago）在意大利以俄语形式出版，随后迅速被翻译成英语并获得了诺贝尔文学奖。斯克林把《日瓦戈医生》所代表的非法出版的作品，即当苏联作家的作品在苏联境内无法出版之时，便开始在苏联境外尤其是西方出版的作品，以及所有相关的沙俄和苏联时期非法出版的作品，统称为"萨米兹塔特"。然而，实际上这种统称是不准确的。究其根源，还需要简要回溯苏联的文化审查机制的诞生。对此，叶尔莫拉耶夫指出：

> 自从十月革命的第一天，苏联就开始针对出版媒介进行了限制。1917年10月25日，彼得格勒军事革命委员会关闭了"资产阶级"报纸《俄国自由》（Russian Freedom），并没收了相关的印刷设备和纸张。10月27

---

① H. Gordon Skilling. *Samizdat and an Independent Society in Central and Eastern Europe*. London: The Macmillan Press LTD, 1989, pp. 3 - 4.

② H. Gordon Skilling. *Samizdat and an Independent Society in Central and Eastern Europe*. London: The Macmillan Press LTD, 1989, p. 4.

③ H. Gordon Skilling. *Samizdat and an Independent Society in Central and Eastern Europe*. London: The Macmillan Press LTD, 1989, p. 4.

日,此委员会命令禁止约20家报纸的发行……在同一天,新成立的政府在列宁的带领下把针对出版媒介的管制写进了新政府的法令。此法令指出"资本主义出版媒介是资产阶级最强大的武器",因此当工人和农民的权力还需要巩固的时期,出版媒介不能落入敌人的手中……1918年1月28日,列宁签署建立了针对出版媒介的革命法庭,此法庭务必针对违反苏联出版法,以及针对革命群众的虚假和歪曲报道进行审判……随后由于布尔什维克、孟什维克以及其他社会主义者之间的矛盾不断深化,到1918年6月甚至达到不可调和的地步……1918年6月4日,布尔什维克政府命令把孟什维克驱逐出境……1919年5月20日,苏联中央执行委员会重组了政府对所有出版机制的控制权限,从而扩展了自1918年1月在人民教育委员会内部发展起来的国家出版总署的职权范围。重组之后的国家出版总署,根据其首字母缩写简称为戈西兹塔特(gosizdat),即同时联合了政府的出版机构和相关的合作出版机构。1920年11月戈西兹塔特的活动范围又增加了一条,即特别明确化审查的功能。自此,凡是未经过莫斯科或者当地戈西兹塔特办公室审查和允许的任何一部手稿都不准发表……在新经济政策时期(1921—1928),苏联政府决定建立体制化审查制度,以便能够高效地管控迅速增长的出版作品。1922年6月6日,文学与出版事务总政部成立,也就是通常所知的戈拉夫利特(Glavlit),其预期的目标就是"联合一切针对出版物的所有审查形式"。[1]

在这种文化机制下,苏联的文艺作品总体分为官方与非官方作品两种类型,而非官方的文艺作品实际上具体又可以进一步细分为两种形式,而不是斯克林统称的萨米兹塔特。就此而言,笔者赞同大卫·洛(David Lowe)的分类法,尽管大卫·洛专指的是文学的分类法,但是笔者认为他的三分法适合于苏联的文学和艺术,即苏联的文艺作品总体有三种存在形式:(1)"在苏联国内传播的打印书稿",也就是"萨米兹塔特";(2)"走私打印手稿到国外出版的俄语作品",被称为"塔米兹塔特";(3)"通过正规的苏联出版机构正式出版的作品,即戈西兹塔特"。[2] 戈西兹塔特的字面意思为"国家出版",也就是获得苏联审查机构认可并允许发表的苏联官方文艺作品。1932—1991年,

---

[1] Herman Ermolaev. *Censorship in Soviet Literature 1917 - 1991*. New York: Rowman & Littlefield Publishers, 1997, pp. 1 - 3.

[2] David Lowe. *Russian Writing Since 1953: A Critical Survey*. New York: The Ungar Publishing Company, 1987, p. 5.

作为苏联官方作品，戈西兹塔特与社会主义现实主义之间存在近乎等同的关系，而萨米兹塔特与塔米兹塔特的情况则较为复杂。萨米兹塔特与塔米兹塔特的字面意义均为"自我出版"，与戈西兹塔特即"国家出版"相对。笔者认为两者的差异主要在于传播途径和形式，其中萨米兹塔特是以手稿形式在苏联国内进行非法传播的，而塔米兹塔特则是在苏联之外得以出版的苏联手稿。塔米兹塔特的手稿主要又包括两种类型：（1）被苏联审查机构拒绝的手稿；（2）以萨米兹塔特形式在苏联内部传播的手稿。

就文学而言，一些作家的手稿可能在苏联并未经过萨米兹塔特进行传播，而是直接走私到国外以塔米兹塔特的形式出版。例如，斯洛宁就指出萨米兹塔特的分水岭是帕斯捷尔纳克长达 560 页的《日瓦戈医生》。《日瓦戈医生》由于未通过审查机制，1957 年最先在意大利以塔米兹塔特的形式出版，1958 年出版英文版。然而，1957 年版面世之后就遭到苏联政府的禁止。为此，这部作品在萨米兹塔特和塔米兹塔特之间开启了一种双向度的交替传播模式，即"很多起初以萨米兹塔特形式流通并被秘密送到国外"的文艺作品，在国外以塔米兹塔特的形式得到发表，然后再"以正式出版物的形式私运回到苏联，然而由于是走私货和违禁品，因此在苏联国内又再以萨米兹塔特的形式重新被生产与传播"①。更确切地讲，同一位作家的同一部作品可能既以萨米兹塔特又以塔米兹塔特的形式得以传播，而两者的先后关系，既可能是萨米兹塔特在塔米兹塔特之前，也可能是塔米兹塔特在萨米兹塔特之前。

当然，值得注意的是在 1987 年之前，西方学者针对苏联文学的研究基本上未提及塔米兹塔特一词，而是统一使用萨米兹塔特代替，包括海沃德的《苏联时期的俄国文学：1917—1975》（1976）、斯洛宁的《苏联文学：作家与问题：1917—1977》、霍斯金的《超越社会主义现实主义》。直到 1987 年，大卫·洛首次使用塔米兹塔特一词描述那些被走私到国外出版的苏联手稿，并指出尽管"从严格意义上讲，只有戈西兹塔特是合法的"，但是"有的作者会同时尝试三种出版形式：戈西兹塔特、萨米兹塔特和塔米兹塔特"。② 然而，在大卫·洛之后，塔米兹塔特一词也很少被提及，因为很少学者区分萨米兹塔特与塔米兹塔特，其中就包括苏联裔学者。例如，直到 1997 年，叶尔莫拉耶夫在《苏联文学审查机制：1917—1991》一书中也只是轻描淡写地提及塔米兹

---

① Marc Slonim. *Soviet Russian Literature: Writers and Problems, 1917 – 1977*. New York：Oxford University Press, 1977, pp. 376 – 377.

② David Lowe. *Russian Writing Since 1953: A Critical Survey*. New York：The Ungar Publishing Company, 1987, p. 5.

塔特：

> 1965—1984年的审查机制收紧，相较于解冻时期，大批量的手稿被拒绝发表。与此同时，这种紧缩政策也促使更多作家转向了萨米兹塔特或/和塔米兹塔特。第一个术语萨米兹塔特，译为"自我出版"，象征着所有未经官方允许而在苏联国内以手稿、打印稿、影印稿形式生产的文本。第二个术语塔米兹塔特译为"在那里发表"（publishing there），也就是在国外发表。两种形式均避免被审查，并且在西方与俄国均沿用了几个世纪。然而，只有在苏联这两种实践名副其实，并且与戈西兹塔特即国家出版机构形成相对立的存在形态。在勃列日涅夫统治时期，萨米兹塔特和塔米兹塔特达到高峰，代表作家包括亚历山大·索尔仁尼琴（Aleksandr Solzhenitsyn）、约瑟夫·布罗德斯基（Iosif Brodskii）、弗拉基米尔·沃伊诺维奇（Vladimir Voinovich）、格奥尔基·弗拉季莫夫（Georgii Vladimov）、韦内迪克特·埃洛费耶夫（Venedikt Erofeev）等。正如安德烈·辛尼亚夫斯基（Andrei Siniavskii）所言，萨米兹塔特积极的一面就是一些通过官方渠道可以发表作品的作家，逼迫自己勇敢地写作，只是"为了他们自我的尊严"。①

萨米兹塔特与戈西兹塔特的相对关系可参见海沃德的文章《苏联时期的俄国文学：1917—1978》：

> 苏联存在大批量无法发表而只能以打印手稿的形式流通的作品，这些作品的存在意义是它们构成了一种与官方文学共存的延展文学，这种文学在苏联之外有时被称为"地下文学"。这种文学在苏联被称为萨米兹塔特，也就是"自我发表"，对立于戈西兹塔特，即"国家发表"。在真正意义上讲，这些作品中的多数并不具有政治颠覆性，相反大多数情况下此类作品是先前曾经递交给文学期刊或者国家出版机构，但最终被审查者拒之门外的。于是，这些作品就在作者知情或者不知情的情况下以链条式打印手稿的形式流通。更确切地说，这些作品先被打印几份，然后分别传递给其他人，再被打印出来。尽管如果被认定在传播与私藏"反苏联"的材料就会受到严重的惩罚，但是苏联法律并没有禁止拷贝和传递萨米兹塔

---

① Herman Ermolaev. *Censorship in Soviet Literature 1917 – 1991*. New York：Rowman & Littlefield Publishers，1997，pp. 184 – 185.

特形式的手稿。①

萨米兹塔特主要"以莫斯科和列宁格勒为中心，向周边的一些小镇扩散"，最终发展成"一种重要的文化现象"，并变成苏联"秘密机构重点调查的客体"。

萨米兹塔特的活跃时期大致可以分为四个阶段：第一阶段主要从十月革命到斯大林时期：1917—1953年。广义地讲，萨米兹塔特的历史可以追溯到十月革命时期，因为正如叶尔莫拉耶夫所言，苏联的审查机制始于"十月革命开始的第一天"②。随后，"自由出版开始被禁止，同时十月革命之前的出版机构被陆续关闭，官方对文学与艺术的管制年复一年加剧。不可避免的结果就是众多诗歌、文章、短篇小说由于其具有'颠覆性'和模棱两可的内容，而无法在'合法'期刊上发表。于是，这些作品开始在知识分子之间以打印稿的形式得以传播。然而，这种'出版作品'起初只是偶尔出现，其特点为数量少、区域分散"③。

第二阶段为高速发展时期：1953—1964年，萨米兹塔特呈现不断发展的趋势，而且作品本身"不仅包括诗歌和小说，还包括政治、哲学和宗教"④。这一时期也称为苏联"解冻时期"，因为自新经济政策以来，人们第一次可以在一个有限相对松弛的范围内谈论针对文学与艺术的政治控制"⑤。在斯大林去世之后不久，赫鲁晓夫就开始针对斯大林时期的诸多历史问题进行"去斯大林化"、和平化与平反冤假错案。在这一时期，尽管官方文学作品依旧要求遵从社会主义现实主义，但是苏联的文艺审查机制变得相对宽松："1953—1964年，审查的体系与实践都发生了一些变化"⑥。同时，尽管"审查程序延续了1953年之前的模式"，但是"更多的审查责任从官方的政治审查转移为

---

① Max Hayward. *Writers in Russian: 1917 – 1978*. San Diego, CA, New York and London：Harcourt Brace Jovanovich, 1983, p. 81.

② Herman Ermolaev. *Censorship in Soviet Literature 1917 – 1991*. New York：Rowman & Littlefield Publishers, 1997, p. 1.

③ Marc Slonim. *Soviet Russian Literature: Writers and Problems, 1917 – 1977*. New York：Oxford University Press, 1977, p. 376.

④ Marc Slonim. *Soviet Russian Literature: Writers and Problems, 1917 – 1977*. New York：Oxford University Press, p. 376.

⑤ Herman Ermolaev. *Censorship in Soviet Literature 1917 – 1991*. New York：Rowman & Littlefield Publishers, 1997, p. 141.

⑥ Herman Ermolaev. *Censorship in Soviet Literature 1917 – 1991*. New York：Rowman & Littlefield Publishers, 1997, p. 142.

出版编辑组的审查,同时资深年老的编辑可以有更多的机会与监管出版意识形态审查的党务要员交流"①。由此可见,这一时期的文化审查权限开始下放到编辑组。正是在这种相对宽松的政策下,获得官方发表许可的作品数量大幅增加,同时萨米兹塔特也在很大程度上得到官方的默认,从而使得萨米兹塔特开始演变为组织性强、规模庞大的文学活动与政治行为。简言之,正如斯洛宁所言,斯大林时期数量少、分布零散的萨米兹塔特在"斯大林离世之后开始改变,其特点变为数量庞大、组织性强的一种自由表达活动,得以命名为萨米兹塔特(在俄语中意为"自我出版"),并同时成为苏联与西方均广为知晓的术语"②。此外,以1958年《日瓦戈医生》的出版为界,还可以把苏联非官方文学的发展演变细分为萨米兹塔特和塔米兹塔特两种类型,其中塔米兹塔特主要是指在苏联境外发表的、未经过苏联文化审查机制审查的作品。

第三个阶段为转折时期:1965—1984年,萨米兹塔特和塔米兹塔特既深受压制又广泛发展。这一时期由于苏联面临内忧外患,内部主要表现为受1956年匈牙利独立运动的影响,乌克兰等成员国内陆续出现一些独立运动,外部则主要表现为古巴导弹危机、越南战争、英美法等国在东南亚成立各种独立组织等。这种内忧外患在很大程度上加剧了冷战的事态危机,促使苏联知识分子开始分为三个派别:"保守派""激进派""中立派"。保守派(也称为"教条派")主要是斯大林时期重要文化机制的行政要员,一方面他们对苏联的国际地位和国内声望倍感担忧,要求回归严厉的文化审查制度,以恢复苏联的国际和国内形象;另一方面则由于他们本身不同程度地是斯大林化的受益者,同时很多成员在后斯大林时期依旧官居要职,而"去斯大林化"就意味着对他们自我的否定,因此他们坚持"保守的,或斯大林的、党的路线文学"③。激进派(也称为"自由派")主要为年轻作家,他们成长于压抑的斯大林时期,活跃于去斯大林化时期,向往西方的文化自由,批判苏联的诸多文化制度,因此他们也被西蒙斯为首的西方研究苏联问题的学者称为"新的'新苏联人'"④,即完全不同于保尔·柯察金式的新苏联人,而他们的作品则

---

① Herman Ermolaev. *Censorship in Soviet Literature 1917 – 1991*. New York: Rowman & Littlefield Publishers, 1997, p. 144.

② Marc Slonim. *Soviet Russian Literature: Writers and Problems, 1917 – 1977*. New York: Oxford University Press, 1977, p. 376.

③ George Gibian. *Interval of Freedom: Soviet Literature During the Thaw, 1954 – 1957*. Minneapolis: University of Minnesota Press, 1960, p. ix.

④ Clifford M. Foust, Warren Lerner. *The Soviet World in Flux: Six Essays*. Atlanta, CA: South Regional Education Board, 1966, p. 19.

被称为"否定的或批判的文学",代表人物包括安德烈·西尼亚夫斯基、尤里·丹尼尔等。相较于保守派"死气沉沉、枯燥无味的文学",这类文学"不仅有活力,产量高,还在一定程度上自由地言说了个体的特性,并且形式丰富多样"①。中立派或本身介于保守与激进之间,或根据形势变化在保守派与激进派之间游走,如赫鲁晓夫就曾被称为中立派。正是在这些复杂形势下,萨米兹塔特和塔米兹塔特进入转折多变期,主要表现为如下两个方面。

一方面塔米兹塔特作品开始遭遇前所未有的压制,具体表现为一些以塔米兹塔特形式在苏联境外发表作品的作家受到公开的政治审判。尽管苏联政府并没有把拷贝和传递塔米兹塔特和萨米兹塔特列为违法行为,但是随着"这种打印手稿数量的不断增长不可避免地导致了针对一些作家的审判,这些作家被指控为诽谤中伤苏联体制"②。其中,最典型的例子就是针对西尼亚夫斯基和丹尼尔的审判:

> 1965年9月,西尼亚夫斯基和丹尼尔在莫斯科被捕,罪名是分别是使用笔名艾布拉姆·特尔茨和尼古拉·阿尔扎克,以俄语原版或诸多翻译版本在国外发表作品。西尼亚夫斯基——特尔茨,在苏联官方期刊《新世界》(*Novy Mir*)上发表了很多文章,同时也是一位有名的文学批评家,撰写了很多关于毕加索与20世纪20年代苏联诗歌的书籍,同时还为帕斯捷尔纳克的一部诗集撰写了一篇非常出色的介绍(然而这篇介绍在他被捕之后迅速被删除),而丹尼尔——阿尔扎克则是一名翻译家。两人均处于而立之年,是苏联新一代知识分子的代表,他们的被捕被视为对自由派的一次打击。③。

简而言之,西尼亚夫斯基和丹尼尔受到政治审判的原因仅仅因为两人的作品最初以萨米兹塔特的形式在苏联内部传播,随后两人在苏联之外以塔米兹塔特形式发表作品,包括西尼亚夫斯基的理论专著《社会主义现实主义研究》(*On Socialist Realism*, 1960)、《审判开始》(*The Trail Begins*, 1965),以及丹尼尔的短篇小说《莫斯科在诉说》(*This Is Moscow Speaking, and Other Stories*,

---

① George Gibian. *Interval of Freedom: Soviet Literature During the Thaw, 1954 – 1957*. Minneapolis: University of Minnesota Press, 1960, p. ix.

② Max Hayward. *Writers in Russian: 1917 – 1978*. San Diego, CA, New York and London: Harcourt Brace Jovanovich, 1983, p. 81.

③ Marc Slonim. *Soviet Russian Literature: Writers and Problems, 1917 – 1977*. New York: Oxford University Press, 1977, p. 398.

1962)、《赎罪》(*The Redemption*, 1964) 等。当然, 两人的例子并不是例外。实际上, 自 1968 年开始越来越多的年轻作家受到审判, 其中"多位年轻作家因为编辑一份萨米兹塔特文学期刊和组织抵抗针对西尼亚夫斯基和丹尼尔的严苛审判而遭受政治审判"①, 而随后整个苏联的势态就旨在"摧毁一些萨米兹塔特组织"。尽管如此, 萨米兹塔特和塔米兹塔特"并未消失", 相反两者"依旧以俄语和英语的形式不断得到发表"②。

另一方面, 萨米兹塔特和塔米兹塔特的形式与功能都开始变得多样化。首先, 萨米兹塔特和塔米兹塔特的形式变得多样化, 而且涵盖面广泛。萨米兹塔特和塔米兹塔特最早期主要为文字形式, 如"打印稿、油印稿、复印稿"等, 随后逐渐增加了语音形式, 如"劳改营磁带与盒式录音带歌曲、民谣与游吟诗"。同时, 这些萨米兹塔特和塔米兹塔特作品"不仅局限于小说的流通, 还包括苏联国内事务的相关政治信息和实时信息", 以及各种被划为"政治犯、宗教犯、精神病患者、基督教门派成员、争取民族独立的少数族裔群体代表, 以及诸多面临无合法驱逐理由的麻烦制造者"③的相关材料。其次, 萨米兹塔特和塔米兹塔特的功能开始发生变化, 具体表现在三个方面:第一, 萨米兹塔特和塔米兹塔特的重点是为作家未经过文化审查的作品提供非官方的发表渠道。这个时期异常活跃的代表作家是 1970 年的诺贝尔文学奖得主索尔仁尼琴。

索尔仁尼琴有关"教育主义"的文章, 以及他在 1970 年辩论性地批判安德鲁·萨哈尔诺夫(Andrey Sakharov)的文章《进步的沉思、和平的共存与知识分子的自由》("Reflections on Progress, Peaceful Coexistence, and Intellectual Freedom"), 都收集在《来自云之下》(*From under the Clouds*) 一书中。此文集最初借助萨米兹塔特形式传播, 随后由一家巴黎出版机构出版成俄语版和多种翻译版本, 并迅速在第三代西方苏联移民中间引起了极大的反响, 并引起了热烈的争论。④

正是在这种争论浪潮中, 萨米兹塔特和塔米兹塔特的使用者跨越了激进自

---

① Max Hayward. *Writers in Russian: 1917–1978*. San Diego, CA, New York and London: Harcourt Brace Jovanovich, 1983, p. 81.

② Marc Slonim. *Soviet Russian Literature: Writers and Problems, 1917–1977*. New York: Oxford University Press, 1977, p. 379.

③ Marc Slonim. *Soviet Russian Literature: Writers and Problems, 1917–1977*. New York: Oxford University Press, 1977, p. 378.

④ Marc Slonim. *Soviet Russian Literature: Writers and Problems, 1917–1977*. New York: Oxford University Press, 1977, p. 380.

由派群体，引起了更宽泛的关注。例如，"一些持不同意见的马克思主义者也开始借助萨米兹塔特，以便与他们的追随者保持联系"。其中，罗伊·梅德韦杰夫（Roy Medvedev）就对索尔仁尼琴进行了诸多批判。与此同时，"一些由俄国民族主义者组成的群体，也开始使用萨米兹塔特来传播他们的观点，一些观点甚至经过伪装之后在官方媒介发表"。这些民族主义者中的保守派被称为"鲁西茨"（Russits），早在20世纪70年代初期他们就开始使用名为《韦切》（*Veche*）的期刊来传播"彼得大帝对沙皇俄国进行西方化之前的古老习俗、语言语调、生活方式以及沙皇俄国的公民精神"①。除此之外，少数保守派也开始借用萨米兹塔特怀念斯大林时期。萨米兹塔特在苏联内部的多元化发展，在一定程度上推动了塔米兹塔特在苏联境外得到相应的发展与演变。

第四阶段可以称为"融化期"②，因为1985—1991年苏联的审查机制处于"融化阶段"。在这一时期，米哈伊尔·戈尔巴乔夫（Mikhail Gorbachev）呼吁"苏联社会进一步民主化，以及开放化（glasnost），从而可以使苏联人民在有关国家重要事宜方面发表观点和提出批评"。1987年11月2日，戈尔巴乔夫在十月革命70周年庆典上发言，暗示了"要小部分地重新考查苏联历史"。为此，戈尔巴乔夫的发言在苏联内部掀起了重新审视苏联过往的思潮，包括"苏联媒体、出版机构、文学界"③等均加入了重审思潮之中。在这一思潮的影响下，苏联的文化审查机制也开始发生相应的变化：

> 起初针对审查机制的调整发展缓慢，突破点并未随之而来。在一份1985年由苏联新闻署发行的机密年鉴中，可以看出针对报纸编辑的要求并未显示出重大的转向。这一年鉴指出媒介的目标是要站在阳光明媚的一面来宣传苏联的社会主义模式，因此那些言及苏联模式所面临的问题与困难的文章必须同时要指出针对这些问题与困难的解决办法。④

真正意义上的突破开始于1988年底，因为1988年11月3日时任文学审查机构（Glavlit）主席的弗拉基米尔·博尔德列夫（Vladimir Boulderev）接受

---

① Marc Slonim. *Soviet Russian Literature: Writers and Problems, 1917–1977*. New York: Oxford University Press, 1977, pp. 381–382.

② Herman Ermolaev. *Censorship in Soviet Literature 1917–1991*. New York: Rowman & Littlefield Publishers, 1997, p. 223.

③ Herman Ermolaev. *Censorship in Soviet Literature 1917–1991*. New York: Rowman & Littlefield Publishers, 1997, p. 223.

④ Herman Ermolaev. *Censorship in Soviet Literature 1917–1991*. New York: Rowman & Littlefield Publishers, 1997, p. 225.

了《伊兹韦斯蒂亚》(*Izvestiia*) 记者 E. 帕克霍莫夫斯基（E. Parkhomovskii）的采访，这是"第一次苏联文化审查机制的最高官员公开接受采访"，采访题为"更多民主，更少秘密"。针对审查本身，博尔德列夫指出"审查已经开始成为官僚体制中破碎机制的一部分"。针对文学审查机构，博尔德列夫对比了以前与当下的差异："以前文学审查机构主要用来限制那些不可批判的信息，如莫斯科、俄罗斯国际航空、苏联警察，或者有关'我们的发展'的负面观点。然而，现在相关的限制名单已经减少了三分之一，因为当下新的导向原则是'凡是未禁止的就是允许的'，当然，意图使用媒介削弱或废除苏联社会主义体系、宣传战争、散布激进排外或民族独立、憎恨，以及民族、宗教和其他形式的暴力"[①] 等内容，依旧是审查机制勒令禁止的。1989 年 11 月 27 日，苏联最高法院首次收到一份针对出版媒介实施新法律的草案。1990 年 6 月 12 日，此项有关苏联出版机构与其他大众媒介的新法获得批准，并被要求于 1990 年 8 月 1 日开始正式实施。至此，戈拉夫利特也"正式迎来了它作为苏联文化审查机构的末日"[②]。正是苏联审查机制本身的变化，以及这种变化与戈尔巴乔夫提出的向西方"开放化"的融合，为"未经审查的萨米兹塔特带来了全盛时期"，同时也促进了塔米兹塔特的发展。

结合上述有关萨米兹塔特和塔米兹塔特的四个发展时期，可以看出 1917—1991 年，苏联文化审查机制的特点是总体较为严峻，且持续时间较长，相对松散的时期主要为赫鲁晓夫和戈尔巴乔夫时期，但是就在这两个时期内部同时又存在收紧与宽松之间的过渡期。正是在这种审查机制下，苏联的艺术作品也经历了类似于文学作品的发展演变历程。简而言之，苏联艺术作品也可以大致分为官方与非官方两种类型。其中，非官方艺术作品又可以细分为两种形式："莫斯科浪漫概念主义"和"索兹艺术"（Sots-Art/sots-art/Sots-art）。

格罗伊斯的《莫斯科浪漫概念主义》一文 1979 年首先在巴黎发表，如果按照萨米兹塔特和塔米兹塔特的发表形式区分，那么算是塔米兹塔特的一种形式。在发表之后又走私、偷运回苏联，以萨米兹塔特的形式进行传播。换言之，格罗伊斯的《莫斯科浪漫概念主义》一文始终未通过苏联文化审查机制的审查。就此而言，尽管在苏联生活了 27 年，格罗伊斯也只是被官方文化审查机制拒之门外的万千苏联局外人中的一员。

---

① Herman Ermolaev. *Censorship in Soviet Literature 1917 – 1991*. New York: Rowman & Littlefield Publishers, 1997, p. 226.

② Herman Ermolaev. *Censorship in Soviet Literature 1917 – 1991*. New York: Rowman & Littlefield Publishers, 1997, p. 228.

二、1981—1989：西德的局外人

格罗伊斯在苏联的局外人身份，并没有如他预想的随着他 1981 年移民西德而得到大幅度的改善。恰恰相反，在跨越苏联边界之后，格罗伊斯却又因为他那 27 年的苏联身份成为西德的局外人，具体表现为两点。首先，格罗伊斯的苏联艺术课程遭到学生的质疑。当格罗伊斯在德国明斯特大学获得教职之后，他的课程核心就是莫斯科浪漫概念主义。然而，就在其课堂上，格罗伊斯课程的合理有效性遭到了学生的质疑，因为学生的问题是"苏联有艺术吗？"。[1] 这个问题令格罗伊斯极为震惊，原因主要有两方面：一方面，它直接否定了格罗伊斯自 1979 年以来向西方介绍苏联艺术的努力，尤其是莫斯科浪漫概念主义；另一方面，它从侧面撕碎了格罗伊斯之所以移民西德的梦想，因为他原以为进入了西德就代表着自己迈进了"西方"那个象征着言论自由的"天堂"，从而可以"凭借他新获得的自由更深入地研究莫斯科浪漫概念主义"[2]。其次，格罗伊斯的莫斯科浪漫概念主义遭到西方学界的质疑。在 A-Ya 的第一期文章发表后不久，格罗伊斯创造的"莫斯科浪漫概念主义"一词既收获了赞誉，也迎来了批评。而就批评而言，格罗伊斯同时承受了西方与苏联的夹击。西方的"批评主要集中于我所使用的概念主义（conceptualism）一词"，理由是"我并未合理使用这一词的切实含义，因为'概念艺术'主要指涉的是'艺术与语言'以及约瑟夫·科苏特（Joseph Kosuth）的艺术实践，而莫斯科概念艺术看起来并不吻合科苏特的艺术"。针对这些质疑，格罗伊斯的回答是他之所以使用概念主义一词，而且还在其前面加上"浪漫"一词，用意恰恰就在于他想"表明莫斯科艺术实践与英美概念艺术的差异"。俄国的一些艺术家的批评则集中于"莫斯科概念艺术"这个组合，因为他们认为"这个术语看起来暗示了俄国艺术运动并不是一种原创性的艺术现象，而仅仅是西方概念艺术的异变，即在很大程度上依附于西方概念艺术这个原型"[3]。针对这一质疑，格罗伊斯这样回应：

> 当我使用"莫斯科浪漫概念主义"作为题目时，我并未想创造一个任何一种有关俄国艺术运动的术语，而只是简单地想使用一个能够让西方

---

[1] Yanli He. "Boris Groys and the Total Art of Stalinism", *Thesis Eleven*, 2019, 152（1）, p. 39.

[2] Boris Groys. *History Becomes Form: Moscow Conceptualism*. Cambridge, MA：MIT Press, 2013, p. 4.

[3] Boris Groys. *History Becomes Form: Moscow Conceptualism*. Cambridge, MA：MIT Press, 2013, p. 7.

读者更容易理解俄国艺术的术语,至少是我当时所想象的西方读者。当然,我当时也希望能够向潜在的俄国读者介绍一些西方艺术……换言之,在我看来,"浪漫概念主义"这一术语刚好是一个合理的名字,因为它把冷静的文化解析与一个有关我所喜欢的真切文化的浪漫梦想整合为一。同时,它也刚好符合我想区分莫斯科概念主义艺术与西方概念艺术实践的诉求。①

然而,随后为了迎合主流术语,格罗伊斯也去掉了"浪漫"一词,而把它简称为"莫斯科概念主义"。为此,后文均使用"莫斯科概念主义",同时涵盖这两个术语,并兼顾两层含义:其一,就艺术运动而言,莫斯科概念主义艺术是莫斯科的一些艺术家掀起的一种非官方艺术;其二,就艺术批评而言,莫斯科概念主义艺术是在苏联境外发表的(主要借助法国杂志 A - Ya 发表)有关苏联非官方艺术——莫斯科概念艺术的评论。就此而言,格罗伊斯的《莫斯科浪漫概念主义》一文同时兼具了两个层面的非官方性,即内容和形式的非法性,这也就是此文不可能在苏联发表的根本原因。换言之,格罗伊斯是苏联文艺审查机制的局外人。然而,当格罗伊斯试图在明斯特大学为西德学生讲授苏联非官方艺术——索兹艺术的时候,他又沦为了西德的局外人。当然,这与索兹艺术本身在西方的边缘性具有一定的关联。

"索兹艺术"一词是 1972 年由移居纽约的苏联学者维塔利·科马尔(Vitaly Komar)和亚历山大·梅利米德(Alexander Melamid)首次提出的,他们把"糅合了社会主义与流行艺术,以及那些直接转向斯大林神话与苏联经典的日常象征主义"的作品称为索兹艺术。两人的代表作是装置艺术《阿佩利斯·齐亚布洛夫》(*Apelles Ziablov, Seven Paintings and One Book*, 1973),讲述了一个小说艺术家阿佩利斯·齐亚布洛夫的故事。作为这个故事的英雄人物,齐亚布洛夫以"标准艺术史的方式撰写,同时又附有各种相关的记录、证词、通信等"。其中,此故事的虚构成分的目的在于把齐亚布洛夫描述为"一个 18 世纪的艺术家与简单的农奴",而作为艺术家,齐亚布洛夫"在 18 世纪早期就开始绘制抽象画"②。

就索兹艺术的书写而言,科马尔和梅利米德使用的是两个词均是小写的形

---

① Boris Groys. *History Becomes Form: Moscow Conceptualism*. Cambridge, MA: MIT Press, 2013, p. 7.

② Boris Groys. *History Becomes Form: Moscow Conceptualism*. Cambridge, MA: MIT Press, 2013, p. 14.

式"sots-art",格罗伊斯在《总体艺术》一书中使用的是两个词均为大写的形式"Sots-Art",且意义同时涵盖了莫斯科概念主义与科马尔和梅利米德的"sots-art";而在《历史成为形式:莫斯科概念主义》一书中则使用了半大写的形式"Sots-art",并且从地域上区分了"Sots-art"与莫斯科概念主义,即"Sots-art 的艺术家主要是指当时居住在纽约的俄国移民艺术家"①。为了厘清两种苏联非官方艺术之间的关系,并解决书写形式的差异问题,本书的"索兹艺术"同时涵盖了上述三种书写形式,但专门指代纽约俄国裔艺术家的作品,而莫斯科概念主义艺术则同时指在巴黎得以发表,而在苏联境内只能在"地下"进行传播的艺术作品以及相关的评论作品。

索兹艺术与莫斯科概念主义艺术的相似性可以表述为三个方面:第一,两者都是相对于苏联官方艺术的非官方艺术,并旨在"对苏联文化进行一种艺术性探究"②;第二,两者都借助 A-Ya 得以发表,尽管莫斯科概念艺术占据绝大多数版面;第三,两种艺术均对苏联年轻艺术家产生了较大的影响。同时,两者的差异性也主要表现为三个方面:第一,地理层面的差异——莫斯科概念主义艺术同时在莫斯科和巴黎,索兹艺术则在纽约;第二,面临文化审查的差异——"纽约的艺术家不需要像莫斯科的艺术家一样接受官方审查或自我审查";第三,艺术形式层面的差异——莫斯科概念主义"倾向于糅合学术派绘画与流行艺术",而索兹艺术则"倾心于马列维奇黑白方块式的至上主义、英美的模仿主义及概念艺术"③。

当然,不论是莫斯科概念艺术还是索兹艺术都未能真正在西方艺术界引起相应的关注,这也就是为何一方面格罗伊斯的"莫斯科浪漫概念主义"遭到了西方学者的质疑,另一方面格罗伊斯在明斯特大学的授课内容会遭到学生质疑的根本原因。

作为讲授苏联艺术的教师和从苏联移民西德的格罗伊斯,深深感受到自己成了一只"无脚鸟":

> 我现在是一个移民,一个德国的陌生人,即在德国社会没有任何根,同时在俄国社会也没有任何根。因此,我不能以任何传统、任何国家、任

---

① Boris Groys. *History Becomes Form: Moscow Conceptualism*. Cambridge, MA:MIT Press, 2013, p.9.
② Boris Groys. *History Becomes Form: Moscow Conceptualism*. Cambridge, MA:MIT Press, 2013, p.9.
③ Boris Groys. *History Becomes Form: Moscow Conceptualism*. Cambridge, MA:MIT Press, 2013, p.9.

何文化空间之名进行言说,也不能代表任何人。我甚至不能正确地说或写我自己的名字,因为我的名字不论是以斯拉夫语还是以拉丁语拼写都极为困难,每次我需要为一些材料和文件签名的时候,我都会反反复复地沉思我真正的名字是什么,而每次我都会就这个极为简单的问题得到不同的复杂答案。①

简而言之,格罗伊斯沦为了双重无根的局外人,即既是苏联的局外人,也是西德的局外人,而东德则成了遥远的、回不去的国度。

第二节 苏联遭遇的文化身份困境
——美学与艺术的局外人

如果说格罗伊斯在苏联成为局外人的原因在于他与当时苏联的文化审查机制格格不入,那么他在西德成为局外人的原因主要是因为他所代言的"母国"苏联的艺术与西德的文化体制无法兼容,而这种文化排斥的历史根源则主要缘于当时苏联的社会主义体制与西德及冷战期间整个"西方"所代表的资本主义体制之间的相互对立。当时,在这种对立体制之下,苏联所代表的差异于欧洲主流体系的社会主义体制,被"西方"强行贴上了异类的、边缘的、低等的标签。为此,苏联文化也就成了"西方"的局外人,具体又可以表现为以下两个向度。

一、苏联的官方文学与艺术

苏联的文化局外人身份最显著地表现为官方的苏联文学与艺术,被西方主流文化体系认定为不具有美学与艺术价值的政治与宣传工具。这种观点萌芽于第二次世界大战结束之后,冷战开始之际,并延续至苏联解体甚至是后苏联时代。在 20 世纪 40 年代末到 50 年代,针对苏联官方文学的代表性研究是库尼茨的《十月革命以来的俄国文学》、宝兰的《第一个五年计划时期的苏联文学理论与实践:1928—1932》和鲁夫斯·小马修森的《俄国文学中的正面英雄》。

库尼茨编著的长达 932 页的苏联时期的俄国文学选集,是第二次世界大战

---

① Boris Groys. *Under Suspicion: A Phenomenology of Media*. Trans. Carsten Strathausen. New York:Columbia University Press, 2012, p. xiii.

之后欧美学者中最早的苏联文选,然而这本书并未引起库尼茨之后欧美学者的关注,原因主要有两个方面:第一,库尼茨的身份是美国共产党员,这就使得他的作品与欧美主流苏联研究格格不入。换言之,库尼茨的共产党身份就直接决定了他的书的"命运",无关乎其书本身的内容与特点。第二,库尼茨在前言《苏联文学:苏联生活的一面镜子》(1948)中较为明确地指出苏联文学所承受的各个向度的文化偏见,并替苏联文学进行了一定程度的辩护:

> 在苏联之外,尤其是在美国,苏联作家针对苏联社会主义未来的积极看法通常被摈弃为幻想的苏联之思或者蓄意的苏联宣传。这是一种轻浮的态度,因为这种判断是可信的,但是它也不能确保一个显而易见的事实,那就是一个人的幻想之思与宣传客体本身就是非常发人深省的,也是值得研究的。
>
> 在此之外,"幻想之思"与"宣传"这两个术语如果不慎重使用,本身就极具含糊性。当苏联之外的批评者把它们用于苏联艺术,尤其是当判断者本身并不是在客观地描述真正的苏联艺术本质,而通常被证明只是无意识地反映了这些批评家的否定性声明,即一种无法接受相异于他们自身的态度与感情的声明,从而理所当然地把苏联艺术的情感与态度描述为被强迫的、不真实的、膨胀的、幻想的和宣传的。
>
> 然而,可以肯定的是只要苏联艺术和文学可以被自由无碍地查阅,同时读者的阅读想象与良好意愿并不聚焦于针对谜语、加密、神秘、柏林墙和铁幕的抱怨;只要苏联人民继续在唱咏、绘制、表演、作曲和撰写文学,以便让全世界能够听、看和读,那么就没有什么能够模糊他们的延展的精神,没有什么能遮蔽他们融洽的情感与思想,没有什么能阻止世界与他们交流,除了偏见。①

尽管如此,苏联文学本身依旧并不是库尼茨关注的核心:"这本书重点关注的是苏联的历史、社会学与心理学,而不是苏联的文学质量(当然,这一点也并未被忽视)。"② 同时,库尼茨还总结了苏联艺术与文学的特点。首先,就苏联艺术之美而言:

> 艺术实质上被当成了科学的孪生兄弟,确实,按照苏联学者的看法,

---

① Joshua Kunitz. *Russian Literature since the Revolution*. New York: Boni and Gaer, 1948, pp. 11 - 12.

② Joshua Kunitz. *Russian Literature since the Revolution*. New York: Boni and Gaer, 1948, p. 1.

艺术与科学之间的根本差异在于科学是通过知识分子公式般的抽象美来体现真理,而艺术的真理则藏在感官形象的具象美之中。[①]

其次,就苏联艺术与文学的功能而言,库尼茨指出苏联文学在苏联诞生之初就被要求背负了文学之外的重要责任:

> 苏联的生活节奏被极具加快,每周、每天甚至每个小时,都面临着新的情况、新的问题、新的英雄和新的主题……因此苏联的艺术不再仅仅是搞笑或娱乐,而是帮助苏联人民了解时下正在发生的种种情况。所有的一切都处于变化与流动之中,如国家、教堂、学校、家庭、军队、工厂、村庄、人的心理活动,所有一切都在改变。在这种形式下,艺术的首要功能……是向大众揭示这种混乱情况所需要的力量、秩序与意义。于是,文学被要求去记录、描述、分析和照亮这种混沌状态,去紧迫地"揭示"敌人和"拉近"友人,去加速垂死事务的进度并鼓励新事物的诞生,去解构封建阶级的文化霸权,并帮助新觉醒的阶级建立自我定位与自我肯定的文化自信。如斯大林所言,作家成了"人类灵魂的工程师"。[②]

宝兰的书的题目虽然是苏联的文学理论,然而整本书旨在提供苏联第一个五年计划期间的所有政治事件与相关的文学政策信息,与苏联文学及文学理论本身关联甚微。即使提及一些苏联作家、学者的个人观点,也倾向于展示苏联政治体制对文学、文学批评的影响。

此外,对于苏联作家协会(Union of Soviet Writers),宝兰虽然提及苏联政府以法令的形式规划了其目标:"创造一些具有高度艺术重要性的作品,向国际无产阶级呈现饱满的英雄抗争激情,多样式地展示苏联社会主义的胜利,最大限度地反映苏联的智慧与英勇。"[③] 然而,他认为这个目标对作家的要求本身就超越了文学,或者说原本就是非文学的:

> (作家)有很多重要的事情可以做……有知道如何制造拖拉机的工程师,有引导大型工厂建设的工程师。你,作家,也是引导人类灵魂建设的工程师,而且这项工作与正在进行的其他工作一样重要,都旨在建立苏联

---

① Joshua Kunitz. *Russian Literature since the Revolution*. New York: Boni and Gaer, 1948, p. 2.
② Joshua Kunitz. *Russian Literature since the Revolution*. New York: Boni and Gaer, 1948, p. 4.
③ Herman Ermolaev. *Soviet Literary Theory 1917–1934: The Genesis of Socialist Realism*. Berkeley, CA: University of California Press, 1963, p. 158.

社会主义及其胜利①。

对此，安德烈·日丹诺夫（Andrei Zhdanov）在1934年也有类似的观点：

> 要想成为一个人类灵魂的工程师（通过苏联社会主义精神重塑读者的意志）意味着要坚定地站立在真实生活的基础上。只有这样才能与旧的浪漫主义决裂，因为这种浪漫主义描绘的是一种不存在的生活和不真实的英雄人物，从而把读者带离了真实生活，并进入一个不可能的世界和一个无法实现的乌托邦梦想。②

简而言之，他认为在1928—1932年，"作为一个基本的宣传工具"，苏联文学与文学批评只是在"机械重复简单的概念，尤其当这些概念的受众本身并不复杂"③。

可以说，宝兰的上述观点几乎奠定了随后英美学者有关苏联官方文艺作品看法的主基调，即使稍有差异也只是零星松散的斑点，对整个基调本身不但不具有解构作用，还延展了主基调的长度与宽度。

小马修森的专著不仅是研究苏联文学英雄的开端，还开启了针对苏联作者、读者以及文学形象的政治性解读。在第一章"介绍"中，小马修森从四个方面论述了为什么他对苏联文学的政治性并不感到惊讶。首先，苏联文学政治性其实是19世纪沙皇俄国文学政治性的延续：

> 现在提及俄国传统中政治、道德与文学之间的紧密关系，已经成为一种通识现象。因为我们知道19世纪以来，俄国作家就频繁地享受着参与政治事务的乐趣，故而文学也就肩负了一种特殊形式的社会责任，以挑战和反对各种不平，进而推动政治改革。作家本身经常拥有如社会学家和经济学家一样的政治意识，不同之处在于三者使用的表达方式。

于是，作家与激进主义批评家之间建立了异常紧密甚至是完全等同的关系。直到1860年，两者之间开始出现了裂隙，因为这一时期"建立了针对文学思考的一种基本的两极论"，如"纯文学"与"应用文学"，"社会学"与"美学"等。这种论争产生了重要的影响，一方面催生了相似的两极论，如

---

① Herman Ermolaev. *Soviet Literary Theory 1917 – 1934: The Genesis of Socialist Realism.* Berkeley, CA: University of California Press, 1963, p. 158.

② Herman Ermolaev. *Soviet Literary Theory 1917 – 1934: The Genesis of Socialist Realism.* Berkeley, CA: University of California Press, 1963, pp. 158 – 159.

③ Herman Ermolaev. *Soviet Literary Theory 1917 – 1934: The Genesis of Socialist Realism.* Berkeley, CA: University of California Press, 1963, p. 170.

"马克思主义者"与"形式主义者"、"自由"与"强迫"、"艺术"与"政治"等。另一方面又建立了直接的文学形象关联,因为"19世纪有关'正面'的文学英雄的概念在苏联文学中得到了重现",即那些"象征着高洁品德的政治人士"。① 这也就是自 1932 年开始,英雄主义就开始遍布苏联的教育学、文学、心理学和艺术学的根本原因。为此,英雄主义成为整个苏联社会的"教育与规训准则,同时也是苏联政府最为重要的宣传工具之一"②。

在这种全面宣传英雄主义的思潮下,苏联的文学、作者和读者都肩负了新的社会重任。其中,文学"最为关键的一个责任就是把这个虚构的个人英雄形象公共化"。因此,作者"被告知在哪里可以寻找到这个英雄人物,以及这个形象需要如何表现他的忠诚,从而得知他的命运的走向"。更确切地讲,作家承受着社会的期望:"首先记录下苏联英雄的轮廓,进而根据这个限定的类型去寻找与他相关的、光明的、具有说服力的例子。"③ 此外,这种期望还要求作者"尽可能克制自身,以便不去破坏多种适宜的礼貌、规范的观点,以及适宜的态度"④,从而能够写出理想的正面英雄。面对这种类型的英雄人物,读者与文学形象之间的平等关系被完全打破了,因为"苏联式英雄首先是一个模范人物,他的事迹旨在激起读者的崇拜与模仿"。换言之,苏联式文学英雄"凌驾于读者之上",因为他是"官方美德的象征,也是行为合格的典范"⑤。

综合上述三位学者的著作,可以简要地勾勒出 1948—1958 年欧美学者研究苏联文学的发展变化历程:编撰零散的苏联作品—介绍苏联第一个五年计划期间的文学理论—较为深入地研究苏联文学中的正面英雄形象。当然,尽管只相隔了十年,但三者之间存在较大的差异,即从以国际友人的身份单纯整理苏联作品以揭示苏联的社会生活,到以"苏联文学理论"之名聚焦 1928—1932 年苏联文化的政治决策,再到真正进入苏联文学作品研究相关的文学形象。然

---

① Rufus W. Mathewson. *The Positive Hero in Russian Literature*. Stanford, CA: Stanford University Press, 1975, p. 2.
② Rufus W. Mathewson. *The Positive Hero in Russian Literature*. Stanford, CA: Stanford University Press, 1975, p. 2.
③ Rufus W. Mathewson. *The Positive Hero in Russian Literature*. Stanford, CA: Stanford University Press, 1975, p. 2.
④ Rufus W. Mathewson. *The Positive Hero in Russian Literature*. Stanford, CA: Stanford University Press, 1975, p. 6.
⑤ Rufus W. Mathewson. *The Positive Hero in Russian Literature*. Stanford, CA: Stafford University Press, 1975, p. 8.

而，三者之间依旧存在不可忽视的相似性，具体表现为两个方面：其一，三者的主基调皆是苏联文学的政治性大于文学性；其二，三者的主基调观点在随后欧美学者针对苏联文学的研究中被不停地重复，不论学者本身的学理诉求是否是为苏联及其文学进行文化辩护。其中，第一个代表性的例子就是吉比安的《间隔性自由：1954—1957年解冻时期的苏联文学》。尽管整本书的目的是介绍1954—1957年出现的令西方惊讶的苏联非官方文学，因为这类文学的艺术质量高于苏联的官方文学，但是在结语中吉比安还是不由自主地回到了苏联文学的非文学性，即转向了苏联文学的人道主义层面，具体表现在如下两个方面。

首先，吉比安从积极的一面指出1954—1957年苏联作家的共同性："苏联作家重新再现了人道主义"。这就说明"尽管经历了二十余载的斯大林主义，盘旋在苏联上空的人道主义价值并未消失，甚至也并未减损"。由于在外界看来，人道主义与价值这个话题在苏联"已经很多年不允许提及"，从而使得很多人认为它已经"被消除了"。然而，就在"斯大林离世之后，苏联作家的人道主义价值渴求就在第一时间抓紧机会抬头并表述自我"。简而言之，苏联作家的人道主义价值观一直是"以'地下'的形式存在着，而在1953年之后，就如熊熊烈火般喷发出来"①。

其次，吉比安区分了美国人道主义观念与苏联人道主义理想的异同。就差异而言，主要表现为苏联的消极与积极两个方面。

其中，吉比安指出相较于西方，苏联拥有的积极方面：

> 苏联与西方之间最大的间隙在于苏联作家的团体意识，尽管苏联作家也希望在一定程度上拥有个人权利，但是这种愿望并未阻止他们同时诉诸于民族的、社会的情感，而这种情感在本质上是集体的而非个体的，即使是最严厉的反斯大林的作家也共享了斯大林时期作家旨在与苏联人民连接一体的努力……在西方的小说中，我们经常看到的是一个个的个体，他们喜好独立的生活，同时也只关心他们自身或其家人……
>
> ……身在西方的我们，在很多方面也可以向苏联人学习。例如，我们已经缺失了他们朝气磅礴的理想主义精神；有时候我们发现自己已经被苏联作家眼中的自私、丢脸的物欲所吞噬；更为重要的是我们经常活在与人隔绝的世界里，从而缺乏一种团体才拥有的共同目标意识，而正是这种意

---

① George Gibian. *Interval of Freedom: Soviet Literature During the Thaw, 1954–1957*. Minneapolis: University of Minnesota Press, 1960, p. 162.

识能够指导我们走得更高,飞得更远。为此,我们大可以让自己接受苏联知识分子的启发,如他们伟大的社会责任感,以及他们对轻浮生活的蔑视。①

吉比安强调更为重要的同时也是更鼓舞人心的则是"即使在经历了40年的苏联统治之后,苏联的俄国知识分子并未在西方传统的人道主义理想道路上渐行渐远"②。

第二个具有代表性的例子是海沃德先后于1963年和1964年编著的两本会议论文集:海沃德和拉贝德兹的《苏俄文学与革命:1917—1962》,以及海沃德和克罗雷的《20世纪60年代的苏联文学:国际研讨会》。这两本文集一共收录了20篇文章,几乎涵盖了当时最有名的苏联研究学者,如斯特鲁韦、小马修森、吉比安、布朗、西蒙斯等。两部文集的相似性在于海沃德在前一本书的序言介绍与后一本书的结论总结中,共同聚焦于苏联官方文学的非文学性,尤其是政治性。例如,海沃德在前一本书的开篇就指出"在文学和农学领域,一直存在着相似的问题,即苏联政府试图把总体条例和行政准则强加到完全依靠高度个体化及其能力运转的人类活动之上"③。在后一本书结语的开篇,海沃德也指出:

> 毫无疑问,几乎所有的人都赞同这个针对苏联文学研究的观点,即不论是在斯大林时期还是后斯大林时期,如果仅仅从美学或常规文学价值层面去探讨苏联文学,是毫无意义的。因为相对于苏联作家被迫强加给苏联文学的"额外的文学"(extra-literary)功能,苏联文学的美学与文学价值一直都只是排在第二位的。④

仔细考察吉比安与海沃德的观点,可以看出除了在共同指明苏联官方文学的政治性之外,两位学者的著作还有另一个共同点,那就是其实它们的核心内容并不是苏联官方文学,而是1953年斯大林去世之后大量涌现出来的非官方苏联文学。为此,有必要追问两者以及其他欧美学者针对非官方文学的看法。

---

① George Gibian. *Interval of Freedom: Soviet Literature During the Thaw, 1954 – 1957*. Minneapolis: University of Minnesota Press, 1960, pp. 165 – 166.

② George Gibian. *Interval of Freedom: Soviet Literature During the Thaw, 1954 – 1957*. Minneapolis: University of Minnesota Press, 1960, p. 164.

③ Max Hayward, Leopold Labedz. *Literature and Revolution in Soviet Russia, 1917 – 1962*. Oxford: Oxford University Press, 1963, p. vii.

④ Max Hayward, Edward L. Crowley. *Soviet Literatures in the Sixties: An International Symposium*. New York and London: Frederick A. Praeger Publisher, 1964, p. 203.

二、苏联的非官方文学与艺术

针对苏联的非官方文学，如第一节所述，直到1975年欧美学者才使用萨米兹塔特这一术语，而1987年才开始使用塔米兹塔特。然而，这并不意味着在1975年之前没有相关的研究。实际上，最先指出苏联存在非官方文学的应该是斯特鲁韦。1951年，他在专著《苏俄文学：1917—1950》的序言中指出：

> 我需要增加一点，那就是目前不可能真正写出完整和客观的苏联文学史。在苏联内部，这种不可能性是不言而喻的。在苏联之外的我们，尽管硬件相对更好，但是最近在与一些苏联人民的交流中，我发现很多苏联早期的重要作家，已经不再是时下感兴趣的话语，而对于年轻的苏联一代关心的话题更是超越了我们的理解范围。相似的是，作为局外人的我们也需要克服巨大的障碍，比如蓄意压迫的事实与可能相同的蓄意构造的神话。同时，现在我们只能做出各种假设，例如，在苏联可能还存在着大量未被出版的文学作品，也就是说可能存在这样的一个事实，那就是很多苏联作家可能写作了诸多自己内心满意的作品，但是他们自己对这些作品的发表并未抱任何希望。因为最近在《民族》（The Nation）期刊的一篇文章中，亚历山大·沃斯（Alenxander Werth）对这种文学现象有所披露。沃斯对苏联异常了解，1941—1948年，他在苏联生活，并与很多苏联作家进行了面对面的交流。①

当然，斯特鲁韦的设想并未引起相应的关注，这种情况直到1957年《日瓦戈医生》在意大利出版之后才得到改变。至此，苏联的非官方文学开始引起广泛关注。最先以专著形式讨论苏联的非官方文学的就是吉比安，针对《日瓦戈医生》的横空出世，吉比安生动地描述了欧美学界的反应：

> 当帕斯特纳克的《日瓦戈医生》先后于1957年在欧洲出版，1958年在美国出版之后，整个西方学界的态度是一方面异常震惊，另一方面则又兴高采烈。……居然还有一位俄国作家有才华与勇气写出一部令人敬畏的小说，这部小说与我们通常所知的沉闷枯燥的苏联俄国文学天差地别。可以说，《日瓦戈医生》的出版是一个极具国际重要性的事件。②

---

① Gleb P. Struve. *Soviet Russian Literature: 1917-1950*. Norman, OK：University of Oklahoma Press，1951，p. xi.

② George Gibian. *Interval of Freedom: Soviet Literature During the Thaw, 1954-1957*. Minneapolis：University of Minnesota Press，1960，p. vii.

紧随这些令人兴奋的文字，吉比安进一步指出他对《日瓦戈医生》的看法：

尽管现在来谈论这部小说的文学价值还为时尚早，但是可以肯定的是这部小说作为一个宣言的重要性已经得以建立。这本书很可能作为最为杰出的人类境遇的档案被写入20世纪中叶的历史。①

在此基础上，吉比安阐述了他撰写该书的目的，同时也指出了为什么此书的核心内容并不是苏联文学的艺术成绩：

当然，《日瓦戈医生》并不是近年来走出苏联的唯一重要的文学作品（尽管可能从艺术层面上讲是最好的）。因为1954—1957年，从斯大林去世到匈牙利革命，苏联作家前所未有地拥有了一些不同以往的表述自由。因此，这本书就旨在考察苏联文学处于这段"间隔性自由"期间的变化与启示。

这本书重点感兴趣的不是苏联作品的主题和作家态度的转变，也不是作品本身在艺术层面取得的成效。因为如果采取纯文学的视角，很多走出苏联的作品与传统苏联作品之间的差异甚微，就写作方式而言，它们甚至几乎无法与19世纪二流的写实小说相提并论。毕竟，苏联政府几乎成功地使得所有俄国作家与肩负西方现代文学重担的作家隔离开来，即要么使苏俄作家忽视这些西方作家，要么确保他们不会受到这些西方作家的影响（例如，即使帕斯捷尔纳克自己也不知道卡夫卡，直到在斯大林去世之后他的一些访客带了一些卡夫卡作品给他）。苏联文学坚持不受这些西方作家的影响，如普鲁斯特、乔伊斯、卡夫卡、T. S. 艾略特、劳伦斯、弗洛伊德等。同时，即使现在也罕有证据表明苏俄作家知晓他们作家中的非现实主义文学传统，如马雅科夫斯基早期的未来主义……②

尽管如此，吉比安还是觉得苏俄在"间隔性自由"期间的作家是值得研究的：

然而，1954—1957年苏俄作家的话语还是被认为是有趣并重要的，因为他们利用罕见的机会言说了对于他们来说最为重要的问题。因此，通

---

① George Gibian. *Interval of Freedom: Soviet Literature During the Thaw, 1954 – 1957.* Minneapolis: University of Minnesota Press, 1960, p. vii.

② George Gibian. *Interval of Freedom: Soviet Literature During the Thaw, 1954 – 1957.* Minneapolis: University of Minnesota Press, 1960, pp. vii – viii.

过研究他们的文学生产，苏俄之外的世界能够知晓是什么促使苏联文学知识分子不安，因为他们是苏俄最善于表达和最见多识广，同时也是最急于阐述有关他们周遭生活的群体之一。①

追随这个思路，吉比安选择了三个板块的研究内容：第一，科学（包括科学家、科学调查、工程学和科技）；第二，爱与性；第三，文学"坏人"，或者说反面角色。这三个方面的主题"不仅是极好的思考苏联作家的路径，同时它们自身也颇有趣味"。在此之外，吉比安选择研读作品的"基本步骤是以一个'保守派'，或者说斯大林主义者的、遵从路线的作品作为开端，然后从一部非斯大林主义者的个体或群体作品，移动到另一个相关的个体和群体的作品"。在通常情况下，相较于前面出现的非斯大林主义者的作品，后面相继出现的作品在"反斯大林，批判过往、打破旧习"② 方面的激烈和激进程度是渐进式的。

自吉比安之后，欧美学界对苏联非官方文学的关注越来越多，其中上文第一节提到的海沃德领头编著的两本论文集就是针对这种走出苏联官方文学研究窠臼而召开的国际会议的成果。当然，在两部文集中针对苏联非官方文学，海沃德的态度基本上是保持一致的。他肯定了后斯大林时期在苏联发生的新文学现象：

> 在过去的两三年，苏联文学的进度是飞速的，以至于现在从文学价值的视角，而不是从信息载体，即作者的观点是否传递了值得赞扬还是备受谴责的视角，去判断一些苏联作家的作品开始变得可能。当然，这种可信性在西方学者间依旧饱含争议……
>
> 当然，不论苏联文学的价值是否可以被重估，可以肯定的是过去五年最好的苏联文学作品已经开始试图恢复文学的功能，即用文学去探索人类的境遇，而不是去限定人类的行为。这种趋势在一些年轻作家的作品中较为明显……针对这些作家的美学"抱负"③，可以如此描述，即不论学者如何看待他们实际取得的美学成果，这种苏联美学"抱负"是可以在假设它们与苏联之外的作家的美学观具有姻亲关系的前提下进行论述的……

---

① George Gibian. *Interval of Freedom: Soviet Literature During the Thaw, 1954 - 1957*. Minneapolis：University of Minnesota Press，1960，p. ⅷ.

② George Gibian. *Interval of Freedom: Soviet Literature During the Thaw, 1954 - 1957*. Minneapolis：University of Minnesota Press，1960，pp. ⅷ - ⅸ.

③ 原文特意使用了斜体：*aspirations*，在一定程度上可以推测海沃德想突出苏联文学的非文学性。

第一次有一些苏联作家真正开始审视苏联的现实，这种现实不是作为政治宣传工具对苏联的赞扬与批评，而是作为整个人类基本行为的洞见。不久之前，那些还是强制要求的愚笨的正面"英雄"和便捷的圆满结局，都开始消失。生活不再是愉悦的或简单的，而是悲伤的、复杂的，并且不再有任何人可以为任何问题给出答案。这些作家不再进行说教，即使他们要传递信息，也是传递帕斯捷尔纳克式的信息，即生活是不可能仅仅按照一个计划或方案进行规划的。①

在此基础上，海沃德还表述了他的期望："如果目前的这种势头可以得以继续，同时如果越来越多的禁忌可以被解除，那么我们就可以期待更多的人类本质可以以苏联视角得到探索，正如最优秀的俄国作家曾做到的一样。"②

相较于海沃德的乐观与期望，斯洛宁则表现得较为冷静与消极。1964年，斯洛宁在《苏俄文学：作家与问题》的序言开篇就指出由于面临新的苏联文学现象，其专著存在一定的局限性：

> 这本书的题目既定义了它的范围，也揭示了它的局限。由于它是针对俄国后革命时期的文学，因此它并未涵盖苏联内部由其他民族语言书写的作品，同时由于它关注的是苏联作家，故而别除了那些本应该被考虑进来的移民作家……
>
> 显而易见，目前想提供一部真实的苏联文学史是不可能的。尽管众所周知，评价我们同辈人的作家作品本身就是一种不确定的、费力的工作，因此很多文学批评家更愿意研究已经离世而不是在世的作家。当然，就苏联文学而言，我们面临的问题更为严峻。③

在此七年之后，斯洛宁提出的问题得到了斯特鲁韦的回应。1971年，斯特鲁韦在其《列宁和斯大林时期的俄国文学：1917—1953》这本再版了其1951年《苏俄文学：1917—1950》的书中，指出苏联的非官方文学印证了他20年前的猜想：

> 在1951年版本的前言中，我就曾写道在当时我们只能设想苏联可能

---

① Max Hayward, Edward L. Crowley. *Soviet Literatures in the Sixties: An International Symposium.* New York and London: Frederick A. Praeger Publisher, 1964, pp. 204-205.

② Max Hayward, Edward L. Crowley. *Soviet Literatures in the Sixties: An International Symposium.* New York and London: Frederick A. Praeger Publisher, 1964, p. 205.

③ Marc Slonim. *Soviet Russian Literature: Writers and Problems.* New York: Oxford University Press, 1964, pp. Ⅴ-Ⅵ.

还存在着大量未被出版的文学作品,因为很多苏联作家当时可能为他们自己的抽屉写作了诸多作品,并不指望发表它们。这类"潜水"文学被亚历山大·沃斯披露……

> 现在我们终于知道实际上这种文学是存在的,即确实存在很多苏联知名作家的众多未发表的作品。它们的出现是后斯大林时期最为有趣和重要的现象,尤其是在20世纪60年代……这些作品都创作于斯大林时期,但是在斯大林去死之后很久才被知晓。①

当然,在兴奋于猜想与现实之间的零距离之余,作为资深的苏联文学研究者,斯特鲁韦还提出了一个全新的话语,那就是这种非官方文学给苏联文学研究带来的困惑:

> 从年代学上来讲,这些未发表的作品属于这本书可以涵盖的阶段,即1917—1953年之间。然而,从更合理的层面来讲,它们又是后斯大林时期文学的一部分,正是这个矛盾的事实提出了一个苏联文学研究面临的难题。对我来说,如果将它们剥离出其创作的历史语境,而放置在它们被"发表"的年代,是不公平的。因为这就意味着要去阐释很多原本发生在1953年,尤其是1956年之后的事件,更为重要的是,其中大多数作品截至目前都只是在苏联之外得以出版。于是,这又代表了另一种后斯大林时期的重要现象,也就是我所言及的"非移民作家的移民书籍"。为此,这两个问题就是这本书旨在探讨的话题。
>
> 在我早期关于宿命文学的作品中,我曾认为我有职责告知我的读者,我仅仅是在研究俄国文学,即只限于探讨使用俄语书写的作品,而不是苏联内部其他民族语言的文学。然而,现在看来,这个告知是肤浅的,因为其局限性在此书的题目中就显而易见(至少是在英文版题目中)。②

斯特鲁韦所指的由大量后斯大林时期的苏联非官方文学引起的苏联文学研究所面临的两个问题,随后得到了一些学者的回应,代表人物及其作品包括斯洛宁《苏俄文学:作家与问题,1917—1977》(1977),霍斯金《超越社会主义现实主义》,以及大卫·洛《1953年以来的俄国文学》。斯洛宁1977年的版本,实际上是对其1964年版本《苏俄文学:作家与问题》的修订,一共增加

---

① Gleb P. Struve. *Soviet Russian Literature: 1917 – 1953*. Norman, OK: University of Oklahoma Press, 1971, p. vii.

② Gleb P. Struve. *Soviet Russian Literature: 1917 – 1953*. Norman, OK: University of Oklahoma Press, 1971, p. vii.

了六章。其中,最大的改变就是对苏联非官方文学的关注,具体可以表现在四个方面:第一,相较于斯特鲁韦的"抽屉"文学、"潜水"文学等术语,斯洛宁选用了专业术语——萨米兹塔特,并使用第32章较为全面地讨论了非官方苏联文学。第二,斯洛宁还加入了很多章节用于探讨新进"被发现"的作家的作品,如索尔仁尼琴等,如1964版的第23章在1977版中变为第24章,把第23章改为"The Fate of Poets: Mandelstam, Akhmatova, Tsvetayeva";而原来的第29章变为第33章,也就是新版第29至32章从不同的向度探讨了新近的苏联非官方文学。第三,斯洛宁使用第31章探讨并引领了对索尔仁尼琴的关注,而在其之前的研究主要还限于帕斯捷尔纳克的效应。第四,斯洛宁打破了1964版中对移民作家的忽视,使用第35章专章讨论了移民作家。

斯洛宁新提出的问题和开启的向度在霍斯金和大卫·洛处又得到了不同程度的回应。例如,霍斯金的专著在很大程度上就是起源于索尔仁尼琴及其作品的"被发现":

> 这本书是应时所需而撰写的,旨在阐明大致从索尔仁尼琴的《伊万·杰尼索维奇的一天》(One Day in the Life of Ivan Denisovich)出版以来的二十余年间,苏联的小说发生了哪些变化。1953—1963年,所谓的"解冻"时期,对西方学者产生了巨大的影响,此书中的很多章节就写于那个时期。然而,随后一种新的现象——萨米兹塔特,独占了西方的注意力。①

当然,霍斯金并不赞同这种观点,并从两大方面做出了相应的解释。首先,霍斯金从其个人在苏联的生活经历指出:"从我自己过去二十余年在苏联的生活,以及只要有可能就一直与各种文学期刊保持着的联络而言,我觉得这种过于轻视的态度是不合理的。"② 其次,霍斯金从两个角度指出萨米兹塔特与苏联作家和苏联文学的关系。一方面,霍斯金认为很多苏联的知名作家,一般都同时采用官方与非官方两种发表途径:

> 他们书写的问题远远超越了"解冻"本身的焦点,有时候他们探究的问题促使他们迈入了不确定性的萨米兹塔特领域。然而,有时候他们又能以官方出版的形式言说自己的看法。当然,不可置疑,萨米兹塔特作品

---

① Geoffrey A. Hosking. *Beyond Socialist Realism: Soviet Fiction Since Ivan Denisvoich*. New York: Holmes & Meier Publishers, 1980, p. ix.

② Geoffrey A. Hosking. *Beyond Socialist Realism: Soviet Fiction Since Ivan Denisvoich*. New York: Holmes & Meier Publishers, 1980, p. ix.

通常更具开放性和明确性，但是他们以萨米兹塔特所说的很多问题，经过再加工和重申之后，以敏感的读者可以理解的方式在苏联官方发表。①

另一方面，霍斯金指出萨米兹塔特形式发表的文学也属于苏联文学：

> 我认为萨米兹塔特作品和官方发表的作品都属于同一个现象，即都是苏联文学的一部分。当然，这种看法既不会得到苏联批评家的赞同，也不会得到苏联移民作家的欢迎。毕竟，不可否认的事实是文化审查机制的实施硬生生地隔开了这两种形式文学的生产方式。尽管如此，我还是坚持认为这两种文学之间的界限被过于夸大了，因为很多作品自身就跨越了两者的边界，例如《伊万·杰尼索维奇的一天》就从萨米兹塔特跨越到官方文学，而布拉特·奥库贾瓦（Bulat Okudzhava）的《可怜的阿夫罗西莫夫》（Poor Avrosimov）或《劳改营的自由》（A Gulp of Freedom）则是从官方文学跨越到萨米兹塔特。②

霍斯金的这种观点，在大卫·洛的书中得到了间接的回应，具体表现为这样的一个问题："一个，还是两个俄国文学？"对此，大卫·洛从四个阶段分析了相关问题。第一阶段，主要指16世纪初期到十月革命之前的时期。至少从16世纪初期开始，俄国文学版图的问题就与俄国的政治和地理问题关联起来。因为俄国第一位沙皇伊凡大帝（1530—1584），也就是"恐怖的伊凡"，与其前助手安德雷·库布尔斯基（Andriej Kurbski，约1528—1583）就进行了一场有关俄国文学版图的书信体式的激烈争辩。库布尔斯基后来逃亡到立陶宛，而其使用俄语书写的作品，就经常被质疑是否可以归属为俄国文学，因为这些作品的作者库布尔斯基已经越过了俄国的边界。

第二阶段，也就是第一次移民浪潮时期，大致是十月革命之后到第二次世界大战时期。十月革命之后，超过百万的俄国人离开故土，而且大多数再未回去，但是很多作家并未停止写作，而是继续在国外发表作品，如在捷克斯洛伐克、德国、法国和美国发表。由于这些作家自身并不认为他们的文学是苏联文学："总体而言，这些选择移民的作家认为他们是布尔什维克主义的敌人，且不愿意与其和解，故而把他们的作品视为一种独立的文学，这种文学完全不受

---

① Geoffrey A. Hosking. *Beyond Socialist Realism: Soviet Fiction Since Ivan Denisvoich*. New York：Holmes & Meier Publishers, 1980, p. ix.

② Geoffrey A. Hosking. *Beyond Socialist Realism: Soviet Fiction Since Ivan Denisvoich*. New York：Holmes & Meier Publishers, 1980, pp. ix - x.

同时期苏联文学的影响。"① 为此,俄国文学地图这个问题再次浮出水面。

第三阶段,主要指第二次移民浪潮时期,也就是第二次世界大战之后到20世纪60年代。第二次世界大战之后,苏联出现了很多新的政治难民作家,他们自愿移居或被流放到国外。随后,由于"冷战的紧张局势又进一步同时在苏联和西方加剧了这种隔离感",进而使得从20世纪50年代初期开始,就有很多学者指出自1917年以来,俄国文学就分裂成了两个部分:"一边是苏联俄国作家的文学,也就是所谓的社会主义现实主义者的文学"②,另一边则是移民国外的苏联裔作家的文学。

当然,大卫·洛也强调了针对苏联裔作家的文化独立,可以看出苏联政府对此并未理会,并且他们的作品也从未在苏联境内正式出版或流通,从而导致了很多研究苏联文学的西方学者也"无意识地站在了苏联政府一边,进而没有提及很多苏联裔作家所取得的卓越的文学成就"。例如,弗拉基米尔·纳博科夫(Vladimir Nabokov)、马瑞娜·茨维塔耶娃(Marina Tsvetaeva)、弗拉季斯拉夫·霍达舍维奇(Vladislav Khodasevich),以及1933年诺贝尔文学奖得主伊万·普宁(Ivan Bunin)等。这种情况直到斯大林去世之后,才有所改变。其中,最大的变化就是针对"苏联俄国文学与俄国移民作家文学间的两极化"③ 提出了很多难以回答的问题。

第四阶段,大致是第三次移民浪潮时期,即20世纪70年代到80年代,这一时期推动移民浪潮的主要是犹太作家。这些作家从两个层面提出了新的文学难题:一方面,他们强烈反对"苏联"这个标签;另一方面,他们还强烈反对老一辈苏联裔移民作家的文学标签,因为他们指出自身承受的二等公民身份,而不是所居国的主流公民。在梳理了"一个,还是两个俄国文学?"的简要历史和问题之后,大卫·洛给出了他的答案:

> 不论是从历史的角度,还是从理论的角度,都有很多理由把20世纪的俄语写作视为一个文学整体。之前就有很多把俄国文学视为一个整体的先例,即所有使用俄语书写的文学都是俄语文学的一部分。例如,库布尔斯基的文学就被视为俄国文学,而不是俄国移民文学。同理,亚历山

---

① David Lowe. *Russian Writing Since 1953: A Critical Survey*. New York: The Ungar Publishing Company, 1987, p. 3.

② David Lowe. *Russian Writing Since 1953: A Critical Survey*. New York: The Ungar Publishing Company, 1987, p. 3.

③ David Lowe. *Russian Writing Since 1953: A Critical Survey*. New York: The Ungar Publishing Company, 1987, p. 3.

大·赫尔岑终身与沙皇体制为敌,当时在国内发表了很多作品,现在这些作品也成了19世纪俄国主流文学。为此,是时候采用宽泛的视野来看待发表在俄国之外的20世纪文学。在这本书中,发表于苏联边界以外的作品会被特别提示,但是它们并不会被当成苏联或苏俄文学的任何派生分支。因为20世纪的苏俄文学保持了其整体性,如共同的语言、共同的传统,以及一个共同的希望,那就是未来面向共同的读者,尽管当下的普通读者对现代俄国文学的丰富性一无所知。①

对比霍斯金与大卫·洛的观点,可以看出两者的相似性与差异性。就差异性而言,霍斯金的侧重点是针对苏联内部作家书写的两种不同发表途径的作品,而大卫·洛的关注点则是苏联内部作家的作品与移民西方的苏联裔学者的作品。就相似性而言,两者都关心苏联研究所面临的新的难题,即到底是"一个完整的文学"还是"两类互相区隔的文学"。同时,两者的答案都倾向于"一个完整的文学",不论作品本身使用哪一种发表形式,以及作家处在苏联或西方的哪个地理位置。

当然,尽管总体而言,西方学者倾向于"一个完整的苏联文学",但是这种肯定的答案并不代表学者没有讨论非官方文学对官方文学的冲击。相反,大多数学者都指出苏联非官方文学动摇了官方文学的地位,尤其表现为强烈冲击了官方文学强加给作家的社会主义现实主义方法。例如,斯洛宁在1964版的《苏俄文学:作家与问题》序言中指出:

> 我希望对最近发生的重要事件给出合理的判断,如后斯大林时期更新了文学,出现了一批年轻作家,"社会主义现实主义"这个神话的最终垮台,以及苏联政府为了阻止苏联作家和艺术家不可逆转的向往自由与独立的运动,从而制定的一系列来回摇摆的官方政策。②

其中,"社会主义现实主义的垮台"这一观点,在1972年变成了海沃德的一篇文章的题目:《社会主义现实主义的衰落》("The Decline of Socialist Realism")。此文的核心观点是,萨米兹塔特的存在及其数量的不断增长实际上代表了苏联社会主义现实主义的衰落。由于这些被官方审查机制拒绝的作品,不仅在苏联文学中构成了不同的存在形式,而且这些作品从形成之初就是

---

① David Lowe. *Russian Writing Since 1953: A Critical Survey*. New York:The Ungar Publishing Company,1987,pp. 5-6.

② Marc Slonim. *Soviet Russian Literature: Writers and Problems*. New York:Oxford University Press,1964,p. ⅵ.

对社会主义现实主义的否定,因为它们"未能通过我们所常见的针对关键意识形态的测试,测试的标准为作品是否确保了最终(共产主义)胜利的信念,并是否列举了能够给予读者积极的可效仿案例,即作品是否有意识地达到了教育读者的目的"①。

综上可知,西方学者对待苏联官方文学与非官方文学的态度是有一定差异的。其中,苏联官方文学基本上是与"文学""美学"绝缘的,而非官方文学则是可以从"文学质量""美学价值"层面进行解读的。然而,总体而言,针对非官方文学的解读还是与官方文学本身捆绑一体的,具体又可以表现为两个方面:其一,到底是"一个文学"还是"两个文学"?其二,非官方文学是否表征了官方的文学方法——社会主义现实主义的衰落?为了回答第二个问题,首先就需要追问何谓社会主义现实主义。

---

① Max Hayward. *Writers in Russian: 1917 – 1978*. San Diego, CA, New York and London: Harcourt Brace Jovanovich, 1983, p. 173.

第二章 "东方—西方"与"欧洲—亚洲"文化夹缝中的沙俄与苏联

想要回答何谓社会主义现实主义这个问题，就需要厘清欧美学者针对社会主义现实主义的诸多研究。然而，这本身并非易事，原因主要在于在欧美视域下，社会主义现实主义与"苏联""苏联文学""苏联艺术""苏联文化""苏联精神""社会主义""斯大林""斯大林主义""政党路线""个人崇拜""东方""亚洲"等词语之间时常存在等同与替代关系。换言之，欧美视野中的社会主义现实主义本身就被强行贴上了无数的标签。

第一节 强贴的文化标签："东方""亚洲"与"社会主义"

如果仔细考察社会主义现实主义之所以会被贴上众多有关、无关的标签的根源，就会发现这样一个事实，即实际上在很大程度上社会主义现实主义单枪匹马地变成了整个苏联体制及苏联文艺作品之祸。更确切地讲，也就是社会主义现实主义被认为是整个苏联及其文化异于西方的"罪魁祸首"。

一、苏联文化之祸：社会主义现实主义

严格意义上讲，在英语研究界最先言及苏联社会主义现实主义的是斯特鲁韦。1935年，他在专著《苏俄文学》第14章中谈论了社会主义现实主义。这一章的标题为"近期发展：社会主义现实主义——民族主义 VS '西方主义'，以及'经典主义' VS '现代主义'"，从四大方面对社会主义现实主义进行了较为宽泛的论述。

首先，社会主义现实主义是如何发生的，主要有哪些功能？对此，斯特鲁韦给出了答案：

1932年文学"改革"的核心原则是凝固苏联文学的团体精神,以便结束之前众多文学组织之间的恶意竞争,从而最大限度地促使苏联文学取得内在的一致性与整体性……

尽管,相较于1929—1932年RAPP的独裁性而言,1932年的"改革"可以视为一种精神上的"解放"。然而,如果仔细考察,就会明显地发现,与1925年提倡不同文学机构之间自由竞争的政策而言,1932年把苏联政治强加给一个文学机构——全苏联作家协会的要求,其实是一种倒退……因为这种重组的结果是把一种绝对的文学方法强加给全苏联的作家。很明显这种决策暗含的事实是这种被指定为社会主义现实主义的文学方法,并不是苏联作家自身的发明,而是被苏联的国家领导制定的,虽然这个领导人现在没有,以前也从未与文学有过什么关联。社会主义现实主义这个在1934年第一次全苏联作家联合大会上被特意强调的口号,是由斯大林创造的,同时也正是他制定了苏联作家的角色——"人类灵魂的工程师"……

全苏联作家协会规定社会主义现实主义不仅必须描述新世界的现实,同时还要重组苏联人,以及教育他们走向社会主义。①

其次,社会主义现实主义具有什么特性?针对此问题,斯特鲁韦从五个小的方面进行了解答。第一,社会主义现实主义与"现实主义"的关系。在"现实主义"一词之前加上"社会主义"这个词并未使词组本身明晰化,因为它未能解决这个问题:"现实主义与社会主义现实主义的差别在哪里?是否仅仅在于一部作品的社会主义内容,抑或是作品传达的社会主义'信息'决定了两者的差异?然而,如果真是如此,那么又为何需要言说一种新的文学方法(method)和样式(style)?"② 第二,社会主义现实主义与"通俗现实主义"(popular realism)的关系。一些苏联学者指出两者之间的关联,因为他们认为俄国19世纪60年代的"通俗现实主义",如屠格涅夫、托尔斯泰等的作品,一直以不同的形式存在着,直到十月革命之后才因为不能满足新兴国家的要求而黯然退场。斯特鲁韦并不赞同这种观点,理由是这些苏联学者忽视了这样一个事实,那就是"作为新形式的现实主义,社会主义现实主义被要求站在通俗现实主义的对立面,并把后者视为一种低等的、过时的文学形式,表述的是小资产阶级心态",而社会主义现实主义被要求反映的则是"社会主义现实和

---

① Gleb P. Struve. *Soviet Russian Literature*. London:G. Routledge & Sons,1935,pp. 239 - 248.
② Gleb P. Struve. *Soviet Russian Literature*. London:G. Routledge & Sons,1935,p. 243.

社会主义心态"①。第三，社会主义现实主义与"资产阶级现实主义"（bourgeois realism）的关系。两者的差异表现为积极与消极的对立关系：

> 资产阶级现实主义，无论其形式如何多样，都基于一种针对现实的、批判的、或多或少消极否定的态度。因为它缘起于抵抗现实，并暗含革命性。相反，社会主义现实主义是建构于针对一个总体社会中新现实的积极乐观态度，它对生活说"是"，而十月革命之前的资产阶级现实主义则在根本上是悲观的，并且经常导致针对社会的病态的、不健康的态度。②

第四，社会主义现实主义与"革命浪漫主义"（revolutionary Romanticism）的关系。有一些苏联学者开始把两者对立起来，而一些学者质疑这种对立，苏联内部这场激烈论争的最终结果是"允许革命浪漫主义成为社会现实主义的一个重要组成部分"。例如，高尔基就指出"革命浪漫主义是社会主义现实主义的别称"。当然，斯特鲁韦认为这种解决结果仍然"无益于我们对社会主义现实主义作为一种文学方法的理解"③。第五，社会主义现实主义与"心理学表述方法"的关系。一些苏联学者建议把"社会主义现实主义视为一种心理表述方法，一种对立于陀思妥耶夫斯基和托尔斯泰心理方法的表述法"。换言之，社会主义现实主义的客体是完全对立于他们的心理主义的，因为这种心理主义"把人的行为简化为个体与外界善恶的斗争，并寻求宗教层面的解决办法"④。当然，也有一些苏联学者指出托尔斯泰的心理学方法更接近于社会主义现实主义。针对这两种提议，斯特鲁韦均进行了否定，原因在于：

> 如果苏联作家想效仿陀思妥耶夫斯基和托尔斯泰的心理学方法，那么他就需要把两者针对人与其行为的无阶级性、无历史感、宗教层面消极的、伦理层面抽象的态度，替代为一种社会的、历史的阐释。就此而言，相较于陀思妥耶夫斯基和托尔斯泰，其实巴尔扎克和司汤达的经典资产阶级现实主义才更接近社会主义现实主义。⑤

再次，社会主义现实主义面临哪些紧迫的任务？有的苏联学者提倡社会主义现实主义的一项重任是"创造典型人物（types），即革命时代的典型人物"，有的则坚持认为"社会主义现实主义必须寻找英雄形象（heroes），即需要反

---

① Gleb P. Struve. *Soviet Russian Literature*. London: G. Routledge & Sons, 1935, p. 243.
② Gleb P. Struve. *Soviet Russian Literature*. London: G. Routledge & Sons, 1935, p. 244.
③ Gleb P. Struve. *Soviet Russian Literature*. London: G. Routledge & Sons, 1935, p. 244.
④ Gleb P. Struve. *Soviet Russian Literature*. London: G. Routledge & Sons, 1935, p. 245.
⑤ Gleb P. Struve. *Soviet Russian Literature*. London: G. Routledge & Sons, 1935, p. 245.

映伟大革命时代英雄的特征"①。

最后,社会主义现实主义需要向沙皇俄国还是"西方"学习?民族主义者认为可以学习俄国的经典,而现代主义者则认为要赶上西欧与美国的步伐。其中,卡尔·拉德克(Karl Radek)的文章《经典VS乔伊斯》就是这两个派别的真实写照。

斯特鲁韦的论述在很大程度上定格了其后有关社会主义现实主义的研究视角,这也就是其专著不停地再版的重要原因之一。例如,1944年,《苏俄文学》再版为《25年的苏俄文学:1918—1943》;1951年,《25年的苏俄文学:1918—1943》再版为《苏俄文学:1917—1950》,而1971年则是其1951年版被再版为《列宁与斯大林时期的俄国文学:1917—1953》。当然,随着书籍的不停再版,斯特鲁韦的社会主义现实主义研究也有一定的修订,具体表现为1935年、1944年、1951年三个版本之间的差异,而1971年与1951年两个版本针对社会主义现实主义章节内容的本身则并没有差异。

1944年版与1935年版的差异在于前言与结尾两个部分,而社会主义现实主义研究的内容本身没有差异。在前言部分,斯特鲁韦在新序中重点指出其1935年版的被接受情况:"总体而言,被接受的情况是良好的。大多数批评家指出我的'冷静'与'客观',而责难的重点集中在于我'缺乏同情心'和我的'主观性'(很明显这种说法与我的书本身关系不大,而是一种先入为主的偏见)。换言之,也就是说我对时下苏联的政治体制没有同情心。"对此,斯特鲁韦回应道:"由于我书写的是苏联文学,而不是苏联的方方面面,因此我拒绝把这种指责当回事……如果要对其进行反驳,也可以做出这样的反问,即如果研究纳粹统治下的德国文学,是不是就需要对希特勒及其表征的事物予以同情?……更不必说苏联政体的现实随着时间的推移发生着激烈的变化,因此那些对此政体进行同情的人不得不找寻自我的定位,到底是坚持不变的原则,还是不停地变化……总而言之,这种指责本身是不值得我去回应的。"②尽管如此,斯特鲁韦还是增加了67页的后记,涵盖了1935—1943年与苏联文学有关的重要论争、决策等事宜。

1951年版与1944年版的差异在于三个方面:首先,1951年版的大题目改为《文学的停滞:1932—1941》。其次,章节的内容从1935版和1944版的13

---

① Gleb P. Struve. *Soviet Russian Literature*. London:G. Routledge & Sons, 1935, p. 246.

② Gleb P. Struve. *25 Years of Soviet Russian Literature: 1918 – 1943*. London:Lowe and Brydone Ltd, 1944, p. vii.

第二章　"东方—西方"与"欧洲—亚洲"文化夹缝中的沙俄与苏联

页扩展为 61 页，具体细分为五个部分：（1）1932 年的文学"重组"。（2）社会主义现实主义：理论。（3）第一次苏联作家代表大会：①文学作为国家的仆人；②尤里·奥缪沙（Yury Olesha）的人道主义请求；③尼古拉·布哈林（Nikolay Bukharin）总结苏联诗歌；④社会主义现实主义与詹姆斯·乔伊斯。（4）苏联世界观的改变：①迈向极权主义的路上；②修改俄国历史；③历史小说的差异；④铲除敌人；⑤斯大林崇拜与神话制造；⑥苏联走向保守。（5）社会主义现实主义——实践：①典型与英雄；②老一辈苏联作家对社会主义现实主义的贡献；③新的来者；④戏剧中的社会主义现实主义；⑤诗歌中的社会主义现实主义。最后，在 1951 年版中，斯特鲁韦针对社会主义现实主义做出了一些个人的、主观的批判：

> 在费尽九牛二虎之力试图学院派地定义社会主义现实主义无果之后，一个折中的构想就是调和社会主义现实主义与革命浪漫主义，但是两者关系的争议在第二次世界大战之后再次被指出。
>
> 可以肯定的是，社会主义现实主义消极的一面，从一开始就比积极的一面明显。因为社会主义现实主义从根本上是针对当时苏联文学中存在的一些趋势和实践（或者说不当行为）的反应。正是这种反应所生产的"改革"，一方面清除了众多"无产阶级"文学和艺术团体，另一方面则树立了旨在提高苏联文学的总体水平的目标①。

纵观 1935—1951 年三个版本中的发展变化，可以发现斯特鲁韦有关社会主义现实主义的研究是整个斯大林时期欧美学者中最具开创性、最为深入、最具代表性的。究其根源，主要在于一方面斯特鲁韦的研究视角和涵盖的材料都是比较全面的；另一方面，斯特鲁韦的观点立场也是比较中立的，既没有尖酸的词语，也没有主动的辩护，而是既就事论事地阐述了当时苏联内部有关社会主义现实主义的信息和论争，又指明了当时苏联社会主义现实主义带给西方学界的困惑与疑问。简而言之，斯特鲁韦的社会主义现实主义研究在整个斯大林时期是最早、最系统，同时也是最为中立的研究。当然，斯特鲁韦的研究在后斯大林的时期也鲜有被超越，甚至可以说，在 1973 年 C. V. 詹姆斯较为系统的研究专著：《苏联社会主义现实主义：起源与理论》出版之前，斯特鲁韦针对社会主义现实主义的研究在当时欧美学者中的重要性既是无法替代的，也是

---

① Gleb P. Struve. *Soviet Russian Literature: 1917 – 1950*. Norman, OK: University of Oklahoma Press, 1951, pp. 241 – 242.

不容忽视的。某种程度上讲，除了詹姆斯的专著，在斯特鲁韦之后的社会主义现实主义研究的特点表现为两个方面：一方面，大致可以分为相对积极与消极两个向度，同时消极向度的作品数量多，而且言辞刻薄；另一方面，有意无意地在社会主义现实主义、苏联、苏联文学之间画上等号。其中，相对积极、辩护方面的代表人物如吉比安、霍金斯等，消极方面的代表人物如 E. J. 布朗、斯洛宁等，而类似于斯特鲁韦的中立者则是 C. V. 詹姆斯。

1960 年，吉比安在《间隔期的自由》第一章"自由与结果：1953—1958"的开篇指出：

> 自 1932 年以来，苏联官方指定的社会主义现实主义作为一种神圣的、模糊的精神，就正式主宰了苏联的文学、音乐、绘画以及其他艺术。然而，想要明晰地区分究竟社会主义现实主义是什么而不是什么是非常困难的，即使苏联的作家们自身也未搞清楚社会主义现实主义的定义。1954 年，在苏联作家第二次代表大会上，一位苏联作家就抱怨道：国外的共产主义作家总是反反复复地追问一个有关社会主义现实主义的确切定义，然而他们并不明白这样的一个事实，即社会主义现实主义的明确定义是无法提供的。这个作家还继续指出，那些外国人所期望的是一个类似于食谱的定义："混合百分之五十的正面英雄，百分之五的负面英雄，百分之一的社会矛盾，百分之一具有启发性的浪漫主义，百分之百的蒸馏水。"然而，他唯一能够给这些外国人的建议就是研读更多的苏联文学，并从他们的阅读过程中吸收社会主义现实主义精神。
>
> 在正式的实践中，社会主义现实主义指的是撰写这样的一些观点，即人类整体有关当下的关怀。然而，由于苏联政党占据了人民代表的最佳代言人角色，因为在马克思主义这种社会与历史分析最具洞察力的工具的武装下，苏联政党成了所有事件的阐释者，因此任何暗示他们为理想的话题都将成为小说应该书写的内容。
>
> 消极地讲，在社会主义现实主义教条下，苏联作家被命令要求规避很多 19 世纪俄国文学最为荣耀的实践：主观主义，沉迷于对个体的心理和动机的解剖；多种文学形式的试验，尤其是任何形式的变革和先锋主义；驻足于个人而不是作为一个社会阶级的集体角色；使用表现主义或其他现代和激进人士提议的远离现实主义的技巧。积极地讲，作家们敦促去代言团体、"集体"，同时真实地、毫无歪曲地表述典型。他们需要记住苏联发展的趋势是前进的，因此也就更需要现实地去描述当下生活中的积极成分，因为他们最终将成为未来的主宰力，从而即使就时下看来也是更为

第二章 "东方—西方"与"欧洲—亚洲"文化夹缝中的沙俄与苏联

"典型"的。相反,消极因素的重要性就需要降低,因为它们不仅属于过去,而且注定是要消亡的,所以作家的视野应该远离这些负面因素。①

吉比安应该是英语学界较早指出社会主义现实主义也有"积极一面"的学者,这与他对苏联集体意识的赞同,以及对"西方"个体自私观的否定密切关联。相较于吉比安的积极观点,布朗和斯洛宁的观点就较为负面,而且言辞刻薄。1963年,布朗在其专著《十月革命以来的俄国文学》中使用不到两页的篇幅探讨了社会主义现实主义:

> 在斯大林统治下,苏联文学的官方的、义务的"形式"是社会主义现实主义。很多知识分子花费大量的精力,试图搞清楚这个术语的意义。社会主义现实主义起源于一项践行斯大林主义者意识的抽象研究,那么它是如何出现的? 起初,在19世纪晚期,艺术中的"现实主义"得到讨论,并被等同于哲学中的唯物主义,故而得到了马克思主义作家的接受与支持。然而,到底是什么类型的"现实主义"依旧是一个未解决的问题? 心理现实主义似乎导向了个体的心理,"客观"现实主义有时揭示的是苏联生活的消极的、排斥的方面,从而被认为具有"典型性"。批评现实主义集中暴露社会的错误,然而又未肯定任何事物。自然主义关注的是人类发展的生物层面,而非社会层面。RAPP大力支持的现实主义中的"辩证唯物主义方法",不仅含糊不清,而且教条僵化。"社会主义现实主义"于1932年被发现——没人知道发现者是谁,但是应该是受到了斯大林的启发,即"社会主义"这个术语可能配得上"现实主义"。同时,由于社会主义者这个术语本身具有丰富的内涵,但是在文学中完全没有任何采用,因此社会主义现实主义的实践和指导意义都是有效的。②

如果说布朗激烈言辞的关注点集中在指出斯大林及其副手所扮演的社会主义现实主义启发者和代言人的角色,对苏联文学的危害,那么斯洛宁的言辞则重点聚焦于社会主义现实主义本身,集中表现在其1964年的《苏俄文学:作家与问题》,以及随后的两个再版中:《苏俄文学:作家与问题,1917—1967》和《苏俄文学:作家与问题,1917—1977》。三个版本中的第16章均探讨从第一个五年计划到社会主义现实主义,整章共13页,包含如下四个方面。

---

① George Gibian. *Interval of Freedom: Soviet Literature During the Thaw, 1954 – 1957*. Minneapolis: University of Minnesota Press, 1960, pp. 3 – 4.

② Edward J. Brown. *Russian Literature Since the Revolution*. London: Collier-Macmillan, 1969, pp. 33 – 34.

第一，斯洛宁分析了社会主义现实主义是如何从苏联第一个五年计划期间过渡而来的。1932年，苏联政府解散RAPP的决定产生了多方面的影响。一方面，它"终结了苏联文学史上最愚蠢和最令人愤怒的一段插曲，并为当时的境遇带去了进步，甚至可以说是自由"；然而另一方面，它也"为未来的罪恶埋下了种子，因为它关于统一的主张，实际上演变成了一致的要求"。[①] 在这个要求下，苏联只有一个作家协会，所有人都要经历一个体制的审查。换言之，苏联作家的境遇是变得更糟，而不是变得更好。

当然，尽管1932年是一个理论上的分界线，但是前后时期的关联并没有被切断。其中，最为显著的连续性就是"共产主义美学"，具体又可以表现为三个方面：其一，文学的功能定位没有改变，依旧是"社会服务，并且因为根据其所含的有用性进行区别对待"；其二，作家的教育功能没有改变，而且"一旦他们有所偏离就会被认定为堕落的、资产阶级的、形式主义的"[②]；其三，文学与生活的关联要求没有改变，作家仍然被期望致力于关心众多非文学层面的一手材料，如经济、科技和社会程序等。

第二，斯洛宁给出了社会主义现实主义的官方说明，尽管较为简短，但是在同时期的研究中，这个说明已经在很大程度上超越了之前的众多苏联研究，尤其是那些只把社会主义现实主义与其他苏联词组绑定起来，而未把它落实到真正苏联语境之中的文化偏见。斯洛宁给出的简短说明如下：

> 社会主义现实主义，作为苏联文学和文学批评的基本方法，要求艺术家描述一个真实的、完整的历史，即把现实放置在其相应的革命发展过程中进行描述。此外，艺术表述的真相和历史完整性，必须将社会主义精神对劳动者进行意识形态的重塑和教育的功能结合起来。[③]

第三，斯洛宁指出了社会主义现实主义存在的问题，最显著的就表现为它的模糊性。一方面是有关"目的"的模糊性：

> 苏联批评家所有建立一个文学流派的努力，都基于一个前提，那就是艺术是对现实的反映，因此现实主义就是新文学流派的本质……这些批评

---

① Marc Slonim. *Soviet Russian Literature: Writers and Problems*. New York: Oxford University Press, 1964, p. 159.

② Marc Slonim. *Soviet Russian Literature: Writers and Problems*. New York: Oxford University Press, 1964, p. 160.

③ Marc Slonim. *Soviet Russian Literature: Writers and Problems*. New York: Oxford University Press, 1964, pp. 160-161.

家故意规避讨论艺术问题,而是专注于艺术目的。正如艾伯拉姆·特尔茨所言,社会主义现实主义作品有一个明确的大写的目的……毋庸置疑,所谓的目的也就是共产主义。于是,诗人、小说家和艺术家必须像工人或工程师一样,采用相同的方式帮助苏联建构共产主义,这也就说明了为什么如此众多原本不同的作品都被列入"社会主义现实主义类别"。然而,实际上这些作品之间唯一的关联就是它们针对"目的"的意识。这也就解释了为什么当苏联批评家讨论社会主义现实主义的时候,西方不明白为何这个难以捉摸的术语的定义反反复复地改变,并引起观点分歧的根源[1]。

另一方面,斯洛宁提及了针对社会主义现实主义与其他"主义",包括"批评现实主义""革命浪漫主义""辩证唯物主义"等之间界限的含糊性。例如,高尔基就"试图言说一种与19世纪批评现实主义相对的社会主义现实主义"。同时,高尔基还与他的朋友们一起"坚持把社会主义现实主义与革命浪漫主义等同起来,进而要求年轻作家颂扬热情、牺牲与英雄主义"[2]。

为何会出现这些模糊性?斯洛宁认为主要原因在于两个方面。一方面艺术实践与政治要求之间存在较大的距离,因为"艺术家在其作品中首要关心的并不是他需要反映或代表的现实,而是将使用什么路径和态度表述现实,这就包括方式、个性、视野、形式、表述手法,以及各种专业的、艺术的术语"。然而对此,苏联理论家的态度是"直白地忽视了这样的一个事实",即他们忽视了"在把材料组合成一定的形式的时候,艺术的重要性是第一位的"。相反,他们"坚持认为直接表述生活,就好像这是一件简单而容易的事情"[3]。另一方面,新社会旗帜下对苏联作家偏激的新要求,即"必须确保苏联社会的正面性,并颂扬苏联人民及其在新生活中的抗争,也就是所谓的社会主义内容"[4]。

针对如何解决这些既令西方学者又令苏联学者困惑的问题,斯洛宁给出了相应的方案:

---

[1] Marc Slonim. *Soviet Russian Literature: Writers and Problems*. New York: Oxford University Press, 1964, p. 162.

[2] Marc Slonim. *Soviet Russian Literature: Writers and Problems*. New York: Oxford University Press, 1964, pp. 162-163.

[3] Marc Slonim. *Soviet Russian Literature: Writers and Problems*. New York: Oxford University Press, 1964, p. 161.

[4] Marc Slonim. *Soviet Russian Literature: Writers and Problems*. New York: Oxford University Press, 1964, p. 162.

如果共产主义者的美学理论家,直接说一部"好的"文艺作品就是支持共产主义的,而一部"坏的"文艺作品则是要么不支持、要么半支持共产主义的,那么他们其实就可以避免很多麻烦。①

第四,斯洛宁总结了社会主义现实主义的特征。首先,社会主义现实主义是一个"配方"(formula),正如苏联作家协会是一个"文学的五角大楼"(literary Pentagon)。其次,社会主义现实主义这个在官方"配方"中使用的"方法"(method),实际上真正意指的是一种"要求",并且这种要求本身"与美学意识或文学意识是无关的"②。

如果对比斯洛宁和布朗的负面性,可以看出斯洛宁的观点不论是在程度上,还是在言辞上都更为激烈。当然,布朗和斯洛宁的观点并不能概括所有欧美学者的观点。相反,它们一方面推动了一些学者站在较为中立的立场进行更为深入的深究,如詹姆斯的《苏联社会主义现实主义》;另一方面则引起了欧美内部一些学者的批评,如霍金斯的《超越社会主义现实主义》。

詹姆斯的《苏联社会主义现实主义》是1973年以来第一部最为系统地研究苏联社会主义现实主义的专著。全书主要分为四部分:(1)艺术与人民;(2)艺术与党;(3)一些法令;(4)社会主义现实主义。同时,还包括"介绍"与"附录"两个部分。其中,"介绍"部分包含了三个层面的内容:第一,西方读者和学生为何难以理解苏联文学及社会主义现实主义?原因包括西方学者面对的语言障碍、无法获得研究资源、记录和研究材料的缺乏,以及更为重要的是要面对一整套与西方完全不同的苏联哲学,其中重点就表现为被称为社会主义现实主义的"艺术方法"。针对这个文学"配方"的理解难度与困惑,很多西方学者指出,就连1965年的诺贝尔文学奖得主肖洛霍夫也曾指出他自己都无法确切地言说何谓社会主义现实主义。当然,对于这种观点,詹姆斯使用尾注进行了否认:

实际上,严格意义上讲这种说法是不正确的。因为有关肖洛霍夫的真实的、完整说法是他"不擅长于科学的公式化",同时他又接着指出"'社会主义现实主义'是有关生活的艺术现实,是艺术家根据列宁提出

---

① Marc Slonim. *Soviet Russian Literature: Writers and Problems*. New York: Oxford University Press, 1964, p. 160.

② Marc Slonim. *Soviet Russian Literature: Writers and Problems*. New York: Oxford University Press, 1964, p. 162.

的各种文学方针政策做出的理解与阐释"。①

第二,针对社会主义现实主义起源的观点主要可以分为两种类型:

  针对社会主义现实主义的起源主要有两类截然不同的观点。其中,反对社会主义现实主义的一方认为社会主义现实主义是斯大林的政策在文化场域的一种延伸,正如这种政策逐渐渗透到苏联社会生活的方方面面一样。换句话说,社会主义现实主义是被斯大林、日丹诺夫和高尔基发明的,并在20世纪30年代早期通过苏联艺术机构强加给不愿服从的艺术家,起始点就是1934年的苏联作家协会。从这个观点可以看出,社会主义现实主义起源于20世纪30年代,具体的源头则是俄国人和斯大林主义者。

  然而,赞同社会主义现实主义的一方则指出,社会主义现实主义是一种世界性社会主义与现实主义相互发展的结果,尽管具有不同的本土特色,并附有逐步提升的政治意识,如马克思主义、工业无产阶级等。因此,社会主义现实主义是在艺术中呈现如何建构社会主义社会的争论。很明显,社会主义现实主义在每个国家都始于马克思主义者的无产阶级运动。其中,在俄国的关键时期就是1895年。当然,与在艺术中体现的趋势不同的是,社会主义现实主义这个理论名是直到1932—1934年才正式被给予的。然而,这种理论之名仅仅是赋予已经存在了几十年的现象的一个摘要和编号,并被马克思和列宁主义者强行要求,用以理解社会的发展以及形塑和预测未来。就此而言,社会主义现实主义起源于列宁主义者,并且苏联在20世纪30年代发生的诸多事情都并不是一个合理的逻辑阶段,而只是一种暂时的过程。

  当然,这两种观点并不仅仅是一种论争,因为它们所暗含的苏联整个艺术史是非常明确的,社会主义现实主义要么是指向过去,要么是指向当下和未来。②

第三,苏联"官方"针对社会主义现实主义起源有三种看法:

  艺术中的社会主义现实主义是19世纪现实主义发展的结果,对党忠

---

① C. V. James. *Soviet Socialist Realism: Origins and Theory*. New York: St. Martin's Press, 1973, p. 121.

② C. V. James. *Soviet Socialist Realism: Origins and Theory*. New York: St. Martin's Press, 1973, pp. ⅹ-ⅺ.

诚的原则很可能归因于列宁，20 世纪 30 年代方程式化的理论实际上是扎根于 20 世纪 20 年代的各种实践。①

在上述各种观点和论争的基础上，詹姆斯从三个方面提出了自己的看法。首先，社会主义现实主义的宽泛含义和俄国特性：

> 社会主义现实主义是一种世界性的艺术现象，缘起于 19 世纪末和 20 世纪初的社会剧变，如资本主义社会内部逐渐恶化的矛盾，资产阶级文化的危机，以及无产阶级社会意识的觉醒，因此社会主义现实主义是争取社会主义胜利的艺术反映。
>
> 在俄国，社会主义现实主义发展于第三个无产阶级革命时期，现在也仍处于发展之中。在文学中，社会主义现实主义的引领者可以追溯到普希金和托尔斯泰，绘画可以追溯到伊利亚·列宾（Ilya Repin）、瓦西里·苏里科夫（Vasily Surikov），建筑可以追溯到马特维·卡扎科夫（Matvey Kazakov）、瓦斯里·巴热诺夫（Vasily Bazhenov），而批评和美学则可以追溯到亚历山大·赫尔岑（Aleksandr Herzen）、维萨里昂·格里戈里耶维奇·别林斯基（Vissarion Belinsky）、尼古拉·车尔尼雪夫斯基（Nikolay Chernyshevsky）和尼古拉·多布罗柳波夫（Nikolay Dobrolyubov）。②

其次，社会主义现实主义的五个发展阶段。第一阶段，19 世纪 80 至 90 年代，发展原因主要是资本主义社会的各种无法解决的内部矛盾：

> 19 世纪 80 至 90 年代，资产阶级—资本主义社会与日俱增的内部矛盾，导致了现实主义的衰落和现代主义流派的兴起，如未来主义、立体主义、表现主义、达达主义、超现实主义等。这些现代主义流派的出现就意味着艺术与大众之间的距离越来越远。与此同时，19 世纪的现实主义传统还是在继续发展之中。其中西方的代表作家有阿纳托尔·弗朗西（Anatole France）、伯纳德·萧伯纳（Bernard Shaw），而在俄国，代表作家如伊万·普宁（Ivan Bunin）、亚历山大·库普林（Aleksandr Kuprin），画家如瓦伦丁·谢罗夫（Valentin Serov），音乐家如谢尔盖·拉赫马尼诺夫（Sergei Rachmaninov），戏剧家如康斯坦丁·斯坦尼斯拉夫斯基

---

① C. V. James. *Soviet Socialist Realism: Origins and Theory*. New York：St. Martin's Press，1973，p. xi.

② C. V. James. *Soviet Socialist Realism: Origins and Theory*. New York：St. Martin's Press，1973，p. 85.

(Konstantin Stanislavsky)①。

第二阶段,十月革命时期,发展原因是布尔什维克的执政和社会主义的胜利:

> 1917年布尔什维克的掌权给世界政治形式带来了巨大的变化,同时也为艺术与人民的分离及相应的"形式主义"带去了末日。新的社会体系为激进艺术创造了前所未有的发展机遇,阶级内容和准则开始出现。当然,这种变化是不可能在一夜之间完成的,这也就是为何20世纪20年代新现实主义(也就是社会主义现实主义)与形式主义流派之间矛盾层叠的根源。
>
> 十月革命期间的艺术,是一种反对资本主义的武器,当时面临的问题是如何把这种武器转变为争取社会主义的有力武器。为了弥合艺术与大众的分离,艺术家们尝试了很多陌生的、相互矛盾的路径,所有这些路径都建基于一种野蛮的阶级战争。在资产阶级统治期间,形式主义主宰着艺术。然而,当无产阶级逐渐开始建立社会—政治地位之时,现实主义重新被确立起来。当然,这并不是19世纪的批判现实主义,而是社会主义现实主义。②

尽管如此,当时也并不是所有的艺术家都致力于实践新的现实主义,而是各种主义的大杂烩,如19世纪的批判现实主义,20世纪初的形式主义、现代主义流派等。然而,社会主义现实主义占据了上风:

> 诸多因素推进了新现实主义的发展,如艺术家亲近人民的期望,并把作品扎根于稳固的经典,尤其是19世纪的那些民主先驱的作品,以及他们想剔除作品中的现代主义元素。当然,更为重要的还是共产主义意识的增加。③

换言之,在1934年社会主义现实主义被正式确立之前,西方和俄国就已经出现了社会主义现实主义式的作品:

> 在俄国,有高尔基的小说,马雅科夫斯基的诗歌,肖洛霍夫《静静

---

① C. V. James. *Soviet Socialist Realism: Origins and Theory*. New York: St. Martin's Press, 1973, p. 85.
② C. V. James. *Soviet Socialist Realism: Origins and Theory*. New York: St. Martin's Press, 1973, pp. 85–86.
③ C. V. James. *Soviet Socialist Realism: Origins and Theory*. New York: St. Martin's Press, 1973, p. 86.

的顿河》1928 年的第一卷和第二卷，德米特里·富尔马诺夫（Dmitri Furmanov）的《夏伯阳》（*Chapayev*，1923）、亚历山大·法捷耶夫（Alexander Fadeyev）的《毁灭》（*The Rout*，1927）、弗谢沃洛德·伊万诺夫（Vsevolod Ivanov）的《游击队》（*Partisan Tales*，1921）、亚历山大·绥拉菲莫维奇（Alexander Serafimovich）的《铁流》（*Iron Torrent*，1924）……谢尔盖·爱森斯坦（Sergei Eisenstein）的电影《战舰波将金号》（*Battleship Potemkin*，1925）等。

在西方，社会主义现实主义成分以不同的形式出现在很多艺术家的作品之中，如阿纳托尔·法郎士（Anatole France）、亨利·巴比塞（Henri Barbusse）……巴勃罗·毕加索（Pablo Picasso）、巴勃罗·聂鲁达（Pablo Neruda）……马汀·尼索（Martin Nexo）等①。

第三阶段，1932—1934 年，社会主义现实主义逐步得到正式确认：

20 世纪 20 年代到 30 年代初，针对新的现实主义提出了很多种命名："无产阶级现实主义"，如费奥多·格拉德克夫（Feodor Gladkov）；尤里·利比丁斯基（Yuri Libedinsky）；"目的现实主义"（马雅科夫斯基）；"不朽现实主义"（托尔斯泰）；"共产主义现实主义"，如伊万·格龙斯基（Ivan Gronsky）。1932 年 10 月，在高尔基的寓所举行了一次作家代表会议，新的现实主义的命名事宜再次被提及。斯大林也参加了会议，他在聆听了一会儿之后，打断对话，指出："如果艺术家想要正确地描述我们的生活，那么他就需要成功地观察并指出我们的生活是如何被带向社会主义的。也就是说，我们的艺术将是社会主义艺术，所以也就将是社会主义现实主义。"②

正是在此基础上，社会主义现实主义在 1934 年苏联作家第一次代表大会上被正式定为官方的"方法"，这种方法"最先针对的是文学，随后逐渐涵盖了各种艺术"③。其中，就文学而言，1934 年的官方决定如下：

社会主义现实主义要求作家，把现实生活放置在革命发展过程中进行

---

① C. V. James. *Soviet Socialist Realism: Origins and Theory*. New York：St. Martin's Press, 1973, p. 86.

② C. V. James. *Soviet Socialist Realism: Origins and Theory*. New York：St. Martin's Press, 1973, p. 86.

③ C. V. James. *Soviet Socialist Realism: Origins and Theory*. New York：St. Martin's Press, 1973, p. 87.

真实的、历史的具体描述。更重要的是，这种针对现实的真实的、历史的具体描述，需要结合这样的一个任务，那就是以共产主义精神教育工人阶级。①

第四阶段，1954年苏联作家第二次代表大会给出的新阐释：

> 在他们的创造性作品中，苏联作家的灵感来源于两个方面，一方面是为了共产主义奋斗的伟大理想，另一方面是人民群众反对一切针对人与人之间的压迫和剥削形式，而获得真正的自由和快乐。同时，也来自反对资产阶级虚假的、伪善的"解放"文学的口号，以及他们"为艺术而艺术"的虚假概念。我们的作家自豪地站在了为了大众和人民的旨趣而奋斗的意识形态高度。②

第五阶段，1959年苏联作家第三次代表大会期间赫鲁晓夫的官方声明指定的发展方向：

> 苏联政府是作家的后盾……作家吸收积极的因素作为他们创作的基础……揭示劳动的"辛酸"，点亮人民的内心，敦促他们前进，并指明通往新世界的道路。他们的正面英雄不同程度地概括了人的所有好的品质与特征，并使用这些品质和特征去对比负面形象，示范新现实与旧现实的斗争，以及最终新现实毋庸置疑的胜利。③

最后，社会主义现实主义的三个具体特征。其一，社会主义现实主义既包括了官方大致的原则，如"意识形态的内容""党的观念意识""真实的现实"，也涵盖了"艺术家个体的艺术特征和类型"④。其二，社会主义现实主义并"没有明确一系列机械的应用原则，而只是给出了一些大致的路线，并鼓励把它们应用到特定的语境之中"⑤。其三，社会主义现实主义的最重要的创

---

① C. V. James. *Soviet Socialist Realism: Origins and Theory*. New York: St. Martin's Press, 1973, p. 88.
② C. V. James. *Soviet Socialist Realism: Origins and Theory*. New York: St. Martin's Press, 1973, p. 98.
③ C. V. James. *Soviet Socialist Realism: Origins and Theory*. New York: St. Martin's Press, 1973, p. 92.
④ C. V. James. *Soviet Socialist Realism: Origins and Theory*. New York: St. Martin's Press, 1973, p. 89.
⑤ C. V. James. *Soviet Socialist Realism: Origins and Theory*. New York: St. Martin's Press, 1973, p. 90.

新特点就是这样的一个现实,即它"积极地、有意识地去建构新的社会"①。

综上可知,詹姆斯的社会主义现实主义至少从四个层面突破了其之前的西方学者的研究与偏见:第一,詹姆斯把社会主义现实主义放置在一个世界性的历史语境之中,而非苏联专有;第二,詹姆斯的社会主义现实主义并不是苏联时期的产物,而与19世纪的俄国传统具有紧密的延续性和关联性;第三,詹姆斯突破了"政治的""斯大林式"的社会主义现实主义研究,考察了后斯大林"解冻"时期的一些变化,具体变现为赫鲁晓夫在1954年和1959年苏联作家第二次和第三次代表大会上的发言;第四,詹姆斯不仅研究了文学社会主义现实主义,还涉及了音乐、建筑、绘画等领域。简而言之,詹姆斯的社会主义现实主义研究可以概括为:

> 社会主义现实主义建基于艺术家与建构新社会之间的直接关联,它被着色为这样的一种艺术,即工人阶级为取得社会主义胜利而奋斗的经验的艺术。

> 社会主义现实主义包含了所有艺术种类和类型,并根据不同的艺术类型有不同的形式。社会主义现实主义是与时俱进的,因此20世纪30年代的社会主义现实主义并没有驻足不前。同时,社会主义现实主义在不同的国家有不同的表现,也就是说社会主义现实主义并不能被简单地照搬挪用②。

由此可见,詹姆斯的观点是较为中立的,这与斯特鲁韦1935年版的观点类似。相较于詹姆斯和斯特鲁韦的中立观点,霍金斯在《超越社会主义现实主义》中的观点则倾向于吉比安式的积极性和辩护性,具体表现为两个方面。

首先,霍金斯批评了一些西方学者的观点和方法。一方面,霍金斯指出了针对社会主义现实主义的有失偏颇的观点:

> 然而,大多数西方学者否认社会主义现实主义具有任何文学成分,而只是把它视为一个纯粹的政治教条。例如,爱德华·布朗就指出"这个毫无意义的极权主义术语",同时斯特鲁韦把它称为"在现实中等同于时下党的路线的齿轮",而斯洛宁则苛刻地评价:"如果共产主义者的美学理论家,直接说一部'好的'文艺作品就是支持共产主义的,而一部

---

① C. V. James. *Soviet Socialist Realism: Origins and Theory*. New York:St. Martin's Press, 1973, p. 93.

② C. V. James. *Soviet Socialist Realism: Origins and Theory*. New York:St. Martin's Press, 1973, p. 88.

第二章 "东方—西方"与"欧洲—亚洲"文化夹缝中的沙俄与苏联

'坏的'文艺作品则是要么不支持、要么半支持共产主义的，那么他们其实就可以避免很多麻烦。"①

另一方面，他还否定了上述学者以及其他一些西方学者针对"苏联文学"的研究方法：

> 例如，布朗指出"斯大林时期俄国文学在内容和形式上的枯燥无味与统一性"，但是并未真正告知我们多少有关苏联文学的内容与形式的信息，除了几部他自认为并不吻合社会主义现实主义陈规的不同寻常的作品。类似地，斯洛宁重点关注的是社会主义现实主义的理论困惑，否认斯大林主义者的文学也可能具有美学性，或者可能严肃地对待人类存在的一些重要问题：从根本上讲，社会主义现实主义否认人的极限，并且也规避人生在世会遇到的生老病死等问题。广泛地讲，小马修森也是给出了相同的结论：贯穿《苏俄文学中的正面英雄》一书的主题就是官方苏联文学在美学层面上是无效的，因为它同时排除了心理的复杂性与悲剧的可能性。②

其次，霍金斯指明了相对正确的研究方法。一方面，他认为应该是去考察苏联文学"做了什么，而不是驻足于它呼吁了什么"。因为"即使对于最差的作品，一个政治路线并不能决定一部作品的真正内容，而只是在作品的内容成型前建立了诸多的边界"，正如"一个国家版图并不能仅仅通过研究它的边界而获得精确数据"。然而，"当我们接近苏联文学的时候，我们往往就像一些心怀敌意的边防哨兵一样，站在我们的优势的高度，满腹怀疑地窥视着对方那些少数可辨识的地界标"③。另一方面，他指出与其在未给出任何细节的前提下就给出负面的评价，还不如向读者展示一些真正的历史材料和相关背景。毕竟，或许"相关的官方声明才能真正帮助我们去了解苏联作家至少是在努力什么"④。其中，霍金斯摘取的官方正式声明内容如下：

> 社会主义现实主义，作为苏联文学和文学批评的基本方法，要求艺术

---

① Geoffrey A. Hosking. *Beyond Socialist Realism: Soviet Fiction Since Ivan Denisvoich*. New York: Holmes & Meier Publishers, 1980, p. 2.
② Geoffrey A. Hosking. *Beyond Socialist Realism: Soviet Fiction Since Ivan Denisvoich*. New York: Holmes & Meier Publishers, 1980, p. 2.
③ Geoffrey A. Hosking. *Beyond Socialist Realism: Soviet Fiction Since Ivan Denisvoich*. New York: Holmes & Meier Publishers, 1980, p. 2.
④ Geoffrey A. Hosking. *Beyond Socialist Realism: Soviet Fiction Since Ivan Denisvoich*. New York: Holmes & Meier Publishers, 1980, p, 3.

家描述一个真实的、完整的历史,即把现实放置在其相应的革命发展过程中进行描述。此外,艺术表述的真相和历史完整性,必须将社会主义精神对劳动者进行意识形态的重塑和教育的功能结合起来。

社会主义现实主义为具有创造性的艺术家提供很多例外的机会,让他们能够显示原创性,能够选择多样化的形式、风格和类型。①

根据这个声明,霍金斯指出:"由此可见,社会主义现实主义并没有限定一种类型、风格和流派,相反,它涵盖甚至超越了它们的所有之和"②,这种观点与詹姆斯《苏联社会主义现实主义》一书的主旨如出一辙。当然,由于詹姆斯的论述本身集中于社会主义现实主义,因而不论是历史背景的分析、官方材料的整理、苏联与"西方"观点异同的梳理,还是对苏联与"西方"针对"社会主义"的差异与关联的考察以及总体结论与期待方面都较为系统、全面和明晰。

纵观上述英语世界中有关苏联社会主义现实主义研究,可以发现这些研究在斯大林时期和后斯大林时期既有差异又有关联:其一,就数量而言,斯大林时期的数量稀少,典型代表人物就是斯特鲁韦,而且大多只是蜻蜓点水般地把社会主义现实主义与这些单词关联起来,如"方法""口号""形式""社会主义""党""斯大林""高尔基"等。例如,在宝兰1950年256页的《苏联文学理论与实践》中一共只有5页有零星提及社会主义现实主义一词,其中,以关联"方法"一词的形式出现了两次,其余三次则是苏联领导发表的文学政策式的观点。例如,库尼茨在其1948年的《十月革命以来的苏俄文学》中简单提道:"1932年,当RAPP被宣布解散,并成立了苏联作家协会之后,社会主义现实主义这个融合了现实主义与浪漫主义的原则,也随之被正式推上王位。"③后斯大林时期数量有所增加,但是延续了蜻蜓点水的特点,并在社会主义现实主义与"苏联""苏联文学""苏联艺术"等之间画上了等号。其二,就消极观点而言,两个时期情况类似,而且都倾向于政治性结论或与苏联政治要员相互绑定,即主要是在陈述零星的一些历史信息的同时指出社会主义现实主义是一种政治口号,与文学、美学本身无关。其三,就积极观点而言,后斯大林时期延续并拓展了斯大林时期的向度,而且具有一定的辩护和申诉性

---

① Geoffrey A. Hosking. *Beyond Socialist Realism: Soviet Fiction Since Ivan Denisvoich*. New York: Holmes & Meier Publishers, 1980, p.3.

② Geoffrey A. Hosking. *Beyond Socialist Realism: Soviet Fiction Since Ivan Denisvoich*. New York: Holmes & Meier Publishers, 1980, p.3.

③ Joshua Kunitz. *Russian Literature since the Revolution*. New York: Boni and Gaer, 1948, p.450.

质,但是社会主义现实主义一词也只是偶有出现,即所占据的篇幅依旧有限。此外,尽管也出现了以斯特鲁韦和詹姆斯为代表的相对中立的学者,然而两人的作品本身在西方的采纳与引用并不多,从而也就未能推动欧美学者内部针对社会主义现实主义研究总体面貌的改变。简而言之,欧美学者针对社会主义现实主义的看法总体上是消极的和刻板的。当然,也正是这种观点推动并坚定了作为西德"局外人"的格罗伊斯为"母国"苏联申诉文化身份的学理诉求,如一方面继续在西德敏斯特大学讲授莫斯科概念主义,另一方面则开始以社会主义现实主义为中心,重新书写苏联文艺史。

二、从沙俄到苏联:格格不入的"东方与亚洲"

当然,想要有效地为苏联申诉文化身份,其中至关重要的一个环节就是要厘清楚为何苏联与西德及其代表的"西方"之间存在文化裂隙,以及导致这种裂隙的相关历史渊源,因为只有这样才能回答这个问题,即到底是什么坚固的历史因素催生了上文论述的诸多西方学者针对社会主义现实主义的刻板印象?这也就是格罗伊斯的两篇文章《俄国与西方:俄国民族身份诉求》(1992)和《欧洲及其他者》(2008)的核心论题。在探讨这两篇文章的内容之前,需要特意对两个题目进行说明,因为它们的共同点是都把"俄国"与"西方""欧洲"放置在相对的位置,也正是在这种对立的语境中,为"俄国""苏联"及其他类似的"他者"申诉文化身份。

然而,值得探究的是上述的文化对立形态与"俄国"和"苏联"的现实地理位置之间形成了一定的冲突,因为一方面"俄国"尤其是"苏联"所处的中心区域大多还是在欧洲,另一方面正是因为这种现实的版图决定了在非欧洲语境中,尤其是在毗邻的亚洲视野中,"俄国"和"苏联"均并非"西方"和"欧洲"的对立者,而是"西方"与"欧洲"的一部分。于是,就需要追问,是什么历史原因促成了上述的双边对立,更确切地说是什么历史根源造成了"俄国""苏联"与"欧洲""西方"的相互对立,即恰恰是双方互相把对方视为对立面?对此,唐纳德·W. 特雷德戈尔德(Donald W. Treadgold)两卷本的《俄国与中国视野中的西方:现代宗教与世俗之思》(*The West in Russia and China: Religious and Secular Though in Modern Times*,1973)进行了详细的描述。

特雷德戈尔德第一卷的研究焦点是 1472—1917 年"西方"对俄国产生的影响,以及这种影响促使俄国走上社会主义之路的历史根源。特雷德戈尔德首先引用并赞同了马克斯·韦伯(Max Weber)针对西方文明影响力的观点:

现代欧洲文明的结果是研究任何世界史问题的学者,都需要拷问自己,结合何种情况可以得出这样的一个事实,即在西方文明中,或更确切地说是只有在西方文明中所出现的各种文化现象(正如我们所认为的),在整个人类的线性发展史中具有普遍的重要性与价值。[①]

随后,特雷德戈尔德就指出"现代史的最重要的发展之一就是对非西方世界的西方化"。针对这种西方化,很多非西方学者的态度是"加速西方化进程,而不是抵抗西方化"。实际上,正是他们"领头频繁地主动吸收西方文明的特征,并敦促甚至迫使他们国家的其他人接受这些西方特征"[②]。因此,实际上西方学者甚至根本都不需要如韦伯所言的"去认为",就可以得出这个事实:

在整个现代史上(从15世纪到20世纪),西方之外的人民就挣扎于这样的一些问题,即他们是应该吸收整体还是部分西方文明,按照何种秩序进行,以及采用多快的速度。总体而言,让人震惊的是一方面非西方文化精英在抵抗西方化的过程中表现得是如此无力,另一方面本土学者不妥协和排外的情况是如此罕见,以及他们微弱的抵抗最终的结果也是如此微不足道。通常情况下,反对西方化只是西方化进程早期的一个短暂的过渡性的现象。如今"北方佬,滚回家"的口号已经不复存在,"同时带我和你一起"成了谈笑间不经意的策略,而"同时把你带给我们的东西尽可能地留下",则几乎成了全身心的祈祷内容。[③]

在此基础上,特雷德戈尔德分三个部分说明了为何"俄国"并不属于"欧洲"和"西方"。

第一部分"西方的崛起",特雷德戈尔德引用韦伯关于"第一阶段高度文明"与"第二阶段高度文明"的区分,把俄国归属到"东方"。韦伯指出最早的世界文明是埃及、巴比伦、中国和印度。其中,"印度和中国同时以文化和社会的形式存在",而"埃及和巴比伦则以文化的形式消亡,尽管它们的体制模式在不同的外国入侵者那里时有重复"。随后,埃及和巴比伦文化被两个阶

---

① Donald W. Treadgold. *The West in Russia and China: Religious and Secular Thought in Modern Times*. Cambridge: Cambridge University Press, 1973, Vol. 1, p. XV.
② Donald W. Treadgold. *The West in Russia and China: Religious and Secular Thought in Modern Times*. Cambridge: Cambridge University Press, 1973, Vol. 1, p. XV.
③ Donald W. Treadgold. *The West in Russia and China: Religious and Secular Thought in Modern Times*. Cambridge: Cambridge University Press, 1973, Vol. 1, pp. XV – XVI.

第二章 "东方—西方"与"欧洲—亚洲"文化夹缝中的沙俄与苏联

段的"第二"文化继续。其中,在第一阶段"见识了犹太和波斯文化在西亚出现,以及在东地中海区域出现的希腊、罗马文化和基督教遗迹"。在第二阶段,可以按照"东方"与"西方"进行区分:"'东方'主要是拜占庭、伊斯兰和俄国",而"'西方'则是中世纪和现代"。[1] 尽管在"东方"与"西方"差异明显化的时间轴上有所异议,但是总体而言,特雷德戈尔德赞同韦伯的观点。首先,特雷德戈尔德认为"西方"与"东方"差异的明显化应该始于奥斯曼帝国的建立。其次,基督教的"东方"与"西方"分野也受奥斯曼帝国的影响:"曾经由西班牙人、俄国人、英国人和希腊人共享的基督教文化,并没有随着相互间的敌意而消失。"然而,"由于分裂本身加剧了文化沟壑,因此东正教文化在公元1204年之后就不再按照之前的方式发展,而是在奥斯曼帝国的统治下变得枯竭"。与此同时,继续基督教的"西方"则是"文化飞速发展,并且独立的、有权力的国家、政府不停地得以建立"。为此,"到15世纪,东方的基督教文化就已经很少具有韦伯所言的特性,并且总体而言东正教已经无法再进行任何形式的扩散,即使是其要塞系列,就更不要说俄国了"[2]。

第二部分"俄国与中国",特雷德戈尔德首先指出"俄国"与"西方"的接触缘于1470年,具体原因是当时作为"唯一独立的东方基督教统治者",莫斯科公国的伊万三世(1462—1505)面临着蒙古帝国的威胁,因此他的政府"转向西方以寻求帮助,这也就是为何此书始于15世纪70年代莫斯科与意大利的关系的根本原因"[3]。随后,特雷德戈尔德探讨了共产主义其实也是受"西方"影响的结果。毋庸置疑的是"共产主义文化起源于马克思和恩格斯的思想,两者都是德国的世界主义者,并且重点都是以西欧为首要前提进行思考和写作(即使他们创造的很多作品有力地涵盖了很多非西方区域)。马克思和恩格斯本身出自系统的知识分子传统,而不是别的传统"。

第三部分"东方与西方社会",特雷德戈尔德较为详细地列举出了"东方模式"与"西方模式"的差异:

> 东方模式可以较为系统地归纳如下。
> (1) 政治一元性:重要的政治权威集中于一个中心;

---

[1] Donald W. Treadgold. *The West in Russia and China: Religious and Secular Thought in Modern Times*. Cambridge: Cambridge University Press, 1973, Vol. 1, pp. xvi - xvii.

[2] Donald W. Treadgold. *The West in Russia and China: Religious and Secular Thought in Modern Times*. Cambridge: Cambridge University Press, 1973, Vol. 1, pp. xviii - xix.

[3] Donald W. Treadgold. *The West in Russia and China: Religious and Secular Thought in Modern Times*. Cambridge: Cambridge University Press, 1973, Vol. 1, p. xix.

（2）社会一元性：所有社会群体都依赖于同一个集权，而集权本身限制了他们享有自我的权利与财产；

（3）弱化财产：拥有权是有限的，而且可以随时干预；

（4）随意性：个人原则，而非法律；

（5）缺少对个体性的强调。

西方的模式可以归纳如下。

（1）政治多元性：中心的和地方的政府机构，既在法律上也在现实中与王子共享权力，从而发展为宪法制政府；

（2）社会多元性：不同社会阶级拥有的财产和权利都可以部分地得到契约和其他合法独立的王子的保证；

（3）强化财产：所属权是通过契约或明显的头衔加以确保的；

（4）法律原则；

（5）应用绝对自由的宗教条例来维护个体性[①]。

由于跨越上述两种不同的机制是非常困难的，因此15世纪以来，"俄国"与"西方"的界限也就是非常明显的。基于这种差异，在1917年之后，"苏联"与"欧洲""西方"之间的界限也继续延续，甚至不断得以加固，这也就是"俄国"和"苏联"与"欧洲"和"西方"互相对立的历史根源。

第二节 逆写的文化情结："西方""欧洲"与"资本主义"

如果对比特雷德戈尔德和格罗伊斯的理论视角，可以发现前者以"西方"和"欧洲"为中心，后者则以"俄国"和"苏联"为中心。为此，尽管可能存在程度上的差异，但是两者都共同说明了一个不可否认的事实，即"俄国"和"苏联"被划分为"欧洲"和"西方"的对立面。15至20世纪的不同的时期，"俄国"和"苏联"具体又被命名为"东方""他者""社会主义"等。于是，就有必要探讨面对这种划分，苏联学者如何进行了回应。针对此问题，格罗伊斯的《俄国与西方》和《欧洲与他者》，以及阿文斯的《穿越边界：苏联文学中的西方与俄国身份1917—1934》提供了较为全面的答案。

---

① Donald W. Treadgold. *The West in Russia and China: Religious and Secular Thought in Modern Times*. Cambridge: Cambridge University Press, 1973, Vol. 1, pp. xxii - xxiii.

第二章 "东方—西方"与"欧洲—亚洲"文化夹缝中的沙俄与苏联

一、穿越文化边界的梦想:"西方"与"欧洲"

在《俄国与西方》一文中,格罗伊斯从哲学的视角探讨了"俄国"与"西方"的文化裂痕,尤其是与法国、德国及它们所代表的"欧洲"与"西方"之间的隔阂,具体可以表现为两个向度。首先,是"西方"向度,细化为法国启蒙运动和德国理想主义针对俄国的文化偏见。格罗伊斯指出,尽管1814年沙皇俄国在与法国的战争中取得了胜利:"俄国军队直接行至巴黎",但是"很明显俄国文化根本没法与欧洲文化相提并论"[1]。因为当时俄国的精英阶层接受的教育大多深受法国启蒙运动的影响,于是他们自认为"俄国正慢慢地在迈向整个社会向前发展的道路上,只是因为沙皇俄国自身的历史原因,其发展进度与欧洲其他国家相比进度稍微缓慢而已"。然而,这种自我安慰式的期望随后很快被现实无情击碎,因为"在19世纪之初,启蒙的意识形态在欧洲内部就已经因为法国革命和拿破仑时期的战争,发生了很大的变化",具体表现为原初的同一个宇宙的文化观念逐渐被"黑格尔和席勒的哲学历史主义"[2]所取代。

这种哲学历史主义所提倡的是"各种独立的民族文化",而且认为"每一种独立的民族文化都将为整体的人类文化带来原创的、不可减少的贡献"。当时黑格尔和席勒的影响力非常大,在俄国知识分子之间也传递得非常迅速。于是,早在19世纪初期,就有俄国学者开始探讨这个问题,即俄国文化取得了哪些原创性?当时的答案是"什么都没有",促成这个答案的很大一个因素来自当时的德国理想主义哲学。在这种哲学语境中,"俄国即使是在未来也无法创造出任何原创性",因为"哲学历史主义视自身为原创历史发展的终结"[3]。换言之,"原创历史发展只有一种存在的可能性,那就是基于这样的一个前提,即没有哪种民族文化拥有历史意识,因此可以在不受任何历史影响的前提下,包含一种独特的概念"。这种概念"可以天真地被认为既是真实的,又是普遍的"。然而,由于"当历史的影响出现在德国理想主义中的那一刻开始,所有的真实与文化形式都获得了它们的相对性,因此真正的历史创造性也就变

---

[1] Boris Groys. "Russia and the West: The Quest for Russian National Identity", *Studies in Soviet Thought*, 1992, 43 (3), p. 186.

[2] Boris Groys. "Russia and the West: The Quest for Russian National Identity", *Studies in Soviet Thought*, 1992, 43 (3), p. 186.

[3] Boris Groys. "Russia and the West: The Quest for Russian National Identity", *Studies in Soviet Thought*, 1992, 43 (3), pp. 186 – 187.

得不可能",即历史主义哲学"标明了历史的终结"①。简而言之,俄国与"欧洲"之间的文化距离是无法缩短的。

其次,是"俄国"向度。格罗伊斯围绕哲学视角,梳理了从彼得·沙达耶夫(Pyotr Chaadayev)到巴赫金,从1829年到20世纪中期,俄国和苏联学者基于模仿或反抗"西方"而进行的文化身份诉求,具体可以分为三个阶段。第一阶段,主要受法国启蒙思想和德国理想主义的影响,代表人物有沙达耶夫、伊万·基列夫斯基(Ivan Kireyevsky)和阿列克谢·霍米亚科夫(Alexei Khomiakov)。德国理想主义哲学对俄国知识分子的影响重点表现为这种哲学把俄国"推向了一个绝望的处境",因为一方面俄国"面临着证明在文化层面具有原创性",另一方面又由于这种文化证明已经处于"一个后历史时期",而在这个时期"原创性本身已经无法获得"②。这种"文化心理创伤"最先在沙达耶夫的哲学书信中体现出来,这些书信写于1829年,最先在极为有限的范围流通,主要是在其朋友之间以书信的形式传播,直到1836年才得以发表。

沙达耶夫最先指出:"我们俄国与世界上的其他国家的人都相处不好,不论是西方还是东方,同时,我们也不具有西方或者东方的传统。我们似乎就站在时代之外。"在俄国,似乎"所有的事物都消失了、流动了,而且不论是在我们自身还是我们之外,都未留下任何踪迹。在我们的家里,我们就像在监狱里一般,在我们的家人中间,我们则如陌生人一样;在城市中,我们就像游牧民一样,甚至比游牧民还糟糕,因为游牧民族与他们所在的沙漠的紧密关联超过了我们与城市的关系"。俄国没有历史,"没有美好的记忆",因为它"只活在当下",而俄国的文化,则是"完全借用的和模仿的",因而作为一个国家,也就没有了内在之根。俄国人民"对责任、正义、法律和秩序都一无所知",因为俄国的统治缺乏"经验意识和预测能力",因此"即使表面上看起来,我们也是相当的模棱两可、冷漠和不确定",从而使得"我们的表达也就极具含糊性"。③

由此可见,在沙达耶夫看来,俄国就变成了一个完全的"他者",这个他者"没有理性、没有历史、没有精神,甚至没有任何形式的灵魂"。俄国的生

---

① Boris Groys. "Russia and the West: The Quest for Russian National Identity", *Studies in Soviet Thought*, 1992, 43 (3), p.187.

② Boris Groys. "Russia and the West: The Quest for Russian National Identity", *Studies in Soviet Thought*, 1992, 43 (3), p.188.

③ Boris Groys. "Russia and the West: The Quest for Russian National Identity", *Studies in Soviet Thought*, 1992, 43 (3), p.188.

第二章 "东方—西方"与"欧洲—亚洲"文化夹缝中的沙俄与苏联

存状态完全是"非精神上的、物质的、现实的,以及完全简化为日常生活的"状态。

针对沙达耶夫的上述观点,格罗伊斯指出尽管它们看起来是极为消极的,但是在当时正是这种消极观点开启了俄国哲学的开端。确切地说,沙达耶夫的观点之所以消极,其实主要就源自当时"西方"针对俄国的各种文化偏见,尤其是针对哲学领域的偏见。这些偏见的影响是双向度的,一方面"西方"把"俄国"与"欧洲"和"西方"隔离开来,另一方面"俄国"内部的知识分子对这些偏见进行了接受和内化。当然,内化的过程本身也是有差异性的,即在不同的阶段会表现出不同的特点。这也就是格罗伊斯所言的沙达耶夫所代表的开端,因为沙达耶夫的观点处于内化阶段的初期,因此他几乎完全接受了"西方"对"俄国"的否定,而在他之后的学者的观点则开始发生了不同程度的变化。例如,基列夫斯基在1852年的文章《欧洲启蒙思想的特征及其与俄国启蒙思想的关系研究》中就阐述了俄国文化的特殊性。基列夫斯基"把俄国反历史性的生活看成基督教禁欲主义的一个特例,即正是这种特性使得俄国保存了它内在的完整性"。因为在基列夫斯基看来,"西方文化是古代罗马的延续",这种文化认为"所有的人类关系都取决于外在的合法规范,而且有效和真正有意义的思考都依赖于服从外在的逻辑原则"。简而言之,"西方"文化基于它的体制传统,只承认外在的权威和原则,即使个人要进行反抗,也只能"基于这个个体本身自带权威,而且其权威与他所反抗的权威之间具有等同关系"①。在此基础上,基列夫斯基指出"西方"的基督教传统与俄国的东正教传统之间的差异:

> 基列夫斯基所指的权威和原则主要针对的是天主教教义,而他所言的原子式的个人主义则主要是新教徒教义和启蒙思想。相反,他把俄国东正教更多地描述为一种没有得到历史性表述的生活模式,而不是类属于西方的一种确定性的宗教原则,因为正是这种生活模式保存了东正教内在的完整性,并避免了它被任何外在的力量形式瓦解。当然,基列夫斯基还是对东正教徒坚持自我真相与权利的欲望进行了适度的调和,即这种欲望的前提是既没有切断与其他人的关系纽带,又保持了自我的内在完整性。这也就是为什么俄国历史看起来是静止的、超历史的,即使同时也"充满内在生活性"的根源。由此可见,尽管基列夫斯基没有直接反对沙达耶夫

---

① Boris Groys. "Russia and the West: The Quest for Russian National Identity", *Studies in Soviet Thought*, 1992, 43 (3), pp. 188–189.

针对俄国文化现状的看法,但是两者的差异是很明显的。在基列夫斯基看来,俄国生活所缺乏的外在的法律、正义或真相,恰恰正是俄国文化内在的、非客体化、非形式化的表征。①

简而言之,基列夫斯基把"俄国与理想、精神和世界历史"的隔离关系看成了俄国的文化特性,以及基于这种特性可以创造一种新的哲学的可能性,这种哲学"介于西方沉思哲学的普遍特征——随着历史而终结,与俄国纯物质的、反历史的且在某种程度上也是一种普遍性存在的特征之间"。为此,也就预示了"一种新的、合成的、普遍的生活即将出现"②,进而也就开启了俄国哲学的第二个发展阶段。

第二阶段,主要表现为结合"西方"影响,解决"俄国"当时的内部矛盾,代表人物是霍米亚科夫。由于当时俄国内部的矛盾主要表现为两个阶层之间的冲突,即"倾向于西方化的精英阶层与在文化和传统上均扎根于俄国农民阶层"的两个阶层之间的冲突。这种冲突也体现了当时俄国知识分子的矛盾内心,即他们"所接受的欧洲教育与他们所身处的俄国生活模式"之间的矛盾。这种矛盾的核心就是"对于俄国人而言,俄国在欧洲意识中被视为大写的他者",而他们自身也下意识地认同了这种观点。这也就是为什么俄国启蒙思想从一开始的主基调就是与"解放俄国的'他者性'"③紧密关联的根本原因。在这种历史语境下,霍米亚科夫提出了一个有名的"sobornost"原则。"sobornost"的字面意义是"大公会主义"(conciliarity),具体指"第一批参加了基督教委员会并帮助制定了最初的基督教教义"的人的"前反射性的生活"。在霍米亚科夫看来,"基督教的终极本质并不在于其教义,而在于sobornost 本身,如孕育这些教义的原初的生活形式"。换言之,霍米亚科夫感兴趣的并不是"东方基督教与西方基督教中这些教义的差异",而是"天主教如何决定把相应的基督教教义强加给原本已经分离的东正教"。这种强加在很大程度上是诉诸"暴力、毁坏",包括东正教内在真正的、重要的纽带,最终演化为"压迫和隔离"。在此基础上,霍米亚科夫提出了未来的解决办法,就是双方摈除成见,"在互爱的基础上统一起来",并"召集一个新的委员会

---

① Boris Groys. "Russia and the West: The Quest for Russian National Identity", *Studies in Soviet Thought*, 1992, 43 (3), p. 189.

② Boris Groys. "Russia and the West: The Quest for Russian National Identity", *Studies in Soviet Thought*, 1992, 43 (3), p. 190.

③ Boris Groys. "Russia and the West: The Quest for Russian National Identity", *Studies in Soviet Thought*, 1992, 43 (3), p. 190.

(sobor)，以解决所有教义上的冲突问题"。这个委员会的核心应该来自东正教，因为它本身就"提供了一种统一的模式"，即"保存了公有式的生活"。更确切地说，也正是这种生活的"超历史性、他者性，以及两者与历史的精神之间的关系，促使俄国能够把真正的基督教精神推向其最终的统一，并赋予其真正的生活"①。就此而言，霍米亚科夫与基列夫斯基的观点具有相似性，即一方面两者都看到了俄国文化、宗教的特殊性，另一方面两者又都希望与"西方"保持统一，也正是这种观点决定了随后俄国哲学发展的主基调。

第三个阶段，主要受叔本华的无意识宇宙观和马克思的唯物主义观的影响。由于在德国理想主义哲学的影响下，俄国不可能拥有原创性的哲学观，因此俄国知识分子先是转向了叔本华的无意识宇宙观，这种观念发现了主体的无意识，而这种无意识在辩证发展的历史过程中是无法被客体化和修改的。随后，则转向了马克思，因为他"发现了一个完全与黑格尔体系不吻合的阶级，即无产阶级"，这一阶级"代表了一种纯物质层面的存在原则"，因此这个阶级的功能"是去认识和物化现实本身"②。为此，一方面由于这些观点与俄国思想具有较大的相似性，另一方面则由于当时俄国知识分子已经意识到了"俄国"与"西方"的差异，促使它们很快被俄国接受，代表人物有弗拉基米尔·索洛维耶夫（Vladimir Soloviev）和巴赫金。1874年，索洛维耶夫在文章《西方哲学危机：反对实证主义者》中结合叔本华的哲学理论，对俄国之前的哲学观点进行了批判。首先，他批评之前的哲学家"把俄国与东正教等同起来"，因为"东正教实际上是一种纯拜占庭式的宗教，并不是俄国自身的"。其次，他使用sophiology一词取代了sobornost，因为他认为"宇宙自身，而不仅仅是俄国生活，组成了内在的大公会主义式的统一"③。随后，这种观点影响了很大一批俄国知识分子。例如巴赫金的"对话"和"狂欢"理论。

当然，身处苏联时期的俄国，巴赫金的观点较为复杂，还需要与苏联马克思主义理论结合起来理解。由于"苏联马克思主义的目标是在俄国生活中实现西方规划的社会主义理论，从而达到最终统一世界的目的"，因此即使在斯大林统治时期，也得到俄国知识分子的赞同。究其根源，就在于这种目标与

---

① Boris Groys. "Russia and the West: The Quest for Russian National Identity", *Studies in Soviet Thought*, 1992, 43 (3), pp. 190 – 191.

② Boris Groys. "Russia and the West: The Quest for Russian National Identity", *Studies in Soviet Thought* 1992, 43 (3), p. 191.

③ Boris Groys. "Russia and the West: The Quest for Russian National Identity", *Studies in Soviet Thought*, 1992, 43 (3), p. 193.

19世纪的俄国申诉文化身份的传统紧密相关,而这种身份诉求的历史根源则是"俄国"的双重他者性。一方面"俄国"被"欧洲"和"西方"划为"亚洲"和"东方";另一方面"俄国"自身又不想成为"亚洲"或"东方"的一部分,而一心一意地想被当作"欧洲"和"西方"。对此,格罗伊斯指出:

> 俄国思想从原初就是针对西方旨趣的反映,因为它从罗马天主教时期就成了所有他者、非西方、异域的和东方的代名词。然而,正如沙达耶夫所指出的,俄国与东方的相似性是很少的,正如它与西方的相似性一样。换言之,俄国文化既不是西方的,也不是东方的,即不是西方文化大众所向往的异域风情,正是俄国的这种不确定的存在,使得俄国哲学家阐释了不同时期俄国的相似性,以及他们想与西方思潮相结合的统一性诉求。①

如果说《俄国与西方》集中表达的是"俄国"学者的诉求,那么在《欧洲与他者》一文中,格罗伊斯则重点探讨了"欧洲"及其"西方"盟友他者化"俄国""苏联",进而把后者划为"亚洲"与"东方"的历史根源。一方面,基督教和欧洲启蒙传统把"欧洲价值定位成了人类的价值",另一方面这种价值的核心是它"把要求非欧洲的人遵守欧洲价值视为一种正确的行为"。换言之,"所谓的欧洲价值,其实不过是一种普遍价值"②。在这种价值引导下,欧洲人文主义就成了衡量艺术的标准,因为"欧洲人文主义把人视为最原初也是最终极的艺术品"。按照这种标准,"艺术与非艺术的区别,就变成了人与非人的区别",具体又可以表现为两个方面:第一,"只有出自人之手的艺术,才能被当成艺术";第二,"艺术与非艺术作品的最终区别,就限于艺术作品是可以专门被构想与阐释的,但是不能被实际应用的"。③ 为此,政治性和社会性的艺术就被自动列为非艺术,而这些艺术的制造者及其国家、地区,也就自然地被贴上了"他者"的标签。毕竟,欧洲文化的最大特点就在于它"拥有不停地生产与其相对的他者的权力"④。

二、十月革命之后的文化自信:"社会主义"≥"资本主义"

当然,上述论及的"欧洲"文化的权力与霸权在两次世界大战期间受到

---

① Boris Groys. "Russia and the West: The Quest for Russian National Identity", *Studies in Soviet Thought*, 1992, 43 (3), p.192.
② Boris Groys. *Art Power*. Cambridge, MA: MIT Press, 2008, p.173.
③ Boris Groys. *Art Power*. Cambridge, MA: MIT Press, 2008, pp.174 - 175.
④ Boris Groys. *Art Power*. Cambridge, MA: MIT Press, 2008, p.180.

了强烈的冲击。其中，最大的冲击力就来自"俄国"和"苏联"，尤其是两者所代表的"社会主义"，具体又可以分为两个阶段。第一阶段，主要是十月革命到第二次世界大战之前的时期。其中，1917年十月革命的胜利是一个非常重要的分水岭，不仅使得"俄国"与"欧洲"的界限逐渐分明，而且同时扩大了"俄国"与"西方"这两个术语的概念，即"俄国"表征了"苏联"，而"西方"则超出了"欧洲"，涵盖了其重要盟友"美国"及其他类似的盟国，正如阿文斯所言：

> 西方存在很多层面……在整个19世纪，"西方"（Zapad）这个术语表征的是西欧国家，几乎与Europa这个词是可以互换的。美国的情况则不同，即使其在新的世界秩序中的地位迅速得到了提升，也是稍后的事情。换言之，对于俄国来说，与古老的欧洲相比，新兴的美国是一个完全分开的事宜。然而，1917年之后，情况就发生了变化，因为欧洲和美国现在都被认为是俄国所拒绝的资本主义体系，也就是说此时的"西方"一词的同义词变成了"资本主义"。[1]

于是，"资本主义"与"社会主义"的对立的重要性开始凸显，甚至可以说十月革命的胜利赋予"俄国"一个重要的表征自我的机会，具体又可以以1914年为界分为两个阶段。在1914年之前，在"俄国"与"欧洲"的关系中，后者占有绝对的优势，因此两者关系链的正面始终是"欧洲"，且链条的向度是"把俄国同化为欧洲"。这就决定了当时俄国马克思主义者的大致诉求是"通过一场针对资产阶级的革命使得俄国赶上欧洲的步伐"，同时"许多发达国家出现的一系列无产阶级革命会把国际社会主义推向顶峰"。为此，"不同民族之间的差异，包括俄国与西方之间的相对形态，都将不再是问题"。然而，1914年之后俄国的无产阶级革命不断取得进步，到1917年赢得了前所未有的胜利，这就从根本上改变了传统的"俄国"与"西方"的关系。因为随着第一个工人阶级政权的建立，"俄国就不再是追随西方，而是引领西方"。更确切地说，"苏俄不再被认为是依赖于欧洲的社会主义革命"，相反，整个关系链条开始翻转："把欧洲同化为俄国"。为此，十月革命之后，"俄国就不再仅仅是被动地参与西方的未来设计，而是主动地去定义欧洲的未来"[2]。这

---

[1] Carol Avins. *Border Crossings: The West and Russia Identity in Soviet Literature 1917 - 1934*. Berkley, CA: University of California Press, 1983, p. 4.

[2] Carol Avins. *Border Crossings: The West and Russia Identity in Soviet Literature 1917 - 1934*. Berkley, CA: University of California Press, 1983, pp. 14 - 15.

种关系链条的翻转在苏联初期的很多文学作品中均有体现,其中最具代表性的是亚历山大·布罗克(Aleksandr Blok)的诗歌《斯基泰人》("The Scythians",1918)和瓦伦丁·卡塔耶夫(Valentin Kataev)的小说《时间,前进吧》(Time, Forward!, 1932)。

布罗克的题目"Scythians"一词本身就用意丰富,首先,就历史层面而言,Scythians曾经是"俄国南部最先的定居者,他们主要来自中亚,后来在黑海北部建立了一个帝国,大概从公元前8世纪延续至2世纪"。其次,就个人层面而言,Scythians在俄语中主要涵盖了这些特征:"无拘无束、热情、智力迟钝和暴行野蛮"。在19世纪的知识分子中,有时用来指代"与俄国人相反的,极少暴躁、极多理性的欧洲人"。而1916年之后,则出现了一个涵盖了文学和哲学的团体,他们自称为"Scythians",布罗克就是典型代表之一。作为十月革命期间的一个团体名称,"Scythians"的含义变为"活力、创造力、独立,而不是野蛮暴力",因为他们期望的未来社会是"基于创造力(艺术),个人主义(人),以及国际和谐(俄国与世界)"。布罗克的诗歌是这些含义的集合,因为它的结构是一种介于"我们"与"你们"的两极结构。在这种结构下,布罗克着眼于那些区别于"欧洲"的"亚洲"特性:

是的,我们是斯基泰人!
是的,我们是亚洲人!
拥有倾斜和贪婪的双眼!
……
来,我们和平地怀抱吧!
在为时未晚之前——收起旧剑,
亲爱的同志!
我们将情同手足!
……
来我们这里吧……
……
来自东方的光明
……①

---

① Carol Avins. *Border Crossings: The West and Russia Identity in Soviet Literature 1917–1934*. Berkley, CA: University of California Press, 1983, pp. 31–34.

第二章 "东方—西方"与"欧洲—亚洲"文化夹缝中的沙俄与苏联

从上面可以看出，布罗克的观点开启了"俄国"文化身份诉求的新篇章，即重在"挑战西方"，具体又可以体现为两个方面：一方面布罗克在欢迎"欧洲"来到"俄国"，而不再是重复之前学者的希望，即尽力把"俄国"带到"欧洲"；另一方面布罗克是强调而不是否认了"俄国"的"亚洲性"或"野蛮性"："我们是野蛮人？很好，那就让我们向你展示什么是野蛮人。"① 换言之，布罗克的诗歌展现了十月革命胜利之后，"俄国"文化自信的真正萌芽。

相较于布罗克对"亚洲"及与其相应的文化标签"野蛮"的肯定，卡塔耶夫的小说则更接近19世纪时期的传统观点。小说的背景是在乌拉尔河旁的马格尼托格尔斯克（Magnitogorsk），是一个工业重地，同时也是"欧洲与亚洲板块的传统分界线"。小说围绕火车进行："第三章的火车向东前行，穿越乌拉尔河"，部分内容提及官方的政策：

> "欧洲—亚洲"的标志从窗口的左边至右边一闪而过……边界牌已经发白褪色……一个无意义的标杆。现在，它已经在我们后面了。这是否就意味着我们到了亚洲呢？很好奇，我们正在以相当快的速度驶向东方，同时我们随身携带着革命，我们将绝不再是在亚洲。②

随后，"在第六十八章，这列火车则开回欧洲那一边的俄国"，并重复了第三章的一些情节：

> 一个无意义的标杆……
> 我要求把它拿掉！
> 我们将绝不再是在亚洲。
> 绝不，绝不，绝不！③

卡塔耶夫的这种呐喊式的声明，在很大程度上回应了斯大林1931年的演讲《我们不想被打败》中，指出旧时代的俄国经历的磨难以及促成这种磨难的根源：

> 她被蒙古可汗打败

---

① Carol Avins. *Border Crossings: The West and Russia Identity in Soviet Literature 1917 – 1934*. Berkley, CA: University of California Press, 1983, p. 32.
② Valentin Kataev. *Time, Forward!* Trans. Charles Malamuth. Evanston: Northwestern University Press, 1995, p. 139.
③ Valentin Kataev. *Time, Forward!* Trans. Charles Malamuth. Evanston: Northwestern University Press, 1995, pp. 423 – 424.

她被土耳其贝伊①打败

她被瑞士联邦男爵打败

她被波兰——立陶宛的大地主打败

她被英法资本主义打败

她被日本男爵打败

  所有国家都因为她的落后而打她——军事上的落后，文化上的落后，政府的落后，工业的落后，农业的落后……他们打她，并声称"你是贫穷和无望的，因此你可以被打败，被掠夺，而且打人者可以免于惩罚"。这就是资本主义的法律——打击落后和弱者。资本主义的丛林原则，你是落后的，你是弱小的，故而你也就是错误的，因此我们需要提防着你。②

  为了不再经历被打败的命运，卡塔耶夫笔下的"火车"跟随时间的步伐，大步地驶向了"前方"，而这个"前方"不是"亚洲"，而且是三个连续的"绝不""绝不""绝不"之后再出现"在亚洲"。随后，卡塔耶夫这种坚决的态度被第二次世界大战加固。因为苏联在第二次世界大战的胜利中承担了重要的角色，付出了惨痛的代价，促使她成了可以与英国、美国、法国等资本主义强国同台对话，以分割"天下"的社会主义超级强国。这也就是"俄国""苏联"的文化自信最终得以确立的第二个发展阶段，即从第二次世界大战后期到整个斯大林时期。在这个时期，"俄国""苏联"与"欧洲""西方"的关系在质的层面发生了根本的变化，即"俄国/苏联" ≥ "欧洲/西方"，同时"社会主义" ≥ "资本主义"。

---

① 奥托曼帝国的地方长官，省督。
② Joshua Kunitz. *Russian Literature since the Revolution*. New York：Boni and Gaer, 1948, p. 455.

第三章　格罗伊斯的社会主义现实主义框架

当然,"俄国/苏联" ≥ "欧洲/西方",以及"社会主义" ≥ "资本主义"的政治理想,并不能说明或代表苏联文学艺术的现实,也不可能抹除或减少本书第一章中提及的"西方"学界针对社会主义现实主义的偏见。相反,还在一定程度上加剧了这种偏见,因为这正好印证了苏联文学艺术及其核心——社会主义现实主义的政治性。为此,解构社会主义现实主义的政治性问题就成了格罗伊斯的理论内核,具体表现为两本专著:《总体艺术》和《艺术之力》。

第一节　社会主义现实主义与俄国先锋派的血亲关系

为了解构社会主义现实主义的政治性,格罗伊斯在《总体艺术》一书中对1988年之前的20世纪苏联文艺史进行了重新书写,具体就表现为三个发展阶段:(1)苏联早期的俄国先锋派;(2)自1932年之后的社会主义现实主义;(3)自20世纪70年代由索兹艺术开启的苏联后现代主义。针对这三个发展阶段,格罗伊斯的书写策略是去发现第一阶段与第二阶段、第二阶段与第三阶段之间的前后过渡与相应的衔接关系。

"俄国""苏联"与"欧洲""西方"之间盘根错节的复杂关系,导致在"西方"视野中,第一阶段到第二阶段,即从俄国先锋派到社会主义现实主义的发展过渡阶段,一般视俄国先锋派为"真正的、现代的、革命的艺术",然而其后来走向了"文化水平总体低下"的社会主义现实主义时期。这个时期的特点一方面可总结为历史的倒退,返回到崇尚"19世纪的自然主义精神";另一方面则是人性的倒退。针对此类观点,格罗伊斯的解构之路就是从新的视角重点探讨从俄国先锋派到社会主义现实主义这两个阶段的衔接与分离关系。

一、马列维奇与赫列布尼克夫:从"白色人性"到"红色骚动"

格罗伊斯首先指出,尽管俄国先锋派与世界其他地方的先锋派存在一定的差异,但是总体而言,主要特点都是基于这样的一种精神,即"艺术从表现世界变为改变世界",而促成这种改变的根本原因如下:

> 几个世纪以来欧洲艺术家都乐于模仿外在现实——他们的愿望就是成为一个完美的模仿者。这种希冀的立足点是对自然本身的敬畏,进而可以创造出唯一的、合宜的上帝,因此一个艺术家必须模仿,而且如果他有足够的艺术才能,他的艺术就能最大限度地接近神圣。然而,当科技在19世纪进入欧洲人的生活之后,这些艺术世界观就开始被粉碎,并且逐渐形成了一种全新的观点,即上帝之死,或者说上帝已经被现代科技化的人类谋杀了。正是由于作为创造意志表征的上帝消失了,因此世界的完整性也就不复存在。于是,俗世存在的各种地平线得以敞亮,并超越诸多可见的形式,向世界展示了一个黑色混沌——一种无限的可能性,在这个混沌中,所有给予的、实现的和继承的东西,都可能在任何时刻消失得无影无踪,并不留一丝痕迹。①

在此基础上,格罗伊斯进一步指出俄国先锋派的特性:"俄国先锋派远远不仅是对科技的热情,或受启发于进步的天真信念。从一开始,它就是具有防御性,而不是攻击性,因为它的至高无上的任务并不是破坏,而是中和与补偿对科技入侵的影响。"为此,那些自认为在为先锋派的"魔鬼主义"进行辩护的很多观点其实是不正确的,即这些观点把先锋派描述为"深受破坏性的、虚无主义的精神的启发,或者秉着令人费解的热情去烧毁一切'神圣的'与'发自内心的'"。因为,至少从俄国先锋派的存在就可以看出,实际上"先锋派主义与传统主义的区别并不在于它陶醉于由现代科技理性主义带来的破坏激情之中,而在于它相信对这种破坏性无法使用传统的方法进行抵抗"②。随后,格罗伊斯列举了两个俄国先锋派的代表:艺术层面的马列维奇(Kazimir Malevich)和文学层面的赫列布尼克夫(Velimir Khlebikov)。

马列维奇是艺术"至上主义"的代表,他在《艺术的新系统》(*On New*

---

① Boris Groys. *The Total Art of Stalinism: Avant-Garde, Aesthetic Dictatorship, and Beyond.* Trans. Charles Rougle. Princeton, NJ: Princeton University Press, 1992, p.14.

② Boris Groys. *The Total Art of Stalinism: Avant-Garde, Aesthetic Dictatorship, and Beyond.* Trans. Charles Rougle. Princeton, NJ: Princeton University Press, 1992, p.15.

Systems in Art,1919)中指出:"所有的创造,不论是自然还是艺术家,或者是统称的创造者,都是在处理同一个问题,即建构一种策略以战胜我们所面对的永无止境的进步。"[1] 为此,格罗伊斯指出:

> 马列维奇的先锋派主义就显现了极少的追逐先锋进步的欲望,因为他认为进步本身最终导向的是虚无,因此也就是毫无意义的。与此同时,他认为唯一可以阻止进步的方式就是超越进步本身,即在进步之前而不是之后,找到支持它的点,或为它防卫的战线,以保护它免受攻击。要想为它找到不可或缺的、超空间的、超时间的、超历史的支柱,那么进步本身的毁灭与减少就必须行至终点。

> 马列维奇所指的不可或缺的事物,也就是"黑色方块",随后在很长一段时间成为俄国先锋派的最著名的象征。实际上,《黑色方块》是一幅形而上学的画,因为其画面的内容显示了一种结果,即所有的可能性都被减少为抽象的内容。换言之,"黑色方块"是一个象征符号,具体象征了沉思的纯形式,这种形式预先假定了形而上的,而不是形而下的主体。而沉思的客体就是马列维奇所指的虚无(也就是进步最终迈向的是虚无),这种虚无与宇宙原初的本质一致。换句话说,这种虚无暗示了所有可能的存在都可以超越任何前定形式。[2]

这也就是马列维奇的"至上主义"绘画,即依据的是"纯粹的逻辑"和"超自然的法律",描述的则是一个"非客体的世界",这个世界"与世俗的世界形式处于不同的层面"。这种绘画的美学根基是马列维奇"相信这些纯粹的、非客体的形式'下意识地'决定了两种关系,一种是主体与可见的所有主体的关系,另一种则是主体与其所处的周遭世界的关系"。换言之,马列维奇认为:

> 在自然的和传统的艺术中,原初的至上主义元素是处于"正确的"和谐关系之中,尽管艺术家并没有意识到这一点,也没有有意识地表现这一事实。然而,随后科技的入侵毁坏了这种和谐关系。于是,就需要去揭示先前下意识运行的体系,以便能够学会如何有意识地进行控制,并在这个全新的科技世界,通过艺术家统一的、有组织的、和谐的意愿,去征

---

[1] Boris Groys. *The Total Art of Stalinism: Avant-Garde, Aesthetic Dictatorship, and Beyond*. Trans. Charles Rougle. Princeton, NJ: Princeton University Press, 1992, p. 153.

[2] Boris Groys. *The Total Art of Stalinism: Avant-Garde, Aesthetic Dictatorship, and Beyond*. Trans. Charles Rougle. Princeton, NJ: Princeton University Press, 1992, pp. 15–16.

服这些潜意识运行的元素,从而获得一种新的和谐关系。为此,科技带给世界的毁灭,也就将通过科技得到弥补,而科技进步带来诸多混乱之后,相继出现的将是把整个宇宙重新组织为一个统一的总体的项目,而在这个新的宇宙中,上帝将被艺术分析家所取代。①

格罗伊斯认为这种新的目标将带给世界一种新的"白色人性",具体表现为"'白色人性'的意识是非客体的,不受任何欲望的限制,并可以指向任何理想的和具体的救世"。这种思想对艺术产生了两个层面的影响:其一,"所有艺术都必须停止",因为"任何被创造的精神世界形式,都应该按照一个既笼统又单一的计划",故而"艺术、宗教和公民生活都不再有特殊的权利和自由";其二,宗教和科学都将被否认,因为它们"属于意识而非无意识领域"②。

由此可见,马列维奇重点关注了艺术的"无意识"成分。就此而言,如果说马列维奇是艺术领域的俄国先锋派代表,那么赫列布尼克夫则是文学领域的重要代表。赫列布尼克夫提出了一种"超理性"语言观,他认为"日常生活语言遮蔽了一种纯粹语音学的'超理性'语言,这种语言秘密地、魔法般地对听者或读者产生影响",因此他开始重建这种"潜意识的语言",从而可以"下意识地掌握这种语言"。赫列布尼克夫自称"世间的主席"和"时间的帝王",因为他认为自己"已经发现了划定时间以及区分新与旧的法则,正如这种划分形式在空间中已经可行一样。正是对这种法规的掌握,赋予先锋以超越时间的权力,并使整个世界臣服于这种权力"。类似于马列维奇的"至上主义",赫列布尼克夫的"语音学的'超理性'语言"超越了当时的所有语言学观,旨在"战胜日常生活语言形式",并主张"基于一种新的听觉去重新组织整个世界"③。

马列维奇与赫列布尼克夫的理论共同点在于,两者都言说了一种"绝对的零度",而这种零度"标识了一个全新的世界"。在这个世界里,所有"昔

---

① Boris Groys. *The Total Art of Stalinism: Avant-Garde, Aesthetic Dictatorship, and Beyond*. Trans. Charles Rougle. Princeton, NJ: Princeton University Press, 1992, p. 16.

② Boris Groys. *The Total Art of Stalinism: Avant-Garde, Aesthetic Dictatorship, and Beyond*. Trans. Charles Rougle. Princeton, NJ: Princeton University Press, 1992, pp. 16 - 17.

③ Boris Groys. *The Total Art of Stalinism: Avant-Garde, Aesthetic Dictatorship, and Beyond*. Trans. Charles Rougle. Princeton, NJ: Princeton University Press, 1992, p. 18.

日的形象都将被清除",从而使得"先前的定居者重新定居于至上主义者的世界"①。这种观点在其他国家看上去似乎只会是一种不切实际的空想,然而在经历了十月革命和两年内战的苏联却与现实无缝对接,具体可以表现为两个方面。首先,当时苏联的社会现实处于"绝对的零度":

> 十月革命和两年内战之后,不仅是俄国先锋派,还包括整个沙皇俄国的人民都意识到社会现实已经达到了绝对的零度。这个国家已经被烧为灰烬,日常生活已经完全被打破,人民居无定所,经济形势几乎回到了原始社会状态,人们对社会关系已经不再感兴趣,而生活则逐渐演变为一场人与人之间争锋相对的战争……因此,至上主义理论已经不再需要被证明,因为一切都变为了现实,也就是一切都成了虚无。由于世界末日已经到来,事物已经开始以末日般的形式呈现自我,因此先锋派和形式主义者的"转变"理论,即把事物从其日常语境中抽离出来,再有意识地把它们"变得陌生化"的表现形式,已经不再仅仅是先锋派的理论了,而是变成了俄国人民的日常生活经验。②

其次,当时的苏联需要艺术地建构一个全新的世界。正是这种先锋派的理论与苏联的现实之间互相融合的历史背景,促使先锋派的理想也随之变成了苏联社会的理想。一方面,大部分俄国先锋派艺术家和作家"立即声称他们全力支持新兴的布尔什维克政权"③。另一方面,布尔什维克政权积极采纳了俄国先锋派的意见,用以建立一个全新的、社会主义的国家。由于当时大多数知识分子对新兴的政权持有敌意,因此很多支持布尔什维克政权的先锋派人士,很快就"在苏联文化体制中占据了异常重要的行政职位"。为此,这种双向度的结合相应地也产生了两个方面的影响:一方面,就先锋派而言,"政治权力的获得,既催生了乐观主义,也被视为个体成功的标志";另一方面,就苏联政府而言,新世界的建立"从本质上追随了先锋派的艺术项目构想"④。这也就是为何"十月革命的领导者承诺的世界",不仅仅是一个可以"提供更好的

---

① Boris Groys. *The Total Art of Stalinism: Avant-Garde, Aesthetic Dictatorship, and Beyond*. Trans. Charles Rougle. Princeton, NJ: Princeton University Press, 1992, pp. 19-20.
② Boris Groys. *The Total Art of Stalinism: Avant-Garde, Aesthetic Dictatorship, and Beyond*. Trans. Charles Rougle. Princeton, NJ: Princeton University Press, 1992, p. 20.
③ Boris Groys. *The Total Art of Stalinism: Avant-Garde, Aesthetic Dictatorship, and Beyond*. Trans. Charles Rougle. Princeton, NJ: Princeton University Press, 1992, p. 20.
④ Boris Groys. *The Total Art of Stalinism: Avant-Garde, Aesthetic Dictatorship, and Beyond*. Trans. Charles Rougle. Princeton, NJ: Princeton University Press, 1992, p. 20.

经济层面的安全保证"的世界,而且在很大程度上是一个"更为美丽"的世界。简言之,"那个无序的、混乱的旧时代的生活,将被一种和谐的、有序的生活所代替,而这种生活是按照一个统一的艺术的计划所设计的"①。于是,"建构主义"和"生产主义"也随之诞生。

二、罗琴科与阿尔瓦托夫:从"建构主义"到"生产主义"

1919 年,亚历山大·罗琴科(Alexander Rodchenko)提出了"建构主义"(constructivism)。这种以俄国先锋派思想建立新社会的观点,与 19 世纪的俄国知识分子的观念有很大的差异。因为传统的艺术家设定"有限的目标",以希望重建的是"自然的一些组成部分",因为在他们看来"自然本身已经是一个完整的整体,所以自然的任何碎片也就潜在地具有完整性和统一性"。然而,先锋派艺术家则不同,因为"对他们而言,外部世界也就变成一个黑色混沌,因此他们需要建立的是一整个全新的世界,所以他们的艺术项目必须是总体的和无限的"。为了实现这个目标,艺术家就必须"拥有超越世界的绝对权力,首先就是总体政治权力",这种权力"允许他们获得全人类的支持,或者说至少是相应国家人民的支持"②。正是这种历史语境,孕育了"建构主义":

> 对于先锋派而言,现实本身就是艺术建构的原材料,因此他们自然也要求拥有处理这些现实原材料的绝对权力,正如他们使用素材在绘画、雕塑和诗歌中去实现他们的艺术目的一样。由于世界自身已经被当成了原材料,因此隐含在艺术认知中有关权力高于原材料的要求,也就不言而喻地包含了权力高于世界的要求。这种权力没有任何的限制,也不受任何人的挑战,是一种非艺术的权威。因为人性和所有的人类思想、科学、传统、机制等,都被当成是由无意识(或者说,是物质的)所决定的,因此就需要按照一个统一的、艺术的计划,来对它们进行重新建构。正是基于这种内在的逻辑,这个艺术的项目变成了美学化的政治(aesthetico-political)。因为有很多的艺术家和很多的项目,但是最终只有一个能够得以实现,也就是必须做出相应的选择,而这个选择就不可能仅仅是艺术

---

① Boris Groys. *The Total Art of Stalinism: Avant-Garde, Aesthetic Dictatorship, and Beyond*. Trans. Charles Rougle. Princeton, NJ: Princeton University Press, 1992, p. 3.

② Boris Groys. *The Total Art of Stalinism: Avant-Garde, Aesthetic Dictatorship, and Beyond*. Trans. Charles Rougle. Princeton, NJ: Princeton University Press, 1992, pp. 20 – 21.

的，而且还需要是政治的。毕竟，它是整个苏联生活得以重新组织的唯一的依靠。

这种依赖性的结果就是，在苏联早期的政权中，先锋派不仅立志在现实层面通过政治实现他们的艺术项目，还制定了一系列美学化的政治话语。在这些话语中，每一个有关艺术作品的艺术建构环节的决定，都被阐释为一种政治层面的决定。相反地，每一个政治决定都按照其相应的美学后果进行阐释。[1]

作为当时"美学化的政治话语"的典型之一，"建构主义"的信念是"艺术是自给自足的、自治的，与外在的现实之间不存在模仿关系"，故而"建构主义者的艺术模型就变成了机器，即依靠内在的秩序进行运转"。当然，此处的"机器"是一种"艺术机器"，或者更确切地说是"潜意识机器"，而不是工业机器。换言之，建构主义者"并未把他们的建构看成是一种自足的艺术作品，而是一种新的世界模型"，这个模型就好比"一个实验室"，而这个实验室可以研发出一个单一的"把世界作为一种原材料，进而对其进行征服"的计划。因此，建构主义者热爱"不同形式的原材料，以及丰富多彩的项目"，并试图"按照一种单一的艺术原则"[2] 把这些材料和项目都统一起来。

由此可见，"建构主义"观点赋予了先锋派至上的权力——艺术权力和政治权力。当然，也正是这种至高无上性导致了建构主义者与布尔什维克政党之间的裂隙，具体表现在两个方面。一方面，就建构主义者而言，他们与布尔什维克政权结合的初衷是为了获得政治上的支持，也就是说他们仅仅把与布尔什维克的合作"看成是一个必要的过渡"。另一方面，就布尔什维克而言，他们之所以与先锋派合作则主要出于两个原因：其一，他们"对如何建构新社会概念模糊"，因为"马克思主义尚未提供任何特定的方法"；其二，当时新生的苏联政府"试图最大限度地获得老一辈知识分子的支持"[3]。然而，先锋派在占据一些政治要职之后，开启了一系列至高无上的艺术实践，而在这些实践及相关理论中，布尔什维克的重要性没有得到相应的体现。为此，尽管一方面"布尔什维克感激先锋派主义者的支持"，但是另一方面也"困惑于先锋派主

---

[1] Boris Groys. *The Total Art of Stalinism: Avant-Garde, Aesthetic Dictatorship, and Beyond*. Trans. Charles Rougle. Princeton, NJ: Princeton University Press, 1992, p. 21.

[2] Boris Groys. *The Total Art of Stalinism: Avant-Garde, Aesthetic Dictatorship, and Beyond*. Trans. Charles Rougle. Princeton, NJ: Princeton University Press, 1992, p. 22.

[3] Boris Groys. *The Total Art of Stalinism: Avant-Garde, Aesthetic Dictatorship, and Beyond*. Trans. Charles Rougle. Princeton, NJ: Princeton University Press, 1992, p. 22.

义者专横的野心",因为他们拒绝听从任何意见,不论是在美学层面,还是在政治层面与他们相近者的意见。更重要的是,先锋派主义者"频繁地阐释政治与美学之间的紧密关系",并且他们开始区分两派对立的艺术:"一方面是资产阶级的、传统的、反革命的、模仿的艺术,另一方面是新兴的无产阶级革命美学,提议把共产主义建构为一种总体艺术,从而可以按照一个统一的计划去重组生活"。在此基础上,越来越多的先锋派艺术家、诗人、作家和记者开始把"美学的和政治的指控结合起来",并"公开要求政府镇压他们的敌对者"。然而,由于新兴的政府刚刚开始获得越来越多的支持,并且他们也希望获得更多的支持。于是,"先锋派的根基开始逐渐缩小"。其中,最为标志性的事件就是1922年新经济政策的提出,直接"标志了先锋派的衰落",尽管它"依旧小规模地继续存在,但是在20世纪20年代末就完全失去了影响力"①。

就此而言,"生产主义"就是小规模存在的先锋派代表之一。"生产主义"的提出者是"左派"(Lef),因为先后创立了期刊《左派》(Lef)和《新左派》(Novyi Lef)而得名。他们以"生产主义"代替了"建构主义",因为他们的目标是"生产实用的客体,并通过艺术的方法去组织生产与日常生活"。与此同时,他们把"所有自治的艺术活动看成是反动的,甚至是反革命的"。其中,提出"建构主义"的罗琴科,加入了"左派",也转向了"生产主义",并成为重要的代表之一,他把其之前的盟友弗拉基米尔·塔特林(Vladimir Tatlin)称为"一个典型的俄国神圣小丑",因为他"忠诚于'物质的奥秘'"②。鲍里斯·阿尔瓦托夫(Boris Aravtov)也是"生产主义"的重要代表之一,不过他的观点在一定程度上已经开始暗示了先锋派的尾声。

随着新经济政策的实施并取得一定的成效,"左派"的立场开始发生变化,突出表现为"共产主义化",即逐渐认识到苏联政府才是唯一能够实现诸多改变的中坚力量。于是,"左派"开始把自我定位为"苏联政府内部一些'社会使命'的'专家',以及一些艺术的导师,其责任是甄别朋友与敌人,同时协助政府制定建构时代所要求的多种艺术任务"③。正是在这种趋势的影

---

① Boris Groys. *The Total Art of Stalinism: Avant-Garde, Aesthetic Dictatorship, and Beyond*. Trans. Charles Rougle. Princeton, NJ: Princeton University Press, 1992, p. 23.
② Boris Groys. *The Total Art of Stalinism: Avant-Garde, Aesthetic Dictatorship, and Beyond*. Trans. Charles Rougle. Princeton, NJ: Princeton University Press, 1992, p. 24.
③ Boris Groys. *The Total Art of Stalinism: Avant-Garde, Aesthetic Dictatorship, and Beyond*. Trans. Charles Rougle. Princeton, NJ: Princeton University Press, 1992, p. 25.

响下，阿尔瓦托夫的观点自身出现了内在的矛盾，一方面尽管他"坚持认为艺术家应该最为细节化地组织社会生活的方方面面，从而可以及时地按照科技进步的不同层面，为世界提供一种新的艺术形式"。换言之，就是"协调艺术与进步之间的和谐关系"。另一方面，他又限制了艺术的总体化角色，即只有艺术"可以寻找出最佳的、取得总体组织能力的方式"，因为艺术家的角色已经发生了变化，即"必须成为学者、工程师和管理者的同事"。为此，艺术的目标也变为"创造一个封闭的、自主的、内在有序的、自我抑制的整体"[1]。就此而言，阿尔瓦托夫实际上又回到了与布尔什维克结合之前的早期先锋派的观点。简而言之，也就是阿尔瓦托夫的观点已经失去了"建构主义"时期的激进性和锋利性。那么，是什么原因促成了这种改变？

究其根源，主要在于新经济政策在很大程度上改变了苏联政府与先锋派主义者之间的权力关系与结构，具体表现为前者最大限度地超越了后者，并掌控了文化、经济、政治等各领域内至关重要的职位。实际上，政治权力、文化权力和重要性均极大消减的并不仅仅是先锋派，因为先锋派只是十月革命之后至20世纪20年代众多艺术和文学团体中的一个代表。总体而言，随着布尔什维克在国家生活的方方面面逐渐取得重要地位，整个苏联的艺术和文学团体的重要性就逐渐减弱，同时艺术与文学的意义、功能也随之发生了根本性的改变。对此，格罗伊斯进行了明晰的阐述：

> 各个团体面临的重担开始被布尔什维克政党改变，艺术家所能做的就是在这个统一的"政党的命令"下完成有限的使命。为此，面对自我的艺术项目，先锋派放弃了它先前卓越的雄心，转而把项目本身臣服于现实生活中的政治权力。自此布尔什维克接过先锋派的艺术任务，并开始谱写一个关于新现实的统一蓝图。为此，先锋派的艺术项目原初想拥有的政治权力的诉求，现在被翻转过来，即现实的政治权力要求认同这个事实，即政治的项目在本质上其实是艺术的。[2]

基于上述翻转关系，格罗伊斯指出苏联文艺史从第一阶段到第二阶段的过渡的特点为"社会主义现实主义诞生于俄国先锋派的精神"[3]。这种观点的新

---

[1] Boris Groys. *The Total Art of Stalinism: Avant-Garde, Aesthetic Dictatorship, and Beyond*. Trans. Charles Rougle. Princeton, NJ: Princeton University Press, 1992, p. 25.

[2] Boris Groys. *The Total Art of Stalinism: Avant-Garde, Aesthetic Dictatorship, and Beyond*. Trans. Charles Rougle. Princeton, NJ: Princeton University Press, 1992, p. 26.

[3] Hans Gunther. *The Culture of Stalin Period*. New York: Palgrave Macmillan, 1990, p. 122.

颖性表现为三个方面：第一，重新认识了俄国先锋派。传统观点认为俄国先锋派是"一种美学化的、纯形式的、风格化之光"。这种观点不仅与先锋派的目标相对，即"旨在克服传统的针对艺术的沉思的态度"，而且还与先锋派的实践相对，即真正投身到改变世界的现实之中，并且当时大多数先锋派主义者都不同程度地拥有真实的政治权力，从而使得他们的艺术实践本身变成一种政治性的行为。第二，重新认识了社会主义现实主义。传统的社会主义现实主义研究的观点是，它以纯政治的形式摧毁了纯艺术的先锋派，因为它以相异于"欧洲"和"西方"的主流"资本主义"的"社会主义"的意识形态，挖空了原本就处于"东方"和"亚洲"的沙皇俄国在十月革命之后的废墟残渣里仅剩下的艺术之根。第三，重新认识了俄国先锋派与社会主义现实主义的关系，具体表现为把两者放置在同一个血亲谱系之中，并把两者的血亲关系减化为俄国先锋派是在以艺术的形式参与一场政治的项目，而社会主义现实主义则是在以政治的实践完成一场艺术的梦想。简而言之，俄国先锋派是在艺术化政治，而社会主义现实主义则是在政治化艺术。在此基础上，格罗伊斯进一步指出社会主义现实主义与同时期的世界艺术的关联：

> 社会主义现实主义只是20世纪30年代和40年代之间，世界艺术在经历了先锋派的统治趋势之后，才重新回归到象征比喻风格的一种途径。类似的回归途径还发生在法国（新古典主义）、荷兰和比利时（不同形式的魔幻现实主义）、美国（区域绘画），以及其他不同形式的总体主义得以建立的国家。[①]

总而言之，在格罗伊斯看来，把社会主义现实主义视为"斯大林时期一种原创的、拥有自我特殊风格特征的艺术潮流，并且无法简单地在艺术史中找到类似的艺术原则和形式"的观点是不正确的。因为这种观点忽视了社会主义现实主义与俄国先锋派之间真实存在的血亲关系，从而也就硬生生地、人为地切断了苏联文学和艺术作品在第一阶段到第二阶段的发展过渡中原本具有的纽带关联。

---

① Hans Günther. *The Culture of Stalin Period*. New York: Palgrave Macmillan, 1990, p. 123.

第二节 社会主义现实主义与苏联后现代主义的血亲关系

当然,需要说明的是从先锋派的视角言说了社会主义现实主义与先锋派之间存在的关联性,并不是说格罗伊斯把社会主义现实主义与俄国先锋派等同起来,或者说格罗伊斯认为两者之间不存在差异性。为此,就需要追问格罗伊斯随后如何从社会主义现实主义的视角看待它与先锋派的异同,并在此基础上进一步了解格罗伊斯如何根据这种异同关系,阐述了苏联文艺作品第三个发展阶段与第二个发展阶段之间的纽带关系,即苏联后现代主义与社会主义现实主义之间的延续关系是何种类型?

一、世界文化的审判日与经典传统

要解决社会主义现实主义与先锋派之间的异同关系问题,就需要先了解社会主义现实主义是如何出场的。就此而言,格罗伊斯指出有两个重要的时刻决定了社会主义现实主义得以正式现身。其一,1932年4月23日苏联中央委员会的法令,规定废除所有的艺术和文学团体,进而把所有的艺术和文学活动交由"一个统一的'创造性协会'"加以管理。正是这个"意在终结所有的艺术和文化先锋组织,并使所有的文化活动服从政府的领导"的法令,开启了"一个全新的、苏联文化的斯大林阶段"。随后,这个法令在第一个"斯大林式"的五年计划期间被付诸实践。斯大林先是废除了列宁提出的新经济政策,进而要求实现苏联的第一个五年计划(1928—1933),并指出这个计划的目标是"在一个单一的、严格集权化的计划的引导下"①,快速地实现苏联的工业化和集体化的进程。与此同时,当时斯大林提倡"一个国家的社会主义",即不是等待国际无产阶级运动成熟到实现国际社会主义之后,再在相应的国家实现社会主义。因为新经济政策取得的一定成效使斯大林认为苏联的无产阶级运动已经成熟,并且超越了其他国际社会主义运动,因此完全可以在苏联进行社会主义建设。这种"一个国家的社会主义"在与快速工业化和集体化的进程结合之后,就使得苏联进入了一个"总体重建生活"的高速阶段。至此,苏

---

① Boris Groys. *The Total Art of Stalinism: Avant-Garde, Aesthetic Dictatorship, and Beyond*. Trans. Charles Rougle. Princeton, NJ: Princeton University Press, 1992, p.33.

联政府开始总体控制苏联生活的方方面面。其二，在1934年8月17日苏联第一次作家代表大会上，斯大林赞同社会主义现实主义的口号，以及把它作为苏联正式的文艺创造与批评方法。起初社会主义现实主义最先被要求应用于文学领域，随后则遍及所有苏联文化领域。

从上述两个时刻的相应文化事件的表面看来，社会主义现实主义是对俄国先锋派以及其他文学、艺术团体和流派进行了末日审判。然而，格罗伊斯则指出，实际上这种审判只是基于"反形式主义的精神"，并要求重点关注"社会主义的内容"，从本质上则显现了社会主义现实主义与先锋派之间的延续准线：

> 斯大林时期实现了先锋派的基本要求，即艺术停止表现生活，转而开始通过一个总体的美学化的政治项目去改变生活……
>
> 很明显斯大林所言的"作家是人类灵魂的工程师"，就来自先锋派的比喻，斯大林的美学理论和实践，则是继续进行（与先锋派）相同的教育和形塑大众的理念。①

当然，格罗伊斯紧接着又指出"社会主义现实主义与先锋派之间有很明显的形式上的差异"，只是这种差异"需要被放置在这样的一个前提下进行解释，即基于先锋派项目的内在逻辑"，而不是伴随社会主义现实主义的出现而涌现出来的诸多事件的结果，如"大众文化水平的低下，或领导人低下的个人文化趣味"②。于是，格罗伊斯根据先锋派项目的内在逻辑，指出社会主义现实主义与先锋派之间在处理这三个问题的具体过程中所存在的差异：（1）经典传统；（2）反映现实在形塑现实的过程中的角色；（3）新的个体。③

就对待"经典传统"的态度而言，格罗伊斯强调了两者的差异在于先锋派是否定和打倒的态度，而社会主义现实主义的态度则转变为肯定和学习，促成这种转变的具体原因有两个：其一，"零度"的差异，先锋派的极简主义是出自这样的一种艺术抱负，即"拒绝传统，从零开始"④，也就是说先锋派的

---

① Boris Groys. *The Total Art of Stalinism: Avant-Garde, Aesthetic Dictatorship, and Beyond.* Trans. Charles Rougle. Princeton, NJ: Princeton University Press, 1992, pp. 36–37.
② Boris Groys. *The Total Art of Stalinism: Avant-Garde, Aesthetic Dictatorship, and Beyond.* Trans. Charles Rougle. Princeton, NJ: Princeton University Press, 1992, p. 36.
③ Boris Groys. *The Total Art of Stalinism: Avant-Garde, Aesthetic Dictatorship, and Beyond.* Trans. Charles Rougle. Princeton, NJ: Princeton University Press, 1992, p. 36.
④ Boris Groys. *The Total Art of Stalinism: Avant-Garde, Aesthetic Dictatorship, and Beyond.* Trans. Charles Rougle. Princeton, NJ: Princeton University Press, 1992, p. 41.

目标首先是迈向艺术的"零度",然后再从这个冰点重新开始。换言之,先锋派的"零度"是一种想象的"零度",或者说艺术的最为理想的原点。然而,布尔什维克主义的"零度"则是苏联当时所处的水深火热的社会现实,即在经历了十月革命和两年内战之后,整个苏联生活方方面面的一片狼藉与黑色混沌。为此,布尔什维克的目标也是当时唯一的选择就变成了从现实的"零度"开始,建构一个全新的理想社会,而可行的建构途径也只有一个,那就是回到经典传统去学习经验、吸收营养,并找出方法,正如日丹诺夫所言:

>……我们布尔什维克并不拒绝文化传统,相反,我们批评地吸收所有民族和所有时期的文化遗产,以便可以从中选择那些可以启发苏联工人阶级和人民的文化遗产,并最大限度地发挥劳动力、科学和文化的作用。①

由此可见,当时作为"社会主义"国家的苏联,并没有拒绝"资本主义"遗产,这也就是格罗伊斯所言的"在斯大林时期,苏联成为唯一的遗产保护者,甚至包括保护被资产阶级自身拒绝和背叛的遗产"② 的根源。

其二,先锋派理念自身存在的无法解决的内部矛盾。一方面,先锋派想回到"零度"而全面拒绝传统的本质,实际上是从侧面印证了传统的存在,因为他们的全然拒绝之所以有意义就在于这种拒绝存在于这样的一个范围之内,即"传统依旧是活的,而且成了拒绝本身的大背景"。为此,先锋派的形式革命,就与其"内在的要求自相矛盾,即所有自主的形式都被拒绝"。随后,"生产主义"者指出他们在一定程度上解决了这种自相矛盾,即要求"架上画、雕刻和叙述文学,以及在总体上遗弃其他形式"③,但是实际上这种要求很明显保持了这样的一个姿态,即实际上延续了传统的风格和艺术问题。另一方面,先锋派艺术在理论上基于这些方法,如"陌生化"和"暴露手法"——"一种可以揭露一部作品如何达到其相应效应的机械原理"。然而,这些方法的相同性也在于它们本身就"假设了艺术史中存在的连续性"。其中,"陌生化"之所以需要陌生,是因为被其陌生化的事物是原本熟悉的事物,而"设备化"则把"每一个后来的替代者描述为剥开其之前者本身隐藏

---

① Boris Groys. *The Total Art of Stalinism: Avant-Garde, Aesthetic Dictatorship, and Beyond.* Trans. Charles Rougle. Princeton, NJ: Princeton University Press, 1992, p. 40.
② Boris Groys. *The Total Art of Stalinism: Avant-Garde, Aesthetic Dictatorship, and Beyond.* Trans. Charles Rougle. Princeton, NJ: Princeton University Press, 1992, p. 41.
③ Boris Groys. *The Total Art of Stalinism: Avant-Garde, Aesthetic Dictatorship, and Beyond.* Trans. Charles Rougle. Princeton, NJ: Princeton University Press, 1992, p. 41.

的机制原理"①。简而言之,正是由于"先锋派无法遗弃其所反对的传统",导致它最终"沦为自己想要征服的对手——传统的阶下囚"②。然而,社会主义现实主义对经典传统的态度的改变,实际上就解决了先锋派的这种内在矛盾,从而也就促使先锋派本身向前推进了一步。

二、非存在的象征与现实的形塑

就"反映现实在形塑现实的过程中的角色"而言,从表面上看,两者的差异在于先锋派反对艺术反映现实的模仿功能,而社会主义现实主义则坚持反映现实在形塑现实的过程中扮演的角色。格罗伊斯指出,为了与先锋派拉开距离,社会主义现实主义通常坚持认为艺术承担着了解现实的角色,这也就是为何与先锋派的形式主义相比,它会被命名为"现实主义"的原因。此外,在斯大林时期甚至整个苏联时期,模仿是"伴随着所谓的列宁的反映理论而存在的",从而"意味着与传统的表现性的架上画存在一定的差异"。要探讨这种差异,就需要先了解一个极为重要的社会主义现实主义话语——"典型"。苏联官方在第十九次党代会上,由格奥尔基·马林科夫(Georgy Malenkov)对"典型"进行了说明:

> 当我们的艺术家、作者和表演者在创造它们的艺术形象之时,需要时不时地提醒自己有关典型的概念,即典型并不是常见的偶然的形象,而是最令人信服地展示了一种既定社会力量本质的形象。从马克思列宁主义的观点来看,典型并不是指一些统计学层面出现最多的形象,典型代表了极为重要的领域,在这个领域的现实艺术中党的精神得以凸显。换言之,典型的问题一直是一个政治的问题。
>
> ……因此,通过把社会的典型生活艺术地呈现出来,我们就可以看到艺术家看待现实、社会生活和历史事件的政治态度。③

就此而言,社会主义现实主义的模仿试图聚焦的是"事物内在的本质,

---

① Boris Groys. *The Total Art of Stalinism: Avant-Garde, Aesthetic Dictatorship, and Beyond*. Trans. Charles Rougle. Princeton, NJ: Princeton University Press, 1992, p. 43.
② Boris Groys. *The Total Art of Stalinism: Avant-Garde, Aesthetic Dictatorship, and Beyond*. Trans. Charles Rougle. Princeton, NJ: Princeton University Press, 1992, p. 41.
③ Boris Groys. *The Total Art of Stalinism: Avant-Garde, Aesthetic Dictatorship, and Beyond*. Trans. Charles Rougle. Princeton, NJ: Princeton University Press, 1992, pp. 50-51.

而不是外在的现象"①，因为"典型"理论追随的是斯大林有关辩证方法的描述：

> 就辩证的方法来说，最重要的并不是聚焦当前看起来稳定的事物，而是那些已经开始消亡的以及那些正在出现和发展的事物，即使这些事物目前看起来并不稳定，因为对于辩证的方法而言，唯有那些正在出现的和发展的事物是不可战胜的。②

随后，那些可以被辩证地认为在社会主义下正在出现和发展的事物，就是苏联政府的最新政策。正是基于这种特性，使得苏联的"典型"与"党的意志"关联性异常明显，即被视为典型的事物，往往是"在视觉上被认为正在出现的党的目标"。这就对艺术家提出了新的要求，即需要艺术家拥有"一种预测苏联政府内部即将出现新的趋势的能力，从而可以感知前进的方向"。更确切地说，就是艺术家要有一种可以预测"斯大林的意愿的能力，因为后者是现实的真正的创造者"。这也就解释了在斯大林初期为何有那么多的作家、艺术家和电影制作者，均被"批准进入政府内部的圈子，并被鼓励直接参与斯大林的国家机器"③。这种参与性与先锋派时期先锋派与新兴苏联政府的合作具有相似之处：

> 作为官僚的一员，苏联艺术家就不再仅仅是一个艺术家，也不是仅仅坐在画架前或工作室，而更多的是新的现实的创造者。因此，艺术家需要模仿的就不再是外在的、可见的现实，而是艺术家内心生活的内在现实，因为艺术家不仅拥有鉴别和紧随政府和斯大林意志的能力，还可以融合内心的这种能力生产出一个形象，或者说一个现实的模型，即苏联政府和斯大林的意志旨在努力形塑的模型。④

这也就是为什么一方面"有关典型的问题，实际上是一个政治的问题"，另一方面社会主义现实主义为何变成了一种"梦想现实主义"的根本原因。换言之，社会主义现实主义代表了"党的意志"，以及"由于列宁著名的口号

---

① Boris Groys. *The Total Art of Stalinism: Avant-Garde, Aesthetic Dictatorship, and Beyond*. Trans. Charles Rougle. Princeton, NJ: Princeton University Press, 1992, p. 51.
② Boris Groys. *The Total Art of Stalinism: Avant-Garde, Aesthetic Dictatorship, and Beyond*. Trans. Charles Rougle. Princeton, NJ: Princeton University Press, 1992, p. 51.
③ Boris Groys. *The Total Art of Stalinism: Avant-Garde, Aesthetic Dictatorship, and Beyond*. Trans. Charles Rougle. Princeton, NJ: Princeton University Press, 1992, pp. 51-52.
④ Boris Groys. *The Total Art of Stalinism: Avant-Garde, Aesthetic Dictatorship, and Beyond*. Trans. Charles Rougle. Princeton, NJ: Princeton University Press, 1992, p. 52.

'梦想是必须的'而变得活跃的集体超现实主义"。至此，可以发现社会主义现实主义的诸多定义，如"按照革命发展的形式描述生活""形式上是民族的，内容上是社会主义的"，实际上就建基于列宁的"梦想现实主义"。在这种现实主义中，"民族的形式掩盖了新的社会主义内容"，即"由苏联的党的意志所建构的一个宏伟的世界"，而"总体艺术则来自斯大林"，因为他才是"真正的创造者和艺术家"。[1]

三、俗世造物主的化身与新型的个体

就"新的个体"而言，先锋派谋杀了造物主，而社会主义现实主义则对其进行了还原。格罗伊斯指出，至少在20世纪20年代初期就可以看出"总体先锋派项目留下了一个先锋派自身无法填补的空白"，也就是"项目的作者的形象"。究其根源，主要表现为"在篡夺了上帝的地位之后，先锋派就超越了他所创造的世界"，也就是说他"不再属于这个世界"，因为"先锋派艺术中，人已经不复存在"。这就使得先锋派本身置于一种悖论的境遇之中，一方面他们选择了一个全新的世界，但是另一方面他们又被"保留在了旧的艺术史和传统之中"。换言之，先锋派的"新"其实只是"逻辑上的、形式的和'没有灵魂的'，因为他们的灵魂还处在旧日的往昔之中"[2]。除此之外，先锋派还没有解决人的心理与意识问题。对此，格罗伊斯探讨了早在20世纪20年代初期，Ia. A. 图根霍尔德（Ia. A. Tugendkhol'd）就指出了俄国先锋派的危机，尤其是当时左派绘画中"无限生长的分析学理性主义"的危机。图根霍尔德质疑这类艺术的根基，即"既然艺术家控制了直接影响人类意识的形式和颜色，那么通过改变人类的环境，艺术家是否就可以自动地形塑人的心理与意识"[3]？随后，图根霍尔德使用马列维奇和普宁作为例子，就危机本身进行了详细的阐述：

> 马列维奇要求"精神权力的内容要被拒绝，因为它是这个绿色世界的骨与肉的象征"……普宁争辩说"没有精神生活、没有内容、没有'情节'是需要的"，因为所要的只是形式。为什么呢？因为普宁指出

---

[1] Boris Groys. *The Total Art of Stalinism: Avant-Garde, Aesthetic Dictatorship, and Beyond*. Trans. Charles Rougle. Princeton, NJ: Princeton University Press, 1992, pp. 52 - 53.

[2] Boris Groys. *The Total Art of Stalinism: Avant-Garde, Aesthetic Dictatorship, and Beyond*. Trans. Charles Rougle. Princeton, NJ: Princeton University Press, 1992, pp. 56 - 57.

[3] Boris Groys. *The Total Art of Stalinism: Avant-Garde, Aesthetic Dictatorship, and Beyond*. Trans. Charles Rougle. Princeton, NJ: Princeton University Press, 1992, p. 57.

"是形式决定意识,而不是意识决定形式。形式——存在,或形式/存在,决定意识,如内容",而"我们则是一元论者,是唯物主义者,这也就是为什么我们的艺术是形式的原因,因为我们是无产阶级艺术家,是共产主义文化的艺术家"。①

在此基础上,图根霍尔德针对这种"形式主义者"进行了"形式"的回应:

> 普宁未能意识到由于这个时代的形式是按照无产阶级与非无产阶级艺术的区别而制定的,而且两者的差异刚好并不在于形式,而是在于如何使用这种形式的理念。比如,苏联的火车头和机器与西方的火车头和机器是一样的,这就是我们的"形式"。然而,由于我们的工业制度与西方的不同,因此差异的现实就是在苏联无产阶级才是这些火车头和机器的主人,这就是我们的内容。②

由此可见,如果说"起初先锋派与正统的马克思主义者,都相信意识是由物质基础决定的"③,那么随后这种观念很快就发生了变化,因为"与先前的假定相比,即只要简单改变环境就会自然而然地改变意识,人的意识被证明灵活性较少"。为此,理论家们"意外地发现'新的个体'的意识,才是重要的绊脚石"。同时,由于当时苏联与"西方"之间处于对立关系,因此"真正能够支持和保证社会主义建构的唯一支柱"④,就是这种新的个体意识。自此,就需要转换"新的个体"意识的角色,即最好是把它从绊脚石转换为垫脚石,正是这种需求决定了社会主义实际上既是在心理学层面进行的定义,也是被期望在心理层面发挥有效的作用,尤其集中于有关社会主义精神教育的作用。

正是在这种需求和转换之下,社会主义现实主义从两个层面解决了先锋派无法解决的矛盾以及面临的危机。首先,社会主义现实主义艺术的核心就是大写的"新—人",正如日丹诺夫所言的:"我们必须甩掉破旧的亚当,而开始

---

① Boris Groys. *The Total Art of Stalinism: Avant-Garde, Aesthetic Dictatorship, and Beyond*. Trans. Charles Rougle. Princeton, NJ: Princeton University Press, 1992, pp. 57 – 58.
② Boris Groys. *The Total Art of Stalinism: Avant-Garde, Aesthetic Dictatorship, and Beyond*. Trans. Charles Rougle. Princeton, NJ: Princeton University Press, 1992, pp. 57 – 58.
③ Boris Groys. *The Total Art of Stalinism: Avant-Garde, Aesthetic Dictatorship, and Beyond*. Trans. Charles Rougle. Princeton, NJ: Princeton University Press, 1992, p. 58.
④ Boris Groys. *The Total Art of Stalinism: Avant-Garde, Aesthetic Dictatorship, and Beyond*. Trans. Charles Rougle. Princeton, NJ: Princeton University Press, 1992, p. 58.

像马克思、恩格斯和列宁以及像斯大林同志一样工作。"① 随之出现了很多有关"新人"的口号,如"对于一个布尔什维克而言,没有什么是不可能的""钢铁般的意志""我们可以把钢铁变为翅膀,把炽热的引擎变为心脏"。至此,"意识"的功能得到了最大程度的发挥,即"新人"不仅真正充当了"人类灵魂的工程师",还真正成为现实生活中的"正面英雄",激励着成千上万苏联人民前仆后继地走向新的社会:

> 科技组织的世界变成了只是其创造者内在权力的视觉体现,从而把那个孤独的、受难的、自我牺牲的艺术家英雄,真正变成了斯大林文化的英雄,只是存在形式发生了改变,如运动员、飞行员、工厂管理员、集体农场的组织者等,也就是现实生活的真正创造者,而不仅仅是虚无的城堡的描绘者。②

其次,社会主义现实主义在一定程度上恢复了被先锋派"谋杀"的上帝。由于当时苏联热火朝天的各种"新"景象,在与当时苏联经济的逐渐恢复与政治体制的逐渐融洽的形态融合之后,就使得"英雄"这个角色的涵盖面相应地发生变化。一方面平民化的英雄类型开始增多,打破了柯察金的单一模式。另一方面政治领导英雄开始涌现,并突出表现为对斯大林形象的塑造,具体就包括苏联人民的伟岸的"父亲",马克思、恩格斯和列宁之后最合理的"接班人",不朽的"列宁",甚至是"造物主的化身"。更确切地说,是通过对多变的"辩证的造物主"的崇拜,代替了"传统基督教对上帝的崇拜"③。

就此而言,格罗伊斯指出社会主义现实主义并不是终结了先锋派,而是完成了先锋派没有完成的任务。因为一方面先锋派最重要的创造推动力就是"把超人的、超个人的、集体的特性带入艺术,从而可以打破俗世的、凡人的'个体性的创造'局限"④。当然,由于先锋派没有解决艺术本身的作者问题、新与旧的问题,以及上帝之死之后留下的空白等问题。因此,尽管怀有一腔热情,但是因为先锋派自身的破坏性和消极性,并没有实现相应的梦想。然而,

---

① Boris Groys. *The Total Art of Stalinism: Avant-Garde, Aesthetic Dictatorship, and Beyond*. Trans. Charles Rougle. Princeton, NJ: Princeton University Press, 1992, p. 57.

② Boris Groys. *The Total Art of Stalinism: Avant-Garde, Aesthetic Dictatorship, and Beyond*. Trans. Charles Rougle. Princeton, NJ: Princeton University Press, 1992, p. 60.

③ Boris Groys. *The Total Art of Stalinism: Avant-Garde, Aesthetic Dictatorship, and Beyond*. Trans. Charles Rougle. Princeton, NJ: Princeton University Press, 1992, p. 70.

④ Boris Groys. *The Total Art of Stalinism: Avant-Garde, Aesthetic Dictatorship, and Beyond*. Trans. Charles Rougle. Princeton, NJ: Princeton University Press, 1992, p. 70.

社会主义现实主义则对先锋派的破坏性和负面性进行了转换:

> 先锋派毁灭旧世界的能量以及魔鬼般的愤怒之源,并不是来自于世俗的热情,而是来自一个抽象的、形而上的事件,即上帝的死亡,或者说是谋杀上帝。同时,先锋派超人的创造性能量也正是来自这个相同的源头,也就是上帝之死。当先锋派艺术家的位置以及真正的"新的个体,地球的再造者"的形象被党的领导人取代之后,先锋派的神话也变成了一个艺术的客体,同时先锋派的造物主形象也随之变成了那个神圣的创造者——斯大林,与魔鬼的附身——特罗茨基,即"正面英雄"与"破坏者"。①

简而言之,如果说先锋派在谋杀了上帝之后并没有提供新的替代者,那么社会主义现实主义则不同程度地把斯大林神圣化为"上帝",从而填补了"上帝之死"留下的空白。

四、神话与乌托邦:从俄国先锋派到苏联后现代主义

至此,格罗伊斯指出实际上社会主义现实主义已经不再是"现实主义",而走向了"理想主义",并迈进了乌托邦王国。在这个国度里,一方面可以"自由地忽视大众的趣味,并为这个王国创造一些新的个体,进而创造出新的国民"。为此,社会主义现实主义与先锋派再一次首尾相连,因为"尽管罕有道德的和政治的相关属性表述这个新的国度",但是非常明显"建构社会主义的最高目标本身就是美学的,而社会主义自身也被认为是衡量美的最高准则"。②

当然,针对社会主义现实主义的美学性,在格罗伊斯1988年较为系统的研究出现之前,这个话题不论是在"西方"还是在苏联都是一个盲点。其中,就"西方"而言,社会主义现实主义与先锋派关联的特征很难被"西方"学者发现,因为他们唯一看到的就是社会主义现实主义与斯大林主义之间的等同性,而没有察觉或者说从内心深处本身就拒绝把社会主义现实主义与先锋派进行关联。而就苏联而言,则是因为先是俄国先锋派自身在与苏联政府之间分分合合,随后则随着斯大林主义的逐渐盛行,俄国先锋派直接变成了一个禁忌,

---

① Boris Groys. *The Total Art of Stalinism: Avant-Garde, Aesthetic Dictatorship, and Beyond*. Trans. Charles Rougle. Princeton, NJ: Princeton University Press, 1992, p. 62.

② Boris Groys. *The Total Art of Stalinism: Avant-Garde, Aesthetic Dictatorship, and Beyond*. Trans. Charles Rougle. Princeton, NJ: Princeton University Press, 1992, p. 74.

人们对此绝口不提,因为先锋派在苏联境内也进入了文化盲区。

这种情况在斯大林去世之后开始改变,甚至可以明确地说"1953 年 3 月 5 日,斯大林的离世,直接为苏联生活方方面面的改变铺垫了一条新通道"。因为在这个国家,人们"自新经济政策实施以后,第一次可以开始谈论政治对文学和艺术的控制",即便这种探讨本身"只是在一种有限的相对自由之中"。为此,苏联史无前例地迎来了"解冻"时期。这个时期为苏联文学和艺术的自由赢得了一定的发展,因为"去斯大林化"一方面"鼓励作家(和艺术家)可以去处理之前被定为禁忌的主题,另一方面则"给予他们更大的空间去如实地讨论相关的话题"①。然而,就在人们怀揣一腔热情,期望"去斯大林化"会如火如荼地进行之时,期望新的时期能够如 20 世纪 20 年代大炼钢铁时代一样可以为苏联创造一个崭新的面貌一样,却因为苏联境内政治局势的变迁而被带入了一个"解冻"与"急冻"循环多变的来回摇摆时期。斯大林去世之后到赫鲁晓夫的秘密讲话时期,实际上苏联境内的政治局势已经开始出现了震荡,这种震荡在秘密讲话之后一触即发,最为突出的就是匈牙利十月事件。

于是,苏联政府开始放慢"去斯大林化"进程,并收拢针对苏联文学和艺术的自由政策,尤其是当作家或艺术家"跨越了政府可以允许的限度",苏联官方就会"发起一场批评活动,从而反对有缺陷的作品,并降低对文学(和艺术)专业水平的要求"②。其中,1958 年针对帕斯捷尔纳克的严厉批判就是典型例子。究其根源,就在于一方面帕斯捷尔纳克先在意大利出版了《日瓦戈医生》,另一方面这部小说还获得了 1958 年的诺贝尔奖。严格意义上讲,尽管这是苏联作家第一次获得诺贝尔文学奖,因为 1933 年获奖的普宁早在 20 世纪 20 年代就移民法国,并再也没有回到苏联,但是这个奖项对于苏联而言并不是一种荣誉,因为它向"西方"揭示了苏联的"恶"与"丑"。于是,帕斯捷尔纳克并没有成为国家的文化英雄,而是沦为了批判对象,这也就直接导致了帕斯捷尔纳克被迫拒绝前往瑞典领奖。

匈牙利事件引起的收紧政策,在 1961 年第二十二次党代会上才有所改变。随后的 1962 年,赫鲁晓夫"允许索尔仁尼琴的小说《伊凡·杰尼索维奇的一天》和叶夫根尼·叶夫图申科(Evgenii Evtushenko)的诗歌《斯大林的继承者们》(*Stalin's Heirs*)正式发表"。在此基础上,赫鲁晓夫还"指示列昂尼

---

① Herman Ermolaev. *Censorship in Soviet Literature 1917 – 1991*. New York:Rowman & Littlefield Publishers,1997,p. 141.

② Herman Ermolaev. *Censorship in Soviet Literature 1917 – 1991*. New York:Rowman & Littlefield Publishers,1997,p. 141.

德·费多罗维奇·伊里切夫（Leonid Fedorovich Ilichev），即当时中央委员会专门针对意识形态问题的秘书，起草一份废除苏联文化审查制度的方案"。然而，1963年3月8日，在"党的领导人、作家和艺术家代表共同参加的会议上，赫鲁晓夫又强调了斯大林在建设社会主义，打击列夫·托洛茨基（Leon Trotsky）、格里戈里·季诺维也夫（Grigory Zinoviev）、尼古拉·布哈林（Nikolai Bukharin）及其他追随者方面取得的贡献"。可以说，作为苏联的最高领导人，赫鲁晓夫"在1957年到1963年之间，针对文学（和艺术）组织的会议和演讲，比苏联任何时期的领导人都多"①。尽管官方这种变化多端的"解冻"与"急冻"政策，在一定程度上浇灭了苏联人民的热情，但是就总体而言，苏联的官方文学和艺术还是获得了一定程度的创造和发表自由。与此同时，最为重要的变化应该是苏联的非官方文学和艺术开启了加速发展的势头，并最终把社会主义现实主义推向了苏联后现代主义时期。这一时期不仅出现了大规模的苏联非官方文学和艺术作品，还包括一些"半官方"（semi-official）的文学、艺术作品，具体可以表现为如下两个方面。

首先，苏联的"农村散文"（village prose）重点反对"工业的进步和'消费主义'，提倡保护自然和历史遗迹"②，尤其反对斯大林时期的工业化和集体化的影响与破坏，向往回到俄国曾经美丽的自然环境之中。尽管如此，格罗伊斯指出这些保守的、民族主义者的"农村散文"与斯大林文化之间存在明显的关联。其一，"农村散文"作家希望"回到过去，并复兴他们所设想的'俄国人性'，从而按照这种特性去改写当下苏联的现状和形象"。然而，很明显这种设想本身就"完全是乌托邦的"。其二，"农村散文"的乌托邦与斯大林主义的乌托邦之间也存在相同性，那就是"传统主义"。即使这种传统主义主要是与环保主义相关联，也很容易就让人想起"斯大林的'绿色化'活动"，这种活动被"列昂尼德·列昂诺夫（Leonid Leonov）在小说《俄国森林》中进行了美学化的处理"。简言之，"环境的、民族主义者的乌托邦，依旧是一种乌托邦"，而且这种乌托邦"保留了斯大林意义上的乌托邦"③：

于是，（苏联面临的）再一次问题的关键是完全调动现代科技，以便

---

① Herman Ermolaev. *Censorship in Soviet Literature 1917 - 1991*. New York: Rowman & Littlefield Publishers, 1997, pp. 141 - 142.
② Boris Groys. *The Total Art of Stalinism: Avant-Garde, Aesthetic Dictatorship, and Beyond*. Trans. Charles Rougle. Princeton, NJ: Princeton University Press, 1992, p. 78.
③ Boris Groys. *The Total Art of Stalinism: Avant-Garde, Aesthetic Dictatorship, and Beyond*. Trans. Charles Rougle. Princeton, NJ: Princeton University Press, 1992, p. 79.

可以阻止科技的进步,把历史推向终结,然后再掌控自然的人类环境,改变人性本身,也就是把现代主义者和科技的个体,转变为反现代主义的、民族的生态学家。①

其次,索兹艺术展现的"极端后乌托邦",代表作品包括埃里克·布拉托夫(Erik Bulatov)的画作《地平线》(*Horizon*)、伊利亚·卡巴科夫(Ilia Kabakov)的画作《十种角色》(*Ten Characters*)、维塔利·高马(Vitaly Komar)和亚历山大·梅拉米德(Alexander Melamid)的画作《雅尔塔会议》(*Yalta Conference*)等,以及弗拉基米尔·索罗金(Vladimir Sorokin)的短篇小说《开场的日子》(*Opening Day*)、《通过》(*Passing Through*)和德米特里·普里戈夫(Dmitri Prigov)的"军人"诗歌等。其中,布拉托夫的《地平线》以"社会主义现实主义照相式现实手法,展现了一些身着传统苏联服饰的人,在海滩旁朝向海和地平线的方向前进"。然而,无法看见地平线的边界,因为它"被一种至上主义形式的平面遮蔽着",这种形式似乎是被强行压在画面之上。然而,如果仔细查看这个形式,则会发现它"其实是列宁,只是为彩虹的形状"②。对此,格罗伊斯指出布拉托夫实际上是受到了马列维奇的影响,因为后者曾指出:

我们已经破坏了地平线之环,并且走出了客体之圈,即地平线之环强加给艺术家和自然的形式。

这个被诅咒的环,通过无止境地用新奇代替新奇,从而把艺术家带离了破坏性的目标本身。③

换言之,"通过破坏地平线,艺术家才可以获得绝对的'新',即既外在又真实的'新',同时还可以把感知'新'的能力传递给所有俗世之物"④。布拉托夫的《地平线》通过模糊化地平线,从侧面对社会主义现实主义进行了批判,因为画面中"朝向大海和太阳的行为,实际上展现的是斯大林时期有关社会主义现实主义艺术的乐观幻象"。同时,画面中的这些人之所以背向

---

① Boris Groys. *The Total Art of Stalinism: Avant-Garde, Aesthetic Dictatorship, and Beyond*. Trans. Charles Rougle. Princeton, NJ: Princeton University Press, 1992, p. 79.
② Boris Groys. *The Total Art of Stalinism: Avant-Garde, Aesthetic Dictatorship, and Beyond*. Trans. Charles Rougle. Princeton, NJ: Princeton University Press, 1992, pp. 81–82.
③ Boris Groys. *The Total Art of Stalinism: Avant-Garde, Aesthetic Dictatorship, and Beyond*. Trans. Charles Rougle. Princeton, NJ: Princeton University Press, 1992, p. 83.
④ Boris Groys. *The Total Art of Stalinism: Avant-Garde, Aesthetic Dictatorship, and Beyond*. Trans. Charles Rougle. Princeton, NJ: Princeton University Press, 1992, p. 83.

观众,也说明了"新的人的面孔是不可见的"①。卡巴科夫也受到马列维奇的影响,他的《十种角色》把"先锋派艺术家"描述为藏在衣橱里的"小矮人"②,其中就包括马列维奇。

索罗金的小说《通过》描述了两个猎人,进行了如"农村散文"作家般的评论,包括"农村道德价值、自然之美的下降,以及人对环境的掠夺"③等。然而,两人在打猎的过程中,却很快变成了"野蛮人"。当然,索罗金"以非严肃的形式处理谋杀本身",即"仅仅是一个文学游戏,并不引起任何'道德行为'"。换言之,索罗金把谋杀本质视为"不过是暗示了某种文学传统的程式化仪式"。《通过》描述了一个苏联官员在会议尾声独特地表达其赞同当地的一个项目的方式,即"通过爬到桌子上去澄清这个计划"。格罗伊斯指出,这个"官方会议的仪式",在当地直接"传递为'私下的'仪式",而这种仪式的特点是"仪式本身'高'与'低'的彼此转换,类同于先锋派和社会主义现实主义的模式"④。普里戈夫的"军人"形象,被描述为"一个基督式的形象,可以统一天堂与地狱、法律与现实,以及神和人的意愿"⑤。

上述这些作品的共同点在于它们都不同程度地借用了先锋派时期或社会主义现实主义时期的诸多意象,要么借以批判过去,要么借以回到往昔,从而创造了一种"现成品"艺术,也就是苏联后现代主义。当然,这种艺术并没有终结苏联现代艺术,相反,两者之间存在基本的连续性,具体就表现为两者都"在'制造'和'战胜'历史方面的相似性"。正是基于这种相似性,格罗伊斯把苏联后现代主义与社会主义现实主义关联起来,正如之前把社会主义现实主义与俄国先锋派关联起来一样。

基于社会主义现实主义与苏联后现代主义和俄国先锋派的关联,格罗伊斯重新把1988年之前的苏联艺术史叙述为三个连续发展变化的阶段:俄国先锋派→社会主义现实主义→苏联后现代主义。其中,第一个发展阶段的特点是俄

---

① Boris Groys. *The Total Art of Stalinism: Avant-Garde, Aesthetic Dictatorship, and Beyond*. Trans. Charles Rougle. Princeton, NJ: Princeton University Press, 1992, p. 82.

② Boris Groys. *The Total Art of Stalinism: Avant-Garde, Aesthetic Dictatorship, and Beyond*. Trans. Charles Rougle. Princeton, NJ: Princeton University Press, 1992, p. 85.

③ Boris Groys. *The Total Art of Stalinism: Avant-Garde, Aesthetic Dictatorship, and Beyond*. Trans. Charles Rougle. Princeton, NJ: Princeton University Press, 1992, p. 85.

④ Boris Groys. *The Total Art of Stalinism: Avant-Garde, Aesthetic Dictatorship, and Beyond*. Trans. Charles Rougle. Princeton, NJ: Princeton University Press, 1992, p. 100.

⑤ Boris Groys. *The Total Art of Stalinism: Avant-Garde, Aesthetic Dictatorship, and Beyond*. Trans. Charles Rougle. Princeton, NJ: Princeton University Press, 1992, p. 95.

国先锋派艺术家在后上帝时代,设想了一个美学化的政治项目。第二个阶段的特点则是苏联政治领导人,尤其是斯大林,接过俄国先锋派的设想,并以政治的方式去实现这个项目,从而把项目变成了政治化的美学项目。在第三个阶段,随着苏联"造物主"的去世,以及随后的"去斯大林化""解冻""急冻"的摇摆进程,由非官方和半官方的苏联文学和艺术家以"现成品"艺术的后现代主义形式,把斯大林时期的政治化的美学项目,又拉回到美学化的项目本身,并且由于他们使用的大多数"现成品"均是苏联时期极为重要的政治性意象和形象,从而决定了他们的文艺作品的特殊性——美学化苏联政治。

简而言之,格罗伊斯以社会主义现实主义为中心进行两个向度的历史衔接,向前把社会主义现实主义与俄国先锋派衔接起来,而向后则把社会主义现实主义与苏联后现代主义衔接起来,从而建构了他的社会主义现实主义框架,并完成了对苏联文艺史的重新书写。依据社会主义现实主义框架,格罗伊斯指出实际上苏联文化与"西方"和"欧洲"文化并没有本质上的差异。只是因为1917年之后,苏联选择了社会主义道路,而且随着在第二次世界大战中的重大贡献,苏联逐渐在国际事务中扮演了重要的角色,从而导致苏联的文化被单一化为社会主义现实主义,而社会主义现实主义又被刻板地描述为苏联政府的政治宣传工具,最终导致了"东方"—"西方"阵营的不同文化思想被简单化为"政治"—"美学"的差异。其中,"东方"文化被定义为"政治"的代名词,与"美学"绝缘。由于社会主义现实主义是苏联官方的文化政策,因此在"西方"和"欧洲"视域下苏联文化被简单化为"苏联文化=政治工具=社会主义现实主义",而"西方"和"欧洲"文化则成为"美学"的代名词。

就此而言,格罗伊斯的社会主义现实主义框架的意义主要表现在三个方面。其一,此框架通过衔接俄国先锋派、社会主义现实主义和苏联后现代主义,系统地解构了"苏联文化=社会主义现实主义"的刻板印象,并呈现了苏联文化的多面性和丰富性。此外,就社会主义现实主义而言,格罗伊斯还指出社会主义现实主义实际上既不是对模仿性的回归,也不是对传统的回归,而是描绘发展变化的现实生活,并吸收一切文化遗产的旧形式,以服务于社会主义和现实主义的新内容。其二,此框架通过俄国先锋派和苏联后现代主义解构了"苏联文化=政治工具"的文化偏见,并把苏联文化与"美学"关联起来。其三,此框架暗示了苏联文化与"西方"和"欧洲"文化的本质关联性,即都是20世纪西方的先锋文化以及相关的文化演变。只是因为苏联选择的社会主义道路,这条道路在意识形态层面相异于资本主义,从而导致了苏联文化被诠释和定位为政治的文化。究其根源，主要在于当时"西方"和"欧洲"不论是在经济、政治、军事，还是文化层面都拥有绝对优势，希望苏联能够成为它们的追随者，而不是另辟蹊径与之抗衡和分割天下。随着苏联在欧洲内部以及第三世界国家的影响力开始提升，冷战帷幕正式拉开，"东方"与"西方"、"社会主义"与"资本主义"对立阵营也正式确立。在这种对峙下，为了赢得追随者，两大阵营争相角逐经济、政治、文化等政策层面的先进性和优越性。

冷战时期的文化竞争实际上延续了殖民主义时期的文化殖民模式，具体表现为自我与他者的二元对立。为了把殖民行为合法化，殖民者首先"通过原始主义、食人习俗等话语把被殖民者变成'他者'，以便建立两者间的二元对立"，包括自我—他者、主人—奴隶、文明—野蛮、高等—低等、阳性—阴性、纯洁—肮脏、精明—愚昧、勤奋—懒惰等。其次，赋予自己文明使者的角色，即"肩负着引领被殖民者摆脱落后，走向文明的重任，从而维护了整套殖民体系及其世界观的天然性和重要性"[1]。同时，殖民者还凭借这些二分比喻，自称殖民体系包含了这样一种设想，即"在理论上准许低等的被殖民者在未来的某一天能够被提升到殖民者的高度，尽管这种未来总是遥遥无期"[2]。尽管冷战时期的文化竞争，去掉了殖民主义时期文化殖民中的一些不文明的术语，但是总体而言是延续了传统的文化殖民范式。因为文化冷战的主要目的是说服第三世界成为"东方"／"社会主义"或"西方"／"资本主义"阵营的追随者。因此，文化冷战与传统文化殖民的差异就在于两个方面：其一，两个阵营都具有言说的权利，而在传统文化殖民模式中只有殖民者才拥有话语权和绝对的文化霸权，被殖民者一般是沉默和无声的；其二，苏联和美国声称的经济、政治、文化等体制优越性的根基和目的具有惊人的相似性。就此而言，笔者赞同大卫·科特（David Caute）的观点，即实际上不论是美国还是苏联"都在声称是欧洲启蒙运动的真正的继承者"[3]。换言之，在传统殖民主义时期，实际上苏联和美国都曾是西欧文化殖民模式中的被殖民者。因此，当20世纪经济、政治等地位得到提升之后，苏联和美国都在申诉自己才是"西方"文明最为称职的继承者。正是为了合法化自己作为唯一合格的继承者身份，就

---

[1] Bill Ashcroft, Gareth Griffiths, Helen Tiffin. *Post-colonial Studies: The Key Concepts.* New York: Routledge, 2007, pp. 154-155.

[2] Bill Ashcroft, Gareth Griffiths, Helen Tiffin. *Post-colonial Studies: The Key Concepts.* New York: Routledge, 2007, pp. 42-43.

[3] David Caute. *The Dancer Defects: The Struggle for Cultural Supremacy During the Cold War.* New York: Oxford University Press, 2003, p. 3.

需要互相诋毁、贬低对方。简言之，就是需要寻找并攻击对方文化体制的核心特征。由于社会主义现实主义自1934年确立为官方文化之后，一直成为苏联的官方文化政策。因此，自然也就成了被攻击的靶子，甚至可以说社会主义现实主义直接成了冷战时期"西方"针对苏联文化而构建一整套文化偏见的直接受害者。在整个构建过程中，"西方"真正关心的并不是何谓社会主义现实主义，也不是去分析社会主义现实主义作品，或者探讨社会主义现实主义与苏联非官方文艺作品之间的复杂关系①，而只是如何最大限度地刻板化社会主义现实主义。其中，最为有效的刻板方式就是给社会主义现实主义扣上"政治工具"之名，以抽空它的艺术价值，进而说明苏联文化的低等性。

---

① 实际上苏联的官方文艺作品，即社会主义现实主义作品与苏联的非官方文艺作品，包括萨米兹塔特、塔米兹塔特、莫斯科概念主义、索兹艺术之间的关系是相互绞缠而不是相互绝缘的。

第四章 阐明苏联社会主义现实主义的艺术性：艺术之力的文化逻辑

为了解构"西方"针对苏联文化政治性的偏见，格罗伊斯开始在社会主义现实主义框架的基础上阐明社会主义现实主义的艺术性。尽管格罗伊斯并未准确定义何谓社会主义现实主义，但是从他所分析的苏联"农村散文"、索罗金的小说和普里戈夫的诗歌中，可以看出他所理解的社会主义现实主义既不是对模仿性的回归，也不是对传统的回归，而是描绘发展变化的现实生活，并吸收一切文化遗产的旧形式，以服务于社会主义和现实主义的新内容。然而，由于社会主义现实主义框架本身遭到了诸多批评和质疑，因此格罗伊斯从三个向度对这些批评和质疑进行了回应：其一，论证艺术之力与平等审美权利的文化逻辑，说明艺术的"政治性之力"与"自治性之力"均应该享有平等的审美权利；其二，转向媒介研究，论证文化媒介本身的双重特性，即政治性和对亚文化的遮蔽性，进而一方面说明苏联文化是如何被"西方"媒介有意遮蔽的，另一方面则指出实际上"西方"文化也是政治性的，因为文化媒介自身就是政治性的；其三，从哲学层面重新阐释"共产主义"和"资本主义"的差异。

第一节 艺术之力与平等审美权利的文化逻辑

在《总体艺术》德语版出版后不久，格罗伊斯对苏联文艺史尤其是社会主义现实主义理论的重新书写开始受到关注。当然，关注本身也是鲜花掌声与批评质疑齐飞。其中，批评和质疑主要集中于怀疑社会主义现实主义框架的合理性，具体表现为"美学"和"政治"两个层面：

> 艺术史家觉得格罗伊斯的"文化修订主义"，抹除了美学和意识形态之间至关重要的差异，以及这种差异在纯正艺术与政治宣传中的体现。政治理论家则谴责格罗伊斯肤浅地把意大利法西斯主义、德国民族社会主义

和苏联斯大林主义等同起来。①

针对这两个向度的批判,格罗伊斯使用两篇文章——《艺术之力》的"前言"及《平等审美权利的文化逻辑》——进行了有力的回应。在《艺术之力》的前言中,格罗伊斯从两个方面总结了现代艺术的特点。

第一,现代艺术场域的特性。

> 现代艺术场域并不是一个单一的场域,而是一个严格按照矛盾逻辑的结构而构造的场域。在这个场域中,任何一个观点都应该面对其相对立的观点,而且理想的状态是一个观点与其相对立的观点的表述达到完美的平衡,从而使得两种观点的总合为零。现代艺术是启蒙和进步的无神论与人道主义的产物,而上帝之死意味着在这个世界上已经没有任何权力可以被认为有权凌驾于其他权力之上。因此,无神论的、人道主义的、开明的、现代的世界,相信权力的平衡,而现代艺术就是对这个信念的表达。由于权力平衡的理念有一个不可调整的特征,因此现代艺术有它的权力,也有它的立场,即现代艺术赞同一切建立和维护权力平衡的行为,同时也排斥或战胜任何歪曲权力平衡的行为。②

这也就是为什么需要质疑"多元论""多元主义",尤其是激进的"多元论"和"多元主义"的原因:

> 每一个现代艺术运动都会激起一个反向的艺术运动,每一种试图系统地阐述艺术定义的想法都会激发一些艺术家生产出一些超越这种定义的艺术品,当一些艺术家和艺术批评家在某一个艺术家的主观的艺术表述中找到艺术的真正来源时,其他的艺术家和艺术批评家则要求艺术主题化艺术客观的、生产和发行的物质条件;当一些艺术家坚持艺术的自治性时,其他艺术家开始实践艺术的政治参与性……当一些艺术家开始创造抽象艺术时,其他艺术家则开始变为狂热的现实主义者。由此可见,甚至可以说每一个现代艺术作品都拥有这样的一个梦想,那就是以这样或那样的形式去反驳其他的现代艺术作品。当然,这并不是说现代艺术就变成了多元的,因为那些没有反驳其他作品的艺术作品,通常被认为是不相当或者说非现代的。换言之,现代艺术就如一架机械运转的机器,一方面把所有未被当

---

① Boris Groys. *Under Suspicion: A Phenomenology of Media*. Trans. Carsten Strathausen. New York: Columbia University Press, 2012, p. x.

② Boris Groys. *Art Power*. Cambridge, MA: MIT Press, 2008, p. 2.

成艺术的作品在它们出现之前就包含进来，另一方面则排除所有以幼稚的、非沉思的、简单的、非争议的方式模仿已经存在的艺术样式的作品，以及所有没有争议的、不具刺激性或挑战性的作品。①

简而言之，"多元论"已经失去了解释现代艺术诸多矛盾特性的理论能力。同时，在权力平衡的艺术场域中，一个艺术作品的生产和流通方式主要有两种方式：（1）"作为一件商品"，即纯正艺术，也就是以艺术市场的存在为前提；（2）"作为一个政治宣传工具"。② 总体而言，尽管两种艺术作品的生产数量大致等同，然而整个艺术史本身则偏向于关注商品艺术，而忽视政治性艺术。

第二，现代"政治"艺术的特性。格罗伊斯指出当代艺术史和博物馆体系几乎忽视了所有的政治性艺术作品，如苏联官方艺术和非官方艺术，以及其他前社会主义国家的艺术、西欧国家内部西方共产主义者的艺术，尤其是法国共产党员的艺术。唯一的例外就是苏联新经济政策期间的"建构主义"，因为这一时期"暂时恢复了有限的自由市场"③。政治性艺术为何会被排除在外？对此，格罗伊斯追溯到第二次世界大战时期：

> 政治性艺术被忽视的一个重要原因，是因为这些作品是在标准的艺术市场之外生产的作品。第二次世界大战结束之后，尤其是一些前社会主义东欧国家内部发生了一些改变，艺术生产和流通的商品体系开始主宰政治体系。于是，艺术的概念几乎变得等同于艺术市场的概念，因此那些在非市场条件下生产的艺术，自然而然也就被排除在外。④

当然，这种排除是极为不合理的，因为一方面政治性艺术在现代艺术场域中具有重要的作用，即维护了现代艺术权力的平衡，另一方面政治性艺术本身就是权力平衡的完美表征。这两个方面可以在两个具体的问题之中得到阐释。

首先，为什么艺术会以政治宣传工具的形式出现？由于现代艺术场域规定了艺术的目标就是保持权力的平衡，因此"任何自我内部未互为矛盾，或者说只是部分地互为矛盾的作品，都将被认为是错误的"。简而言之，实际上"成为一个矛盾体是隐藏在当代艺术作品中的一个标准要求"，即"一个当代艺术作品要尽可能地自我矛盾化，从而可以涵盖最激进的自我矛盾性"⑤，也

---

① Boris Groys. *Art Power*. Cambridge, MA: MIT Press, 2008, pp. 2-3.
② Boris Groys. *Art Power*. Cambridge, MA: MIT Press, 2008, pp. 4-5.
③ Boris Groys. *Art Power*. Cambridge, MA: MIT Press, 2008, p. 5.
④ Boris Groys. *Art Power*. Cambridge, MA: MIT Press, 2008, p. 5.
⑤ Boris Groys. *Art Power*. Cambridge, MA: MIT Press, 2008, p. 4.

就具有了建构和维持完美的权力平衡的能力。根据这种逻辑,那么"即使是最激进的单边主义作品,也可以被认为是好的作品,只要这些作品在整个艺术场域中帮助补偿了被歪曲的权力平衡"。换言之,政治性艺术虽然是"单边主义的和激进的",但是"至少是现代的,并且是旨在维持权力平衡的"。现代革命或者说总体主义运动和国家也是"旨在维持权力平衡的",两者的不同在于总体主义运动相信"权力的平衡只能在永恒的斗争、冲突和战争中获得"。于是,那种效力于这种"动态的、革命的权力平衡"的艺术,就"必然地采取了政治宣传的形式"①。

其次,政治性艺术为何比市场性艺术更能维持权力的平衡?究其根源,主要在于政治性艺术的双面性:其一,政治性艺术的生产、评价和流通都不受市场的限制:

> 政治性艺术的经济支持来自国家或各种政治性、宗教性运动,但是政治性艺术的生产、评价和流通并不需要遵从市场的逻辑,因为这类艺术本身并不是商品,尤其是在苏联经济原则下的苏联艺术的特点是所有艺术作品都不是商品。因为苏联根本就没有市场,所以艺术品不是为了某个消费者而创造的。如果在市场机制中,这个消费者就是艺术品的买家,但是苏联艺术品则是为了大众而创造的,目的是让这些大众能够吸收和接受艺术品传递的意识形态信息。②

基于这种特性,政治性艺术会很容易被认为是"一种宣传性艺术",而且其特点只是"简单的政治设计和形象制造",也就是说"在政治宣传语境之中,艺术依旧是没有权力性可言的,正如其在艺术市场中一样"。然而,格罗伊斯重点指出,这种观点"既是正确的,也是错误的"③,原因就在于这种观点忽略了政治性艺术的第二个特性。其二,政治性艺术的终极目标是为艺术服务。上述观点之所以是正确的,是因为"在宣传艺术语境中进行创作的艺术家",并不是其"艺术内容的提供者",而只是广告者,即"为了某种特定的意识形态目标做宣传"④,也就是说艺术家把他们的艺术臣服于这种意识形态目标。然而,这种观点并没有解决一个关键的问题,那就是并没有说清楚"意识形态的目标"为何物。于是,格罗伊斯进一步追问那么这个目标本身到底是什么:

---

① Boris Groys. *Art Power*. Cambridge, MA: MIT Press, 2008, p. 4.
② Boris Groys. *Art Power*. Cambridge, MA: MIT Press, 2008, p. 7.
③ Boris Groys. *Art Power*. Cambridge, MA: MIT Press, 2008, p. 7.
④ Boris Groys. *Art Power*. Cambridge, MA: MIT Press, 2008, p. 7.

第四章　阐明苏联社会主义现实主义的艺术性：艺术之力的文化逻辑

每一种意识形态都是基于一种特定的"设想"而出现的，即塑造一个有关未来的特定意象，例如天堂、共产主义社会或永久的革命，正是这个意象标识了市场商品艺术与政治宣传艺术之间的根本差异。艺术市场受制于"一只看不见的手"，故而把艺术本身变成了一种黑暗的猜疑，市场流通各种意象，但是市场本身并没有自我的意象。相反，一种意识形态的权力就在于它始终成为一个"设想"本身固有的权力。这也就意味着通过服从于政治的或宗教的意识形态，艺术家最终服从的其实是艺术本身，这也就是为什么一个政治性作品的艺术家可以基于某一种意识形态的"设想"有效地去挑战一个政体，而纯正艺术作品的艺术家则不能以相似的方式去挑战艺术市场。在意识形态的领域进行艺术创造的艺术家，也就具有了类似于意识形态的力量，因为在这个领域，艺术得以被赞成和批评的潜能是由艺术自我进行证明的，从而使得政治语境中的艺术比在市场语境中的艺术更具有权力和创造性。①

简而言之，由于"艺术只有在超越和走出艺术市场之后，才具有政治的有效性，即进入直接的政治宣传语境之中"，因此政治性的艺术"并没有把自身简化为权力的表征，而是参与了为权力平衡而进行的斗争"，因为在现代场域中只有通过这种方式"真正的权力平衡才能得以显现自我"②。然而，一直以来政治性艺术要么被艺术史忽视，要么被艺术史歧视，因此格罗伊斯撰写《艺术之力》一书的根本目的就是承载了这样的一个愿望："为当下艺术界的权力平衡贡献一份力量，也就是说在艺术界中为承担了政治宣传功能的艺术，争取更多的存在空间。"③ 毕竟，不论是艺术界、艺术场域，还是艺术之力本身都有自身权力平衡的文化逻辑。

如果说《艺术之力》的前言重点指出了艺术权利的平衡存在自身的文化逻辑，那么《平等审美权利的文化逻辑》进一步阐述了这种文化逻辑如何才能有效地运作。在此，格罗伊斯具体旨在解决三个问题：（1）艺术的自主性问题；（2）艺术与政治的基本关联问题；（3）艺术与政治的平等审美权利问题。

首先，艺术的自主性问题，即艺术拥有自治性权，还是说艺术只是其他权利的装饰。格罗伊斯的观点是艺术拥有自己的自治性权：

---

① Boris Groys. *Art Power*. Cambridge, MA: MIT Press, 2008, p.8.
② Boris Groys. *Art Power*. Cambridge, MA: MIT Press, 2008, p.4.
③ Boris Groys. *Art Power*. Cambridge, MA: MIT Press, 2008, p.4.

如果我们想去探讨艺术抵抗外在压力的能力，那么就需要首先回答这个问题：艺术是否拥有自己的领域，而正是这个领域值得它去守护？在近期很多艺术理论研究中，艺术的自主性一直被否认，如果这些研究是正确的，那么艺术就不可能作为任何抵抗之源，也就是说最好的情况也就是艺术被用于设计，用于美学化已经存在的反抗的、解放的政治运动。换言之，艺术至多也就是政治的一种补充。于是，我面对的重要问题就是：艺术是否拥有自己的权力，还是说艺术只是在装饰其之外的其他权力，不论这些权力是压制性的还是解放性的？为此，艺术的自主性问题就成了我探讨任何有关艺术与抵抗关系的核心问题。针对两个问题，我的答案都是肯定的：我们完全可以探讨艺术的自治性问题，因为艺术确实拥有进行抵抗的自治性权力。

当然，这并不是说现存的艺术机制、艺术系统、艺术界或艺术市场，可以在任何意义上被看成是自治的。因为艺术体系的运转依靠的是特定的美学价值判断、选择标准，以及诸如此类的纳入与剔除原则，而所有这些判断、标准和原则都不是自主性的。相反，它们折射的是宰制的社会惯例和权力结构。因此，我们完全可以说：根本不存在纯美学的、艺术固有的、价值自主的体系可以整体统筹艺术界。正是这个观点使得很多艺术家和理论家给出了这个结论，即艺术没有自主性，因为艺术的自主性需要依赖于美学价值判断的自主性。①

然而，很明显，美学价值判断本身并不具有自主性。尽管如此，格罗伊斯却认为"恰恰是这种内在的、纯粹的美学价值判断的缺失，确保了艺术的自主性"：

艺术的领域就是按照缺少或者说拒绝任何美学判断而组织的，因此艺术的自主性所指的就并不是某种层级趣味的自治性，而是废除任何形式的层级趣味，从而可以为所有艺术作品建立一个拥有平等审美权利的制度。②

其次，艺术与政治的基本关联问题。格罗伊斯认为"艺术与政治从原初就互为关联"，因为它们都遵守了这个基本的原则，即"在艺术和政治这两个领域中，所进行的都是为了赢得认知而进行的斗争"。如果说"政治"本身都

---

① Boris Groys. *Art Power*. Cambridge, MA: MIT Press, 2008, p. 13.
② Boris Groys. *Art Power*. Cambridge, MA: MIT Press, 2008, pp. 13-14.

第四章　阐明苏联社会主义现实主义的艺术性：艺术之力的文化逻辑

是"一个竞技场"，自古以来不同的群体为了赢得认同，不断进行斗争，那么艺术也不例外。例如，先锋派的斗争就是使得"所有的符号、形式以及任何艺术欲望的合法客体，都获得认同，从而把它们表现在艺术之中"。简而言之，"艺术"与"政治"本身都是在为了被认同而斗争，而且两者形式的斗争"内在地互为关联"，即两者具有相似的终极目标："创造一种新的境遇，在这种境遇中不同趣味的所有人，以及所有艺术形式和程序，最终都将获得平等的权利。"①

最后，艺术与政治的平等审美权利问题。由于艺术和政治奋斗的目标就是平等权利，因此两者本身也应该拥有平等权利。同时，艺术界自身也应该遵从平等审美权利原则：

> 艺术界应该被视为所表现的就是这样的一种社会编码准则，即所有的视觉形式、客体和媒介都是平等的。只有在承认所有艺术作品都应该拥有基本的平等审美权利的前提下，所有相关的判断、纳入与剔除标准，才可以被认为是在艺术的自治性领域做出的差异性决定，而不是基于外界的压力和权力。正是这种认知才可能以艺术自治性之名，开启抵抗的可能性，也就是说基于所有艺术形式和媒介都是平等而进行的抵抗。②

当然，格罗伊斯也强调所有艺术形式和媒介都应该拥有平等审美权利，并不代表所有艺术之间就不存在差异，从而也就无法区分艺术的好与坏。相反，格罗伊斯指出：

> 好的艺术就是这样的一种实践，即确切地遵从了艺术平等审美权利形态的目标，这种确认之所以是必须的，是因为理论上的美学平等，并不能确保现实中艺术的生产与流通是真正平等的。甚至可以说，当下的艺术实践实际上就处于这样的一个裂缝之中，即理论上的美学平等与现实中美学平等的缺失。这也就是为什么即使在所有艺术作品都拥有平等审美权利的前提下，还有而且也需要有"好的艺术"的原因，因为正是好的艺术确保了平等的审美权利最终得以真正出现在不平等的现实艺术界之中……因此，以艺术之名进行的社会或政治批评，实际上开启了一个正面的维度，而这种维度超越了其自身的历史语境，因为通过批判强加给艺术的社会的、文化的、政治的或经济的层级价值趣味，艺术确认了美学平等，进而

---

① Boris Groys. *Art Power*. Cambridge, MA: MIT Press, 2008, p. 14.
② Boris Groys. *Art Power*. Cambridge, MA: MIT Press, 2008, p. 14.

也就确保了它真正的自主性。①

简而言之，格罗伊斯认为纯正艺术与政治艺术之间应该拥有平等的审美权利。如果结合格罗伊斯的社会主义现实主义框架，可以对格罗伊斯的平等审美权利进行三个向度的理解。其一，"政治"与"艺术"不仅是原初就互为关联的，而且终极目标是一致的。因为"政治"与"艺术"都在为获得认同而斗争，而且在现代艺术场域中，这种认同的终极指向是确保艺术之力的平衡。其二，艺术之力可以划分为两个组成部分——"政治性之力"和"自治性之力"，两者之和就是完整的艺术之力。换言之，"政治性之力"与"自治性之力"的关系就如一个天平的两端，在历史的长河中，这个天平两端的力量根据不同的时代发展，向不同的方向倾斜。其中，欧洲和西方主要就处于"自治性之力"的一端，而沙俄和苏联则处于"政治性之力"的一端。然而，由于欧洲和西方主宰着艺术史和文学史，因此俄国和苏联的文学和艺术就要么被忽视，要么被歧视，最终就成为"东方""亚洲""政治宣传工具""社会主义"等的代名词。其三，如何才能纠正歪斜的、失去平衡的艺术之力？由于在上帝之死以后，不仅没有任何一种权力可以凌驾于其他权力之上，而且也没有任何一种文学、艺术形象可以主宰其他文学、艺术的形象，也就是说所有的文学和艺术形象都应该是平等的，那么即使纯政治性艺术形象与自治性艺术形象之间也就是平等的。

至此，格罗伊斯使用"艺术之力"和平等审美权利的文化逻辑有效地回应了社会主义现实主义框架所遭受的两个向度的批判，即艺术史家和政治理论家的双向质疑。毕竟，按照艺术场域与艺术之力自身的文化逻辑，不论是"艺术"与"政治"，还是"纯正艺术作品"与"政治宣传作品"，都应该享有平等的审美权利，而且这种平等权利原本就不应该仅仅限于理论层面，而是在现实层面需要得到相应的尊重。

第二节　冷、热媒介中的亚文化空间与平等的审美权利

除了论证艺术自身的文化逻辑，即艺术之力的平等审美权利，格罗伊斯还

---

①　Boris Groys. *Art Power*. Cambridge, MA: MIT Press, 2008, p.16.

探讨了媒介自身的文化逻辑。由于作为一场没有硝烟的战争，冷战的文化竞争主要就是借助各种媒介一方面宣传"自我"文化、政治、经济等体制的优越性，另一方面则散播"他者"文化、政治、经济等体制和现实的低等性、缺陷性和落后性。因此，格罗伊斯文艺理论最大的特点就是他不仅关注文学、艺术理论，还对文学和艺术之所以呈现为文学、艺术的媒介本身进行了分析，并通过揭示文化媒介自身的本质——政治性与文化性的绑定关系，指出不同媒介、不同文化应该拥有平等的审美权利。然而，值得注意的是媒介的政治性与文化性的绑定关系决定了在文化竞争中，处于文化资本劣势的一方的文化会被刻板化和简单化为"政治"或"宣传工作"，并被抽离掉"美学性""艺术性"和"审美价值"。对此，格罗伊斯的目的就是通过揭示媒介自身的特性，说明媒介自身就应该遵从平等的审美权利，从而不仅为被定义为"政治"的苏联文化，还为其他类似的被定义为"政治性"和被剥离了"艺术性"的文化申诉了审美权利。与此同时，格罗伊斯还通过探讨"亚媒介空间"，说明了那些被定义为"亚文化"的"政治性"艺术，是可以通过媒介自身的文化逻辑进行相应的抵抗并申诉自我的"艺术性"。

一、媒介现象学的三个关键词：冷媒介、热媒介和亚媒介空间

格罗伊斯的媒介理论涉及三个关键词：首先，冷媒介和热媒介。格罗伊斯在继承和发展麦克卢汉的冷、热媒介观的基础上指出冷媒介和热媒介的区别。就冷媒介而言，格罗伊斯指出两个层面的含义：其一，"以时间为基础的艺术如其在展会空间里被展示的那样是一个冷媒介"；其二，"以时间为基础的艺术的展览空间是冷媒介，因为它使得针对个体展品的关注变得不再必要，甚至不再可能"[1]。就热媒介而言，格罗伊斯扩展了麦克卢汉的观点："麦克卢汉指出，热媒介导致社会的分裂：当你阅读一本书的时候是独自一人而且聚精会神"，同时"麦克卢汉认为只有电子媒介，如电视能够克服个体观者的隔离"。然而，"麦克卢汉的这种分析不适用于当下最为重要的电子媒介——互联网，乍看起来，互联网是冷媒介"，但是"坐在电脑前和使用互联网的时候，你也是孤身一人，并且是超高度的聚精会神"。因此，即使"互联网是参与性的媒介，这种参与性与文学空间所需要的参与性是一样的"。换言之，互联网是热媒介，其他的热媒介还有"文本、音乐、单体影像"[2]。

---

[1] Boris Groys. *Going Public*. Berlin: Sternberg Press, 2010, p. 100.
[2] Boris Groys. *Going Public*. Berlin: Sternberg Press, 2010, p. 100.

其次,亚媒介空间。何谓"亚媒介空间"(submedial space)?格罗伊斯并未给予明确的定义,但是阐述了三个相关特征:(1)亚媒介空间区别于表层档案空间①;(2)亚媒介空间区别于世俗空间;(3)亚媒介空间是一个让观察者既猜疑、向往又害怕,同时又给予启发的空间。格罗伊斯指出,档案空间具有"两个不同的外表范围":其一是"所有世俗之物的符号,即未进入档案保存的符号"②;其二是"档案的承载体,即具有复杂的等级结构的符号承载体在不同层面承载着档案的符号"③。为此,表层档案空间的背后可以"揣测到一种暗中的、亚媒介空间,在这个空间中,符号承载体以降级序列引向一个幽暗不透明的深处"。这个幽暗的空间就是亚媒介空间,这个空间是"构成档案的另外一部分",不同于"档案之外的世俗空间",因为正是亚媒介空间孕育了"新事物经济的语境所讨论的话题"④。与此同时,档案空间与观察者之间的关系也不同于世俗空间。因为"世俗的空间直接敞露在观察者的眼前",然而"观察者与亚媒介的承载空间的关系从本质上来看,只能是一种揣测的关系,即一种注定的较为偏执的关系"。因为档案空间中的符号承载体是"一直隐匿在被其承载的符号后面,在本质上不为观察者的目光所及",所以"观察者仅仅看到档案媒介的符号表面,因而只能猜测隐藏在其后面的媒介载体"⑤。在此基础上,格罗伊斯总结了媒介的本质,即正是亚媒介空间的存在,促使"观测者会产生一种愿望,去了解在媒介符号表面背后的'真相'里到底藏匿了些什么——这实际上就是媒介理论的、本体论的、形而上的愿望"⑥。

由此可见,"媒介本体论探讨的是一个空隙、一处留白的、覆盖着整个媒

---

① 这里所言的"档案"是个宽泛的概念,张芸和刘振英在其翻译的《揣测与媒介:媒介现象学》前言部分的注释中指出格罗伊斯所言的"档案"(archiv)是"泛指一切保留文化记忆的机构和设施,如文献馆、各类博物馆、图书馆、纪念馆、美术馆、艺术馆、资料馆、影音库等"。笔者部分赞同这种观点,因为格罗伊斯有时候所言的"档案"又是指的文化存储机构的作品,而不是储藏作品的机构和设施。因此,为了避免争议,笔者选择用"档案空间"指涉"保留文化记忆的机构和设施",用"档案"指涉档案空间存储的文化作品。
② 格罗伊斯:《揣测与媒介:媒介现象学》,张芸、刘振英译,南京:南京大学出版社,2014年,第9页。
③ 格罗伊斯:《揣测与媒介:媒介现象学》,张芸、刘振英译,南京:南京大学出版社,2014年,第9-10页。
④ 格罗伊斯:《揣测与媒介:媒介现象学》,张芸、刘振英译,南京:南京大学出版社,2014年,第10页。
⑤ 格罗伊斯:《揣测与媒介:媒介现象学》,张芸、刘振英译,南京:南京大学出版社,2014年,第10页。
⑥ 格罗伊斯:《揣测与媒介:媒介现象学》,张芸、刘振英译,南京:南京大学出版社,2014年,第10页。

介表面符号层上的间歇，探究的是揭开面具，揭露、挖掘媒介表面"①。那么如何才能借揭露媒介表面的面具，从而挖掘亚媒介空间隐藏的真正讯息？格罗伊斯的答案是：揣测。因为媒介的真相是"每个符号都标记着某事物并指向某事物"，但"每个符号同时又隐藏了一些东西，而且并非如人们通常宣称的缺失的是符号所标记的事物，而缺失的是占据着符号媒介表面的简简单单的一部分"②。换言之，"在公众档案和媒体的符号表面的背后有所操纵、密谋和阴谋"，所以观察者总是希望"那个幽暗的、隐藏的亚媒介空间什么时候会暴露、泄密、公开出来"③。在此基础上，格罗伊斯重新阐释了西方现代派的贡献：

> 在传统上西方现代派被描述为一个揣测怀疑的时代的代表，它颠覆了所有旧的价值、传统和其他的特性——正因此人们一再试图使旧的价值免遭揣测，并且赋予这些价值以"坚实的基础"，但现代派的时代并非偶然地成了一个典型的存储档案的时代。如果说现代派一方面将所有旧基础摧毁了，因为它们一概被证明是过于有限的、不稳定的、极脆弱的，因而现代派在另一方面给予了文化价值一个安稳得多的基础——揣测本身。揣测是永远无法被摧毁、消除或者颠覆的，因为揣测对观察媒介表面是构建性的：所有展示的物件自然而然显得可疑、值得揣测，而揣测在使人猜测，在所有可见之物背后隐匿着不可见之物，且不可见之物作为可见之物的媒介的时候，揣测自身就具备了承载的能力。揣测不断地将旧符号改写到新媒介上——正因如此，它成为所有媒介中的媒介。④

为此，需要追问谁在主宰表面的档案空间。因为"观察者总是受制于摆在他眼前让他看到的东西"，即"看"本身是"受制于展示的"⑤，所以观察者看不到未展示在档案空间的事物。那么面临的问题就是档案空间由谁在展示，展示的是什么。要回答这个问题就既需要分析表层档案空间的操作者，也

---

① 格罗伊斯：《揣测与媒介：媒介现象学》，张芸、刘振英译，南京：南京大学出版社，2014年，第12页。
② 格罗伊斯：《揣测与媒介：媒介现象学》，张芸、刘振英译，南京：南京大学出版社，2014年，第12页。
③ 格罗伊斯：《揣测与媒介：媒介现象学》，张芸、刘振英译，南京：南京大学出版社，2014年，第11页。
④ 格罗伊斯：《揣测与媒介：媒介现象学》，张芸、刘振英译，南京：南京大学出版社，2014年，第13页。
⑤ 格罗伊斯：《揣测与媒介：媒介现象学》，张芸、刘振英译，南京：南京大学出版社，2014年，第16页。

需要通过揣测去探究相应亚媒介空间隐藏的媒介真相。就此而言,档案空间是一个主体性空间。这种主体性覆盖了所有类型的媒介载体,因为初级媒介载体如书本、亚麻画布、电视机或者计算机等需要"被纳入其他更加复杂的媒介载体诸如画廊、图书馆、电视台或者是计算机网络中去",而"博物馆、图书馆或者计算机网络又被纳入不同机构的、经济的和政治的相互关系之中,这些相互关系共同决定着它们的运转",即"决定着符号的选择、存储、运行、传输或者交换"①。与此同时,作为"符号载体的个人以及更大人群,例如民族、阶级、群体、文化等属于媒介载体的级次,他们自身也与复杂的经济、政治等包括生物、化学和物理过程在内的社会运转过程融为一体"。因为"人、社会、国家与其他符号载体一样也是由质子、电子和基础粒子组成的",所以"媒介载体构成了复杂的级次和相互连接的结构",即构成了"一个巨大的、塞得满满的亚媒介空间"②。

二、冷媒介的亚媒介空间与相应的解构和重构策略

亚媒介空间及其结构都是很隐蔽的,因为"只要人们集中于对媒介表面的观察,就无法看明白这个空间的结构"。然而,也正因为这种隐蔽性,促使观察者揣测"在亚媒介空间的隐藏下躲着一个暗中的操纵者",这个操纵者"借助不同媒介载体的和媒介渠道的机制在媒介表面制造出一个符号层来,其作用只有一个,就是继续掩护这位操纵者"③。由此可见,实际上"亚媒介空间是一个最典型的主体性空间"④。当然,格罗伊斯并未明确指出这种主体性所涵盖的两个向度,即操纵者的主体性和观察者的主体性,因为两种主体性均具有隐蔽性,而且这种隐蔽性是无法调和的,因为亚媒介空间本身具有不可见性。为此,想要了解格罗伊斯所言的亚媒介空间的主体性,较为有效的方法是选择相对可见的媒介,如博物馆、图书馆等视觉性比较强的冷媒介,从而不仅能在一定程度上视觉化冷媒介的亚媒介空间,还能从整体上把握格罗伊斯的文艺理论。就博物馆而言,格罗伊斯指出博物馆学面临的无法解决的问题就是主

---

① 格罗伊斯:《揣测与媒介:媒介现象学》,张芸、刘振英译,南京:南京大学出版社,2014年,第28页。
② 格罗伊斯:《揣测与媒介:媒介现象学》,张芸、刘振英译,南京:南京大学出版社,2014年,第28页。
③ 格罗伊斯:《揣测与媒介:媒介现象学》,张芸、刘振英译,南京:南京大学出版社,2014年,第30页。
④ 格罗伊斯:《揣测与媒介:媒介现象学》,张芸、刘振英译,南京:南京大学出版社,2014年,第15页。

体性问题。

作为传统的冷媒介,博物馆所代表的文化空间具有两大特点:第一个特点是收藏他者、展览他者、视觉化他者、刻板化他者、歪曲化他者等的文化空间,这也是为何苏联的众多艺术作品没能进入"西方"博物馆的根源。一方面当时"西方"博物馆中有关苏联艺术的藏品数量少且类型刻板,集中于斯大林时期僵化的艺术风格;另一方面苏联的非官方艺术很少能进入"西方"博物馆。究其根源,主要在于"西方"博物馆空间主动遮蔽了苏联的官方艺术和非官方艺术。操纵这种遮蔽性的主体和过程均是不可见的,然而结果是显著的,即当时尤其是在冷战对峙期间,苏联官方艺术和非官方艺术沦为了"西方"博物馆体系中的亚媒介空间,要么被完全掩盖、要么被歪曲表征。博物馆的第二个特点是作为当下较为罕见的可以提供创新可能性的文化媒介以及孕育、展现新事物的文化空间。简言之,实际上被列入亚媒介空间的文化,可以借助博物馆作为文化媒介的特性申诉自我的文化身份。

基于上述特性,格罗伊斯致力于从两个层面介绍苏联艺术。一方面,格罗伊斯在明斯特大学讲授苏联非官方艺术,并发表莫斯科概念主义。另一方面,格罗伊斯指出苏联解体之后,原成员国的博物馆发展面临着机遇,即终于可以把苏联艺术(包括官方和非官方艺术)从原本的亚媒介空间移位到档案表层空间,并自主地、较为合理地表征自我,进而促使这些国家能够多方位地、有效地形塑博物馆空间,塑造相应的新国家文化身份。简而言之,苏联解体之后,原成员国可以自主地建构相应的博物馆及档案空间,进而揭露并解构冷战时期"西方"博物馆体系中针对苏联艺术的亚文化空间。就此而言,格罗伊斯从两个向度践行了如何重新建构并敞亮苏联艺术的表层档案空间。

首先,就自身而言,在进入新千年之后,格罗伊斯积极参与在全球举行的各种策展活动并编辑出版策展主题文集。在这些活动中,最具代表性的是四场大型策展:"共产主义梦工厂"(2003)、"后共产主义状况"(2004)、"私有化"(2004)、"总体启蒙:1960—1990年的莫斯科概念艺术"(2008),而代表性活动文集有4本:《共产主义梦工厂:斯大林时期的视觉艺术》(2003)、《零点:测绘俄国先锋派》(2005)、《新人类:俄国20世纪早期的生命政治乌托邦思想》(2005)、《伊利亚·卡博科夫》(2006)。由于参展的作品大都从未在"西方"面世,因此格罗伊斯还编辑出版卷帙浩繁的策展文集,重点是斯大林时期和后斯大林时期的作品,如《共产主义梦工厂:斯大林时期的视觉艺术》《总体启蒙:1960—1990年的莫斯科概念艺术》和《变为历史的形式:莫斯科概念主义》。

其次，针对苏联原成员国如何重构博物馆空间，格罗伊斯还指出了应该关注相应的亚文化空间问题。格罗伊斯指出，由于"现代艺术恰恰揭示的就是身份本身的脆弱性，以及反映心理创伤最终的自愈"。因此尽管重新发现国家身份和个体身份是一件好事情，但是不容忽视的事实却正是因为"倾向于不喜欢每一个'他者'的旨趣，以及出于对自我文化身份可能被背叛的恐惧，构成了现代博物馆"。简言之，如果"你不收藏他者，他者就将收藏你"①。换言之，这些原成员国的新博物馆也隐藏了相应的亚媒介空间，而想要透析这种亚媒介空间，就要继续进行类似于解构"西方"博物馆体系中针对苏联艺术的亚媒介空间的揣测，以及践行相应的策展、文献编辑等，从而能够在一定程度上摈除偏见，维护平等的审美权利。

三、热媒介的亚媒介空间与平等审美权利的文化逻辑

格罗伊斯指出自21世纪初，艺术（广义的艺术，即包括文学、绘画、电影等）进入了一个全新的时代，即"不仅仅是大批量消费艺术，而且还是大批量生产艺术的时代"。比如，"录制视频并放置在互联网上变成了一种简单的操作，几乎人人都可以做。而今天自我记录已经成为一种大众实践，甚至成为一种大众迷恋。当代交流和网络媒介，如 Facebook、MySpace、YouTube、Second Life、Twitter，给全球大众提供了展示他们的照片、视频和文本的可行方式"。这种方式抹杀了普通大众的照片、视频、文本与任何后概念艺术之间的差异，这也就意味着"当代艺术变成了一种大众文化实践"。为此，当代艺术界面临的问题就是："当代艺术家如何在这种大众流行艺术中生存，或者说当代艺术家如何才能在人人都可以成为艺术家的世界中存活？"②

在回答这个问题之前，格罗伊斯先探究了互联网时代"人人都是艺术家"为何可能以及如何演绎。格罗伊斯指出大众文化实践之所以可能是因为前卫艺术家的先锋派努力对艺术进行了去专业化的处理。因为前卫艺术家最早深谙现代性的文化逻辑，即任何时尚、潮流都是转瞬即逝的，人们面对的现实是永恒的变化，而不是永恒。这也就是为什么在整个现代时期，人们发现诸多传统和承袭的生活方式都在衰落和消失，同时还会"自主地从即将衰落和消失的视角去看待身边已经存在的一切和即将出现的事物"③。由于"先锋通常与进步

---

① Boris Groys. "The Role of the Museum When the National State Breaks Up", *ICOM News*, 48 (4), 1995, p. 102.
② Boris Groys. *Going Public*. Berlin: Sternberg Press, 2010, p. 98.
③ Boris Groys. *Going Public*. Berlin: Sternberg Press, 2010, p. 109.

第四章　阐明苏联社会主义现实主义的艺术性：艺术之力的文化逻辑

的观念紧密相连，尤其是技术的进步"。为此，前卫艺术家追问的就是"艺术家是否还能继续在一个时间不停收缩，文化传统面临持久破坏更替，以及周遭熟悉的世界永恒交替变化"的语境中"继续创作"。换言之，"艺术家如何抵抗进步的破坏力，如何能创作出一种可以逃过永恒变化的艺术——无时间性的、超越历史的艺术"。这也就是为何前卫艺术家"想要创作的一种超越现世的、适合任何时代的，而非关于未来的艺术"。毕竟，"我们所处的现状就是变化本身，所在的现实就是永恒的变化"①。

正是现代性的瞬息万变促使前卫艺术家开始"拯救艺术，而不是灵魂"，而拯救方法就是做减法，即"通过把文化符号减少到绝对的最少，从而使艺术能够在潮流的碎片、流变与永无休止的更替之中幸存"。通过做减法，前卫艺术家创作出一种"异常贫瘠的、弱的形象"，这些形象"能够在每种可能的历史灾难中幸存"②。例如，康定斯基的《论艺术的精神》（1911）"谈及减少所有绘画的模仿性，以及所有对世界的再现"，这种减少实际上就在言说"绘画不过是色彩与形状"，而马列维奇的《黑色方块》（1915）则"用图像做了一种更激进的减法"，即"把图像简化为一种纯粹的关系——图像与画框、沉思之物与沉思场域、0 与 1 之间的关系"③。格罗伊斯进一步指出，这种关系也适合于阐释杜尚开启的现成品艺术革命，因为俄国先锋派和现成品革命的共同性是艺术减法的目的是创造弱的艺术符号。只有这种弱符号才能抵御时间的压缩、潮流的更替，进而守护艺术之所以成为艺术的普遍性，也就是所谓的"弱普遍主义"，也可以称为"弱弥赛亚主义"。弱普遍主义艺术的最大特点为它"不仅是使用被弥赛亚事件所倒空的零符号的艺术，也是通过弱图像来阐明自身的艺术"，这些弱图像"只有微弱的可见性"，即使它们有幸"作为具有高可见性的强图像的组成部分"，也"必定会从结构上被忽略"④。

然而，制造出弱普遍主义艺术符号是否就意味着可以使艺术一劳永逸地在风云变幻的艺术潮流中幸存？对此，格罗伊斯的答案是否定的。他指出，"即使早期的先锋派并不相信在他们的普遍主义艺术的弱基础上，具有建立起一个新世界的可能，但是却相信他们实现了最激进的减法，并生产了最彻底的弱的作品"。然而，这些先锋派的看法只是"一种错觉"，之所以是错觉，"并不是因为先锋派创造的弱图像还可以更弱，而是因为这些图像的'弱'很快会被

---

① Boris Groys. *Going Public*. Berlin: Sternberg Press, 2010, p.109.
② Boris Groys. *Going Public*. Berlin: Sternberg Press, 2010, p.110.
③ Boris Groys. *Going Public*. Berlin: Sternberg Press, 2010, pp.110-111.
④ Boris Groys. *Going Public*. Berlin: Sternberg Press, 2010, p.111.

文化遗忘"。更确切地说,当"从一定的历史距离感上观看时",这些图像"要么是强图像(对艺术界而言),要么是不相关的(对当下的人而言)"。这也就意味着"弱的、形而上的艺术姿态并不是生产一次,就可以世代相续的,而是必须被不断重复的",从而才能"抵制变化的强图像、进步的意识形态,以及经济增长的承诺"。更重要的是,"只揭示超越历史的重复模式仍然不够,还必须不断地重复这些模式所带来的启示,而这些重复本身又必须是可以再被不断重复的"。因为"每一次针对这些弱的、形而上的(图像)的重复都会同时地生产出明晰与困惑",所以"我们就需要进一步清晰化,而这种清晰化又会产生新的困惑,如此反复"。这也就是为什么前卫艺术必须"处于永恒的重复之中,以便能抵制永不止息的历史变迁,以及惯常缺乏的时间"①。

在此基础上,格罗伊斯从两个层面指出前卫艺术所作的去专业化的艺术减法与互联网时代大众艺术的文化实践之间的关联。

首先,艺术减法使得大众文化消费成为可能,或者说孕育了大众生产时代的审美哲学:

> Facebook、MySpace、YouTube、Second Life、Twitter 等为全球媒体提供了发布照片、视频和文本的途径,这种方式已经无法区别于任何概念主义者或者后概念主义者的作品。从某种程度上来讲,这个(互联网)空间最初是由20世纪60至70年代激进的、新先锋派的和概念艺术开启的。如果没有这些艺术家完成的艺术减法,那么这些社交网络的审美哲学就无法兴起,同时它们也不会以相同的程度向大众开放②。

其次,艺术减法从两个层面使得大众文化生产成为可能,也就是为"人人都是艺术家"和作家提供了可行性。其一,就艺术家而言,后杜尚时代的特点是艺术家及其身体变成了"间离的劳动",类似于工业化生产的劳动:

> (杜尚的现成品革命开启的)主要改变并不是将工业生产品作为艺术品呈现,而是向艺术家敞开了一种全新的可能性,即他们不仅可以用间离的、类工业化的方法生产艺术品,而且还可以使得这些艺术品保持工业生产面貌。③

其二,就普通大众而言,互联网时代颠覆了传统的文艺生产与消费的关系:

---

① Boris Groys. *Going Public*. Berlin: Sternberg Press, 2010, p. 115 - 116.
② Boris Groys. *Going Public*. Berlin: Sternberg Press, 2010, p. 116 - 117.
③ Boris Groys. *Going Public*. Berlin: Sternberg Press, 2010, p. 122.

第四章　阐明苏联社会主义现实主义的艺术性：艺术之力的文化逻辑

今天，每个人都可以书写文本和发布图像，但是谁有足够的时间去阅读这些文本和图像呢？很显然，没有人，充其量只是一小部分志同道合者、熟人或者亲戚。于是，20世纪由大众文化建立起来的传统的生产者与观看者之间的关系被颠倒了。此前是少数生产者为数百万的读者和观者生产图像和文本，现在却是数百万的生产者为那些只有很少时间，甚至是完全没有时间阅读的读者生产图像和文本。①

按照互联网时代的大众文化实践模式，以文学为例，是否就意味着人人都是作家、读者？互联网这种热媒介对传统文学体系带来了哪些冲击？互联网的亚媒介空间隐藏了哪些文学要素，这些要素如何通过揣测显现自我？对此，尽管格罗伊斯均没有直接进行探讨，然而还是可以在他关于互联网实践的论述中找到相应的答案。格罗伊斯简要概括了后杜尚时代媒介经济学的特点，由于"互联网上最常规、最通用的实践就是'复制与粘贴'，那些成千上万的人每天发表的数字化的'内容'或'产品'与他们的身体不再直接关联"。这些"内容"与"产品"与其发布者之间的间离关系就如当代艺术品一样，也就是说"人们可以轻易地将之碎片化，并投入不同的语境之中重新使用"②。为此，互联网实践与杜尚的现成品艺术革命之间便具有了相似性。这也就是所谓的后杜尚主义式经济，具体表现如下：

互联网实际上不过是改装过的电话网络，是一种传播电子信号的方式。因此，互联网实际上并不是"非物质性的"，相反彻底是物质性的。因为如果没有铺放相关的线路，没有生产相关的配件，或者没有创建和铺设电话接口，也就不会有互联网和相关的虚拟空间。故而依照传统的马克思主义观，大型的信息交流技术公司控制着互联网的物质基础和虚拟现实的生产手段——互联网的硬件。就此而言，互联网为我们提供了一种有趣的组合，即资本主义的硬件和共产主义的软件。千百万所谓的"内容生产者"把他们生产的内容发布在互联网上而得不到任何回报，他们的内容生产并不是激发理念的知识性的作品，而是操作键盘的手工劳动，而利润则归那些操控虚拟生产的物质手段的大公司所有。③

基于对互联网艺术实践的这种解读，格氏认为虽然互联网在硬件上是资本

---

① Boris Groys. *Going Public*. Berlin: Sternberg Press, 2010, p. 117.
② Boris Groys. *Going Public*. Berlin: Sternberg Press, 2010, p. 123.
③ Boris Groys. *Going Public*. Berlin: Sternberg Press, 2010, pp. 127-128.

主义的，即依赖于经济，但在软件上则指向自由开放并抽掉个人烙印。因为网络平台无限拓展了传统艺术、文学的边界，使任意生产图像和文字，或进行机械复制粘贴与涂抹修改成为可能，从而使得人人都是艺术家、作家成为可能。此外，格罗伊斯探讨了谷歌的搜索引擎如何"打碎单个文本，并将之转换为无限的、无差异的词语数据"，即"传统意义上由作者的意图所凝聚为一体的每一个单体文本都被消解了，每个句子都可以被搜索出来，并与其他游动在网络中的相同'主题'重组"。谷歌的这种重组并没有解放书写本身，相反对其进行了束缚，因为谷歌搜索的运算法则是"有限的且兼具物质性，从属于企业的拨款、控制和操作"，从而使得书写受控于"（互联网）硬件和企业软件"，以及"生产的物质条件和书写的分配法则"①。

由此可见，互联网表面空间能够展示那些文化符号，实际上受控于类似于谷歌这样的大公司，而其他无法被展示的文化符号则被隐藏在了互联网的亚媒介空间。当然，值得一提的是，按照格罗伊斯所说的艺术的减法孕育了互联网大众文化实践的审美哲学，可以发现除了那些被要求隐藏的文化符号、文本外，互联网的亚媒介空间实际上还藏匿了相应时期文化符号和文本的弱普遍主义。换言之，互联网的亚媒介空间还隐藏了文学、艺术之所以成为文学、艺术的弱符号，这些符号饱含的文学性和艺术性可以相对地穿越瞬息万变的文化潮流，进而较长地保存文学和艺术的本质。

综上可知，冷、热媒介都有相应的亚媒介空间，这种空间隐藏了大量的文化符号和文本，人们只能通过揣测去阐明这些符号和文本。当然，不同的媒介需要不同的揣测和阐明方式。其中，冷媒介的方式相对可行并可见，如博物馆中的策展、装置艺术等，而热媒介的方式则较为隐秘和艰难，需要通过掌握相应的硬件和软件资源。面对冷、热媒介及其亚媒介空间，如何去合理阐释媒介表层与亚媒介空间的文学、艺术，或者说如何在琳琅满目的符号、文本中区别文学、艺术的好与坏？对此，格罗伊斯的答案是依照平等审美权利的文化逻辑。格罗伊斯认为，在"上帝已死"之后，某些符号、形象的绝对权威也随着消失，因此所有符号、形象都是相等的。为此，我们在阐释任何文学、艺术的时候就需要先消除掉任何前置的美学和文化偏见，即在进行阐释之前就需要把所有的文学、艺术及相关的符号、文本都看成是具有平等的审美权利的。只有在这种情况之下，我们才能合理、有效地阐释任何媒介表层空间与亚媒介空间的文化符号、文本。然而，遵照平等的审美权利的文化逻辑，并不意味着不

---

① Boris Groys. *Going Public*. Berlin: Sternberg Press, 2010, p. 129.

需要区分文学、艺术的好与坏。相反，基于这种平衡关系，格罗伊斯指出"好的艺术"就是"确切地遵从了艺术平等审美权利的目标"①，以及保持了艺术之力的平衡，即艺术的政治性之力和自治性之力之间的平衡关系，因为只有这样的艺术才能确保艺术之所以为艺术的自主性。同理，可以推演为在互联网大众实践中，好的文学也遵从了文学平等审美权利，并保持了文学之力的平衡关系，从而也就确保了文学的自主性，或者说文学之所以成为文学的文学性。简而言之，不论是冷媒介还是热媒介，也不论是主媒介空间还是亚媒介空间，以及不论是主流文化还是亚文化都应该遵从平等的审美权利。

第三节　重新阐释"共产主义"与"资本主义"的差异

在组织大型策展以阐明苏联文艺作品的存在性及相关的艺术性的同时，格罗伊斯还在《共产主义后记》（*Das Kommunistische Postskriptum*，2006）一书中，从三大向度重新阐释了"共产主义"与"资本主义"的差异。首先，格罗伊斯指出"经济"与"政治"的差异："经济的运作媒介是金钱，主要通过数字运转"，而"政治的运作媒介是语言，主要通过言语运转，具体包括论争、方案和请愿，以及命令、紧令、决议和法令"②。其次，格罗伊斯从哲学视角重新阐释了"共产主义"与"资本主义"的差异。格罗伊斯指出"资本主义"的缺陷有二：其一，"语言的无力性"，因为"在资本主义中，每一个声明都沦为了商品"③。因此，在"资本主义语境中，每一种批评和抗议基本上都是无意义的，因为语言本身在资本主义体系中已经沦为商品，也就是说语言始终是无声的"④。其二，在资本主义体制中，人也是"无声的"。格罗伊斯指出，在资本主义体系中，人的生存境遇"始终是无声的"，因为"他们不能言说自我的命运"，具体表现为"如果一个人不能质疑自我的命运，那么也就

---

① Boris Groys. *Art Power*. Cambridge, MA: MIT Press, 2008, p. 16.
② Boris Groys. *The Communist Postscript*. Trans. Thomas H. Ford. London & New York: Verso, 2009, p. XV.
③ Boris Groys. *The Communist Postscript*. Trans. Thomas H. Ford. London & New York: Verso, 2009, pp. XX - XXI.
④ Boris Groys. *The Communist Postscript*. Trans. Thomas H. Ford. London & New York: Verso, 2009, p. XXII.

无法做出相应的回应"。由于资本主义体系是通过经济运作的,而经济又是以金钱(而不是语言)为媒介的,故而"想要进入针对经济运行过程的讨论是不可能的"。换言之,也就是在资本主义体系中,想要"改变人的想法、使人信服、说服人,以及试图用话语来赢得人心都是不可能的"。毕竟,"经济的失败容不下任何的论争,正如经济的成功并不需要额外的推论性辩护"。因为"在资本主义下,人的终极确认或拒绝行为并不是语言层面的,而是经济层面的,也就是说不是由言辞而是由数字表述的",从而使得"语言的力量被废除了"。① 此外,格罗伊斯还强调"资本主义"存在的其他问题,比如"在资本主义社会中,金钱扮演了黑格尔哲学中的时间所扮演的角色",而"众所周知,时间就是金钱"。因此,"在资本主义中,资本权力的形成实际上是通过其缺场实现的,也就是通过资金的困乏"②。这种金钱至上的语境促使"在资本主义市场下,差异被转换成了竞争",进而导致了"差异的无限性被设置了有限的边界"③。

在"经济"与"政治"差异以及"资本主义"的诸多缺陷的基础上,格罗伊斯指出"共产主义革命"实际上是促成了这样的一次社会转型,即"社会从以金钱媒介转向了以语言为媒介",也就是"在实践层面上的一次语言转向"。为此,"共产主义"就应该被理解为"一个自由人的联合体"。这个联合体的"目的是使政治能够获得相应的自由和主权"④,并"使人获得争论、抗议以及撼动命运的决定论的可能性"。因为"人之所以为人的存在前提是语言,而且也只有通过语言才能使得他们的命运不再是无声的,不再是完全被经济所支配的"。在此语境下,尽管人们的"争论和抗争并不总是有效的",它们"可能经常被忽视或被压制,但是并不会像在资本主义语境下一样,沦为无意义的行为"。相反,这些论争和抗议在"整体层面是有意义的和合理的",主要是因为一方面这些论争和抗议是"通过语言媒介来反对政治决定的",而

---

① Boris Groys. *The Communist Postscript*. Trans. Thomas H. Ford. London & New York: Verso, 2009, p. xxii.
② Boris Groys. *The Communist Postscript*. Trans. Thomas H. Ford. London & New York: Verso, 2009, p. 94.
③ Boris Groys. *The Communist Postscript*. Trans. Thomas H. Ford. London & New York: Verso, 2009, p. 98.
④ Boris Groys. *The Communist Postscript*. Trans. Thomas H. Ford. London & New York: Verso, 2009, p. xv.

另一方面这些政治决定"本身就是通过语言媒介而达成的"。①

在语言的力量与人的言说能力差异的基础上,格罗伊斯总结了"资本主义"与"共产主义"的差异。"在资本主义中,语言自身是作为商品而运作的",即"内在地就是无声的",从而决定了论争、抗议等也是无意义的。因为"批评和抗议话语只有在被销售得好的时候才被认为是成功的,而销售得不好就被认为是失败的"。为此,也就无法区分这些话语与"其他商品的差异",毕竟两者"是同等的无声的"②。然而,这些问题在"共产主义"语境中就得到了解决,具体表现在两个方面:其一,"共产主义"的最大特点就是"共产主义"本身与针对它的相关批评、论争、抗议等均通过同一个媒介得以运转,这个媒介就是语言。由于"针对资本主义的批评与资本主义本身是两个不同的运转媒介",从而决定了相关批评话语的无力性和无意义性,因为批评的媒介是语言,而"资本主义"的媒介是金钱,所以就媒介层面而言,"资本主义批评和资本主义是互不相容的,也就完全不可能彼此相遇"③。其二,只有"共产主义"为"人的命运的总体语言化开辟了一个总体批评的空间"。格罗伊斯指出马克思认为"哲学的意义不应该是阐释世界,而是改变世界",同理"社会就必须首先被语言化地改变,从而才能使得它成为任何有意义的批评的客体"。就此而言,"如果社会自身想成为批评的客体,那么它就首先需要变成共产主义的社会",因为只有"共产主义社会"是一个容得下"权力本身与针对权力的批评通过同一媒介运转的社会"。④

最后,在"共产主义"与"资本主义"差异的基础上,格罗伊斯从哲学层面重新阐释了苏联与"冷战"。就苏联而言,格罗伊斯指出苏联不仅应该"被认为是共产主义的"⑤,而且还应该被认为是实现了柏拉图《理想国》中有关哲学家与政治家终极身份合二为一的理想。格罗伊斯首先区别了柏拉图所言的哲学家与诡辩家的差异:"哲学家不使用语言去表征、合法化和守护私人

---

① Boris Groys. *The Communist Postscript*. Trans. Thomas H. Ford. London & New York: Verso, 2009, pp. xvi - xvii.
② Boris Groys. *The Communist Postscript*. Trans. Thomas H. Ford. London & New York: Verso, 2009, pp. xvi - xvii.
③ Boris Groys. *The Communist Postscript*. Trans. Thomas H. Ford. London & New York: Verso, 2009, p. xvii.
④ Boris Groys. *The Communist Postscript*. Trans. Thomas H. Ford. London & New York: Verso, 2009, pp. xvii - xviii.
⑤ Boris Groys. *The Communist Postscript*. Trans. Thomas H. Ford. London & New York: Verso, 2009, p. xviii.

的、零碎的利益,而是把社会感知为一个总体。"然而,"思考社会的总体性也就意味着思考这个社会所使用的语言的总体性",因此,"哲学对语言的使用就是需要去言说语言的总体",而"哲学家的统治原则就是社会发展的终极目标"。① 在此基础上,格罗伊斯指出"如果要去思考和言说语言的总体性",必然地"暗含了是在为言说这种总体语言的政府发声"。就此而言,"共产主义是与柏拉图传统一脉相承的,即共产主义是现代意义上的柏拉图实践"。为此,为了有效地阐释"共产主义",就需要回到柏拉图去回答这样的一个问题:"语言如何能够践行足够的权力,从而允许说话者去统治语言或者通过语言进行统治"②,以及被语言所统治。

格罗伊斯认为从表面上看"西方"针对苏联的批判,如在苏联总体权力下苏联人没有自由也没有经济自主权等,似乎是合理的,因为"每一个苏联人都是国家的雇员,所住的房子属于国家财产,购物场所是国家商店,在苏联国土上的任何旅行也依赖于国家交通工具"③,然而如果深层次地加以分析就可以发现这种总体权力是"通过语言来实现的——通过命令和条例",而且人们既可以"遵从这些命令和条例,同样地也可以不遵从"。正是如此,苏联的领导人"投入如此巨大的精力去形塑和维护官方意识形态语言",因为"他们知道除了拥有语言之外,他们实际上一无所有,并且如果失去了对语言的统治,他们也就失去了一切"④。基于此,这实际上是一个悖论性的存在,因为众所周知,一方面"占统治地位的语言都是统治阶层的语言",另一方面"一个被大众接受的理念就变成了一种物质的力量"。正是在这个层面"马克思主义自身是(并将是)胜利的,因为它是正确的",而苏联所呈现的"共产主义社会结构就恰恰是依赖于这个悖论而存在的"⑤。

同理,可以重新认识"西方"视野对苏联解体的刻板定论,即苏联解体

---

① Boris Groys. *The Communist Postscript*. Trans. Thomas H. Ford. London & New York:Verso,2009,p.1.

② Boris Groys. *The Communist Postscript*. Trans. Thomas H. Ford. London & New York:Verso,2009,p.2.

③ Boris Groys. *The Communist Postscript*. Trans. Thomas H. Ford. London & New York:Verso,2009,p.xviii.

④ Boris Groys. *The Communist Postscript*. Trans. Thomas H. Ford. London & New York:Verso,2009,pp.xvi-xvii.

⑤ Boris Groys. *The Communist Postscript*. Trans. Thomas H. Ford. London & New York:Verso,2009,pp.xviii-xxiv.

也意味着"苏联在经济上的失败"①。格罗伊斯认为"不能说苏联在经济上是失败的,因为经济的失败只可能存在于市场中,而苏联并不存在市场",所以"不论是经济的成功还是失败所关联的政治统治都无法被'客观地'建构",也就是说"不能中立地、无意识形态地建构"。在苏联,"特定的商品之所以被生产,并不是因为这些商品在市场上卖得很好,而是因为它们与共产主义未来的某种意识形态观具有一致性"。同时,"那些在意识形态层面未合理化的商品也就不会被生产"。换言之,"在苏联,每一种商品都是一种意识形态性的声明"②。

在上文论述的基础上,格罗伊斯还重新阐释了苏联人的自由问题。由于苏联人"可以共产主义地吃、住、穿",也可以非共产主义地地吃、住、穿。这也就意味着在苏联至少在理论层面,想要"抗议官方历史唯物主义条例是可能的,就如同在理论上想要在国家商店中反对鞋子、鸡蛋和香肠是可行的"。因为"这些条例与鞋子、鸡蛋和香肠具有相同的原始来源——苏联政府的相关决定"。简言之,"共产主义视野下的任何存在形式都是因为某人言说了它应该这样而不应该那样存在",而"每一种通过语言所做出的决定,都可以经过语言层面进行批判"③。

由此可见,苏联的存在本身是悖论性的,但是格罗伊斯认为对于这种悖论性应该做两个向度的哲学理解。其一,"苏联政权必须首要地被阐释为这样的一种(哲学)尝试,即试图实现自柏拉图以来的所有哲学梦想,也就是要建立一个哲学王国"④。这个哲学王国的特点是以悖论为根基,所谓悖论就是"同时把 A 与非 A 看成是正确的"⑤。苏联就是这样"一个专门由哲学所统治的国度"⑥,因为"逻辑就是悖论",也因为"如果我们想要懂得哲学思辨的目的是暴露话语的内部逻辑结构",而"真正的思辨和任何话语的逻辑成分都

---

① Boris Groys. *The Communist Postscript*. Trans. Thomas H. Ford. London & New York: Verso, 2009, p. XVIII.
② Boris Groys. *The Communist Postscript*. Trans. Thomas H. Ford. London & New York: Verso, 2009, p. XX.
③ Boris Groys. *The Communist Postscript*. Trans. Thomas H. Ford. London & New York: Verso, 2009, pp. XX - XXI.
④ Boris Groys. *The Communist Postscript*. Trans. Thomas H. Ford. London & New York: Verso, 2009, p. 29.
⑤ Boris Groys. *The Communist Postscript*. Trans. Thomas H. Ford. London & New York: Verso, 2009, p. 16.
⑥ Boris Groys. *The Communist Postscript*. Trans. Thomas H. Ford. London & New York: Verso, 2009, p. 32.

只能通过一种形式得以描述,那就是自我矛盾,或者说悖论"①。这也就说明了为何"在我们的时代,只有那些思考和生活在永久的自相矛盾中的人被认为是正常的、主流的"②。

其二,尼采"废除了'真观点'的任何特权,并提倡所有观点都拥有平等权利"③。为此,需要在此平等话语权利基础上去阐述"总体逻辑"和"总体主义"。就"总体逻辑"而言,格罗伊斯的定义为"总体逻辑是一种开放性逻辑,因为它同时接受A和非A,从而不排除任何一方"④。同时,格罗伊斯还梳理了"总体逻辑"的简要历史。"共产主义"的"总体逻辑"最近的"前历史"是"基督教的教义,因为教义本身就是悖论"。所谓的"三位一体既是一也是三",即"耶稣基督被认为是神与人的合体",更确切地说"基督是所有的,是所有的神,以及同时又是神与人的合体",故而"很明显基督教义就是在悖论中思考",而这种思考"并不是不合逻辑的"。由于"理论思考追寻的是认知整体",因此它"排斥未互为矛盾的任何事物",即"任何太具有逻辑有效性的、内在无矛盾的,从而也就是单边性的事物"⑤。就此而言,"共产主义的总体逻辑实际上囿于基督教教义的总体逻辑",尤其是基督教教义所"追寻完全意义上的自相矛盾",因为"共产主义是最完整的无神论形式"⑥。

结合尼采提倡的观点的"平等权利"和"总体逻辑",格罗伊斯重新认识了苏联的"总体主义"。一方面,"语言只有在起始于总体,并与总体性共生的时候才能够战胜经济",正是在这个层面上"苏联是一个哲学的王国"。另一方面,作为一个哲学的王国,苏联与柏拉图的理想国的差异在于总体性。因为作为"共产主义国度",苏联对苏联人的要求是"任何一个个体都有义务成为哲学家,而不仅仅是统治阶级的责任"。换言之,"每一天苏联的每一个个

---

① Boris Groys. *The Communist Postscript*. Trans. Thomas H. Ford. London & New York: Verso, 2009, pp. 6 – 7.

② Boris Groys. *The Communist Postscript*. Trans. Thomas H. Ford. London & New York: Verso, 2009, p. 28.

③ Boris Groys. *The Communist Postscript*. Trans. Thomas H. Ford. London & New York: Verso, 2009, p. 8.

④ Boris Groys. *The Communist Postscript*. Trans. Thomas H. Ford. London & New York: Verso, 2009, p. 46.

⑤ Boris Groys. *The Communist Postscript*. Trans. Thomas H. Ford. London & New York: Verso, 2009, pp. 46 – 47.

⑥ Boris Groys. *The Communist Postscript*. Trans. Thomas H. Ford. London & New York: Verso, 2009, pp. 47 – 48.

体都需要考虑到总体语言的冷热温度，以便能够在那天的白天及相应的夜晚得以生存"。这也就是"不仅仅需要苏联人针对苏联的政治的、意识形态的和文化的关系具有敏感性，而且还需要他们能够超越苏联政治、意识形态和文化的边界，具有拥抱整个世界的敏感性"①。

在重新认识了"苏联"与"理想国"的关系之后，格罗伊斯驳斥了冷战时期西方对苏联和"共产主义"的刻板化描述。首先，在冷战时期"共产主义被理解为一个冷酷的帝国"，在这个帝国中"人被转化为机器"②。同时，在"众多西方电影中，东方的共产主义者通常被表述为机器、鬼怪或非人类，内心是空虚的、躯干是空壳的机器"③。其次，针对"西方"关于苏联解体预示着冷战以"资本主义"的胜利和"共产主义"的失败而结束的观点，格罗伊斯从两个方面进行了驳斥。一方面，格罗伊斯指出"冷战并不是一场真正的战争，而只是一场战争的隐喻，因此冷战的失败也只是隐喻层面的失败"，而"就军事层面而言，苏联是攻不破的，同时所有那些申诉自由的团体在过渡到资本主义之前就已经完全平息，例如当时俄国的异议运动在20世纪80年代就已经完全结束了"④。另一方面，对于苏联原成员国为何在苏联解体之后都选择了"资本主义"，格罗伊斯强调"针对驯服的、工具化的资本主义，以便使资本主义在社会主义秩序的框架下运转，并在苏联共产党的统治下为共产主义服务的提议，实际上早在十月革命时期就已经提上了日程"⑤。在苏联解体后，"曾经社会主义化以建构共产主义的国家，现在私有化以建构资本主义"⑥，根本原因是"由于苏联共产主义的生成语境是资本主义，因此实现共产主义的下一步必定是从共产主义到资本主义的过渡"⑦。因此，实际上"在东欧尤其是在俄国建构资本主义，并不是经济或政治需求的结果，也不是历史变迁的不

---

① Boris Groys. *The Communist Postscript*. Trans. Thomas H. Ford. London & New York: Verso, 2009, p. 69.
② Boris Groys. *The Communist Postscript*. Trans. Thomas H. Ford. London & New York: Verso, 2009, p. 76.
③ Boris Groys. *The Communist Postscript*. Trans. Thomas H. Ford. London & New York: Verso, 2009, p. 80.
④ Boris Groys. *The Communist Postscript*. Trans. Thomas H. Ford. London & New York: Verso, 2009, p. 116.
⑤ Boris Groys. *The Communist Postscript*. Trans. Thomas H. Ford. London & New York: Verso, 2009, p. 118.
⑥ Boris Groys. *The Communist Postscript*. Trans. Thomas H. Ford. London & New York: Verso, 2009, p. 122.
⑦ Boris Groys. *The Communist Postscript*. Trans. Thomas H. Ford. London & New York: Verso, 2009, pp. 104–105.

可避免的、'有机的'结果"。相反,这是"一个有关社会转型的政治决定,即从建构共产主义转变为建构资本主义,而这种转变的结果(完全遵从了经典马克思主义)是人为地催生一批私有财产的拥有者,以便这些拥有者能够成为社会转型的中流砥柱"①。换言之,在苏联解体之后,俄国等苏联成员国选择"资本主义"道路,只是为了更好地向"共产主义"过渡。

---

① Boris Groys. *The Communist Postscript*. Trans. Thomas H. Ford. London & New York: Verso, 2009, p. 105.

第五章 博物馆——视觉化艺术之力天平及"政治"与"美学"绑定关系的文化媒介

尽管格罗伊斯从艺术之力、文化媒体和重新阐释"共产主义"三个层面，针对有关他的社会主义现实主义框架的批评和质疑进行了回应，但是他的回应并未引起广泛的关注。相反，社会主义现实主义框架再次受到了质疑，主要表现为对艺术之力及其文化逻辑的不可见性的质疑。在《总体艺术》出版后不久，针对社会主义现实主义框架的质疑主要表现为批评此框架的裂隙。例如，俄裔美国学者维亚切斯拉夫·伊万诺夫就指出格罗伊斯忽视了先锋派与斯大林社会主义现实主义艺术之间存在的重要历史缺口，且在论述社会主义现实主义时忽略了很多当时的重要作家。而英国学者卡特琳娜·梅里代尔则指出格罗伊斯论述的整体框架之间存在明显裂隙，包括先锋派与社会主义现实主义之间的裂隙，以及社会主义现实主义与苏联后现代主义之间的裂隙。随后，这种裂隙观得到了进一步的深化，发展为批评格罗伊斯的框架和艺术之力理论实际上只不过是在艺术化政治。例如，托马斯·塞弗里德（Thomas Seifrid）就调侃格罗伊斯的艺术化政治的陌生美学和艺术哲学，实际上不过是一种政治哲学的变体。同时，格罗伊斯的艺术策展也受到了质疑，如娜塔莎·库尔恰洛夫则认为格罗伊斯的理论不过是在践行总体主义，尤其是对"陈腐"的斯大林时期总体艺术的怀念。而格罗伊斯根据"后共产主义状况"策展及论著《共产主义后记》，重新阐释"共产主义"也受到了质疑，如彼得·彼得罗夫（Petre Petrov）就质疑了《共产主义后记》重新界定"共产主义"概念的有效性。

简而言之，批评和质疑格罗伊斯理论的核心观点是格罗伊斯的社会主义现实主义框架是不可信的。究其根源，主要在于首先它所衔接的政治与美学之间的关联是不可信的，具体又可以表述为这种关联本身是不可见的，即至少在历史长河中从未被视觉化。其次，格罗伊斯所探讨的是陈旧的苏联时期早已陈腐的话题，而且是试图以艺术的方式去怀念斯大林时期的总体主义。针对这些质疑，格罗伊斯又通过两个方面进行了回应：一方面他积极投身到当时西方鲜活的艺术问题和艺术实践的论争之中，突出体现为博物馆存亡论的争辩浪潮之中；另一方面，格罗伊斯从博物馆及其是否会终结作为切入点对"新"与"旧"本身进行了重新定义。格罗伊斯之所以选择博物馆的重要原因在于博物馆自身具有的视觉化文化特性，即不仅可以视觉化地呈现艺术之力以及"艺术"与"政治"的绑定关系，还可以视觉化地呈现亚文化（如苏联文艺作品）如何通过策展和装置展示自我的在场性，进而不仅可以视觉化地回应针对社会主义现实主义框架裂隙的质疑，还可以回应格氏理论只不过是在探讨陈腐话题以及对苏联总体艺术往昔的怀旧。

第一节 博物馆作为可视的国家文化身份载体

要回答格罗伊斯如何通过博物馆存亡论的争辩重新界定了"新"与"旧"，就需要先了解当时博物馆论争的语境。总体而言，20世纪90年代兴起的博物馆论争集中体现为两个派系。

第一，支持"终结论"者，典型代表人物是道格拉斯·克林普（Douglas Crimp）和阿瑟·丹托（Arthur Danto）。最先集中讨论博物馆终结论的是克林普的专著《论博物馆的废墟》（1993），他认为艺术、博物馆和艺术史都是19世纪的产物。随着20世纪"无限可复制的摄影术进入博物馆，一种异质性随之在博物馆中心重建，博物馆对于知识的自居也随之瓦解"，尤其是当波普艺术家劳生伯20世纪60年代"在他的绘画中加入摄影拼贴物时"，克林普就指出他从中看到了博物馆"作为一种精英文化制度的终结，这同时也是艺术现代主义的寿终正寝"[1]。丹托的《艺术史终结之后》（1995）一书则强调了"随着文艺复兴的艺术概念而来的现代博物馆制度，会随着当下艺术概念发生的革命性变革而消亡"，因此当代艺术要"创造出非博物馆（nonmuseal）和博物馆之外的艺术（extramuseal art）"[2]，而"博物馆外的展览"，也就是把艺术和生活更紧密结合在一起的展览，则要代替博物馆。第二，怀疑"终结论"者，典型代表人物是汉斯·贝尔廷（Hans Belting）和格罗伊斯。贝尔廷在《现代主义之后的艺术史》（2003）中一方面指出现代艺术、现代艺术史的终

---

[1] 李军：《现代艺术史体制之完成——对贝尔廷与格罗伊斯关于艺术史与博物馆"终结论"的再考察》，载《艺术设计研究》，2011年第4期，第103页。

[2] 李军：《现代艺术史体制之完成——对贝尔廷与格罗伊斯关于艺术史与博物馆"终结论"的再考察》，载《艺术设计研究》，2011年第4期，第103页。

第五章　博物馆——视觉化艺术之力天平及"政治"与"美学"绑定关系的文化媒介

结必定会促使"把博物馆当作圣殿看待的资产阶级概念"①的坍塌。另一方面贝尔廷又指出当代艺术需要一种"新博物馆"（New Museum）——一种"具有论坛功能的公众活动的舞台"，这个舞台"通过吸收当代广告技术"，逐渐"从传统的形式转化为一种类似于剧场和舞台布景的新形式"②。由此可见，在贝尔廷看来，尽管作为文艺复兴时期人文主义、18世纪启蒙运动和19世纪民主制度产物的现代博物馆的圣殿地位，会随着艺术、艺术史的终结而动摇甚至瓦解，但是艺术与博物馆之间是一种绞缠粘连的关系。究其原因，主要有两个方面：其一是"艺术史时代与博物馆时代共生"③，故而后历史的新艺术就需要新的博物馆；其二是"如果没有博物馆，今日的艺术不仅无家可归，而且还会变得暗哑无声甚至无处觅影"，同理"如果博物馆对新艺术紧闭大门，它也就将自己放弃"。因此，正是艺术与博物馆之间的这种"强制联盟"关系，极为有效地"排除了任何艺术（甚至艺术史）在博物馆之外另起炉灶的可能性"④。

在20世纪90年代的博物馆论争浪潮之中，格罗伊斯的很多零散的文章均论及博物馆，尤其是从不同的视角探讨了博物馆存在的重要性和必要性，重点就是其3本专著《艺术之力》《走向公众》（Going Public, 2010）和《论新》（On the New, 2012）中的诸多论文。其中，最具代表性的是5篇论文：《当国家瓦解之时博物馆所承担的角色》《论"新"》《平等审美权利的逻辑》《趋向革命：论马列维奇》《艺术，技术与人文主义》。

一、苏联的瓦解与新生国的国家文化身份

在《当国家瓦解之时博物馆所承担的角色》一文的开篇，格罗伊斯首先指出他撰写这篇文章的原因：

> 我之所以选择讨论这个话题的原因，主要在于我成长的国家苏联在不久之前刚分崩离析。然而，苏联并未把自我当成一个国家，而看成是一个统一的、国际的共产主义媒介平台。正因为这个原因，对于苏联境内的很

---

① Hans Belting. *Art History after Modernism*. Trans. Caroline Saltzwedel, Mitch Cohen. Chicago: University of Chicago Press, 2003, p.96.

② 李军：《现代艺术史体制之完成——对贝尔廷与格罗伊斯关于艺术史与博物馆"终结论"的再考察》，载《艺术设计研究》，2011年第4期，第103页。

③ Hans Belting. *Art History after Modernism*. Trans. Caroline Saltzwedel, Mitch Cohen. Chicago: University of Chicago Press, 2003, p.8.

④ Hans Belting. *Art History after Modernism*. Trans. Caroline Saltzwedel, Mitch Cohen. Chicago: University of Chicago Press, 2003, p.97.

多组成国,其中就包括俄国而言,国家身份和国家利益意味着臣服于这个终极目标,即出现一个共产主义的人类联合体,从而使得苏联变得过时。

苏联解体之后,这个目标就被代替了,很多组成国作为新生的独立国家出现在原来的边界内。至此,这些新生国才开始真正面对国家文化身份这个问题,尤其是国家文化身份可以用何种形式得以呈现为文化档案,其中就包括博物馆。

然而,这个瓦解事件本身也可以进行这样的政治性评估,即它为博物馆提供了机遇,因为藏品本身就是来自历史废墟。昔日的文化物品被转换到博物馆,只能缘起于相应的旧的社会秩序的坍塌。因为只有这样,大批量的象征着权力的文件、权威的个人崇拜和意识形态物品,以及日常生活本身,都失去了它们先前的功能,而变成了一堆碎屑。①

由此可见,在格罗伊斯看来,苏联的瓦解给昔日受统一意识形态宰制的组成国的博物馆的发展提供了机遇,这种机遇总体表现为这些组成国首次可以谈论它们的国家文化身份。随后,格罗伊斯多向度地探讨了这种机遇。

首先,就新生的苏联原成员国的国家文化身份而言,格罗伊斯指出这些国家博物馆的发展,首度呈现了这些国家的真正艺术,并令长期以来西方针对苏联时期艺术的猎奇目光大失所望:

> 现代博物馆面临的基本困境,在当下博物馆学面临的问题中得到较好的呈现。因为前共产主义国家的官方艺术察觉到自身承载着这样的一种非难,即它们并非真正的原创艺术,同时也不够异域风情,因此它们是不重要的,这也就遮蔽了它们被转换进博物馆的路径。对此,我印象极为深刻,因为在苏联瓦解之后,国际艺术界的期望是如此之高。西方世界期望发现一种具有原生态外观的艺术,尤其是俄国原创艺术,因为他们认为在文化隔离如此之久之后,苏联艺术应该拥有完全不同的面貌。然而,不幸的是,他们承受的失望与他们曾抱有的期望一样的高,因为就纯美学层面而言,苏联艺术与这个世纪(20世纪)的西方艺术并非完全相异,主要是20世纪三四十年代的新经典主义。这种风格是当时不同的极权主义国家的通用语,或者说是现代艺术各式各样的趋势。现代博物馆早期,在第一感官和纯形式与风格层面的驱使下,任何不同的、奇怪的和异域的前现

---

① Boris Groys. "The Role of the Museum When the National State Breaks Up", *ICOM News*, 1995, 48 (4), p.99.

第五章　博物馆——视觉化艺术之力天平及"政治"与"美学"绑定关系的文化媒介

代文明，都轻而易举就可以被纳入现代博物馆。然而，这种模式已经不再适合苏联，因为苏联艺术并未提供任何异域的，或美学上完全不同的（如与埃及金字塔相比）可以固化自我身份的作品。苏联艺术与西方艺术的差异是在于收藏、陈列秩序和艺术应用的深层层面，而不只是简单的外在可见形式。①

其次，就新生国内不同个体的文化身份而言，苏联解体所代表的现代国家的分崩离析，为这些国家内部不同个体的文化身份提供了新的可能性：

> 对于现代国家的分裂，或者更确切地说现代国家相关的分裂，我们不要太难过，即使最终现代国家确实分崩离析。因为至少在这种衰落语境中，博物馆体系不仅仅是把艺术品转换成博物馆藏品，而且还为个体提供了一种机遇，即不再只是被动地被收藏，还开始主动地进行收藏。这也就意味着，个体也可以使用国家博物馆。国家博物馆在早期的功能只限于按照国家的视角呈现持久的历史，现在则可以作为一个平台让个体可以依照自我的、短暂的藏品，去展现他们的历史观念。②

最后，就现代和后现代博物馆体制下各种各样藏品的文化身份而言，不仅博物馆的藏品本身是流动的，博物馆所表征的国家文化身份也是流动的。博物馆最大特点表现为两个方面：(1) 收藏他者，由于"现代艺术恰恰揭示的就是身份本身的脆弱性，以及反映心理创伤最终的自愈"。因此，尽管重新发现国家身份和个体身份是一件好事情，但是不容忽视的事实却是"倾向于不喜欢每一个'他者'的旨趣，以及出于对自我文化身份可能被背叛的恐惧，却正好构成了现代博物馆"。换言之，如果"你不收藏他者，他者就将收藏你"③。(2) 用于创新，博物馆原初的建构理念是"作为时光飞逝的大城市中的固定场所"④。然而，随着现代社会互联网的普及，博物馆作品已经无限制地处于流动之中。而在后现代社会，人口的无限流动，以及当他们到达一所大城市时，他们常常以"旅行者的身份询问这个城市是否有任何新事物正在发

---

① Boris Groys. "The Role of the Museum When the National State Breaks Up", *ICOM News*, 1995, 48 (4), pp. 104 – 105.
② Boris Groys. "The Role of the Museum When the National State Breaks Up", *ICOM News*, 1995, 48 (4), p. 106.
③ Boris Groys. "The Role of the Museum When the National State Breaks Up", *ICOM News*, 1995, 48 (4), p. 102.
④ Boris Groys. "The Role of the Museum When the National State Breaks Up", *ICOM News*, 1995, 48 (4), p. 105.

生",随后他们做的第一件事就是"了解是否有新的展览"。于是,可以说"现在,时间在博物馆内远远比在博物馆外流逝得迅速",从而也就使得博物馆"成了一个体验改变与更新的优先场所"。在这种场所中,由于博物馆自身处于流动变迁之中,因此博物馆表征的文化身份也就"不再是一种固定的形式"。例如,大型的展览、艺术装置和其他跨世界的博物馆活动,就是"反对狭隘的、本土的、守护固定的国家身份"①的最佳佐证。为此,在这种流动性中,格罗伊斯给出了他的期望:

> 我们只能希望所有民族的和宗教的权威,都能向国际展览实践敞开他们的博物馆大门,放弃他们声称的文化身份的丢失和外来者的影响,并允许他们的公民进行收藏和展览,而不仅仅是被收藏和展览。那些不尊重现代主体性策略的国家,将面临类似于苏联瓦解的风险。②

在通过分析博物馆与国家文化载体的密切关联,言说了博物馆存在的必要性之后,格罗伊斯又以博物馆与"新"的密切关联,进一步论证了博物馆的重要性。在《论"新"》一文中,格罗伊斯多向度地言说了只有在博物馆中才可能有"新"的事物出现。首先,格罗伊斯介绍了当时孕育博物馆终结论的根源,即人们太渴望创新的终结:

> 在过去几十年中,对于艺术创新的讨论非常流行,并影响广泛。人们普遍认为,已经不再可能创造任何新的艺术形式,并为此兴高采烈——很显然,这场讨论在当代文化语境中创造了一种内在满足感。后现代时期对历史终结的伤感已经烟消云散,现在我们似乎乐于看到历史感的丧失、进步观念的废除和乌托邦理想的消散——这些观念一直是和创新紧密相连的。将人从历史创新的任务中解放出来,这似乎是当代生活的伟大胜利,这意味着抛弃那一直占统治地位的、着眼于征服现实的、理想化和形式化的历史叙事方式。由于人们对艺术史的认知首先来自博物馆,所以从创新的任务中解放出来,同时也被理解为从艺术史——就此而言,也包括从所有类似的历史——中解放出来。在艺术中,这种解放首先被视为一个摆脱博物馆体制的机会。摆脱博物馆体制,也就意味着变得通俗而生动,意味着打破艺术世界中条条框框的桎梏。因此,在我看来,艺术创新的终结之

---

① Boris Groys. "The Role of the Museum When the National State Breaks Up", *ICOM News*,1995,48 (4), p.106.

② Boris Groys. "The Role of the Museum When the National State Breaks Up", *ICOM News*,1995,48 (4), p.106.

第五章　博物馆——视觉化艺术之力天平及"政治"与"美学"绑定关系的文化媒介

所以令人激动,首先是因为它让人们觉得有希望将艺术融入生活,即超越所有陈旧体制和概念的界限,打破新与旧的传统对立。①

实际上,20世纪60年代"现成品艺术"革命席卷全球艺术界之后,人们对"创新终结"的急切渴望,与1910—1930年俄国先锋派对"超越进步本身"的渴望异曲同工。当然,两者的结局也较为相似,即都没有实现。随后,格罗伊斯就从四个方面驳斥了博物馆的终结才能带给人们超越创新这一观点。

第一,博物馆是艺术家创新的源泉。

> 随着现代博物馆的诞生,现代主义时期的艺术家们(尽管他们对博物馆不乏抗议和反对)清楚地知道,自己的作品主要是为博物馆收藏而创作——这至少是生产所谓"高级艺术"那部分艺术家心中的观点。这部分艺术家在一开始就清楚,他们的艺术最终将进入博物馆收藏——并且也希望看到这样的情况发生。恐龙并不知道它们最终将被陈列在自然历史博物馆中,但艺术家却知道他们作品的最终命运;进入博物馆收藏这个事实——至少在某种意义上——并不影响恐龙的行为,但现代艺术家却深为其左右。博物馆以一种非常常规的方式影响艺术家:它只接受来自现实生活和来自它收藏之外的物品,这就解释了为什么艺术家会尽力去创造真实或鲜活的作品。②

第二,博物馆确保了艺术作品、艺术本身、艺术生产、策展实践和现实生活,能够历久弥新。一方面,"博物馆中收藏的老古董总是和艺术生产、历史写作及策展实践中的新潮流相联系",因为"艺术史总是处于不断地重构的过程中"。这也就意味着"博物馆所接纳的所有东西都必须在某种程度上是新的——不管是最近生产的、最近发现的或其价值是在最近才得以发现"。另一方面,博物馆"并不完全是再现艺术史的空间,而是产生和展示当代新艺术的机器",即"生产我们所见的当代性"。因为"只有当我们从博物馆的视角去观照时,生命才是新的",同时"只有在博物馆中我们才能制造新的差异",即"超越差异的差异",也就是"此时此地的差异"。换言之,"只有从博物馆、档案馆或图书馆的视角去观察,当代生活才是充满生机的"③。

---

① Boris Groys. "On the New", *RES: Anthropology and Aesthetics*, 2000, 38 (1), p.5. 后文相关的中文翻译,主要引用或参考了陈旷地的译文。参见鲍里斯·格罗伊斯:《论"新"》,陈旷地译,载王璜生主编:《大学与美术馆——美术馆的文化策略与学科建构》,上海:同济大学出版社,2012年,第70-87页。

② Boris Groys. "On the New", *RES: Anthropology and Aesthetics*, 2000, 38 (1), p.6.

③ Boris Groys. "On the New", *RES: Anthropology and Aesthetics*, 2000, 38 (1), pp.6-10.

第三，博物馆重新界定了"新""在场""真实""鲜活"。首先，当下的这些概念与先锋派的概念不同："今天我们对于新的、真实的和鲜活的艺术的理解，和20世纪早期前卫主义者在很多文献中所坚持的信条相左。后者认为，只有摧毁博物馆，并且以一种激进和狂热的方式否定过去，才能打开通向真实生活之路。历史是横在我们和当下生活之间的一道障碍"①。然而，博物馆中的"新"主要是指"具有差异和新近出现"②，也就是说：

> 一件新的艺术品不应该重复那些旧的、传统的和早已进入博物馆收藏的形式。但是在今天，如果真正想做到"新"，一件艺术品就不应该重复艺术和普通事物之间既存的差异。重复这些差异能够带来的仅仅是一件不同的艺术品，而非新的艺术品。一件新艺术品只有当它在特定的意义上和其他任何日常物品，或流行文化产品相似的时候才可能是新的。只有在这种情况中，新艺术品才能作为一个能指，指涉博物馆之外的世界。这种"新"只有当它产生超越界限，达到无限的效果时——只有当它打开了通向博物馆之外的无限视野的窗口——才能被体会到。这种无限的效果只有在博物馆之内才能产生或呈现：在现实的语境中，我们只能将真实体验为有限，因为我们自身就是有限的。博物馆有限而可控的空间使观众能够想象博物馆之外的世界是如何壮丽、无限和让人欣喜。这事实上是博物馆的首要功能：让我们将博物馆之外的世界想象为无限③。

简而言之，博物馆所界定的"新""真实""在场"和"鲜活"的艺术是指"这种艺术不能与早已存在于博物馆收藏中的那些艺术相似。此处，在场并不是仅仅被定义为缺席的反面。要在场，艺术看起来就得鲜活生动，这就意味着它不能与老的、死亡的和过往的艺术相似，而后者恰好陈列在博物馆中"④。

第四，博物馆即使在"现成品艺术"的冲击下，依旧维持了"新"的发生。一方面，格罗伊斯认为现成品技术和艺术确实对博物馆造成了威胁，这也就是克林普批评博物馆体制的原因：

> 不久之前，人们还对现成物技法以及摄影和影像艺术的兴起抱有很大希望，以为它们能够侵蚀现代主义时期逐步建立起来的博物馆的地位，并最终使其灭亡。博物馆收藏的封闭空间看上去好像面临现成物、摄影和影

---

① Boris Groys. "On the New", *RES: Anthropology and Aesthetics*, 2000, 38 (1), p. 7.
② Boris Groys. "On the New", *RES: Anthropology and Aesthetics*, 2000, 38 (1), p. 9.
③ Boris Groys. "On the New", *RES: Anthropology and Aesthetics*, 2000, 38 (1), p. 10.
④ Boris Groys. "On the New", *RES: Anthropology and Aesthetics*, 2000, 38 (1), p. 9.

第五章　博物馆——视觉化艺术之力天平及"政治"与"美学"绑定关系的文化媒介

像的批量生产的威胁,这些艺术形式最终会将博物馆消融。这种判断似乎很有道理,因为它源于一种对博物馆的理解,即博物馆拥有独一无二、享誉社会的地位,因为它收藏的都是特殊的艺术品,这些物品和生活中普通平凡之物毫不相同。假如博物馆的功能是收纳和存放这些特殊和美丽的物品,那么一旦它不能实现自己的功能,就的确面临着某种死亡的局面,这的确不无道理。据说现成物、摄影和影像等艺术形式清楚地证明了图像制造的平凡性和艺术家天赋的无用,进而证明博物馆和艺术史的虚伪。

这就是道格拉斯·克林普在著名论文《博物馆废墟》中所持的观点。他还提到瓦尔特·本雅明:"在复制技术的帮助下,后现代艺术放弃了灵韵。主体创造的神话让位于对既存影像明确无误的挪用、借用、摘取、积累和重复。原创性、本真性和在场性的观念被侵蚀了,而这些观念正是博物馆话语所强调的。"艺术生产的新技术消解了博物馆的观念框架——这个框架建基于主体性和个人创造等理念——并通过复制的行为使其混乱,最终导致博物馆的破灭。①

然而,格罗伊斯紧接着指出,这种批判非但没有减弱博物馆的重要性,反而还增加了博物馆的力量:

> 对大写的艺术创造的批判完全没有给作为体制的博物馆带来任何颠覆性的影响;相反,这种批判事实上为当代艺术的体制化和博物馆化提供了实际的理论基础。在博物馆中,普通物品被赋予了它在现实中不可能获得的差异性——超越差异的差异。它们越是普通,就越需要这种赋予,也就是说,对于越是平凡无奇的物品,博物馆的作用就越有效。博物馆的福音不是赋予那些独一无二、充满灵韵的天才之作,而是赋予那些普普通通、平凡无奇的物品,正是这种福音避免了这些物品淹没在博物馆之外的现实洪流之中。如果真将博物馆瓦解,我们就再无机会将平凡的、日常的和微不足道的事物呈现为一种真正新颖和鲜活的艺术。②

与此同时,格罗伊斯进一步指出,现成品的影像等技术也并未影响博物馆的创新功能。因为"在博物馆中,影像在观众面前变得不确定、不可见、难以理解——因为一般来说,影像的时间长度大于博物馆参观的平均时间"。换言之,在博物馆中"影像的接受出现了一种新的差异",这也就是为何开始流

---

① Boris Groys. "On the New", *RES: Anthropology and Aesthetics*, 2000, 38 (1), pp. 10 - 11.
② Boris Groys. "On the New", *RES: Anthropology and Aesthetics*, 2000, 38 (1), pp. 11 - 12.

行"用博物馆取代电影院作为影像播放场所"。简而言之,即使是在各种视觉技术的冲击之下,现代博物馆依旧"能够在不同事物之间引进一种新的差异",而这种差异之所以新是因为它"不重复任何已有的视觉差异"。因此,对于观众来说,正是这种新的差异使他们"看到世界的无限性,并且通过引进这样一种新的差异,博物馆将观众的注意力从事物的视觉形式转移为其内在的物理属性和生命周期"①。

另一方面,格罗伊斯还认同了艺术史的终结论,并把这种理论的根源追溯到黑格尔的绝对精神。首先,现代主义艺术的特点是"发生于一个特定的历史理想中,即试图建立展示整个艺术史的普适博物馆,并构筑普适而同质的空间,用来陈列世界上所有的艺术,并且比较其视觉差异"。其次,这种艺术观念的理论谱系是源于黑格尔的观点,即"历史的自我意识能够识别所有历史带来的差异"。同时,"艺术和普适博物馆之间关系的逻辑也符合黑格尔的绝对精神",即"在辩证发展的整个历史过程中,知识和记忆的主体都由他者性、差异性和新颖性产生的吸引力所驱动。但是,在这个历史过程的终点,主体必须发现和接受这种他者性,仿佛它是欲望自身运动的产物。在这个历史的尽头,主体在他者那里发现了自己的图像"。因此,"普适博物馆被理解为在事实上导致了他者的产生",而由于博物馆中的"他者"其实就是"博物馆收藏者和策展人所欲之对象",导致博物馆成为"绝对博物馆",即"到达了历史的尽头"。就此而言,也可以"从黑格尔的观点去理解杜尚的现成物,将其诠释为普适博物馆的自我反思",而正是这种反思的举动"终结了博物馆自身进一步的历史发展"②。换言之,20世纪60年代现成品艺术引起的艺术史终结论的谱系早已有之:

> 因此,实际上最近的那些宣告艺术终结的话语将现成品艺术的出现作为艺术史终结的标志并非偶然。阿瑟·丹托以安迪·沃霍尔的布里诺盒子为例,证明艺术在不久之前到达了自身历史发展的终点……蒂埃里·德·迪弗(Thierry de Duve)也谈到"杜尚之后的康德",意指现成品带来了艺术史的终结……事实上,黑格尔在他的美学讲座中,认为艺术终结于更早的时候——艺术早在现代国家形态出现的时候就消亡了,因为后者为自己管辖之下公民的生活确立了形式和法律,从而使艺术失去了真正赋形的功

---

① Boris Groys. "On the New", *RES: Anthropology and Aesthetics*, 2000, 38 (1), p. 17.
② Boris Groys. "On the New", *RES: Anthropology and Aesthetics*, 2000, 38 (1), p. 13.

第五章 博物馆——视觉化艺术之力天平及"政治"与"美学"绑定关系的文化媒介

能……①

尽管如此,格罗伊斯并不认为艺术史的终结就可以撼动博物馆具有的创新的可能性:

> 然而,仍然可以获得"新",因为尽管人们说艺术史已经终结,主体已经终结,但博物馆仍然屹立不倒。博物馆与其外部空间的关系首先不是时间上的,而是空间上的。同时,创造并非在时间中发生,而是在空间中发生,发生在博物馆收藏与外部世界的边界上。我们在任何时候、任何地点,从任何方向都可以穿越这些界限。这进一步意味着我们能够——并且实际上有必要——区分"新"的观念和"历史"的观念,以及区分创新和线性史观。一旦抛弃线性史观,而从博物馆内外空间关系的角度来思考艺术创新,那么后现代主义对进步观念的批判就毫无意义了。新的事物并非产生于历史中某种隐秘的来源,也不是服务于某种神秘的历史目的。新事物的产生仅仅是由于博物馆内的收藏和博物馆外的普通事物之间边界的挪动,这种挪动首先是物理意义上的:一些物品被带入博物馆的系统中,其余的则被遗留在博物馆之外,最终难逃进入垃圾堆的命运。这种挪移一再为我们呈现新颖、开放和无限的效果,靠的就是那些区别于博物馆藏品,同时类似于我们日常空间中流行的文化图像的物品。因此,尽管艺术史据说已经终结,我们仍然能够通过制造超越历史上所有已知差异的全新差异,来保留"新"这个概念。②

简而言之,格罗伊斯的《论"新"》简要梳理了博物馆从前现代到现代的发展特征和相关的哲学思潮变迁,以及20世纪60年代现成品艺术给艺术哲学和博物馆学带来的巨大影响。格罗伊斯还谈到了艺术史终结论和博物馆终结论浪潮与这两种现代思潮的前现代哲学谱系,并在此基础上指出不论历史和思潮如何变迁,博物馆承担的提供"新"的功能始终没变,这也就是为何博物馆需要屹立不倒的根源。就此而言,格罗伊斯以"新"为切入点建构的博物馆存在论的特点主要表现为两大方面:其一,开启了哲学谱系论的思考,尤其是德国古典哲学谱系的影响;其二,开启了空间层面的思考,尤其是博物馆的创新与空间向度,而非时间向度的影响。为此,正如李军所言,格罗伊斯"是用空间关系而不是时间关系来理解创新",并"使得博物馆和创新二者之间结

---

① Boris Groys. "On the New", *RES: Anthropology and Aesthetics*, 2000, 38 (1), pp. 12 – 13.
② Boris Groys. "On the New", *RES: Anthropology and Aesthetics*, 2000, 38 (1), pp. 12 – 13.

成了本质联系"。总而言之,一方面,格罗伊斯"令人惊异之处在于,他在别人看到博物馆行将土崩瓦解的地方,再一次见证了它的铜墙铁壁"。因为"在他看来,恰恰是博物馆高墙环卫中的'传统'和'旧',才真正敞开了通向博物馆之外新鲜的、活生生的世界的大门"。类似地,"恰恰因为真正的'新'具有与普通事物难以辨识的性质,因为一件艺术作品看上去混同于'普通事物',才更需要博物馆为之提供独特氛围并加以保护"。另一方面格罗伊斯的博物馆存在论,"第一次"把有关博物馆终结问题的讨论真正带入了"一个具有深刻哲学洞察力的阶段"。换句话说,"格罗伊斯的独特之处在于,他并不关心任何一种艺术形式与博物馆形式之间是否相应这类具体问题,而是从'博物馆收藏的内在逻辑'出发,讨论博物馆与任何一种艺术创新之间的本质关系"①。

二、博物馆的萌芽诞生与发展演变历程

结合上述两篇文章可以看出,格罗伊斯的博物馆论具有三大特点:其一,倾向于艺术哲学论,探讨了卢梭、席勒、歌德、黑格尔、尼采、海德格尔、本雅明、丹托等的艺术哲学及相关的博物馆思潮;其二,倾向于按照现代和前现代时期阐释博物馆的存在形式、功能意义、变化特征等,如博物馆与教堂、宫廷、图书馆的异同;其三,倾向于对比前现代和现代博物馆所承载的不同的国家文化身份类型,以及相应时期不同个体的主体性身份的变迁和这种变迁给博物馆带来的挑战。例如,在格罗伊斯看来,苏联瓦解和新生国的博物馆的发展就表明了现代主体性已经发生了翻天覆地的变化,而博物馆学也面临着新的无法解决的问题:

> ……在新的情况下,博物馆学面临新的问题,即一个现代主体如何能够在这种情况下的博物馆内声明自我,即当主体已经不再有固定的身份,并向异域、差异和创新开放?因为正如我先前提到的,(现代博物馆深陷的)悖论就在于收藏主体被期望保持不可见性。②

要解决这个难题,就需要追问前现代的博物馆与国家、个人和藏品的文化身份有什么差异,也就是格罗伊斯提出的一系列问题:

---

① 李军:《现代艺术史体制之完成——对贝尔廷与格罗伊斯关于艺术史与博物馆"终结论"的再考察》,载《艺术设计研究》,2011年第4期,第103-104页。
② Boris Groys. "The Role of the Museum When the National State Breaks Up", *ICOM News*, 1995, 48 (4), p.104.

第五章 博物馆——视觉化艺术之力天平及"政治"与"美学"绑定关系的文化媒介

当我们在谈论文化身份,包括国家身份时,我们所指的是收藏者的身份,还是被收藏的文化形式的身份?

两者的区别是至关重要的。卢浮宫的文化身份是什么?英国博物馆,以及随后所有其他现代博物馆的文化身份是什么?这些博物馆展示的是收藏者的主体性和文化身份吗,也就是说如法国和英国在特定历史时期的国家身份,还是说这些博物馆提供的是一种客观的、中立的、历史全景的文化身份?在后一种情况下,面临的悖论是那个真正的收藏者没有了自己的身份。这也就为何作为现代历史主义之父的黑格尔,把博物馆的角色视为一种历史意识,但是这种意识折射的历史并非历史的一部分,同时历史在历史中也没有特定的身份。……因此,面对作为一种机制的博物馆,我们不得不叩问自己真正想要的是什么,是成为一个收藏者还是一个被收藏者?是成为一个策展人还是一种展览?换言之,我们是想建构身份,还是仅仅只是接受别人已经为我们建构好的现成品身份?[①]

要知晓前现代博物馆、现代博物馆与国家、个人和藏品的文化身份之间的差异,以及回答上述的一系列问题,就需要跳出格罗伊斯的博物论本身,而回到博物馆这个文化概念本身去梳理博物馆的发展变迁历程。由于不同国家的博物馆发展历史纷繁复杂和形式多样,因此超出了本文能够阐释的范围。为了缩小范围,笔者依据格罗伊斯最为重要的身份,即德国人身份(不论是东德还是西德)去理解他的博物馆理论。因为他的博物馆理论的哲学根基总体上是深受德国哲学家的影响,所以本文把研究范围限定为简述德国博物馆的发展史,以期望通过梳理这个简史,去深入理解格罗伊斯的博物馆论,尤其是博物馆存在论的德国谱系。为此,本书后面将涵盖两大板块的内容:(1)简述博物馆的概念与诞生;(2)简述德国博物馆的发展简史。德国博物馆的发展史具体可以分为五个阶段。第一,启蒙基础:皇室藏品走向公众的可能性。第二,萌芽语境:政府与德国文化身份的兴起。第三,繁盛动因:公众与德国活态视觉艺术史。第四,变革内省:现代性与艺术宏大叙事之争。第五,重建创新:后现代性与艺术数字化表征。

(一)启蒙基础:皇室藏品走向公众的可能性

在第一座公共艺术博物馆卢浮宫出现之前,"博物馆"(museum)一词的

[①] Boris Groys. "The Role of the Museum When the National State Breaks Up", *ICOM News*, 1995, 48(4), p. 99.

概念和范围经历了漫长的演变历程。爱德华·P. 亚历山大（Edward P. Alexander）指出，"拉丁词 museum 在希腊文中的拼写是 mouseion，意指缪斯女神的神庙"，而缪斯女神指的是"九位仙女，她们天真无邪、活泼可爱，分别掌管史诗、音乐、情诗、演讲术、历史、悲剧、喜剧、舞蹈和天文"①。换言之，在古典时代博物馆的含义是比较宽泛的，正如 H. H. 吉诺韦斯（H. H. Genoways）和 M. A. 安德列（M. A. Andrei）在《博物馆起源：早期博物馆史和博物馆理念读本》一书中所指出的："任何一个用于音乐、美术、科学或提高学问的地方，都能理所当然地被称为一个博物馆。"② 最早称得上"博物馆"的最著名的机构是由公元前 3 世纪托勒密一世在埃及亚历山大港皇家街区的布鲁彻姆建造的，当时作为一个融储藏、学习、研究为一体的高等机构，该"博物馆"有一座独立的图书馆（亚历山大图书馆）③、一座动物园、一座植物园，还有一些精美的藏品和仪器，如冥想者雕像、天文仪器、外科仪器、象鼻、兽皮等。馆内常驻有很多著名学者，包括欧几里得（正是在此写成了《几何原理》）、阿基米德、阿波罗尼奥斯、厄拉多赛等，他们"享受皇家待遇，并且有权使用图书馆、大讲堂、走廊、餐厅、解剖实验室和科学研究实验室、植物园和动物园"④。

由此可见，古典时期人们对"博物馆"的认识与现代具有很大的差异，但这一时期也存在"为了其美学、历史、宗教、魔法等意义而进行的公共藏品收藏"。例如，古希腊神庙中就有"很多还愿的祭祀物，包括黄金、白银、青铜器、大小雕像、绘画，甚至金条和银条，在出现公共应急之需之时，就可以挪用这些物品"，而古罗马人则"经常在集会的公共场所、公园、神庙、剧场和古罗马浴场展示他们的绘画和雕塑作品（大多是征战过程中掠夺的战利品）"⑤。当然，除了公共展示的藏品之外，古罗马时期还出现了一些私人收藏，比如当时一些皇室、将军、政客、富有贵族会收藏一些收缴的艺术品

---

① 爱德华·P. 亚历山大、玛丽·亚历山大：《博物馆的变迁：博物馆历史与功能读本》，陈双双译，南京：译林出版社，2014 年，第 4 页。

② 休·吉诺韦斯、玛丽·安妮·安德列：《博物馆起源：早期博物馆史和博物馆理念读本》，路旦俊译，南京：译林出版社，2014 年，第 4 页。

③ 由于文学的发展远在艺术之前，因此亚历山大图书馆的地位远比亚历山大博物馆闻名，但是在当时博物馆尚未发展成型之前，其实图书馆承担了博物馆的一些角色，故而本书把亚历山大图书馆列入广义的亚历山大博物馆。

④ 爱德华·P. 亚历山大、玛丽·亚历山大：《博物馆的变迁：博物馆历史与功能读本》，陈双双译，南京：译林出版社，2014 年，第 5 页。

⑤ 爱德华·P. 亚历山大、玛丽·亚历山大：《博物馆的变迁：博物馆历史与功能读本》，陈双双译，南京：译林出版社，2014 年，第 5 页。

第五章　博物馆——视觉化艺术之力天平及"政治"与"美学"绑定关系的文化媒介

（战利品），用于他们房屋的装饰。

中世纪时期，"博物馆"这一概念几乎消失在西欧人的视线中，其储藏功能被教堂、修道院等宗教机构代替，而那时候的宗教机构只"崇敬圣母玛利亚、耶稣、耶稣的十二门徒和基督教圣徒的遗物，并用黄金、白银和珠宝来装饰，还用昂贵的金属或者奢华的东方织物来制作手稿的封皮"[①]。文艺复兴时期，人文主义者开始挣脱迷信的束缚转而迈上科学之路。这一时期出现了两个表达"博物馆"这一概念的新词汇：其一是"画廊"（gallery，意大利语为 galleria），指"宽敞而狭长的展览空间，主要展出绘画和雕塑"。其二是"储藏室"（cabinet，意大利语为 gabinetto），指"一个正方形的房间，里边布满了填充式动物标本、珍稀植物标本、小型艺术物件（如纪念章或雕像）、人工制品、古董"[②]，以及奇珍异宝等。针对"储藏室"这一概念，德国人的称谓是"Wunderkammer"。当然，此时的"画廊"和"储藏室"在很大程度上只是王公贵族、教皇和富豪的玩物，基本上很少对公众开放。

17 世纪末，"博物馆"这一概念与另一个机构——大学，绑定在一起，并开始逐步进入公众的生活。实际上，博物馆与大学之间一直保持了某种紧密的关联，如真正意义上的植物园最早就出现在大学里，如比萨大学、帕多瓦大学、博洛尼亚大学、莱顿大学、海德堡大学和蒙彼利埃大学、牛津大学都拥有大型植物园。1671 年，巴塞尔大学资助并承担了保护城市伟大的艺术藏品和图书馆的责任，促使第一座公共美术馆——巴塞尔艺术馆[③]，向公众开放。1683 年，牛津大学得到收藏家 E. 阿什莫（E. Ashmore）的全部藏品捐赠，从而建立了一座融鸟、鱼、植物、昆虫、矿物、宝石、武器、钱币、纪念章、

[①] 爱德华·P. 亚历山大、玛丽·亚历山大：《博物馆的变迁：博物馆历史与功能读本》，陈双双译，南京：译林出版社，2014 年，第 6 页。

[②] 爱德华·P. 亚历山大、玛丽·亚历山大：《博物馆的变迁：博物馆历史与功能读本》，陈双双译，南京：译林出版社，2014 年，第 6 页。

[③] 1661 年，当阿莫巴赫小屋（Amerbach Cabinet）面临被迁至阿姆斯特丹之险时，巴塞尔大学的教授们竭力阻止，并希望能拯救城市伟大的艺术收藏。市长约翰内斯·鲁道夫·韦特斯坦（Johannes Rudolf Wettstein）和市议员们对此深表赞同，于是斥资 9000 塔勒收购了所有藏品。2/3 的费用由市议会负担，剩下的 1/3 由大学负担，并承担对艺术藏品和图书馆的责任。1671 年，艺术藏品被转移到教堂广场附近的"祖尔穆克"（Zur Mücke）建筑里，并向公众开放，成为城市主要景点之一。

服饰、生活用具、雕刻、绘画、手工艺品等为一体的第一个英国公共博物馆①。18世纪，经过"理性浪潮"洗礼的人们，开始热衷探索宇宙和人类基本自然法则。为此，这一时期的博物馆主要成为科学产品、自然标本和艺术品的储藏机构，因为当时的知识分子认为这些藏品，尤其是科学藏品能够教育和完善人类。这一时期最具代表性的博物馆是大英博物馆和卢浮宫。1753年，英国议会购买了汉斯·斯隆数目巨大的私人收藏（主要以自然科学藏品为主），并在此基础上建成了大英博物馆。1793年，在法国大革命中被迫开放的皇宫——卢浮宫，拿破仑把它定义为"法国共和国的博物馆"，同时卢浮宫是第一座真正意义上的现代公共艺术博物馆。

相较于上述博物馆的发展，德国艺术博物馆的概念起步晚，且最先出自皇室向公众开放藏品的欲求。当然，催生这种欲求的历史根源则需要追溯到德国艺术哲学的转向，即从客体对象到主体经验、生产者再到观看者的转向。促成这一转向的重要代表人物是约翰·温克尔曼（Johann Winckelmann）、戈特霍尔德·莱辛（Gotthold Lessing）和伊曼努尔·康德（Immanuel Kant）。

1764年，温克尔曼出版的专著《古代艺术史》（为他赢得了艺术史声誉）开启了艺术史学的转向。温克尔曼认为"希腊艺术代表着艺术所能达到的最杰出的典范"——"艺术是精神或灵魂的完美体现"，促成这种完美——"高贵的单纯，静穆的伟大"的是"希腊的气候、地理、社会和历史"。为此，希腊艺术中"有种原型性的东西"——"好品味始于希腊的天空下"②。简言之，温克尔曼认为"罗马艺术是派生性的，而希腊艺术则是原生性的"。于是，他恳请"艺术家遵循希腊人的范例，放弃他们时代的误导的做法"，并希冀以此"挽救艺术"。这种弘扬"希腊精神"的举动在温克尔曼当时所处的时代是危险的，因为它改变了人们关于文艺复兴的观念——以罗马的巴洛克传统为源头和中心的理念。然而，也正是这一举动"十分有效地使西方（艺术界）

---

① 牛津大学阿什莫林博物馆（Ashmolean Museum）的全称为"阿什莫林艺术与考古博物馆"（The Ashmolean Museum of Art & Archaeology）。该博物馆是英国第一个公共博物馆，也是世界上最早的公共博物馆之一，同时是世界上规模最大、藏品最丰富的一座大学博物馆。它位于牛津市中心的博蒙特街上（Beaumont Street），是牛津大学五个博物馆中最大的一个。该博物馆创建于1683年，最初藏品大多为约翰·崔德斯康特（John Tradescant）及其同名儿子的收藏，包括鸟、鱼、植物、昆虫、矿物、宝石、武器、钱币与纪念章、服饰、生活用具、雕刻、绘画、手工艺品等，1678年藏品归收藏家阿什莫所有。1683年阿什将他的收藏全部捐赠给牛津大学，牛津大学为之专门在宽街（Broad Street）建造新楼，并于1845年将藏品迁入现在的博物馆建筑中，其中有关自然史的藏品于1860年移交给牛津大学的皮特·利弗斯博物馆（Pitt Rivers Museum）。

② 温妮·海德·米奈：《艺术史的历史》，李建群等译，上海：上海人民出版社，2007年，第111页。

第五章　博物馆——视觉化艺术之力天平及"政治"与"美学"绑定关系的文化媒介

的关注焦点转移到了一个'新的'老传统之上"①。除此之外，温克尔曼在撰写方法上也有所创新："使用了和文学史这门学科的确立者（施莱格尔兄弟）相似的方式"，即"制订了一种发展论的、背景论的方法"，使得艺术分析具有了一定的文学性。这种方法至今依旧应用于艺术史写作之中，且有助于"识别和阐述艺术的'古典'要素"。②

1766 年，莱辛的美学论文《拉奥孔，或论画与诗的界限》（1836 年译成英文）开启了德国艺术分析学的转向。莱辛指出"视觉艺术与诗歌有着本质的差异"，因为"绘画与雕塑描绘的是某个瞬间所发生的整个场景"，而"诗歌作为一种叙事虚构，适于缓缓展开的时间中的一系列事件"。这一观点打破了有关诗与画关系的传统观念——"诗如此，画亦然"，从而"使美学脱离了针对主题的严格关注，而是转向了对空间中存在的基本形式要素的关注"，而"从单个形状和全盘构图的视角分析雕塑和绘画是一种现代做法"。③

1781 年，康德的《纯粹理性批判》出版，开启了艺术哲学针对判断力与美的问题的新认识，并大力促进了经验主义的发展。康德刷新了休谟的"品味"观，并"看到了以具有想象力的人类心灵为基础的经验的结构"，认为"是心灵具有秩序，是心灵把模式与体系投射到宇宙之中"④。这种观点既源于英国经验主义，同时也是对其批判性的发展。18 世纪的经验主义者直接反对 17 世纪的理性主义，尤其是笛卡尔的"我思故我在"，而推崇"我即我之经验"，因为他们认为"人的心灵是一张白纸，等待着经验来书写"。为此，美就从物体固有、特有的东西转为了（观看）主体的心理体验。正如休谟（1739 年《人性论》、1748 年《人类理解研究》）所言："美并不是事物的一种性质，它只存在于观赏者的心里，每一个人的心里见出一种不同的美"，而这就是"美存在于观看者眼中这一（让人头痛的）观念的起源"。⑤ 自此，经验主义者把艺术关注的焦点"从经验的对象重新引导到了经验主体，即从物

---

① 温妮·海德·米奈：《艺术史的历史》，李建群等译，上海：上海人民出版社，2007 年，第 112 页。
② 温妮·海德·米奈：《艺术史的历史》，李建群等译，上海：上海人民出版社，2007 年，第 108 页。
③ 温妮·海德·米奈：《艺术史的历史》，李建群等译，上海：上海人民出版社，2007 年，第 108 页。
④ 温妮·海德·米奈：《艺术史的历史》，李建群等译，上海：上海人民出版社，2007 年，第 108 页。
⑤ 温妮·海德·米奈：《艺术史的历史》，李建群等译，上海：上海人民出版社，2007 年，第 116 页。

引导到了人",具体表现为"当你站着看雕像、建筑物、山、海的时候,你对美的体验与审美愉悦在很大程度上取决于作为观看者的你"。换言之,美学家开始试图"通过对感觉——视觉、听觉、嗅觉、味觉、触觉效果的思考,理解那些支配着人们对美的物体和艺术作品的互动的情感"。①

这就使艺术的意义发生了具有深远意义的转移,即"把艺术的意义从艺术品转移到了经验的过程中,而艺术的基础是某种独立的理念这一观点则被一种更重视心理的原则代替了,这种原则认为艺术是人的思想与情感的产物"②。因此,艺术就变成了"个人的、难以捉摸的,没有判断的基础,也没有达成一致的空间"。这种艺术观使得经验主义者举步维艰,因为他们意识到"自己正在处理关于'品味'的问题,而品味是个人的,是基于个体性与经验基础之上的",但是品味又必须要有一定的标准。正如埃德蒙·伯克(Edmund Burke)所言:"如果没有为全人类所共有的判断原则和情感原则,就不可能把握维系生活中一般交流的人类理智与激情。"③ 基于这些问题,康德 18 世纪 60 年代的文章开启了"哥白尼式的革命"。康德首先声明"品味"作为一种针对美的哲学体验与其他类型的愉悦的区别:"品味是一种通过区别于其他任何利害的喜悦或厌恶,来预测一个客体或表述模式的能力",这种能力说明体验本身具有主体性和自主性。其次,康德还为这种主体性和自主性寻找根,以便能够确信它们的普遍性和关联性。为此,他指出:"美的就是道德上善的表征",而品味则"促使了从感知魅力到习惯性道德志趣的转换",故而欣赏艺术变成了"一种美学的和道德的行为",而"独特的品味变得可能的条件"是——"唯有当感知被带领到与道德情感和谐相处之时"。最后,康德拒绝认为每一个个体都有自己的品味:"品味是一种感知的共同体,是一种公共程序化的产品,在这种程序中观点被公开表述和交换。"④

上述学者的努力,促使德国艺术界的焦点不仅发生了从"客体对象"到"主体经验"的转向,还发生了从"生产者"到"感知者"的转向。这两种转向提出了新的艺术问题,突出表现为"艺术该如何体验而不是艺术是如何

---

① 温妮·海德·米奈:《艺术史的历史》,李建群等译,上海:上海人民出版社,2007 年,第 108 – 109 页。
② 温妮·海德·米奈:《艺术史的历史》,李建群等译,上海:上海人民出版社,2007 年,第 115 页。
③ 温妮·海德·米奈:《艺术史的历史》,李建群等译,上海:上海人民出版社,2007 年,第 116 页。
④ James J. Sheehan. *Museums in the German Art World: From the End of the Old Regime to the Rise of Modernism*. New York: Oxford University Press, 2000, pp. 8 – 9.

第五章 博物馆——视觉化艺术之力天平及"政治"与"美学"绑定关系的文化媒介

制造的",即艺术"走向了感知而不是创造"。换言之,这两种转向对于艺术之所以成为艺术是至关重要的,正如詹姆斯·J. 希恩(James J. Sheehan)所言:

> 毕竟,从音乐家、诗人、画家、雕塑家和建筑家的视角,制造艺术的方式——创作一首赋格曲,书写一首十四行诗,绘制一幅画,雕刻一尊塑像,设计一栋建筑是由各种彼此非常不同类型的创造活动组成的。而可能把音乐、诗歌、绘画、雕塑、建筑相似性看出来的唯一方式,就是把焦点从它们是如何制作的转向它们为其聆听者、读者或观者唤起了什么。因此,艺术哲学首要考虑的不再是艺术客体的本质或生产它们所需要的技能,而是体验艺术客体的观者主体性对艺术的影响。①

自此,艺术变成了一种主体的、精神的和个体的美学体验,而当时的人们都倾向于相信这种美学体验在一定程度上是有利于个体和社会的。因此,公众需要一个开放的艺术空间,在那里他们能够感知艺术、体验美,并升华自己的道德,而堆满艺术精品的宫廷就成了这一理想空间。这也就是德国多代君王和王子想要向他的臣民开放宫廷的根本原因,即一方面为了让藏品有走向公众的机会,另一方面也为了让公众能够感知这些藏品,体验何为美,并得到道德层面的升华(尤其是要走向善与真)。然而,宫廷不可能真正对所有公众开放,也不可能定期开放。于是,建构一个独立的,类似于宫廷的,具有储藏、保护功能的,并可以定期(免费或廉价)向公众开放的艺术机构(博物馆)的想法得以孕育。因此,正如希恩所言:"现代艺术界起源于王子的宫廷。"②

(二) 萌芽语境:政府与德国文化身份的兴起

当建构博物馆的观念正在宫廷中得到舒适的孕育,并随着康德《实践理性批判》(1788)等奠定的理论基础得到哲学的沐浴之时,1789年轰然爆发的法国大革命迅速蔓延并席卷整个欧洲,彻底改变了世界艺术界的面貌。为此,需要追问的是:法国大革命对德国艺术界产生了哪些影响,尤其突显为如何促使德国艺术博物馆的建构观念发生了第一次转向——从皇室的欲求到政府的欲求?

---

① James J. Sheehan. *Museums in the German Art World: From the End of the Old Regime to the Rise of Modernism*. New York: Oxford University Press, 2000, pp. 4 – 5.

② James J. Sheehan. *Museums in the German Art World: From the End of the Old Regime to the Rise of Modernism*. New York: Oxford University Press, 2000, p. 18.

法国大革命爆发时,当时德国最大的两个联邦——普鲁士王国和巴戈利亚王国,对待法国的态度都较为温和。例如,1795 年,在针对大革命中的法国采取了初步的军事行动之后,普鲁士国王弗里德里希·威廉二世(Friedrich Wilhelm Ⅱ)与法国签订了一个和平条约——让它在政治风暴肆虐欧洲中部期间能够有十年时间安稳地处于外围。在此条约的庇护下,很多普鲁士的政治领导和知识分子都在拼命地为他们所认为的大陆危机寻找答案。寻找的结果是"一段强化文化创造的时期",而这种创造"常常夹杂着政治挫败感"①。1805 年,在经历了与奥地利一起抵抗法国的重大挫败(第三次反法联盟失败)后,巴戈利亚王国(慕尼黑)成为法国的同盟国。作为回报,拿破仑给予王国一个皇家头衔,莱茵邦联(Confederation of the Rhine)中一个领导角色,以及一些曾经由教会权威、帝国贵族、小公国占有的领地。得到拿破仑赞助的马克西米利安一世(Maximilian Ⅰ),首先要"面对统一新的领地(与拿破仑结盟的其他数个公国)的强大重任",其次则"要从这些领地征收法国要求的资源,用以支持他们无止境的军事冒险"②。

为此,德国的部分艺术品和建筑物没有受到法国大革命的大力破坏,但是在早期及后来的强行抵抗时,一些艺术财产还是受到了掠夺和破坏,而在后期的附属、盟军妥协时,则拱手奉上了一些珍贵的艺术财产。如 1806 年,普鲁士在军事抵抗法国中遭受了灾难性挫败,弗里德里希·威廉三世(Friedrich Wilhelm Ⅲ)"被迫目睹法国革命者把他收藏的很多上乘艺术品掠走,运往巴黎",随后他"下令为(掠夺者)留下的艺术品列出一个完整的目录"③。而路德维希王子(Prince Ludwig,马克西米利安一世的儿子和继承人)的"王朝使命就是迫使他与拿破仑合作",因此尽管"他还在意大利期间(1804—1805),就已有了宏大艺术项目的梦想,并以此努力获得了一些重要的艺术杰作,但是这些计划在拿破仑战败前都没有机会开启实施"④。由此可见,就整体而言,德国的艺术财产还是承受了一定程度的损失。

在艺术财产的损失之外,法国大革命的爆发还促使德国的艺术哲学发生了

---

① James J. Sheehan. *Museums in the German Art World: From the End of the Old Regime to the Rise of Modernism*. New York: Oxford University Press, 2000, p. 52.

② James J. Sheehan. *Museums in the German Art World: From the End of the Old Regime to the Rise of Modernism*. New York: Oxford University Press, 2000, p. 58.

③ James J. Sheehan. *Museums in the German Art World: From the End of the Old Regime to the Rise of Modernism*. New York: Oxford University Press, 2000, pp. 57 - 58.

④ James J. Sheehan. *Museums in the German Art World: From the End of the Old Regime to the Rise of Modernism*. New York: Oxford University Press, 2000, pp. 60 - 61.

第五章　博物馆——视觉化艺术之力天平及"政治"与"美学"绑定关系的文化媒介

转向,具体表现为从鲍姆加通、舒尔茨、康德到席勒再到"Systemprogramm"。1789 年,法国大革命爆发之后,康德的严密逻辑,就像其风格的冷静抽象一样,已经不能再适应于这样的一个历史境遇——充满了社会的不稳定性和精神上的不确定性。例如,荷尔德林就指出:"康德,我们的摩西,已经引领我们从埃及贫民窟到达了一个自由之地、他沉思的孤独沙漠,并从神圣之山带给了我们强有力的律令。"① 而弗里德里希·席勒(Friedrich Schiller)的《审美教育书简》(1794)则是一篇非常重要的"定义艺术的道德目的"文章,这篇文章与康德进行了深层次的对话。正如席勒 1796 年所言:"他用了 20 年时间来消化康德的观点,其中前 10 年用于理解它们,而后 10 年则用于超越它们。"② 为此,我们需要追问的是,席勒为何要超越康德(集中于历史语境),以及如何超越了康德(集中于继承发展)?

就历史语境而言,席勒身处法国大革命浪潮之中。作为保守派,席勒对法国大革命持不满态度,尤其是当革命者处决了路易十六,他觉得这一行为让他恶心。他认为这一行为使得欧洲的一些重要的地方以及整个世纪回到了野蛮主义和奴隶制时期。这些政治灾难,让席勒感受到了精神的不适,他把法国大革命的胜利"定位为物质主义的胜利"。这种胜利一方面"作为野蛮主义在大众与精英之间传播",另一方面(也是最根本的)则不过是"作为社会碎片化和文化不和谐不断上升的结果"。于是,为了治愈现代精神,席勒为艺术(更具体而言是艺术美学)选择了如下两个向度。

其一,跟随温克尔曼的步伐——回到古代。席勒认为要想"整治这种精神危机,就要对比他们所处的时代与古代,尤其是那些与现代的和谐与自由相反的时代"③。席勒的这种观点起源于德国新古典主义的代表人物温克尔曼,后者打破了以罗马为源头的时代观念,转而溯源到希腊(前文第一节已对此进行了详细描述)。温克尔曼认为希腊的一切都滋养了它的艺术,如气候的温暖、光线的亮洁、肢体的优雅以及体制的特性和宗教与文学的质量,正是这一切使得希腊艺术成为完美的、原创的、无法超越的艺术之源。这种艺术之所以美是因为在希腊"美与他们的道德分不开,尤其是对自由的热爱",所以作为

---

① James J. Sheehan. *Museums in the German Art World: From the End of the Old Regime to the Rise of Modernism*. New York:Oxford University Press,2000,p. 44.
② James J. Sheehan. *Museums in the German Art World: From the End of the Old Regime to the Rise of Modernism*. New York:Oxford University Press,2000,p. 44.
③ James J. Sheehan. *Museums in the German Art World: From the End of the Old Regime to the Rise of Modernism*. New York:Oxford University Press,2000,pp. 44 – 45.

"(现在的)我们能够变得伟大的唯一方式就是开始模仿古代(希腊),如果模仿是可能的话"。①

温克尔曼一贯所强调的对过去和现在的区分,对历史主义的内省和发展具有重大的意义。正如希恩所言:"温克尔曼不仅确保了过去的重要性还确保了它的过去性,以及这种过去性与当下艺术的重要区别",同时他"对过去的自主性和真实性的坚持,打破了长久以来形成的利用昨日之物来满足今日之需的习惯",而这种突破"制造了一种紧张——温克尔曼与历史学家之间的紧张",因为"历史学家旨在把希腊的成就归根于它的环境,而作为古典主义者的温克尔曼则声称希腊成就不可变的价值是一种美学上的完美"。② 为此,不满于法国大革命"野蛮暴政"的席勒,就认为由大革命所开启的现代社会和文化,与古代(尤其是理想的)社会和文化相比,是碎片化的和分裂的,故而只能回到古代才能获得拯救。

其二,跟随艺术(美学)与政治的绑定关系——和谐、自由的"理想共同体"。尽管席勒对法国大革命掀起的社会动乱和新型文化持保守态度,但是他也意识到"美学变革的合适时刻已经来临"。席勒相信"美"能解决所处社会的精神危机和政治问题,因为"美"与"和谐""自由""共同体"之间具有特殊的关系。

就"美"与"和谐"而言,首先,美的体验能够"重新创造一种文化和谐",而"真正的政治解放必须基于这种和谐";其次,"艺术能够创造一种第三空间",而正是在此空间中,"感知与理智、需要与选择、现实与理想才能找到和谐"③。通过这种和谐,我们"会在未变成现代性的巨大冒险、野蛮的纵欲横行、死气沉沉的知性的受害者之前,学会克服所处的文化碎片"④。

就"美"与"自由"而言,首先,如果"人们想在实践中解决政治问题,他们就必须通过解决美学问题的方式进行解决,因为唯有通过'美',人们才能得到'自由'"。其次,美的体验"在解放我们的同时,并未将我们从必须身处的现实世界中抽离出来",反而是让我们更加融于生活、贴近生活,因为

---

① James J. Sheehan. *Museums in the German Art World: From the End of the Old Regime to the Rise of Modernism*. New York: Oxford University Press, 2000, pp. 11-12.

② James J. Sheehan. *Museums in the German Art World: From the End of the Old Regime to the Rise of Modernism*. New York: Oxford University Press, 2000, p. 13.

③ James J. Sheehan. *Museums in the German Art World: From the End of the Old Regime to the Rise of Modernism*. New York: Oxford University Press, 2000, p. 45.

④ James J. Sheehan. *Museums in the German Art World: From the End of the Old Regime to the Rise of Modernism*. New York: Oxford University Press, 2000, p. 45.

第五章 博物馆——视觉化艺术之力天平及"政治"与"美学"绑定关系的文化媒介

"艺术和生活并未互相代替,相反,艺术教会我们如何自由和谐地生活"。①

就"美"与"共同体"而言,首先,席勒认为"艺术教育(美育)权力的核心是它的自主性",而"艺术与我们最深层和最实用需求的关联来自康德所说的艺术的无目的性"。因为"人类的文化史起源于嬉戏和装饰",而两者共有的"不必要性恰好把人类从需求国度解放出来"。其次,美学教育"虽然始于个体,但是应该终于共同体的重建"。因为"给个体培养和谐感的兴趣(taste)本身就可以给社会带来和谐",故而"一个理想的共同体可以由美学的体验创造,并由艺术的权力浇灌"。②

由此可见,席勒还是跟随时代的步伐,融入了由法国大革命掀起的艺术与政治紧密捆绑的浪潮,尽管其不自觉的融入方式原本只是一种自觉的抵抗。实际上,相较于革命者对艺术的工具化——公有化的口号和国家荣誉的象征,席勒的融入方式走得更远,也更具有哲学性和思辨性。例如,他认为艺术具有治愈社会问题,尤其是现代精神危机的能力。因为"艺术能够提供一种精神和谐与社会凝聚力的源泉",同时"艺术在创造有机社会中扮演了重要的角色"的原因是"需求迫使我们生活在一起,理智教会我们社会生活的原则,唯有美让我们变成真正的社会存在"③。

为此,我们要追问的是,为何席勒的艺术论融入现代浪潮的方式呈现出哲学化和思辨化?究其根源,与德国长期以来的艺术哲学传统密切相关,尤其是自亚历山大·鲍姆加通(Alexander Baumgarten)、约翰·苏尔泽(Johann Sulzer)和康德以来的艺术哲学传统。鲍姆加通是第一个哲学地利用"美学"来阐释艺术的艺术批评家,也是第一个重要的德国艺术哲学家。他在《美学》(1750)一书中,发展了一种观念:"美学"——"感知的科学",是"逻辑的姐妹,在理智屋檐下处于一个第二位的,但重要的位置",同时他认为"美的真相=艺术的美"④。其中,"美的"="善的",且两者的根是人的感知能力。简言之,鲍姆加通认为"美""真""善"之间是互相关联的,而要体会这三者以及彼此间的关联就需要感觉的认识能力。由此可见,鲍姆加通的艺术

---

① James J. Sheehan. *Museums in the German Art World: From the End of the Old Regime to the Rise of Modernism*. New York: Oxford University Press, 2000, p. 45.

② James J. Sheehan. *Museums in the German Art World: From the End of the Old Regime to the Rise of Modernism*. New York: Oxford University Press, 2000, pp. 45–46.

③ James J. Sheehan. *Museums in the German Art World: From the End of the Old Regime to the Rise of Modernism*. New York: Oxford University Press, 2000, pp. 45–46.

④ James J. Sheehan. *Museums in the German Art World: From the End of the Old Regime to the Rise of Modernism*. New York: Oxford University Press, 2000, p. 5.

论与道德论互为关联,而且都转向了主体层面(感知力)。为何鲍氏理论会出现这种关联和转向?究其根源,主要在于当时"道德哲学与艺术哲学一样都改变了它们的关注点",也就是"从行动范围移至主体经验",即"正如美学把其主体作为美的心理来源一样,道德也开始关注善的心理源头"[1]。随后,"美学"与"道德"的关联成为德国艺术界的重要论题,并开始运用于美学教育和艺术社会学之中。

例如,苏尔泽认为"艺术的根源是一种对人类生存环境进行美化的内部愿望",而"艺术是一种道德教育形式",在艺术中"美与善是不可分割的连体",因为"每一件赢得声名的艺术品都必定拥有道德的力量"。这种道德之力"赋予艺术一种重要角色——人类从野蛮到启蒙的漫长历史上所扮演的重要角色",因为"理性和道德是人们想要摆脱尘世和提升本性的先决条件"。然而,制约这种超脱和提升的是"兴趣"(taste),因为"兴趣清空了人的自然缺陷,并让人敏锐感知所有的善"。正是这种历史重要角色使苏尔泽深信"艺术的社会凝聚力和政治重要性",即"艺术能使人更有德行,也就能使他们成为更好的公民"。同时,明智地"使用纯艺术能够引领人们发现其全部潜能",其中"人们的想象力会引导他们感知美,而其内心则会指引他们感知善",故而"培养兴趣是一项伟大的民族事宜"[2]。

紧随苏尔泽的是康德,其《判断力批判》(1790)是关于"美"与"德"关系的最有力的哲学探讨。康德认为艺术传达的是道德观念,而美与德不仅都属于心理层面,而且都属于集体性的,因为"正如美的体验必须是集体性的一样,欣赏美的可能只存在于这样的一种社会中——美的欣赏能够被滋养和共享"。同时,"美学共同体"需要趣味与道德的融合。因为一方面"通过发展我们的趣味,我们能够证实自己的社会身份,并开始知晓其他人也会做出同样的判断"。另一方面艺术趣味能够提升我们"共享情感和知觉的能力",故而"艺术,尽管最终会终结",但是始终"具有以社会共同体为旨趣而提升文化精神权力的功效"[3]。在康德之后,尽管席勒和荷尔德林都不同程度地认为康德的理论已经"落伍"。然而,沐浴在厚重德国艺术哲学传统中的他们,实际

---

[1] James J. Sheehan. *Museums in the German Art World: From the End of the Old Regime to the Rise of Modernism*. New York: Oxford University Press, 2000, p. 7.

[2] James J. Sheehan. *Museums in the German Art World: From the End of the Old Regime to the Rise of Modernism*. New York: Oxford University Press, 2000, p. 8.

[3] James J. Sheehan. *Museums in the German Art World: From the End of the Old Regime to the Rise of Modernism*. New York: Oxford University Press, 2000, p. 9.

第五章　博物馆——视觉化艺术之力天平及"政治"与"美学"绑定关系的文化媒介

上正是基于康德经过深化前辈学者的理论之后所指出的艺术独有的"社会共同体"功效，尤其体现为"美""道德""趣味"等在塑造"更好的公民""更好的民主秩序"层面具有的功效，才能在18世纪90年代与黑格尔一起提出了"Systemprogramm"。这个项目旨在回应由法国大革命浪潮引发的一系列政治挑战、文化挑战和艺术挑战，以便重新塑造德国的民族精神。

为此，德国艺术博物馆的建构观念也相应地从原来的皇室欲求转变为德国的民族精神需求，这种需求主要体现为两个层面的绑定关系。第一个层面是艺术身份与国家政治身份、民族身份的绑定关系。法国大革命首度以国家之名、公众之名、民主之名和自由之名紧密绑定了艺术与政治的关系，尤其是卢浮宫与法国荣誉、民主等的关系。很多学者对此进行了详细的论述，如希恩就指出："卢浮宫开放后，展厅中旧王朝时期的奢侈品，在传统意义上是与显著的消费和社会的特权联系在一起的，现在却变成了一种国家财产、一种爱国价值和公众启蒙工具的资源。"[①] 安德鲁·麦克莱伦（Andrew McClellan）在《创造卢浮宫》一书中，则谈及1792年内务部长在旧王朝行将就灭之后写道"这座博物馆（卢浮宫）必须展示国家的巨大财富"，法国"必须在各个时代向所有的民族光大其繁荣昌盛，因而国立博物馆将包容涵盖多重美的知识，成为全世界赞美的地方"，最终博物馆"将变成法兰西共和国的一个最佳例证"[②]。卡里尔的《博物馆怀疑论》则对卢浮宫的地位进行了双向度的描述："法国人喜爱这一艺术珍品仓库，因为它显示了法国人的伟大，而外国人欣赏那些取自多国的稀有艺术品时也意识到了法国的强盛。"[③]

当然，正是卡里尔论及的艺术品（尤其是那些掠夺而来的艺术品）与法国政治身份、国家权力的紧密关联，促使其他国家（尤其是曾经拥有被掠艺术品的国家）意识到本国的国家身份、民族身份的丢失。为此，这些国家纷纷开始保护艺术财产，进而以守护文化身份的形式保护并重建国家的政治身份。同时，大革命对欧洲各国的政治产生了两个相互影响的向度的影响：其一，大幅增加了"人们在日常生活中对国事的参与度，也表明了民主制的权力、可能性和危险性"；其二，极大扩展了"政府的能力——动员大众的忠诚

[①] James J. Sheehan. *Museums in the German Art World: From the End of the Old Regime to the Rise of Modernism*. New York: Oxford University Press, 2000, p. 51.

[②] Andrew McClellan. *Inventing the Louvre: Art, Politics, and the Origins of the Modern Museum in Eighteenth-Century Paris*. Chicago, CA: University of California Press, 1999, p. 91.

[③] David Karrier. *Museum Skepticism: A History of the Display of Art in Public Galleries*. Durham: Duke University Press, 2006, p. 22.

和社会资源，也表明了现代国家的权力、可能性和危险性"①。

自此，博物馆的建构观念跳出了太平盛世来自皇室，意欲让大众臣民分享其历代荣誉和人界权威的"宫廷"与"公众"之间的关系网，转而变成了各级政府机构意欲通过保护艺术财产重获政治身份和民族身份，进而统一起重获国家权力的"艺术"与"政治"之间的关系。同时，身份诉求上升至国家和民族层面，因此各个阶层的精英纷纷响应政府的号召，奔赴文化财产保护的第一线。希恩就指出当时"越来越多的期刊帮助传播藏品信息给德国公众"，起初这些期刊"倾向于把艺术与其他藏品，如珍贵的宝石、稀有或奇怪的自然标本及其他珍奇之物，关联在一起进行讨论"。随后，随着艺术地位的不断提升，各种期刊"开始把艺术当成独立的类型进行宣传"②。

在此团结一体的保护和申诉过程中，德国皇室也紧随潮流，并积极参与其中，主要表现为两个方面：其一，宣布皇室艺术财产国有化。随着"改革潮流中的政府在王朝财产与公共财产之间建立清晰界限的努力"，皇室与政府签订了"1818年巴戈利亚宪法"，此宪法宣布"皇室藏品是国家财产"③；其二，皇室藏品开始定期向公众开放。虽然开放的目的重点在于向公众展示德国完整主权的历史，但是同时也在向公众展示王室的荣耀。当然，这一时期所谓的"公众开放"中的"公众"范围依旧是有限的，比如至少是能买票，会阅读，拥有好看的外表（得体的穿着）等。尽管如此，皇室艺术还是从真正意义上开启了走向公众的旅程，从而促使艺术的本质以及它与皇室的关系发生了一定的变化。这种变化具体表现为两个方面：第一，展出的客体，如绘画、雕塑、古代手工制品、珍稀动植物等，已经不再是"宫廷生活中奢侈的装饰品"。第二，所有陈列品都转化成了艺术，且拥有"由新美学传达给它们的道德之力"和政治效用。同时，作为艺术，这些被陈列客体的"首要目的不再是表明、赞扬王子的荣耀"，相反"王子和公众一起颂扬它们的美和权力"。④

第二个层面是美学与德育、博物馆与圣地的绑定关系，以及失而复得的艺术财产对开放空间的需求关系。关于美学与教育关系的探讨，鲍姆加通、苏尔

---

① James J. Sheehan. *Museums in the German Art World: From the End of the Old Regime to the Rise of Modernism*. New York: Oxford University Press, 2000, p. 49.

② James J. Sheehan. *Museums in the German Art World: From the End of the Old Regime to the Rise of Modernism*. New York: Oxford University Press, 2000, p. 25.

③ James J. Sheehan. *Museums in the German Art World: From the End of the Old Regime to the Rise of Modernism*. New York: Oxford University Press, 2000, p. 101.

④ James J. Sheehan. *Museums in the German Art World: From the End of the Old Regime to the Rise of Modernism*. New York: Oxford University Press, 2000, p. 22.

第五章　博物馆——视觉化艺术之力天平及"政治"与"美学"绑定关系的文化媒介

泽、康德、席勒都进行了分析（前文已经详述）。然而，由于当时德国与拿破仑之间的特殊关系，使得这种探讨只停留在了哲学层面。相较于德国的理论层面，法国则全面进入实践层面。卢浮宫的公有化使它作为博物馆的身份还承担了另一个角色——"教育工具"，即"一种能够合并三类特性的工具——全新地改造民族的特征、提升民族固有的'天赋'神话，以及改善民族在宏大历史中的命运形象"①。在大革命浪潮中承受艺术品重大损失的很多国家沿用了法国的博物馆教育观，并吸收了德国有关"美"与"德育"，尤其是"理想共同体"的哲学观，进而深化了美学、博物馆、教育之间的关系。当然，尽管很多德国知识分子依旧在哲学层面幻想着拥有一个新的美学共同体、一个新的艺术界，但是政治环境的挑战，还是不同程度地蒸发了他们的理论梦想，并促使他们开始与政治改革者一起试图重塑德国政治和文化机制。其中，最突出的就是新博物馆论，具体为如下两个方面。

首先，博物馆与圣地的关系，代表人物是威廉·亨利希·瓦肯罗德（Wilhelm Heinrich Wackenroder）。他相信艺术和宗教相似，因为它们代表了"两种极好的语言"，一种是自然的语言，通过它上帝展示了"他的存在和归因"；另一种是艺术的语言，通过相似的黑暗和神秘方式，它能够对人的内心具有强大的影响力。同时，由于艺术与自然一样，能够让我们学到哲学无法给予我们的东西，因为词只对我们的大脑有吸引力，而美的语言却占据我们的整体，并穿过言说带给我们真相，故而艺术家就如牧师，是人与神之间的中介。换言之，神的创造和艺术的创造之间是一种平行关系，因为"艺术给我们表述了最高的人类完美度"，而"自然，在肉眼所及之处，类似于来自神的口中的碎片化的神谕法令"②。为此，正如祈祷者拥有教堂一样，艺术欣赏者也需要有一个合适的地方，在那里他们能够正确地接收艺术所提供的精神养料。例如，人们可以宁静地、默默谦卑地、内心遁世地欣赏最伟大的艺术家，把他们看成是凡人中最崇高的。同时，如果"借助长时间无打扰的沉思大师的作品，人们可以在最具魅力的思想和感知中沐浴与温暖自我"③。简言之，这一时期的博物馆成了"美学的教堂"（荷尔德林语）。

---

① Didier Maleuvre. *Museum Memories: History, Technology, Art*. Stanford, CA: Stanford University Press, 1999, p. 11.
② Didier Maleuvre. *Museum Memories: History, Technology, Art*. Stanford, CA: Stanford University Press, 1999, p. 47.
③ Didier Maleuvre. *Museum Memories: History, Technology, Art*. Stanford, CA: Stanford University Press, 1999, p. 48.

其次,很多知识分子多次向皇室提出建立博物馆的提议,代表人物是阿洛伊斯·希尔特(Aloys Hirt)。希尔特先后分别于1796年、1798年和1803年三次向当时的普鲁士国王提出修建博物馆保护普鲁士王朝艺术财产的建议,均未被采纳。直到1806年拿破仑攻占普鲁士,并掠走众多精美艺术品之后,当时的威廉姆三世才开始改变对修建博物馆的看法。相较于当时普鲁士的皇室以及其他王子,巴戈利亚王国的路德维希王子(路德维希一世)对待艺术有两点差异:第一,他认为"艺术的存在不是为了直接表现王子的自我荣耀",或"为王子的权力提供一个颁布法令仪式的场所";第二,尽管作为"重要的赞助商",但路德维希王子并未"把自己想象为凌驾于艺术界至上的权威"。相反,他把自己看成"既是艺术的主人,也是艺术的信徒",而与他共事的艺术家的关系则"既是领导,也是同事"。① 然而由于附庸于拿破仑,路德维希王子的很多艺术设想都未实现。

直到1815年拿破仑战败后,路德维希王子才得以前往巴黎"亲自指导艺术品的筛选和运送,以便让它们返回慕尼黑"。同时,他还利用此次监督机会,以及由滑铁卢大战所创造的绝佳的买家市场,从"那些经济和精力赤贫而无力把原本属于自己的艺术品运送回家的贵族手中买下了很多重要的艺术品"②。由于大革命之后众多艺术品陆续回归原主,而这些艺术品又需要特定的存储空间,并向公众展示和开放,以突显"艺术作为一种赢得德国主权和重建的重要力量"③。为此,正是在1815年,路德维希王子和威廉姆三世共同认识到并决定要建立一个博物馆,以便他们的藏品能够公之于众。然而,事隔十多年之后,德国才最终建成了第一批公共艺术博物馆——柏林旧博物馆(Altes Museum)和慕尼黑古代雕塑展览馆(Glyptothek)。

(三)繁盛动因:公众与德国活态视觉艺术史

当柏林旧博物馆和慕尼黑古代雕塑展览馆落成之时,世界已经"发生了翻天覆地的变化",而德国也"进入了一个新的历史时期"。然而,由于两个博物馆的建构观念孕育自皇室宫廷,即其建筑本身是"在一种完全不同的政

---

① Didier Maleuvre. *Museum Memories: History, Technology, Art*. Stanford, CA: Stanford University Press, 1999, p. 48.
② Didier Maleuvre. *Museum Memories: History, Technology, Art*. Stanford, CA: Stanford University Press, 1999, pp. 61–62.
③ Didier Maleuvre. *Museum Memories: History, Technology, Art*. Stanford, CA: Stanford University Press, 1999, p. 70.

第五章 博物馆——视觉化艺术之力天平及"政治"与"美学"绑定关系的文化媒介

治和文化氛围里被计划和建构的"。因此,它们的设计和装饰所反映的是德国"变革时代美学共同体的雄心,以及艺术治愈权力的浪漫信念"。[①] 相较于当时的德国,深受政治革命和工业革命影响的其他欧洲国家,伴随着民族主义和政治独立运动的发展,纷纷建立了现代艺术博物馆,且在"工商业巨头和博物馆馆长的共同努力下,很多博物馆开始在大都市中心占据一席之地"[②]。这些博物馆在很大程度上集中体现了当时的博物馆观念:"博物馆是一个'赋予权力'的机构,每一个想融入我们共同文化体验的人,它都能够容纳;每一个公民都可以走进博物馆,欣赏其民族文化的结晶,而如果他再花一些时间,就有可能使自己的身心面貌焕然一新。"[③] 这一观念显然与柏林旧博物馆和慕尼黑古代雕塑展览馆的建构理念相距甚远,也正是这种差距促使德国需要建构适应现代化浪潮的新型博物馆,以走出"宫廷"模式的窠臼。

正是法国大革命对卢浮宫的开放打开了现代公共艺术博物馆的大门,而随后拿破仑的艺术掠夺及一系列宏大的博物馆蓝图,引领欧洲掀起了现代博物馆的建构浪潮。然而,当其他国家一头扎进建构浪潮之中时,法国国内却出现了博物馆怀疑论,首度在现代性语境中为博物馆论注入了怀疑性,典型代表人物就是最先提出此类观点,并为随后几个世纪的"博物馆怀疑论"奠定了坚实基础的安托万-克里索斯托姆·卡特勒梅尔·德·坎西(Antoine-Chrysostome Quatremère de Quincy)。

如果说法国大革命的剧变增加了德国人对艺术脆弱性的认识,以及需要保护国家艺术品深受变革力量摧毁的感知,那么德·坎西对卡诺瓦索回意大利艺术财产的支持,则从一定程度上影响了海德堡大学向意大利教皇索回"巴拉丁图书馆(Palatine Library)的39部法典"。这些法典于17世纪战争期间从海德堡掠夺,被巴伐利亚的马克西米利安一世捐赠给教皇,其中还包括法国根据《托伦提诺条约》占有、最终被卡诺瓦从巴黎索回的手稿,最终意大利"考虑到文物的关联性,将这些法典送还给海德堡大学"。如果说法国大革命的失败及其对艺术品的返回政策,为艺术创造了一个买家市场,促使德国一些富人阶层以私人名义收集了一批数量和质量均较可观的藏品,那么德·坎西的艺术

[①] James J. Sheehan. *Museums in the German Art World: From the End of the Old Regime to the Rise of Modernism*. New York: Oxford University Press, 2000, p.62.
[②] 爱德华·P. 亚历山大、玛丽·亚历山大:《博物馆的变迁:博物馆历史与功能读本》,陈双双译,南京:译林出版社,2014年,第37页。
[③] 爱德华·P. 亚历山大、玛丽·亚历山大:《博物馆的变迁:博物馆历史与功能读本》,陈双双译,南京:译林出版社,2014年,第1页。

"语境论"和法国博物馆"怀疑论"则为德国博物馆的发展开启了黄金时期,具体表现为德国艺术哲学的再次转向,以及艺术博物馆的建构理念的本土化转变。

就德国艺术哲学的转向而言,可以细化为走向了"历史维度",即从卡尔·申克尔(Karl Schinkel)、黑格尔、安东·斯普林格(Anton Springer)到"历史终结论"与艺术史的专业化。在法国大革命的浪潮及其席卷之后的后遗症中,当希冀改变的革命的破坏力随处可见之时,即使曾经一度处于拿破仑"庇护"下,德国人们也意识到"保存和保护濒临灭绝的历史遗物的要求,已经成为一种文化层面的紧急需求"。于是,各个阶层、不同群体开始不约而同地投身到保护德国"历史"的浪潮之中:人们成立了机构来收集和发表古代文本和中世纪手稿,业余考古学家奔赴到了乡下,以收集民间故事和农民的仪式,政府则承担了保护历史重要建筑的重任。这一浪潮的特点是波及面广,且持续时间长。正如雅各布·布克哈特(Jacob Burckhardt)所言,历史和历史地看待世界已渗透进我们整个文化的建构之中。因为"人们对当下世界的理解来源于他们对过去知识的掌握",故而"美学标准、艺术类型、哲学原则、神学、经济学以及自然科学都受到历史典型和历史理解模式的影响"。[①] 同时,由于当时德国人对历史的保护,既始于也终于服务"现在的政治"。艺术界的知识分子代表人物有卡格尔和黑格尔,他们先后追随温克尔曼的步伐,尤其是追随温克尔曼所开启的"过去"与"现在"模式,在艺术的旅途中一路迈向"希腊",直至一头扎进了"历史终结论"。

卡格尔指出"民族都会衰落和倒下",因为"所有他们拥有的东西都只能持续一段时间",然而"他们也留下了不朽的艺术和知识,而这些艺术和知识应该得到保护,并可以持续模仿"[②]。对于艺术,卡格尔认为"真正的艺术必须在某种程度上是不朽的",即它"应该包含一种承载超然的人类精神的东西,且只要其物质材料保持了它们的形状,精神就会存活下来"。为此,艺术的目的就是"把过去的伟大成就累计起来,为未来提供不朽的杰作"。故而在艺术实践中,卡格尔与当时的其他建筑学家一样,希望通过模仿古代建筑,尤其是他在意大利看到和学习的建筑,建造了一些现代建筑。当然,卡格尔并不

[①] James J. Sheehan. *Museums in the German Art World: From the End of the Old Regime to the Rise of Modernism*. New York: Oxford University Press, 2000, p. 84.

[②] James J. Sheehan. *Museums in the German Art World: From the End of the Old Regime to the Rise of Modernism*. New York: Oxford University Press, 2000, p. 87.

第五章　博物馆——视觉化艺术之力天平及"政治"与"美学"绑定关系的文化媒介

只是专注于模仿过去，相反他认为："如果没有新，艺术将什么也不是。"① 值得注意的是，对于卡格尔而言，所谓的"新"还是历史主义视角意义上的"新"，因为它来源于对"旧"的模仿，同时也就昭示了自身终将衰退如"旧"。希恩就认为正是这种"新"与"旧"间的紧张关系"成了19世纪艺术界最吸引人的历史问题"，因为它"引领人们思考如何将现在安置于艺术史之中"，以及"艺术的不朽传奇对于未来意味为何物"②。

黑格尔19世纪20年代的观点与18世纪末具有一定的差异，即"放弃了艺术可以作为为现代社会提供统一神话的来源"。由于社会思潮是艺术必须历史地理解，因此黑格尔紧随温克尔曼的步伐，回到了希腊时期，并认为这一古典时期才是艺术史上的最高点，而"希腊文化的伟大就在于其文化与宗教的关系"。因为黑格尔认为希腊时期"驱动历史的力量（the World Spirit）——神与因"达到了一个无与伦比的阶段——"希腊艺术与希腊宗教完美地吻合"。简言之，"希腊宗教就是其艺术自身的宗教"，从而使得"精神与肉体、宇宙与个人、权力表征与特殊体验彼此找到了和谐与调和"。然而，此后"精神与艺术就各走各路了"，因为"精神在走向更伟大的自我认识时，经历了漫长而痛苦的历程——先是在基督教中，后是在哲学中"。其中"对于希腊人来说，艺术是宗教"；而"对于我们，艺术变成了学识和哲学"。而在哲学中，精神已经无法达到宗教中的高度，因此与艺术的吻合度也就降低了。于是，艺术质量必然相应地下降了，故而现代艺术失去了古典时期艺术所独有的揭示精神世界的真正本质的权力。为此，黑格尔指出"对于我们而言，艺术在其最高的定位后（是并将一直是）一种过去的存在"。当然，黑格尔并不只是集中于过去，一方面他认为"艺术是过去知识的重要来源"，正是"在它们的不朽作品中，民族存储了其最富有的内部感知和表达"。另一方面，他又指出"艺术同时还是现代愉悦和教诲的来源"③。换言之，艺术既是过去的历史，也是现在的愉悦。

尽管卡格尔和黑格尔的艺术史论都具有一定的极端性，但是在很大程度上还是与当时的保护"历史"思潮吻合，从而一方面使人们开始全面认识"历

---

① James J. Sheehan. *Museums in the German Art World: From the End of the Old Regime to the Rise of Modernism*. New York：Oxford University Press，2000，p. 85.
② James J. Sheehan. *Museums in the German Art World: From the End of the Old Regime to the Rise of Modernism*. New York：Oxford University Press，2000，p. 87.
③ James J. Sheehan. *Museums in the German Art World: From the End of the Old Regime to the Rise of Modernism*. New York：Oxford University Press，2000，pp. 87–88.

史"。因为"在革命时期的博物馆中,人们不再是历史的主体",相反"人们是被历史言说的",因此"作为一个公民就要投身于管理过去以及民族命运的责任"①。另一方面,则促使德国艺术界逐渐意识到懂得艺术历史及其模式的重要性。为此,德国出现了第一个真正意义上的艺术史家——斯普林格,他在1860年成为波恩大学(Bonn University)的全职艺术史教授。此前的艺术史教授都是业余的,一般由艺术家或博物馆管理员担当。在斯普格林之后,德国陆续出现了一批艺术史家,且很多艺术史家成了博物馆管理者,而从1870年开始就是艺术史家而不是艺术家成为博物馆的管理者,这种转化是德国艺术史上的一次巨大变化。由于艺术博物馆是官方历史珍宝的贮藏室、传统价值的守护者、艺术遗产的保护者,以及学者研究的栖息地,从而自然成为这场历史浪潮最佳的聚居地。希恩甚至认为"在19世纪关于过去对现在的重要性的理念中,博物馆是最大的受益者"②,且"19世纪的艺术问题,在博物馆中得到了解决"③,故而"19世纪,没人再怀疑博物馆的重要性"④。为此,德国人开始投身于艺术博物馆的建设之中,并且把这一时期博物馆"最重要的责任和挑战被定义为"——"保护过去的艺术遗产,并使这种艺术遗产对当下有意义"⑤。

随后,德国艺术博物馆如雨后春笋般出现在德国各大城市。例如,普鲁士的霍亨索伦家族支持并建造了世界上最伟大的博物馆中心,该中心位于柏林的一个半岛上,有两条河流流经此处,即施普雷河和库普菲格拉本河。该岛被称为"博物馆岛"(建于1824—1930年,1999年被列入世界遗产名录),一共包括五座博物馆:老博物馆(建于1830年)是在英国秉性古怪的鉴赏家爱德华·萨利(Edward Sally)的古董和现代绘画藏品的基础上建成的;新博物馆(建于1855年)主要收藏埃及藏品、古代陶瓷和德国历史文物;旧国家美术馆(建于1867年)以收藏现代德国艺术为主;腓特烈三世皇帝博物馆

---

① Didier Maleuvre. *Museum Memories: History, Technology, Art.* Stanford, CA: Stanford University Press, 1999, p. 14.

② James J. Sheehan. *Museums in the German Art World: From the End of the Old Regime to the Rise of Modernism.* New York: Oxford University Press, 2000, p. 84.

③ James J. Sheehan. *Museums in the German Art World: From the End of the Old Regime to the Rise of Modernism.* New York: Oxford University Press, 2000, p. 87.

④ James J. Sheehan. *Museums in the German Art World: From the End of the Old Regime to the Rise of Modernism.* New York: Oxford University Press, 2000, p. 91.

⑤ James J. Sheehan. *Museums in the German Art World: From the End of the Old Regime to the Rise of Modernism.* New York: Oxford University Press, 2000, p. 85.

(Kaiser-Friedrich-Museum,1956 年更名为博德博物馆);最著名的佩加蒙博物馆由一系列雄伟建筑组成,而另一侧翼为近东博物馆。博物馆岛上的众多建筑物,通过无数盖有桥顶的步行桥相连接。1872 年,威廉·冯·博德(Wilhelm von Bode)成为博物馆岛上的员工之一,并在该中心工作了 50 年。1905 年,他当选为博物馆馆长。博德是"一位博学的艺术史学家,对艺术市场了如指掌,并且具有强大的外交和行政才能"。正是在他的领导下,柏林的博物馆"达到了能够与巴黎的博物馆和伦敦的博物馆相媲美的水平"①,成为德国艺术博物馆的黄金时期(约 1830—1880 年)。

(四)变革内省:现代性与艺术宏大叙事之争

当德国艺术博物馆的数量不断膨胀,几乎在每个大城市都触手可及,而德国艺术界的"历史化"思潮不断蔓延,几乎在每个艺术向度都不可收拾之时,一批知识分子(主要为艺术史家和艺术学家)开始认识到德国的博物馆现象。一方面,德国陆续建立了两百多个博物馆,另一方面众多德国学者又直接走向了历史终结论(黑格尔)。为此,这些现象就内含了一系列问题,尤其突出表现为四个方面:其一,博物馆与艺术的关系问题;其二,博物馆和艺术与历史的关系问题;其三,博物馆和艺术与当时语境的关系问题;其四,博物馆和艺术与观者的关系问题。这些问题促使人们对艺术博物馆进行了深入而严厉的批判,从而促使德国全面迈入了艺术及艺术博物馆的内省期(约 1880—1914 年)。由于"内省"的形式主要为"批判",批判的目的主要为"变革",而变革的途径主要为"提议"。为此,我们要追问的是,德国艺术博物馆之所以会进入自我批判时期的哲学基础是什么?先后经历了哪些"内省批判",并提出了哪些"变革提议"?

就哲学基础而言,这一时期的变迁主要表现为"历史化"→历史终结→上帝已死,核心代表人物是尼采(1844—1900)。尼采的哲学具有举足轻重的地位,希恩就指出:"尼采的思想在 20 世纪(在艺术界)的重要性,正如黑格尔的思想在 19 世纪历史主义中的重要性。"② 尼采的艺术哲学源于对前辈哲学家的诸种批判,这种批判既是对艺术变迁在当时历史语境中所面临的问题的一种警醒,也是对 19 世纪德国艺术界全面"历史化"所出现的一系列问题的

---

① 爱德华·P. 亚历山大、玛丽·亚历山大:《博物馆的变迁:博物馆历史与功能读本》,陈双双译,南京:译林出版社,2014 年,第 38—39 页。

② James J. Sheehan. *Museums in the German Art World: From the End of the Old Regime to the Rise of Modernism*. New York: Oxford University Press, 2000, p.140.

一种回应，具体表现为如下三个方面。

第一，上帝已死→历史终结。尼采首先对德国泛滥的艺术博物馆现象进行了回应，他认为现代画家都"在博物馆内研习古老佳作耗尽了一生，而不是在博物馆外体会自然之美和生活的喜怒哀乐"①。确实，由于德国人在法国大革命影响下意识到全面保护历史、承认历史、认识历史模式等的重要性之后，19世纪的艺术界就遵循了这种"历史化"模式，从而促使"19世纪的艺术史构成于画家和雕塑家有意识地臣服于过去艺术家的天赋，并通过模仿他们的风格（包括艺术风格和生活风格），甚至把他们的肖像画作为自己的艺术模型"②。对此，尼采指出现代艺术家的问题——"博学的和拷问的前辈之子，是反射性的一代"。换言之，虽然有饱满的学识、丰富的哲学和历代的理论，但是仅仅囿于收集和模仿过去，而不能为自己创造任何新的事物。为此，现代艺术的问题变成了"让死埋葬生"，尤其是古董博物馆对鲜活艺术和生活的埋葬，从而直接变成了艺术的坟墓。

为此，尼采认为"我们的现代文化并不是真正的文化，而只是一种关于文化的知识"，而"19世纪政府积攒的大量学术研究和文化遗产是毫无生命力的、不相关的"，因为"真正的文化不能被教授的独自研习所创造，真正的艺术也不会在博物馆单色的墙上找到"。此外，针对德国艺术界的"历史化"以及由此引起的博物馆泛滥的原因，尼采则认为"过度崇拜古代遗迹仅仅是为了掩饰现代性的自我厌恶"③。从某种程度上而言，正是在此基础上促使尼采提出了"上帝已死"。因为上帝已死也关涉了两个向度——时间向度中上帝已经死去，而造成这种过时的根本源头则是空间向度。因为在空间层面，原本兼容了"神界权威""灵界权威""人界权威"三位一体的空间——博物馆，已经无法提供人们对由艺术藏品和古典风格的博物馆合二为一所代表的伟大艺术的膜拜。简言之，博物馆已经不再是如教堂或修道院的艺术殿堂，而成为所有大众的聚集地。由于聚集地的数量众多，质量良莠不齐，整个博物馆发展现状已经非常混乱，再加上大众的品味各异，以及现代工业革命带来的机械化、节奏化和简单化。而为了适应快速的现代化步伐，观者迈进古老博物馆，本该沐

---

① James J. Sheehan. *Museums in the German Art World: From the End of the Old Regime to the Rise of Modernism*. New York: Oxford University Press, 2000, p. 141.

② James J. Sheehan. *Museums in the German Art World: From the End of the Old Regime to the Rise of Modernism*. New York: Oxford University Press, 2000, p. 95.

③ James J. Sheehan. *Museums in the German Art World: From the End of the Old Regime to the Rise of Modernism*. New York: Oxford University Press, 2000, p. 141.

第五章　博物馆——视觉化艺术之力天平及"政治"与"美学"绑定关系的文化媒介

浴艺术精品的他们呈现出的却只是浮躁、短暂、肤浅,从而促使博物馆与观者之间加倍地隔离、疏远。

由此可见,尼采从艺术家、博物馆、观者三个向度的视角指出了现代艺术的核心问题——现代人一方面热衷于以死埋葬生,另一方面却失去了对艺术及艺术殿堂的信仰和膜拜,令博物馆丧失"三界权威"(尤其神界权威和灵界权威)。当然,正如希恩所言:"尼采并不是第一个指出文化的创造性与历史的意识之间,具有紧张关系的思想家。"① 实际上,尽管尼采批判了德国艺术界的历史化倾向,否定了黑格尔把艺术看成是自身的终结,而认为艺术只是变成了关于自身的知识和获得知识的一种方式,但是孕育于同一个哲学体系中的他们,依旧共享了诸多相似性。例如,从一定程度上而言,尼采的"上帝已死"论,从艺术博物馆的视角而言就是对前辈学者,尤其是对卡格尔和黑格尔有关艺术下降论、衰退论的改进和发展。

1810年,卡格尔就曾指出"民族都会衰落和倒下",因为"所有他们拥有的东西都只能持续一段时间"。1825年,正积极投身柏林的博物馆建设的卡格尔,则把这种衰退论带入了艺术实践,绘制了独特的画作《希腊之花一瞥》。此画的特点是绘于博物馆的原石之上,而此原石是建造天花板的一部分。正如"花儿终会枯萎和飘落,卡格尔绘画所在的圆柱片段和未完成的天花板",当它们被绘制时"充满了生命力和创造力",但是"最终将会以废墟的形式重现——空虚的、遗弃的",因为它们的美与力终会如花般"被自然之力缓缓地回收"。希恩就指出这幅画生动地诠释了历史主义的两个向度:第一,"关联过去的赋权意识";第二,"对于现在的成就,就如过去的成就一样,终会衰退的清醒认识"。因为卡格尔的绘画并未存在于一个已经完成的建筑,而只是建造本身的一个过程,而"最终一旦那个石头就位,衰退的过程也就开始了"②。相较于卡格尔温和的艺术衰退论,黑格尔则走向了"历史终结论"。黑格尔认为希腊艺术是艺术的制高点,而"艺术在其最高的定位后就(是并将一直是)一种过去的存在"。简言之,希腊时期是艺术史上的最高点,在此之后的艺术都只是在走下坡路,故而艺术的历史实际上在希腊时期就已经走到了尽头,所以现代艺术以及之前的罗马艺术等都只是一种下降性重复过去的过去式。换言之,从一定程度而言,在黑格尔的艺术哲学中艺术是死的,或者说

---

① James J. Sheehan. *Museums in the German Art World: From the End of the Old Regime to the Rise of Modernism*. New York: Oxford University Press, 2000, p. 143.

② James J. Sheehan. *Museums in the German Art World: From the End of the Old Regime to the Rise of Modernism*. New York: Oxford University Press, 2000, p. 87.

"艺术已死"。因为"不管我们觉得希腊诸神的雕像如何出类拔萃,不管我们如何看待那些出于敬仰而完美描绘的圣父、基督和圣母,都已经无济于事"。毕竟,现在的"我们已经不再(对其)屈膝膜拜了"①。相较于黑格尔从艺术发展自身所考量的"历史终结论",尼采的"上帝已死"则兼顾了艺术家、博物馆、观者,并以此深入分析了现代艺术的问题。

第二,黑暗之家→和谐圣地,原始仪式→文明之美。在指出现代艺术问题的同时,尼采遵循了德国自温克尔曼以来,包括席勒和黑格尔等沿用的一贯模式——回到希腊,以解决当下的诸种艺术之难。在《悲剧的起源》一书中,尼采指出希腊人设定的标准无人能及:"它就宛如我们自己以及其他每一个时期的文化的御夫座,但是他们为较低层次的不足以体现驾驭者荣耀的东西找到了马和马车,因此他们很乐意带领整个团队进入无底深渊,而伴随着阿基里德的灵性,他们跃到了安全彼岸。"② 然而,与温克尔曼所言的希腊不同,尼采所言的希腊"不是作为那个在黄金时代被伟大的雕塑家(或画家)捕捉到的和谐之美的圣地",而是"黑暗之家以及只有些许模糊踪迹可循的原始仪式"。因为尼采所论的希腊"由狄俄尼索斯的追随者们占据,尽管他们的能量和热情已经得到了阿波罗神理性之力的形塑,但是并未完全被抑制"。这也就是为什么他在《悲剧的起源》中指出希腊艺术的真谛是"艺术拯救了他们的文化,并通过这种方式拯救了希腊人本身——他们的生活"。因为狄奥尼索斯的艺术传递的信息是"尽管有泪水和遗憾,我们快乐地活着,不是作为个体,而是被我们融合了生产能力的人类的一部分"。于是,就"在他的大多数同伴们在古典文化中找到理想艺术的当口",尼采却"在早期的合唱队(歌舞队)的音乐和舞蹈中找到了理想的艺术",因为在那里"表演者与观者、个体与集体、艺术与生活之间的差异尚未明显化"。

为此,尼采(1881)指出:"我要针对艺术品定位一种更好形式的艺术"——"发明狂欢节的文化"的艺术。因为正是"节日、音乐、舞蹈以及相似的有关能量和团体的表达方式"一方面"为艺术能够做什么以及必须如何做,提供了一种暗示",另一方面则"为如何使艺术和生活融为一体开启了

---

① James J. Sheehan. *Museums in the German Art World: From the End of the Old Regime to the Rise of Modernism*. New York: Oxford University Press, 2000, p. 141.

② James J. Sheehan. *Museums in the German Art World: From the End of the Old Regime to the Rise of Modernism*. New York: Oxford University Press, 2000, p. 141.

窗口"①。由此可见，如果说温克尔曼的"返回希腊"模式是为了反抗当时行将就灭的罗马巴洛克风格，席勒的"返回希腊"模式是为了治愈由大革命招致的动乱的现代精神，黑格尔的"返回希腊"模式是为了遁入历史以加深德国人对历史的肯定，并投身到保护历史的浪潮之中，那么尼采的"返回希腊"模式则是为了拯救博物馆现象中人们过度崇拜过去所加剧的现代艺术与生活间如天与地般的分离。

第三，观者视角→观者与作者视角。由于"生活"的主体既有观者，还有作者，因此在考察艺术博物馆时，不能只顾及观者本身。在《道德的谱系》一书中，尼采对康德的观者视角进行了批评。尼采认为康德的观者视角是很不恰当的，因为康德对于人们是如何真正体验艺术的并没有概念，相反他只是认识到了塑造这种体验的愿望和愉悦。换言之，康德只是"满足于把美的欣赏看成是无利害关系的"。对此，尼采还打了一个生动的比喻："就好像在凝视一尊裸体女性塑像时，男性观者能够'毫无兴趣'一样。"② 而这种观者视角恰好是博物馆化的结果，因为博物馆这一空间概念孕育于美学从关注艺术客体到主体经验的转向。在这种转向后，观者作为美学经验的主体，需要一个可以体验艺术客体的空间，而在这个空间中，作者及其重要性被抹除了，甚至比不上那些可以被随意挪动的作品。然而，在狂欢化的仪式中，所有艺术之物及其关联者都具有重要性和独特性，而且正是因为各个部分的相互碰撞，才最大限度地激发了艺术之力，从而既能创造伟大艺术，又能使它们融于生活。当然，尽管尼采批判了康德，但是他对观者和作者心理分析的肯定还是源于康德哲学所奠定的美学主体的心理分析（体验）模式。

尼采有关艺术与生活的思想为他赢得了很多追随者，而且不同的追随者相同地吸收了尼采的两种观点：第一，"19世纪艺术的建构是失败的"；第二，这种失败"在艺术与社会之间留下了病态的裂缝"。为此，他们拥有了共同的艺术目标："致力寻找一条缝合艺术家与其公众、美学经验与社会、艺术与生活之间的裂隙的方法"③，从而为德国艺术界注入了新的动力和活力。就"内省批判"和"变革提议"而言，由于博物馆本身关涉了两个向度——时间向

---

① James J. Sheehan. *Museums in the German Art World: From the End of the Old Regime to the Rise of Modernism*. New York: Oxford University Press, 2000, pp. 141-142.

② James J. Sheehan. *Museums in the German Art World: From the End of the Old Regime to the Rise of Modernism*. New York: Oxford University Press, 2000, p. 140.

③ James J. Sheehan. *Museums in the German Art World: From the End of the Old Regime to the Rise of Modernism*. New York: Oxford University Press, 2000, p. 142.

度和空间向度,其中时间向度本身又关涉了"过去"与"现在",而空间向度本身则关涉了"公共"与"私人"。因此,在尼采"上帝已死"思潮引领下,德国艺术博物馆的"变革内省"可以概况为"两大批判"和"两大建议",具体表现为如下三个方面。

首先,批判博物馆中"纯艺术"定义的狭窄性。希恩指出,在18世纪的艺术界德国艺术博物馆的存在立于这样的三个基本预设:其一,"艺术的存在",正是因为"它们是艺术",所以不同朝代、不同地区的藏品在同一个博物馆里"才能被美学地感知",而美学感知"在某种程度上有利于个体和社会";其二,"把艺术与其他日常世界区分开需要一个据点",在那里"观者可以领会艺术、真相、道德的关联";其三,"对历史运动的认识",即认为历史运动"一方面肯定并欢呼了往昔艺术的价值,另一方面又意识到了应该为了未来保护和保存这些过往的艺术"[1]。而19世纪艺术博物馆则建基于对艺术本质的这样三种预设:第一,"绘画与雕塑,就如诗歌、建筑和音乐一样,隶属于一种特殊的被定义为'艺术'的体验";第二,"艺术需要被历史地观看和理解";第三,"通过对艺术史的沉思,人们既能得到道德的指引又能得到公民的美德"[2]。然而,随着整个德国艺术界机制规模的变化,这些预设在19世纪末开始受到一些艺术家、知识分子和公众人物的批评。一方面是批判"纪念性博物馆关于纯艺术的定义太过狭窄,以至于不能涵盖一些可能的美学体验"。另一方面是质疑"以艺术史的传统叙述为基础组织博物馆藏品的效用",以及怀疑"博物馆呈现、表述的'艺术'是否真正扮演了其被安排的道德和历史作用"[3],典型代表人物就是作家和批评家朱利叶斯·梅耶-格雷夫(Julius Meier-Graefe)。

所谓博物馆中"纯艺术"定义,主要指涉的是奠定了现代美学之根的"艺术的自主性概念"。例如,康德和席勒都把这种自主性看成"美学精神权力的源泉",而斯普林格把这种自主性"作为组织他在卢斯特花园(Lustgarten)藏品的原则"。然而,梅耶-格雷夫指出"正是艺术的自主性导致了其边缘性",很多"伟大的哲学家都在提倡美学的自由,却忘却了自由

---

[1] James J. Sheehan. *Museums in the German Art World: From the End of the Old Regime to the Rise of Modernism*. New York: Oxford University Press, 2000, p.3.

[2] James J. Sheehan. *Museums in the German Art World: From the End of the Old Regime to the Rise of Modernism*. New York: Oxford University Press, 2000, p.139.

[3] James J. Sheehan. *Museums in the German Art World: From the End of the Old Regime to the Rise of Modernism*. New York: Oxford University Press, 2000, p.139.

第五章　博物馆——视觉化艺术之力天平及"政治"与"美学"绑定关系的文化媒介

的代价",进而"在任性的热烈中,艺术抛开了那些成分——使她对人类而言必不可少的成分"。于是,当"所面对的无束缚性目标的范围越宽阔巨大,艺术就与原本是其家园的领地越疏远背离",直至最终"她失去了自己的本土(家)"。① 为此,1914 年之前的 25 年,德国艺术界面临的首要任务就是"为艺术寻找一个新家"。

实际上,18、19 世纪德国有关"艺术"的观念是与"自然"密切相关的,对于这种关联,温克尔曼、康德和黑格尔都有所提及。温克尔曼扑入希腊艺术的怀抱,1764 年写下了令其留名艺术界的《古代艺术史》。在对不同时期艺术的分析中,温克尔曼认为"艺术的发展等同于自然生命的出生、成长、成熟和衰落的周期",这种分析"很快被维也纳以及其他地方的新博物馆迅速接受"。② 在康德看来,艺术既相似于自然,又相异于自然:"在一个美的艺术成品上,人们必须意识到它是艺术而非自然。然而,其形式的合目的性仍然得显出摆脱了任意的规则的束缚,仿佛是纯粹自然的产物……美的艺术必须由自然的层面来覆盖,尽管我们将其看作艺术。"黑尔格谈及康德的观点,并对"美"与"自然"做了更明确的区分:"通过自然和艺术中美的对象,以及适应目的的自然之物,康德的观念已接近于有机体和生命的概念,不过他对待这些对象和物体,却只是从主观判断的反思着眼。""艺术"与"自然"之间为何会有这种关联?究其根源,一方面源于自然鬼斧神工般的美,而人们成长并沐浴于这种美;另一方面则源于自然界有生有灭的生命周期,而人们珍惜并抵抗这种周期。为此,他们前赴后继发明了各种技艺,创造了各种艺术,既希望留住"美",又渴望延长"生"。于是,在收藏初期,那些集这两个希冀于一体的"完美"工艺品、艺术品,多为绘画、雕塑,就被选为藏品,得以奉入神庙、神殿,随后选入宫廷,最后进入博物馆。然而,现代工业革命时期,人类战胜自然的力量与日俱增,这些曾经"完美"的艺术品已经无法涵盖和表述人类之力。

其次,批判博物馆打着走向公众旗号的"伪公众"性。尽管德国艺术博物馆的兴趣是先后顺应了从宫廷到政府再到公众的建构需求,并最终承担的是促使德国艺术财富能够真正走向公众的欲求,但是每一个时期的"公众化"预设及实践都是有限的。这种有限正如布迪厄和达贝尔在《艺术之爱》中谈

---

① James J. Sheehan. *Museums in the German Art World: From the End of the Old Regime to the Rise of Modernism*. New York: Oxford University Press, 2000, p. 140.

② David Karrier. *Museum Skepticism: A History of the Display of Art in Public Galleries*. Durham: Duke University Press, 2006, p. 11.

及的博物馆参观者的分级:"统计表明,接触文化产品是有教养的阶级的特权",假如说"我们的社会向所有人提供利用博物馆陈列的产品的完全可能性,是无可争辩的话,那么问题依然是只有那些有着实际可能性的人才能做到这一点",因为"博物馆在其形态与组织的最为细小的局部上就暴露了其真实的功用,即强化某些人的归属感,以及另一些人的排斥感"。归属感阶层在宫廷欲求时期主要是权贵阶层,希恩就指出:"那些可以得到许可去观看收藏的人的圈子,在18世纪里得到稳健的扩展",因为"一些君主逐渐相信,他们收藏的艺术,就像花园、图书馆和剧院一样,应该能够让更多的臣民能够接近"。然而,公共博物馆"允许每一个参观者进入其中,在罗马和德语国家,差不多是旧王朝结束时的事情"①。

当然,权贵阶层的这种特权随着旧王朝的瓦解有了一定的变化,尤其是在民主、自由的现代号召之下,在很大程度上促使更多的公众走进了博物馆。实际上,即使是在人们原初"神界权威"主宰公众据点之时,据点本身就已经开始具有了大众区隔性——那些被认为是巫婆、妖怪、祸害等的人被禁止进入。然而,正如弗里德里希·瑙曼(Friedrich Naumann)指出的,"尽管更多的艺术为从未如此之多的人群开放,但是艺术本身变得很难识辨和理解",由于博物馆及其艺术藏品还停留在"历史化"的思潮之中。而在这种思潮的影响下,德国艺术界的目标是沿着历史一路追回并保护国家艺术财产。为了容纳这些财产,博物馆既要变得越多,又要变得越大。然而,现实情况却是"博物馆越大,展出越多,每个个体观者承受的艺术史负担越沉重"②。正是这种沉重的负担成了很多受教育程度低的公众与博物馆之间的最大区隔,因为不了解历史的观者无法弄清楚藏品的含义,即他们的凝视权甚至都直接被"历史地"剥夺了。

再次,提议重新定义艺术和书写艺术史。为了解决极度膨胀的博物馆现象所引发的现代艺术问题,很多博物馆管理者开始寻找新的出路,宗旨是"希望把博物馆变成文化和艺术的复活机构",从而改变那盘踞在德国艺术界已久的不如意现实——"艺术家与观众从未如今天这样彼此隔离疏远"。例如,1852年戈特弗里德·森佩尔(Gottfried Semper)、1864年雅各布·冯·法尔克(Jacob von Falke)都不同程度地提出重新定义艺术的提议。两者提议的相似

---

① David Karrier. *Museum Skepticism: A History of the Display of Art in Public Galleries*. Durham: Duke University Press, 2006, p. 12.

② James J. Sheehan. *Museums in the German Art World: From the End of the Old Regime to the Rise of Modernism*. New York: Oxford University Press, 2000, p. 145.

第五章　博物馆——视觉化艺术之力天平及"政治"与"美学"绑定关系的文化媒介

处是艺术博物馆不应该从古典雕塑和欧洲绘画的伟大的历史藏品中寻找灵感，而是应该从那些展示艺术品和技艺品的博物馆中寻找。19世纪90年代末，更多的批判者和实用艺术家开始重新定义艺术，如德意志工艺联盟（Deutscher Werkbund）协会的成员指出："艺术，正如其传统被定义的——绘画、雕塑和建筑，不应该与工艺，如制造玻璃、陶艺、木艺、刺绣等隔离起来，也不应该认为艺术高于这些工艺品。"与此同时，这些改革者还开始"通过大力赞扬所谓的原始艺术的美学成就来重新审视已建立的美的理念"。因为"对于19世纪的很多人来说，他们并未把部落社会的创造物品看成是艺术"，只有"人类学家、部落艺人对这些物品感兴趣"，所以"这些物品不会被艺术画廊收入，而只在民族志学的博物馆中收藏"。尼采对希腊艺术的仪式化分析，以及文化狂欢就表现出对原始文化的重新认识和肯定。1903年，赫尔曼·奥布里斯特（Hermann Obrist）提出了类似尼采的观点。他认为对待部落艺术的态度："重点不是模仿部落艺术的风格，而是像原始艺术家一样地创造艺术"，即"无意识地、天赋地、简单地、自然地，没有成千上万的刺激物和干扰品"。[1]

自此，在20世纪初，一些博物馆策展人开始指出非洲艺术、美国艺术和太平洋艺术与德国艺术具有相同的价值，应该被存放在相同的地方。新的艺术定义需要相应的新的艺术史，现代性的注入以及博物馆现象所催生的一系列问题中，关于艺术史的问题是其艺术界对"艺术史宏大叙事权力的信仰危机"，为此，艺术史家需要"重建新的取代这种宏大叙事权力的叙事"，以便"能够解释当下艺术的特征和建构当代艺术的价值"。例如，理查德·穆瑟（Richard Muther）在1893—1894年就指出"现代艺术必须全面转向——从历史的和类型的描述到绘画、从风格的模仿到自然的观察、从古物到生活、从抽象到特征、从典型到个体、从追随到独立、从古典主义到古典作品、从流派到个性。"当然，新的艺术史家并未失去对历史的兴趣，只是他们开始重新考察历史能够教给他们关于艺术为何物，以及重新考察艺术的美学标准和价值。如阿洛伊斯·李格尔（Aloïs Riegl）就指出："20世纪初期，大多数艺术史家得出相同的结论——根本没有绝对的艺术价值"，而梅耶尔-格雷夫则指出"艺术史家的任务是把研究古代作品当成解释和提高创新的方式，开始关注创新的重要性，并开启了有关新旧观的讨论之源"。[2]

---

[1] James J. Sheehan. *Museums in the German Art World: From the End of the Old Regime to the Rise of Modernism*. New York: Oxford University Press, 2000, pp. 145–147.

[2] James J. Sheehan. *Museums in the German Art World: From the End of the Old Regime to the Rise of Modernism*. New York: Oxford University Press, 2000, pp. 149–150.

最后，提议重新定位艺术博物馆。跟随重新定义艺术、重新书写艺术史的步伐，一些博物馆管理者开始设想和建构新的博物馆。例如，唐纳德·奥尔森（Donald Olsen）就指出19世纪博物馆建筑的特点："建筑就是一门语言，能够表述复杂的和重要的观念"，而这些观念"应该直接服务于大众，为他们提供好的和个人的道德观"，然而在20世纪，建筑家应该放弃"让他们的建筑表述复杂观念和传达道德信息的目的"，故而"那些曾经被定义为纪念碑结构的装饰项目要消失，那些他们被建构的与往昔关联的历史词汇要被遗弃"。[①]与传统博物馆相比，这些新博物馆的特点是"被设计得更具有实用性、说教性和更流行"。建立者对这些新博物馆寄予三点希望：其一，"利用它们来提高德国产品的美学质量和商业潜力"；其二，"它们理应教会人们如何欣赏和效法成功的设计"；其三，"它们能够吸引更多的观众群"。当然，每一个时期的观念都没有绝对清晰的界限，而是存在各种矛盾体，比如在当大多数都开始要求新的、要求表现当下的博物馆时，威廉·冯·博德就认为"德国艺术博物馆应该专注于保护往昔，而不是指向未来"[②]。然而，不可否认的是在此之后，德国艺术博物馆的建造迈向了两条新的道路：其一，"更加抽象的、功能化的建筑"，在其中观者"能够察觉经典现代主义的不确定性开端"，如艾尔弗雷德·梅塞尔（Alfred Messel）和亨利·范·德·费尔德（Henry von de Velde）的建筑作品；其二，概念建筑的出现，即很多建筑使用了各种各样的历史风格，尤其是巴洛克风格，但是这些风格只停留在了概念的层面，而在实际层面却已经不再"传达特殊某种特定的信息"[③]，如柏林的腓特烈三世皇帝博物馆（Kaiser-Friedrich-Museum）。

（五）重建创新：后现代性与艺术数字化表征

1914年到1960年之间先后的两次世界大战，使德国艺术博物馆的发展进入空前的停滞期和重建期。1933年纳粹占领了很多艺术博物馆，给德国的"博物馆岛"带来了极大的灾难。一方面很多所谓"堕落的"艺术品被清除，有些甚至直接被销毁；另一方面众多犹太员工被解雇，而这些员工掌握了当时

---

① James J. Sheehan. *Museums in the German Art World: From the End of the Old Regime to the Rise of Modernism*. New York: Oxford University Press, 2000, pp. 168 – 169.

② James J. Sheehan. *Museums in the German Art World: From the End of the Old Regime to the Rise of Modernism*. New York: Oxford University Press, 2000, p. 159.

③ James J. Sheehan. *Museums in the German Art World: From the End of the Old Regime to the Rise of Modernism*. New York: Oxford University Press, 2000, p. 169.

第五章　博物馆——视觉化艺术之力天平及"政治"与"美学"绑定关系的文化媒介

很多古代绘画、雕塑等艺术品的维护和清洗技巧。第二次世界大战期间柏林"博物馆岛"的建筑遭到了严重破坏，并"致使1353件绘画作品不知去向"，随后在苏联的占领之下，德国的"很多艺术品被迫'东迁'，从公众的视线中消失了"；第二次世界大战结束之后，柏林分为东柏林和西柏林，而"博物馆岛"则"成了东柏林（德国民主共和国）和其主要赞助方（苏联）的文化展示舞台"。1989年柏林墙倒塌，该岛"成为德国艺术文化的中心"。① 1999年，东西柏林合并，再次提升了该岛的重要地位。

相较于"博物馆岛"的变迁，慕尼黑的博物馆也遭受了重创，古代雕塑博物馆（1830）、老绘画博物馆（1836）、慕尼黑新美术馆（1853）、巴伐利亚国家博物馆（1867）都不同程度地遭到损毁，战后通过重建，逐渐恢复昔日的壮美。当然，在巨大的政治动荡中，德国博物馆也有过短暂的发展。如1939年，随着希特勒在欧洲的霸权扩展，德国博物馆"一度兴盛"。因为希特勒在一定程度上沿用了拿破仑革命时期艺术与政治的关联，尤其是艺术品与政治权威的绑定关系，促使德国军队在所到之处缴获众多的艺术财产，而这些财产需要展示空间。为此，很多博物馆被重新启用，即用于"展出纳粹缴获的其他国家的艺术藏品"②，并向特定的公众开放。1945年战争结束后，德国艺术博物馆进入重建与创新相结合的时期。两次大战期间的社会浩劫致使艺术与政治的绑定进入空前的紧密期，而这种紧密绑定关系从两条途径限定了这一时期的博物馆论。

第一，继续19世纪末20世纪初的博物馆批评论，尤其是博物馆"屠杀艺术"论、博物馆是"艺术的坟墓"论等，代表人物有海德格尔和阿多诺。海德格尔对博物馆保护艺术的能力持一定的怀疑态度："作品自身站立或悬挂在收藏馆和展览馆里，可是它们置身此间难道就是其本身的样子，或者说它们难道不是作为艺术产业的对象了吗？"因为正如夏多布里昂在《基督教的天才人物》（*The Genius of Christianity*）中所说的那样"在纪念像被移动时，它们就失去了基本的美，也就是说，失去了它们与体制以及人们的习俗之间的关联"。然而，海德格尔还认为"即使我们努力取消或避免对作品进行移位，如即便我们亲自到帕埃斯图姆（Paestum）参观神庙，或者到班贝格（Bamberg）广场参观大教堂，陈列在其原属地的作品也已经腐坏"。究其原因，在于海德格

---

① 爱德华·P. 亚历山大、玛丽·亚历山大：《博物馆的变迁：博物馆历史与功能读本》，陈双双译，南京：译林出版社，2014年，第40页。

② James J. Sheehan. *Museums in the German Art World: From the End of the Old Regime to the Rise of Modernism*. New York: Oxford University Press, 2000, p. 189.

尔对各种有关艺术品的活动的质疑。海德格尔认为"艺术品是为了公共和私人欣赏而作,官方机构承担了照看和维护作品的责任",而"艺术史研究使艺术品变成了一门科学的客体,但是在所有这些忙碌的活动中,我们真的邂逅艺术了吗"?因为"一旦艺术品被精通的和内行的圈子捕捉,所有重获它们的科学努力都已不再指向作品自身的存在,而仅仅是它们的重新集合"。实际上,在《艺术作品的起源》整篇文章中,海德格尔都以"存在"的视角讨论"艺术",不仅区分了"作品—存在"(work-being)和"客体—存在"(object-being),还以"艺术"、"存在"、博物馆间的关系沿着温克尔曼开启的传统返回希腊。海德格尔认为"艺术与存在相互关联,伟大的希腊艺术所呈现的'作品—存在',已经成为一种过去"。因为"整个艺术产业,即使以艺术品之名尝试了所有极端的和实验的方式,也仅仅只是扩展了作品的客体—存在层面",而这个层面"并未构成它们的作品—存在"。在海德格尔看来,"艺术的作品—存在的意义就是其即时性、进入存在以及塑造艺术外观的潜能"。然而,这种存在"已经被艺术品迷惑的客体—存在和美学化所缄默"。因此,一般而言,"博物馆和美学熄灭了艺术所声称的存在",具体表现为在博物馆中"艺术仅仅沦为美学的客体,一种'客体—存在'"。在博物馆中,即使"最敏感地靠近艺术品,也不可能推翻这一论点",即"艺术品本身已经变成了物性(thing-hood)的沉积物"。①

换言之,对于所有艺术品而言,最终留下来的仅仅是艺术的客观的躯壳,或者说它们的客体层面的存在。为此,马尔福尔就认为海德格尔"针对存在与艺术、现实与美学客体之间所做的区分,并不是从那永远也无法捕捉的视角——存在,而是从美学客体的视角进行的论说"。因此,即使"讨论涉及非美学的作品—存在,对于海德格尔而言,也是站在作品本身美学的客体—存在立场而言的",而在这个立场中"艺术品的起源,唯有通过其终结",也就是"在博物馆中,才能知晓"。换言之,海德格尔是从终结中言及起源,言及艺术品曾为何物,即"通过研究其尸体,才能发现活生生的艺术",或者说是"艺术开始的地方也就是其终结之地"②。

相较于海德格尔的以"死"论"生",阿多诺则倾向于论及博物馆和艺术之"死"。在《棱镜》一书中,阿多诺指出:"对于精神的自然史的诸种收藏,

---

① James J. Sheehan. *Museums in the German Art World: From the End of the Old Regime to the Rise of Modernism*. New York: Oxford University Press, 2000, pp. 190-195.

② James J. Sheehan. *Museums in the German Art World: From the End of the Old Regime to the Rise of Modernism*. New York: Oxford University Press, 2000, pp. 190-195.

第五章 博物馆——视觉化艺术之力天平及"政治"与"美学"绑定关系的文化媒介

实际上是将艺术品转移成了历史的象形文字",即"在旧的内容萎缩时,给以其新的内容"。当然,对于象形文字而言,正如茨维德瓦特在《阿多诺的美学理论》中所言:"阿多诺用'象形文字的笔迹'来描述作为人所创造的审美对象的艺术作品,是如何暗示了比通过其组织的感受性所能表达的东西还要多得多的意味。"由此可见,阿多诺还是在一定程度上肯定了"收藏"这一转移行为——艺术品→历史的象形文字。然而,针对储藏"精神自然史"的"收藏"的博物馆,阿多诺还是坚定地延续了博物馆批判论的传统。阿多诺指出"德语中'museal'(博物馆的,与博物馆相关的)一词承载了一种不悦的姻亲关系,即与讣闻的姻亲关系,以及与死亡、与陵庙、与坟墓文化间的姻亲关系"。为此,艺术的博物馆化就被当成了这样一种征兆:"现代时期的艺术已经不再是一个完整的活生生的现实、实践,而变成了一个仅仅迎合历史家、鉴赏家、策展人和文化官员的客体。"[1] 由此可见,阿多诺的理论与海德格尔的理论都在一定程度上沿袭了博物馆怀疑论。然而,这种论调并不是当时德国历史语境中唯一的艺术博物馆论。

第二,开启了博物馆科技论。由于剧烈的政治动荡,促使知识分子面临高压的意识形态,因此他们在谈论艺术之时,开始在迎合大一统的意识形态的同时,走向了艺术的技术论层面,倾向于分析构成艺术的客观的、科技的、原料的等层面,代表人物是本雅明。当然,促成本雅明走向艺术科学论的原因主要有两个。

其一,科技论自身的发展,包括自然科学和社会科学的发展。其中,就社会科学而言,最突出的就是1859年达尔文的《进化论》。此书问世后不久,就受到德国艺术界艺术史家的青睐,典型代表就是戈特弗里德·森佩尔(Gottfried Semper)。米切尔·B. 弗兰克(Mitchell B. Frank)就指出在德国语境中,森佩尔扮演了一个重要角色,即"把进化理论应用于艺术发展的历程"。1869年,在一篇谈论建筑风格的文章中,森佩尔就解释了达尔文的概念可以被应用到艺术历史的研究中:"我们恰好可以把古老的历史遗迹描述为灭绝的社会机构的化石容器。"然而,这些历史遗迹"既不是成长于社会之背的壳,就如蜗牛的壳一样,也不是按照盲目的自然程序向前发展,就如珊瑚暗礁,而是人类的自由创造"[2]。当进化论在德国艺术史界泛滥之时,有些学者

---

[1] James J. Sheehan. *Museums in the German Art World: From the End of the Old Regime to the Rise of Modernism*. New York: Oxford University Press, 2000, pp. 190–195.

[2] Mitchell B. Frank, Daniel Alder. *German Art History and Scientific Thought: Beyond Formalism*. Farnham, Surrey: Ashgate, 2012, p. 101.

一方面对此现象进行了批判,另一方面则寻求新的艺术史方法,典型代表就是李格尔。他在《风格问题:装饰艺术简史》(*Stilfragen: Grundlegen zu einer Geschichte der Ornamentik*, 1893)一书中就指出"过去25年,德国的艺术史研究聚焦于物质主义的方法,即强调科技之物",这种方法"起源于森佩尔与达尔文齐行的理论",这种社会达尔文主义"聚焦于种族的差异,并把人类的发展机理简化成机械的和物质的原因"①。与此同时,李格尔开始探索抽象主义方法,正如其《视觉艺术的历史文法》(*Historical Grammar of the Visual Art*),就试图从精确的"文法学"视角描述建筑、绘画、雕塑和装饰艺术共同的因素,以及这些因素的发展规律,而这种方法内在地为德国艺术界的形式主义论奠定了坚实基础。

其二,形式主义论的发展。当然,李格尔并不是唯一走向"形式论"的德国学者,只是他选择了批判社会达尔文主义的视角,尽管其批判不但不彻底,而且本身在一定程度上也是一种社会主义达尔文主义。由此可见,达尔文进化论对当时德国艺术界的影响是异常深远的。例如,几乎与森佩尔同时期的查尔斯·布兰克(Charles Blanc)和海因里希·沃夫林(Heinrich Wölfflin)早在19世纪就开启了"建筑的面部特征学"。其中,1876年,布兰克研究了中国建筑的特点,尤其是"庙宇的屋顶与人脸的相似性"②,而沃夫林则在1886年探讨了"建筑形式如何才能成为精神或某种情绪的表述"③。

然而,这种达尔文式"形式论"在第一次世界大战爆发后迅速与李格尔批评达尔文社会主义的视角的"形式论"结合,从而全面开启了德国艺术界外在的政治意识化挤压与内在的艺术科学化发展。例如,沃夫林的专著《艺术史的原则:后期艺术风格发展的问题》(1915)为艺术史的书写奠定了形式主义方法论原则。这种原则影响了阐释现实的两个基本层面:其一,"经验主义艺术品的历史特定层面(如一幅巴洛克绘画)",其二,"对立美学类型的抽象层面和沉思层面(如强调线条和强调色彩)"。④ 这种方法论是第一次世界大战时期德国艺术理论家风向标,他们认为自己的作品是"'纯的'、自治的、

---

① Mitchell B. Frank, Daniel Alder. *German Art History and Scientific Thought: Beyond Formalism*. Farnham, Surrey: Ashgate, 2012, p.106.
② Mitchell B. Frank, Daniel Alder. *German Art History and Scientific Thought: Beyond Formalism*. Farnham, Surrey: Ashgate, 2012, p.123.
③ Mitchell B. Frank, Daniel Alder. *German Art History and Scientific Thought: Beyond Formalism*. Farnham, Surrey: Ashgate, 2012, p.110.
④ Mitchell B. Frank, Daniel Alder. *German Art History and Scientific Thought: Beyond Formalism*. Farnham, Surrey: Ashgate, 2012, p.72.

第五章 博物馆——视觉化艺术之力天平及"政治"与"美学"绑定关系的文化媒介

未受污染的、非政治的,以及未被任何隐形意识形态议事日程驱使"①,只涉及艺术的客观性、纯客观因素。究其根源,主要在于当时大战语境对德国艺术理论的双向挤压:一方面走向各种概念化的抽象想法、行为,另一方面则集中关注客体、科学、技艺本身。这种挤压在希特勒时期发展到极致,由于在当时帝国主义的德国,谈论民族和种族成为常事,因此艺术的"纯科学"理论再次扮演了重要角色。

在"第三帝国"(Third Reich)期间,很多艺术论家坚称他们的作品"没有任何政治或意识形态维度,而只有真正意义上的科学的、学者的特征"。这一论述建基于这样的一种二元对立——"科学与政治",其中科学作为"一个没有偏见、没有非固有价值的领域,从事的客观研究",而政治则是"煽动的观点、意识形态的信念和种族的偏见的'坏'领域"②。自此,"真的""纯科学"暗示了一种策略,即"把学识定义为一种抽象程序的策略,而那些关涉艺术史的各类人群,如学者、策展人、管理人、批评家、作者、收藏家、代表、代理人、艺术品商等,几乎都从'现实世界'中抽离出去,转而遁入象牙塔之中"③。

第二次世界大战期间,很多德国艺术史家首先做的事情就是坐船漂洋过海。那些没有以及没能离开的艺术理论家能够做的事情就是"研究某一个地区的一件艺术品或一栋建筑的特殊的、隐喻性的地区民族特征"。正如1948年,在第一次德国艺术史会上,赫伯特·冯·埃纳姆(Herbert von Einem)在开幕会致辞中指出:"那些在'第三帝国'统治期间没有移民他国的艺术史家,在他们的故乡默默地照料着真我的精神和真正的科学(学识),并把它们传递给年轻的一代。"为此,他们在客体与语境之间建立了强烈的关联。然而,在反对纳粹期间,他们则走向了所谓的形式主义立场,这种立场促成了一种强烈的形式层面的聚焦,即"集中关注艺术作品的'纯正'自身,主要表现为其形式质量(从颜色和线条到组织、形状和素材)"。这种逃遁在第二次世界大战后依旧兴盛,因为很多曾经站在了纳粹一边的知识分子改变了立场,认为种族差异是不存在的,以期望逃避战后的惩罚。此时,针对艺术"客观

---

① Mitchell B. Frank, Daniel Alder. *German Art History and Scientific Thought: Beyond Formalism*. Farnham, Surrey: Ashgate, 2012, p. 165.

② Mitchell B. Frank, Daniel Alder. *German Art History and Scientific Thought: Beyond Formalism*. Farnham, Surrey: Ashgate, 2012, p. 169.

③ Mitchell B. Frank, Daniel Alder. *German Art History and Scientific Thought: Beyond Formalism*. Farnham, Surrey: Ashgate, 2012, p. 163.

性和'纯科学'的言论",实际上变成了他们的"一个强大的防御工具",因为"他们的未来就依赖于成功使用这一强有力的武器"。①

由此可见,德国艺术界倾向于"客观性"的"形式主义论"是当时德国知识分子的一种生存策略,这种策略一方面支持了艺术、艺术史作为一门科学的言论,另一方面又帮助那些曾经赞成纳粹行为的艺术家、艺术史家,逃脱战后的惩罚。为此,本雅明对德国艺术博物馆论的发展做出了两大贡献:第一,从德国艺术界的怀疑论、批判浪潮中,为艺术博物馆的存在性、重要性找到了理据;第二,从德国艺术界的科技论、形式论中,为艺术博物馆的重建性、独特性奠定了根基。

综上可见,恰如马尔福尔所言:"有关博物馆争论的底线涵盖了这样的一个知识分子困境——博物馆是一种创新生产行为,还是一种守旧保护行为,而这个困境关涉了文化自身的原则。"② 更具体地说,实际上有关博物馆的批评主要围绕的是博物馆与死气沉沉、冷冰冰、过时、古老、废旧、残片等无生命力的关联一体,从而扼杀了艺术、隔断了艺术与现实生活的关联,最终成了艺术的"美丽而危险的"坟墓,而这个坟墓带给观者的就是压抑、烦躁、不适和不悦。然而,如果认为在这个争论中,博物馆已经与"保护之力和退步之力一致结盟,那就错了",因为有关博物馆的最早批评就同时谴责了其"易怒的极端主义和危险的创新意识"。当然,有关博物馆中的艺术不再真实可行的观念暗示了这样的一种观念,即"博物馆之外的艺术享有一种与历史和文化之间更真的、更内在的关联"。而这一观念"认可了一种理想的历史观,即历史被当成艺术作品存在的前基质,或者说一种前定的空间,正是此空间孕育了艺术作品的诞生"。于是,一种给定的艺术就会被说成是"适应了其历史语境,就像适应了其自然本质"。为此,对于博物馆反对者而言,这个观念确认了这样的一种理念,即"艺术品必须被完整地重置于一个类似于其'原初放置属地'的空间中"。而对于博物馆拥护者而言,则是把"艺术品表述为主要是历史的产物",且"陈列品的类型依据的是年代的和民族的原则(而非内容的和风格的原则)"。然而,不论是拥护还是反对,艺术博物馆的存在性都是无法抹杀的。此外,艺术与历史具有不可分割的三重关联:其一,艺术确保了一种独特的历史思考,因为艺术品"创造"历史的方式与其他人工制品'创

---

① Mitchell B. Frank, Daniel Alder. *German Art History and Scientific Thought: Beyond Formalism*. Farnham, Surrey: Ashgate, 2012, pp. 171 – 172.

② James J. Sheehan. *Museums in the German Art World: From the End of the Old Regime to the Rise of Modernism*. New York: Oxford University Press, 2000, p. 194.

第五章　博物馆——视觉化艺术之力天平及"政治"与"美学"绑定关系的文化媒介

造'历史的方式具有本质的差异;其二,艺术构成了"一种历史的停顿",也就构成了"艺术体验和艺术主体的停顿",而这种停顿"正好以质疑内在性、自然主义和真实性概念的方式切入了文化主体的概念";其三,艺术自身就要求我们"以艺术作品自身的视角去探讨文化、历史和真实性的观念"。因此,保存了不同历史时期艺术品的博物馆,必定会与艺术相随相伴,且博物馆的历史则在一定程度上揭示了"表述和欣赏艺术的实践变革"①。然而,两次世界大战给德国博物馆带来了巨大的灾难,甚至直到1960年有的博物馆还处于重建之中,使得本雅明的艺术新论随着他的离世渐行渐远。为此,需要继续追问:承受了现代批评、怀疑思潮洗礼的艺术博物馆如何度过了单向度的定论——"死亡",并迎来了哪些发散性的新论?

就度过单向度的定论而言,主要根源是20世纪60年代杜尚的"小便池革命"和拼贴画引发的艺术革命,这再度引起艺术家对博物馆重要性的激烈争议。其中,贝尔廷反对博物馆终结论的很多观点就来源于这一艺术革命的影响。

就发散性新论而言,主要表现是格罗伊斯的诸多文章,如《当国家瓦解之时博物馆所承担的角色》《论"新"》《平等审美权利的逻辑》《论策展》《世俗启蒙之灵光》《多重作者》《从艺术品到艺术文献》《项目的孤独》《趋向革命:论马列维奇》《艺术,技术和人文主义》等,主题都是博物馆存在论。当然,格罗伊斯之所以赞成博物馆存在论,与他深受德国艺术哲学和博物馆发展历程的影响是分不开的。与此同时,格罗伊斯在苏联的成长经历以及随后移民西德的经历,又促成了格氏博物馆理论的新颖性。其中,最为核心和新颖的观点就是以"新"与博物馆的紧密关联作为博物馆存在论的依据,并且这种依据是空间层面而非时间层面的。这种特性具体就表现为《论"新"》一文的结语:"圣经中有一句名言:'太阳之下并无新事',这无疑是正确的。但是,博物馆中没有阳光,这也就解释了博物馆为什么曾经一直是,并且现在仍然是创新可能发生的唯一的场所。"②

---

① James J. Sheehan. *Museums in the German Art World: From the End of the Old Regime to the Rise of Modernism*. New York: Oxford University Press, 2000, p. 194.

② 李军:《现代艺术史体制之完成——对贝尔廷与格罗伊斯关于艺术史与博物馆"终结论"的再考察》,载《艺术设计研究》,2011年第4期,第105页。

第二节　博物馆作为可见的艺术之力天平

如果说格罗伊斯通过"新"回应了娜塔莎·库尔恰洛夫对他的社会主义现实主义框架的质疑,即对陈旧的总体主义的怀念,那么他依旧没有解决另一个向度的质疑,也就是其社会主义现实主义框架的裂隙。因为格罗伊斯所衔接的斯大林主义政治与先锋派美学之间的关联是不可信的,具体又表现为这种政治与美学之间的关联是不可见的。为此,格罗伊斯通过《艺术,技术和人文主义》和《趋向革命:论马列维奇》两篇文章,重点探讨了博物馆是如何对文艺空间与政治权力之间的绑定关系进行视觉化的呈现。

一、博物馆蓝图与文化掠夺抽离了艺术与语境的关联

在《艺术,技术和人文主义》一文中,格罗伊斯指出法国大革命对博物馆发展的影响:"实际上,是法国大革命把教会和早期使用的东西变成了艺术品,即变成了博物馆展出的物品,也就是只限于被看的对象。"换言之,法国大革命的"世俗主义废除了对上帝的沉思,并代替成为'美的'物质对象",也就是说"艺术本身是因为革命的暴力而产生的",因而艺术"从一开始就是一种现代形式的偶像主义"。因为"在前现代的历史中,包括宗教和政治制度在内的文化制度和惯例的变化将导致激进的偶像破坏——对与过往文化形式和信仰有关的对象的物理性破坏"。然而,"法国大革命为处理过去有价值的事物提供了一条新途径。这些东西没有被破坏,而是被取消了功能并呈现为艺术"。换句话说,"法国大革命引入了一种新型的东西:去功能化的工具"。因此,"对于人类来说,成为物不再意味着成为工具。相反,现如今,成为物意味着成为艺术品",即"对于人类来说,成为一件艺术品正是意味着从奴隶制中走出来,免于暴力"。实际上,"艺术品保护可以与人类身体的社会政治保护相比较,即人权所提供的保护,这也是法国大革命带来的"。因为艺术与人文之间一直就有着密切的关联,而"根据人文主义的原则,人类只能被沉思,不能被积极地利用",也就是"不能被杀害、侵犯、奴役等"[①]。总而言之,法国大革命对博物馆的发展是至关重要的。

---

① 格罗伊斯:《艺术、技术与人文主义》,陈荣钢译,载《上海艺术评论》,2018年第2期,第76页。

第五章　博物馆——视觉化艺术之力天平及"政治"与"美学"绑定关系的文化媒介

于是，就有必要进一步追问，法国大革命对博物馆的发展产生了哪些具象层面的关键影响？要找出这些问题的答案，就需要回到法国大革命的历史语境之中。首先，如果从上文梳理的德国博物馆的五个发展阶段，可以看出法国大革命对德国博物馆第二阶段的发展产生了不可磨灭的影响，即促使德国博物馆的建构理念从宫廷欲望转变成德国地方政府和整个德国文化身份的建构需求。其次，如果结合格罗伊斯的《论"新"》，可以看出实际上博物馆怀疑论早在20世纪90年代之前就已有之：

> 在现代主义时期有一个根深蒂固的传统，即以捍卫真实生活的名义抨击历史、博物馆、图书馆，以至任何一般意义上的归档行为。大部分现代主义作家和艺术家都对博物馆和图书馆进行过猛烈的批判：卢梭赞赏亚历山大图书馆（Library of Alexandria）的毁灭；歌德笔下的浮士德和魔鬼签订契约，就为了逃离图书馆（以及摆脱在图书馆中读书的任务）。在现代主义艺术家和理论家的文本中，博物馆被描述为艺术的坟墓，博物馆馆长则被视为艺术的掘墓人。在此文脉中，博物馆及其所呈现的艺术史的死亡，必须被理解为一种真实的、富有生命力的艺术的复活，一种对真实的现实和生活以及伟大的他者的张扬，即博物馆的死亡意味着死亡本身的死亡。突然之间，我们获得了十足的自由，就像摆脱了埃及人奴役的希伯来人那样，兴高采烈地出发前往真实生活的应许之地。这一切都可以理解，尽管没有任何强力的证据表明埃及人的艺术陈规应该立刻废除。①

为此，笔者认为应该从两个向度去追问法国大革命对博物馆发展的影响：（1）法国大革命对博物馆怀疑论谱系的影响；（2）法国大革命对德国博物馆论的影响。针对法国大革命对博物馆怀疑论谱系的影响而言，就不得不提及为随后几个世纪的"博物馆怀疑论"奠定了坚实基础的德·坎西。坎西出生于巴黎，具有三重身份：杰出的考古学家和建筑学家、精明能干的艺术管理者与较具影响力的艺术理论家和艺术史家、拿破仑统治时期法国科学院的领导。法国大革命爆发时，坎西当选为立法委员会的重要代表，参与了大革命。大革命期间由于他针对革命本身对艺术财产的损毁提出了艺术自由论和艺术版权论，站在了质疑拿破仑艺术掠夺行为，尤其是拿破仑的博物馆蓝图的反对面，从而遭受了两年的牢狱之灾，并分别在1793年和1795年承受了两次被处决的法令。由此可见，坎西的艺术论所产生的历史根源是法国大革命。

---

① Boris Groys. "On the New", *RES: Anthropology and Aesthetics*, 2000, 38 (1), pp. 5 – 6.

从某种程度上讲，法国大革命是一把双刃剑，一方面极大地促进了欧洲博物馆的发展，尤其是拿破仑的博物馆蓝图，即建立一个统一的自由民主制的法国博物馆系统，并在其他封建国家建立分馆；另一方面又孕育了博物馆怀疑论，尤其是大革命所到之处对各国艺术品的毁坏，因为在拿破仑博物馆蓝图的驱使下，大革命者所到之处的艺术品都以民主自由之名被掠夺回巴黎或运往法国其他地区。第一个公开质疑拿破仑博物馆蓝图并将其定义为文化掠夺行为的是坎西，他从空间的视角质疑了拿破仑博物馆蓝图之名所掩藏的文化掠夺之实。坎西为何会在拿破仑构建宏伟博物馆设想时提出艺术作品的"语境论"，而且坎氏语境论为何选择从空间视角去论述文化掠夺行为的不合理性，进而对当时博物馆场域的扩张提出了质疑？要回答这个问题就需要把坎西及其语境论放回法国大革命时期博物馆的发展浪潮和功能演变历程之中。

大致而言，法国大革命带给欧洲最重要的新貌就是为艺术界注入了现代性，具体表现为三个方面。

第一，改变了艺术与公众的关系——艺术属于公众，因为皇室及贵族的艺术财产属于国家财产，而国家财产属于公众财产。大革命摧毁了一些象征着权贵阶层政权的艺术品，因为"推翻旧政权的大革命领导意识到国家艺术品是属于新社会的所有人的"[①]。因此，1792年5月27日，法国国民议会宣布"国王的艺术藏品国有化，并声明卢浮宫公有化"[②]。1793年8月10日，卢浮宫作为一座"致力于爱和艺术研究的殿堂"，正式向公众开放，成为第一个现代公共博物馆（国家艺术博物馆）。开放周期"为10天，其中5天是专门针对艺术家和临摹者开放，2天用来清洁藏品，剩余3天时间则向公众开放"[③]。1796年5月，卢浮宫停止对外开放，进入整修、维护期。1800年，拿破仑首次参观卢浮宫。1801年7月14日，卢浮宫再次向公众全面开放。1803年，卢浮宫更名为"拿破仑博物馆"，此名称一直持续至拿破仑政权垮台。

第二，改变了艺术与政治的关系——艺术服务且只服务于政治，尤其是公众的自由和社会的民主，且艺术与政治的衔接点是"身份"，故而政治身份以艺术身份的形式出场。因为革命者认为艺术存在的根本意义就是为了让公众能够把艺术用之于改革之中。为此，正如德国博物馆学家希恩所言："艺术与政

[①] Edward P. Alexander, Mary Alexander. *Museums in Motion: An Introduction to the History and Functions of Museums*. Plymouth: Altamira Press, 2007, p. 33.

[②] Carol Duncan. *Civilizing Rituals: Inside Public Art Museums*. New York: Routledge, 1995, p. 22.

[③] Edward P. Alexander, Mary Alexander. *Museums in Motion: An Introduction to the History and Functions of Museums*. Plymouth: Altamira Press, 2007, p. 33.

治的关系首先在巴黎得到很好的呈现",因为"法国大革命的领导者很快就认识到了艺术在政治改革和社会重建中的重要性"。① 由于艺术既能被用来表述民主、自由,又能颂扬统治者的权威、荣誉,因此革命者一方面大力"开放""公共化"国内权贵阶层的艺术财产,另一方面则全面捆绑艺术与政治,尤其是现代政治的关系,从而用于本国权力的向外扩张。

第三,改变了艺术与空间的关系——其他封建国家的艺术品要离开其原属空间,离开的方式有两种:其一是被损坏而消失。其二是被挪移而到达现代性之都法国巴黎,并被放入博物馆向公众开放。为此,革命者首先以捣毁权贵阶层的权力、专政象征为由,不同程度地损毁一些古老的艺术品和建筑物,在他们的所到之处,很多被定义为封建专制的艺术品和建筑物均无一幸免。其次,革命者以保护藏品为由,掠走大批珍贵、稀有的艺术品。为了顺利完成这些任务,拿破仑还专门成立了一个强行征集委员会,委员会的成员数量庞大,包括画家、雕塑家、考古学家、数学家、化学家、植物学家、法兰西学院的成员、博物馆管理员、艺术学教授和排字工人等。强行征集会的成员一般都随军出征,为军队掠夺艺术品的行为做分析、建议、记录、研究和解释。例如,1794年革命者占领比利时时,军队从安特卫普、布鲁塞尔等城市强行征集了数以千计的艺术杰作。作为强行征集委员会之一的激进艺术家吕克·巴尔耶比就为这一掠夺行为进行了美化辩护:"之所以要挪走布鲁塞尔、凡·戴克和其他佛兰德斯艺术流派大师的不朽杰作,是因为只有自由的人民才有资格保管这些大师的作品,而那些被奴役的人民不配享有这些大师的荣耀。"1796—1797 年,拿破仑攻打意大利时就带领了很多强行征集委员会的成员,他对这些成员及其军队的指示是"意大利全境凡是具有艺术价值和科学价值的物品,都可以自由挪走,为法国所有",这些物品包括"书籍、绘画、科学仪器、铅字模具、野生动物、自然界的珍奇异物",以及雕塑、石碑、青铜器、黄金和白银器具、饰品等。②

上述三点变化对博物馆的发展产生了重大的影响,具体表现为拿破仑的宏伟博物馆蓝图,孕育这个蓝图的因素有两个:其一,拿破仑通过征战收缴了周边多国珍贵稀有的艺术品,而这些艺术品需要空间摆放和存放。因为在艺术"公众化"、政治"民主化"、艺术品"挪移化"的进程中,革命者"获得艺

---

① James J. Sheehan. *Museum in the German Art World: From the End of the Old Regime to the Rise of Modernism*. Oxford: Oxford University Press, 2000, pp. 49-50.

② Edward P. Alexander, Mary Alexander. *Museums in Motion: An Introduction to the History and Functions of Museums*. Plymouth: Altamira Press, 2007, p. 33.

术战利品时的行为与古代战争没有什么两样,即征服者总是拿走他们的敌人最为珍视的艺术品,留下洗劫一空的宫殿和空空如也的神龛"①。其二,拿破仑针对那些无法挪移的艺术品构想了在战争所到之处就地设立博物馆。为此,拿破仑聘用当时已经年过半百的多米尼克-维旺·德农(Dominique-Vivant Denon)为他最资深的艺术顾问,他们一起为"法国及其征服的卫星国共同设计了一套全面的博物馆蓝图",即"建立一个统一的法国博物馆系统,并且在其他地方建立分馆"②。由此可见,拿破仑的艺术品掠夺行为孕育了其博物馆蓝图,而博物馆蓝图的出现又大力推动了拿破仑的艺术掠夺行为,从而使博物馆蓝图与艺术掠夺行为进入一个绑定的雪球循环之中。这种循环在当时之所以可行是因为法国大革命首度以国家之名、公众之名、民主之名和自由之名紧密绑定了艺术与政治的关系,尤其是卢浮宫与法国的荣誉、民主等的捆绑关系。因为"卢浮宫开放后,展厅中旧王朝时期的奢侈品,在传统意义上是与显著的消费和社会的特权联系在一起的,现在却变成了一种国家财产、一种爱国价值和公众启蒙工具的资源"③。

当大革命者追溯拿破仑沉浸在浩浩荡荡的艺术品掠夺和博物馆蓝图梦想中时,法国内部却出现了第一个公开指责拿破仑行为的学者——德·坎西。1796年,坎西发表了一本书信体小册子,全书包括《给米兰达的信,关于挪移意大利艺术纪念碑》("Letters to Miranda on the Displacement of Italian Artistic Monuments")、《给米兰达和卡诺瓦的信,关于从罗马和雅典诈骗古物》("Letters to Miranda and Canova on the Abduction of Antiquities from Rome and Athens")等7封信件。这些信件从不同视角谈论艺术掠夺行为的不合理性,尤其是从意大利转移艺术杰作,对艺术和科学造成的损害,而1803年和1815年作品在罗马再版时,坎西明确表示反对掠夺意大利领土。由于先后目睹或耳闻了大革命军队在所到之处挪走其他国家的艺术品和手工艺品,如1795年拿破仑在吞并比利时之后征用了佛兰德的绘画,1796年在战胜意大利后运回了意大利的艺术,1789年在打败埃及之后也掠走很多埃及的古老艺术藏品。坎西试图以其书信小册子引起人们对艺术掠夺行为的后果的关注,即"把艺

---

① James J. Sheehan. *Museum in the German Art World: From the End of the Old Regime to the Rise of Modernism*. Oxford: Oxford University Press, 2000, p. 50.

② Edward P. Alexander, Mary Alexander. *Museums in Motion: An Introduction to the History and Functions of Museums*. Plymouth: Altamira Press, 2007, pp. 35–36.

③ James J. Sheehan. *Museum in the German Art World: From the End of the Old Regime to the Rise of Modernism*. Oxford: Oxford University Press, 2000, p. 50.

第五章　博物馆——视觉化艺术之力天平及"政治"与"美学"绑定关系的文化媒介

品挪移原地,并运离往其他陌生地方,将造成文化损毁的警醒式关注"。因为学习雕刻和建筑时期的坎西曾游历欧洲多国和畅游多种艺术殿堂,正是这种亲身经历促使他"发现把拉奥孔或阿波罗望楼陈列在巴黎伤兵院的场景",不仅是"一种对艺术不敬的、野蛮的行径",还"污染了文化的意义"。坎西基于这种发现对拿破仑因为文化掠夺行为而建构的博物馆蓝图提出了质疑,他认为这个蓝图"不是在保护艺术或文化,而是在把文化从其真实的语境和活生生的历史中抽离出来"①,具体原因如下:

> 把艺术挪移出其原属空间,然后再把这些碎片重现于所谓的"保护性"仓库之中,就毁坏和拆解了它,正如过去25年以来人们所做的一样……你如何能责怪艺术,如果艺术品已经不再绑定于其适时的社会之须,而且其宗教功用和社会功用已经被极度缩减……你必须停止假装在这些处理方式中艺术得到了保护……当这些(被掠的)陵庙不再有适宜的栖居之所,它们将成为何物?那些纪念碑将承受两次被掏空的虚无,而那些空空如也的艺术坟墓则甚至会被死亡本身所抛弃。②

为此,1796年坎西冒名写了一封书信式论文,反对法国即将从罗马抢夺艺术品的计划,指出欧洲强国的权力应该贡献一部分用于保护教皇的艺术和知识。随后,坎西很快集结了当时47位巴黎艺术家签名的联名请愿书,请愿书旨在质疑挪移并重置罗马艺术的益处。同年,坎西被选为塞纳地方委员会"五百理事会"的会长,并在参加了一次保皇党政变之后开始四处躲藏,而在流放德国期间,坎西阅读了康德和席勒的作品,两者的哲学观点形塑了他自己的美学观。1800年,坎西返回巴黎,被任命为塞纳委员会的秘书长,从此开始其公开质疑拿破仑博物馆蓝图的生涯。1815年,拿破仑战败之后,当庇护七世教皇(Pope Pius Ⅶ)指派雕塑家安东尼奥·卡诺瓦(Antonio Canova,1757—1822)为其特使,前往巴黎试图索还被运往法国的100件艺术品和500件手稿时,坎西成了卡诺瓦之行的最有力的支持者。

在得到坎西的支持的同时,卡诺瓦也深受坎西艺术论的影响。1816年,卡诺瓦在写给罗马考古学院的信里指出务必"将其(归还的文物和出土的文物)维系于确定的地点",因为"这就是艺术品的归宿……这一都城的每一块

---

① Didier Maleuvre. *Museum Memories: History, Technology, Art*. Stanford, CA: Stanford University Press, 1999, pp. 15 - 16.

② Didier Maleuvre. *Museum Memories: History, Technology, Art*. Stanford, CA: Stanford University Press, 1999, pp. 52 - 55.

石头……请求学者和古文物收集者的审视、研究和关注"。确实,很多艺术品失去了语境性也就失去了存在意义。为此,尽管法国革命者在 1798 年就谱就了这样的一首歌,以"赞美意大利艺术杰作抵达巴黎的情形"——"罗马不再在罗马,它已完全在巴黎"①。

然而,即使拿破仑及其革命者和强行征集委员会成员搬走了所有文艺复兴、巴洛克风格的艺术品,却也无法把巴黎变成第二个罗马或意大利。毕竟,富丽堂皇是"对文艺复兴和巴洛克时期的宫殿至关重要的要素,君主必须看上去是过着一种奢华的生活",尤其是"在文艺复兴的宫廷欢庆中统治者被寓意为掌控智慧和权力的人,其最根本的目标就是被构思为艺术的力量",故而君主精细布置的收藏品实际上都在言说"我是统治者,因为我一个人就拥有用宝物创造历史叙事所需要的力量"。而大革命的宗旨就是要推翻奢华的封建王朝,走向民主自由和现代,且大革命导致的艺术生态大多是满目疮痍的废墟,因此"意大利艺术如果脱离了具有如此丰富感情色彩的环境,就会变得苍白无意义",也就是说"当意大利艺术运到了巴黎,它就不再存在了",故而"拉斐尔的绘画和古代雕塑离开了罗马,就不再是得到了保护",因为它们是"一个更大的整体——意大利视觉文化的一部分",所以"对于博物馆怀疑论者来说,卢浮宫博物馆的诞生就是艺术历史的戏剧性断裂"。②

由此可见,作为第一个公开反对拿破仑蓝图的前大革命者,坎西最先明确指出拿破仑的文化掠夺行为和博物馆蓝图对艺术品产生的致命影响,也就是使艺术品失去了与其语境相映成趣的历史连贯性,并在这种艺术与语境的不适中导致了艺术品的虚无与死亡,从而开启了博物馆作为一种保护艺术品的艺术空间的怀疑论先河。除此之外,坎西还探讨了由文化掠夺行为所引起的博物馆内部空间的变化,以及这种变化对艺术品功能的影响。

二、博物馆藏品的不当摆放剥离了艺术品的艺术功能

除了对博物馆自身所代表的一种外在的艺术空间的关注外,坎西还发现拿破仑的艺术品掠夺行为直接影响了博物馆的内部空间,具体表现为藏品本身的不当摆放以及藏品之间的不当摆放,使艺术品失去了其应该具有的艺术功能:

---

① David Carrier. *Museum Skepticism: A History of the Display of Art in Public Galleries*. Durham:Duke University Press,2006,pp. 53 - 56.

② David Carrier. *Museum Skepticism: A History of the Display of Art in Public Galleries*. Durham:Duke University Press,2006,pp. 53 - 55.

第五章　博物馆——视觉化艺术之力天平及"政治"与"美学"绑定关系的文化媒介

如此多的纪念碑因为被重置而被剥夺了存在价值，如此多的艺术品在失去它们的功用时失去了真正的价值……你可能拥有了艺术品的物质躯壳，但是令人怀疑的是，你是否能传递那些与确保它们存活的理念和关联？……艺术品最根本的价值依赖于创造它们的信念、绑定它们的理念、它们所阐释的境遇，以及那些给予它们统一性的共同体之思。然而，现在谁能告诉我们这些雕塑代表了什么，因为毫无目的性的态度，它们的表述变成了笨拙的模仿，而境遇则变成了不可理解之物……它们仅仅是学者之间交换的货币。因此，正如大家每天看到的一样，这些零散的杰作被谴责为一种不育的赞美……那些被毁坏的艺术依然成了古迹……在古物研究者寻找学识的地方，精神徒劳地寻找着真正的情愫。①

根据藏品的陈列形式，博物馆会强加或指引给观者一种观看古老艺术品的方式，且这种方式的目的是引领观者在一定的空间内体验一次时光之旅，以便观者能够在沐浴人类精神文化财富的同时延伸自己的生命周期。然而，当时对于拿破仑而言，博物馆及其艺术藏品承担的却是另一重大而特殊的政治责任——展示共和法国的国家权威和荣誉，以及由大革命开启的人类自由民主和现代性。正是在这一责任的指导下，拿破仑博物馆蓝图中的藏品也具有了特殊性，即这些藏品主要来自那些仍旧处于封建王朝的奴役束缚之下，而艺术财富又异常丰富的国家。为此，坎西再次强调了这些他国藏品来到巴黎之后总是表现出"水土不服"，这种"不服"除了表现为与巴黎、与法国的整个大语境的不适，还表现为对博物馆内部空间的装潢、展架等小语境的排斥。

例如，在大革命浪潮中建立的法国纪念博物馆，主要存放的是体现法国历史连续性的艺术废墟和残片。当罗马的文艺复兴和巴洛克时期的艺术品被放置在纪念博物馆时就患上了"语境不适症"，因为这些罗马艺术品原属的宫殿都装潢得金碧辉煌，建筑也异常豪华。于是，对于这些罗马艺术品而言，纪念性博物馆就毁了那些被汇集起来存放和保护的艺术品的本来目的。究其根源，不仅仅因为一幅本意在让虔诚的人变成祈祷者的绘画，有可能挂在一幅意在让风流者亢奋的绘画旁边，而且还因为一旦绘画从卧室或礼拜堂挪移到空空如也的墙壁上时，就失去了其真正的功能，因为这种墙壁肯定缺乏任何与卧室或礼拜堂的联系。比如人们不是去看祭坛，而是在祭坛前祈祷，而当人们将祭坛从礼拜堂挪移到博物馆的墙上，它就不合宜地与架上绘画相提并论了，从而使本来

---

① David Carrier. *Museum Skepticism: A History of the Display of Art in Public Galleries*. Durham：Duke University Press，2006，pp. 52 - 55.

具有宗教意图的庄严载体的本质就没有了，也就使它失去了活力。这也就是菲利普四世并没有想把委拉斯凯兹所画的肖像，挂在拿破仑博物馆的西班牙画派的作品旁边，或与弗里克先生的珍贵绘画为伍的根本原因。

为此，坎西就认为，"如果要对艺术品进行切实的保护，就不只是要挽救这一对象，还要维护其原初的语境"①。坎西的这种语境论对当时欧洲博物馆的发展产生了巨大的影响，因为正是在这一时期很多国家开始建立博物馆，以便保护本国的艺术财产，同时开始索回被法国夺走的艺术品。为了抵制法国的强行掠夺，很多国家纷纷意识到建立博物馆的重要性，试图以政府和国家之名保护本国的艺术财产，并开始向公众开放。例如，1808 年，荷兰国王路易·拿破仑在阿姆斯特丹建立了皇家博物馆（即今天阿姆斯特丹国立博物馆的前身）；1813 年，西班牙国王约瑟夫·波拿巴在逃离西班牙的途中，携带了很多皇家藏品，1819 年，普拉多（Prado）博物馆在马德里落成，波拿巴的藏品被收入博物馆，并正式向公众开放。在建构博物馆之外，坎西的语境论还促使欧洲多国开始索回被法国大革命及其浪潮夺走的艺术财产。同时，拿破仑遭遇滑铁卢之后，法国也开始主动向其他国家返还艺术财产。

这种艺术财产的返还与各国博物馆的建构一起呈现了坎西"语境论"所强调的艺术品"在地化"。因为坎西的艺术"语境论"，尤其是针对意大利艺术品挪移到法国，并重置于巴黎的博物馆而产生的"语境不适论"，所指涉的就是要求艺术的"在地化"，而此观念直接关涉了两个向度——"在"的时间向度和"地"的空间向度，而两个向度与"化"的交汇点就是融艺术品的时间化与空间化于一体的博物馆，具体可以表现为下图：

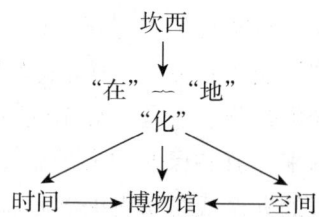

为此，当那些被革命者掠夺的不同国家的艺术品并排成列在巴黎的博物馆中时，很多艺术品失去了艺术功能，沦为了没有精神的死亡，具体原因可以表现为空间和时间两个层面。首先，就空间层面而言，当"脱离了它们原本的合适位置，博物馆展览的艺术品就归于'纯粹之物'"，即"在被剥去了精神

---

① David Carrier. *Museum Skepticism: A History of the Display of Art in Public Galleries*. Durham：Duke University Press，2006，p. 55.

第五章　博物馆——视觉化艺术之力天平及"政治"与"美学"绑定关系的文化媒介

性之后，这些手工品木然和无意义地挂在那里——'变成了无法了解之物'"。其次，就时间层面而言，在现代性之都巴黎的博物馆中，他国封建王朝艺术品的艺术形式失去了与其历史关联的目的性内容，在很大程度上变成了"一个孤独的客体"和"一个不解之物"。最终，被拿破仑博物馆蓝图"博物馆化的艺术招致的是一种分离的、消极的对待艺术品的态度"，而正是这种态度使"艺术品的具象死去，而自身则变成了被放逐意识的恋物癖"，这也就是坎西"在面对博物馆的艺术品时，对审美体验产生了恐慌"① 的原因。

由此可见，一方面由于"艺术从其产生和最初得以欣赏的地方抽离出来就无法生存"，因此"艺术品只有保持在原初的背景上才能完整的存在"②，所以"保持一种文化的鲜活，不仅仅要求对建筑的纯粹物理的保护，还要求与这些建筑联系在一起的生活方式的持续存在"；另一方面由于"一种活的文化有其统一性"，只保护残片无法使其真正存活，因此"在文化实践与其物化对象的关联不复存在时，艺术品就死了"③，而艺术品之死也就直接导致了存储这些艺术品的博物馆之死，这也就是坎西反对拿破仑的艺术掠夺行为和博物馆蓝图的原因。究其根源，主要在于艺术品始终是与孕育并创造它们的语境（时空层面）密切关联的，故而坎西就指出：

> 把古代和文艺复兴的作品从其活生生的历史语境中挪移出来，就毁灭了作品的意义。博物馆的艺术、艺术品从原初确定的地方向某一博物馆的转移，都意味着打断了那种总是存在于天才的创造与社会、艺术与风俗、艺术与宗教，以及艺术与生活之间的联系……真正的罗马博物馆不仅仅是由那些可以移动的艺术品组成的，而且还与许多的场所、地点、群山、采石场、古道、遗弃的城镇的位置、地理有联系，这些东西相互之间的内在联系、相关记忆、当地传统、流行习俗，均只有在其自身国度之内，才可能形成诸种比较。④

综上可知，坎西从两个方面反对拿破仑的博物馆蓝图和艺术掠夺行为：其

---

① David Carrier. *Museum Skepticism: A History of the Display of Art in Public Galleries*. Durham：Duke University Press，2006，p. 16.
② David Carrier. *Museum Skepticism: A History of the Display of Art in Public Galleries*. Durham：Duke University Press，2006，p. 53.
③ David Carrier. *Museum Skepticism: A History of the Display of Art in Public Galleries*. Durham：Duke University Press，2006，p. 47.
④ David Carrier. *Museum Skepticism: A History of the Display of Art in Public Galleries*. Durham：Duke University Press，2006，p. 53.

一，革命者把其他国家的艺术品挪移到巴黎也无法把巴黎变成这些国家，因为将艺术品强行抽离出原属语境就使它失去了历史连贯性；其二，革命者将所掠艺术品错置在巴黎的博物馆中就生硬地剥离了这些艺术品的艺术功能。综合两个方面，可以看出坎西博物馆论的内核是他国的艺术品与现代性之都巴黎博物馆之间的不和谐关系，这种不和谐集中体现为空间的不和谐，即艺术品空间与博物馆空间的不和谐，而这种空间不和谐的根源其实是权力的不和谐，因为艺术空间与政治权力一直是相互绑定的关系，所以艺术品只有在所属的艺术空间内才能够彰显出相应的政治权力，故而即使罗马的艺术品被大革命者搬到了巴黎，拿破仑也无法真正驾驭这些艺术品所表征的政治权力，从而无法利用这些政治权力去实现他的政治梦想和博物馆蓝图。因此，为了深入阐释坎西博物馆论的形成根源，就需要阐释艺术品与空间关系的根源，而为了阐释艺术品与空间的关系就需要阐释空间与权力关系的根源，因为只有说明这种根源才能理解格罗伊斯为何要选择使用博物馆论来阐明他的艺术之力理论。

三、视觉化文艺空间与政治权力的绑定关系

为了解释空间与权力关系根源，就需要梳理博物馆的形成根源，从而说明博物馆如何成为空间与权力关系的具象化载体。正如上文已经探讨过的，亚历山大指出：拉丁词 museum 在希腊文中的拼写是 mouseion，意指缪斯女神的神庙，而缪斯女神指的是九位掌管史诗、音乐、情诗、演讲术、历史、悲剧、喜剧、舞蹈和天文的仙女。那么，就需要了解"博物馆"为何会与神庙相关？究其根源，主要在于"博物馆"最初是仪式、宗教的据点，而且"博物馆与古老仪式据点之间的相似性不仅仅源于后者对前者建筑风格的参照，还因为博物馆本身就是为了仪式而存在的据点"①。当然，这种相关性在不同时期具有不同的表现形式。初民时代的仪式据点主要是地势独特的露地或洞穴，仪式的目的主要是由牧师通过演绎方式传达神界和灵界的信息，从而教会人们如何敬畏自然神灵和历代先祖。

因此，人们喜欢在仪式的露地周边或洞穴石窟内创作壁画或字符，描绘动物、植物、人物、先祖、神灵、鬼怪等之类的形象，这些图腾和画像承载了原始人类向神灵的祈祷和对自然的膜拜，尤其表现出对人类无法解释的自然现象的畏惧以及对战胜自然和敌人的英雄的崇拜情感和体验。随着自身的发展，人类开始建造一些人造的仪式据点，例如神庙或神殿，从而把仪式搬进了室内。

---

① Carol Duncan. *Civilizing Rituals: Inside Public Art Museums*. New York: Routledge, 1995, p. 10.

第五章　博物馆——视觉化艺术之力天平及"政治"与"美学"绑定关系的文化媒介

由此，人们开始在神庙、神殿塑造、悬挂和展示"神性之物"，尤其是一些精美的艺术品、工艺品和自然珍品，如神像、雕塑、祭祀器物、金银饰品、奇珍异宝等。中世纪时期，教堂和修道院承载了古典神庙、神殿的角色，只是收藏、崇拜、保护和展示的对象集中于圣母玛利亚、耶稣基督及其十二门徒。

由此可见，几乎每一个发展时期博物馆与仪式、宗教都是密切相关的，即使现代时期专业艺术机构（尤其是艺术博物馆）的出现逐渐冲击了教堂和修道院作为艺术收藏、保护和展示机构的地位，但是很多艺术机构的建筑特点却依旧效仿了神庙、神殿、教堂和修道院。究其根源，主要在于长期以来人们对神秘自然的好奇心以及对自我精神升华的进取心促成了多元二分：神/人、灵/魂、宗教/世俗、真相/现象等，其中次级二元素与一级二元素之间的衔接需要双重空间——精神空间和物质空间。因为从初民开始，人们对精神空间的探索和表述就依赖于某种仪式，而仪式需要一定的实体空间。因此，对物质空间的要求就一直贯穿于人类发展长河之中，具体表现为：初民时代的露地、石窟→古典时代的神庙、神殿→中世纪的教堂、修道院→16、17世纪的宫廷→18世纪的现代博物馆。

仪式、宗教据点拥有的权力来自大自然神秘不可解释的力量，这种力量最初与政权的关系是较为疏远的，主要掌握在巫师、牧师等神职人员手中。随后权贵阶层逐渐在仪式、宗教据点的基础上认识到据点本身象征的权力，尤其是对各个阶层的影响力，因此从不同层面拉近了据点与政权之间的关系。其中，最为典型的层面就是空间建构层面，具体又表现为两个方面：其一，政治据点沿袭了仪式据点的建构风格；其二，政治据点包含了仪式据点，从而促使政治与仪式共享了一定的权威。因此，这些据点就成了信息载体，而权贵阶层要传达给各个阶层的信息就是与神界和灵界绑定一体的人界权威。自此，作为一种空间形式的据点就变成了三界合一，即融合神、灵、人界权威为一体的表征。随后，人类创造、收集、珍藏了很多记录和描述这些表征的艺术品、文献和现成品，并把它们放置在仪式据点和政治据点，以供有识之士使用、学习和研究，旨在向各个阶层传播三界权威，尤其是人界的权威。

随着权贵阶层自身的发展，他们开始占据一定的空间，如政治据点或仪式据点，随后则建造了独立的空间——宫殿。这一空间一方面融栖居、政事、仪式等于一体，另一方面则融三界权威表征品的收藏、展览于一炉。由于人类对自然和自身的认识逐渐增加，神、灵二界表征品在宫殿中的重要性逐渐向人界权威的表征品倾斜，同时由于权贵阶层的更替家族化，促使人界权威的表征品又逐渐向皇室先辈（尤其是英雄的先辈）倾斜。为此，这类表征品变成了携带整个皇室荣耀的信息载体,而储藏、保护和展示这些表征品的目的则是让其他阶层沐浴和敬畏皇室的荣耀。当然,并不是所有阶层都能接近这些表征品,因为在很大程度上荣誉储藏室只对达官权贵、有识之士(尤其是天赋异禀的著名艺术家、文学家等)开放。同时,由于有识之士直接承担了记录、描述、充实和传播皇室荣誉的角色,因此他们不仅能自由出入宫殿这一权威空间,还能在此栖息、学习、研究和创作。

随着(甚至同时)皇室阶层荣誉空间、藏品的出现和发展,其他权贵阶层也开始建构相应的空间,并收集、创造相应的表征品。其中,为了拥有与皇室阶层的良好关系,其他权贵成员会以赠送形式供奉、转让自己所属的权力表征品。同时,皇室阶层(以及政府)也会通过购买形式拥有其他阶层的藏品,从而使这些阶层拥有更多的财富,而这些财富又能够促使他们拥有更多的艺术、文化藏品。当然,权贵阶层之间也会彼此赠送、购买藏品,从而改变财富资本的积累。随着私有藏品的不断增多,以及贵族家庭的代际转换,一些成员会把藏品捐赠给大学、教堂、修道院、图书馆、政府等机构,而其中一些机构又会专门为这些藏品建造存放和展览的空间——博物馆。

从以上论述可以看出,不同时代的博物馆具有不同的概念和范围。当然,不可忽视的是它们也都共享了两个特性:其一,博物馆代表了一种兼具储藏、教育和展示功能的空间;其二,博物馆作为一种空间代表了三界权威所拥有的权力。为此,就可以解释为何具有存储、教育和展示功能的博物馆建构理念最先出自皇室的欲求,以及希恩所言的"现代艺术界起源于王子的宫廷"。因为博物馆代表了三界的权威,即代表了神界权威、灵界权威、人界权威与空间的绑定关系,具体表现为:仪式→宗教→教育→研究→荣誉→财富先后与仪式空间和政事空间的绑定关系。这种绑定关系是随着时代的变迁逐渐演化而来的,正是这种关系催生了拥有丰富藏品的皇室具有向公众开放宫殿的想法。

当然,对皇室而言,在三界权威与空间的绑定关系中,最为重要的是人界权威,且皇室的人界权威与空间的绑定关系具体表现为荣誉与空间的绑定关系。这种荣誉源于各代皇室成员的各种英雄行为,而这种行为向来与话语权、行动权以及其他至高无上的人界权力相依相伴。传播这些权力的途径至少需要三步:首先需要将其文字化、图片化、声音化和历史化,其次需要特意为这些权力表征品打造一个相应层次的空间,最后再将经过各种"化"的成品(表征品)存放进特定空间,并不定期地对特定人群(主要是权贵阶层和有识之士,偶尔也会有一些平民英雄)开放。

其中,表征品储藏空间的建筑风格一般都模仿神界权威和灵界权威的据

第五章　博物馆——视觉化艺术之力天平及"政治"与"美学"绑定关系的文化媒介

点,因为"博物馆不仅仅是所宣称的一座平淡无奇和透明的收藏空间,它更像古代的纪念性建筑",这类建筑经常"模仿古代神庙、中世纪教堂、文艺复兴时期的宫殿",故而"与古代的仪式性建筑一样,博物馆不仅要完成作为博物馆的使命(保护和展出艺术品),还承担着更广义的,有时又更隐形的政治和意识形态使命"。① 而空间中物品的摆放一般遵守"美"的原则,旨在使既"美"又"古"的表征品与空间相融之后体现出庄严崇高、孔武有力等与荣誉相符之感。

　　由于皇室需要御用艺术家为其创造皇室成员作为人界权威的表征品,因此这些艺术家也就相应地拥有一定的特权。例如,这些艺术家大多与皇室一起居住在宫殿之中,享受皇室的赞助,也就被称为宫廷艺术家。实际上,历史上很多著名的艺术家都是宫廷艺术家,且他们也不局限于为一个皇室服务,而是周旋于多国皇室之间。这些宫廷艺术家既直接为皇室创作艺术品,又为他们购买艺术品(或提供有效的建议),同时还为整个国家的艺术机构、艺术政策出谋划策。例如,鲁本斯就同时得到英国查理一世、法国玛丽·德·美第奇王后、哈布斯堡王朝国王腓力四世的青睐,而提香也是查理五世和腓力二世的宫廷画家和艺术顾问。② 为此,皇室藏品的最初用意是"服务于美学家、学者、收藏家和能工巧匠",因为"一个学识渊博的观众满足于最小化的阐释",而藏品的摆放要么"按照美学原则展示,要么依据时间顺序、风格化的技术分类",这种分类是一种"可视化的储藏",如"挂满绘画的墙或装满瓷器、纺织品、金属制品、自然历史标本的巨大玻璃橱柜"。③ 随后,由于藏品的日渐积累,以及民主化进程的需求,皇室开始向更多的人开放其藏品空间,以便使更多人能够瞻仰整个皇室家族的历史,沐浴历代皇室的荣誉,从而敬畏当下统治者的政治权威。由此可见,皇室开放宫廷的欲望可以表示为下图:

$$皇室 \rightarrow \begin{cases} 权威 \\ 荣誉 \end{cases} \rightarrow 美化和古化 \rightarrow \begin{cases} 藏品 \\ 空间 \end{cases} \rightarrow 宫廷 \rightarrow 特殊群体 \rightarrow 公众$$

　　从上图可以看出,在整个欲求环节中,公众最后才进入权威空间——宫廷,观看皇室藏品,沐浴经过美化和古化的藏品所代表的权力——权威与荣

---

① Ivan Karp, Steven D. Lavine. *Exhibiting Cultures: The Poetics and Politics of Museum Display*. New York: Smithsonian Books, 1991, pp. 88 – 103.

② Edward P. Alexander, Mary Alexander. *Museums in Motion: An Introduction to the History and Functions of Museums*. Plymouth: Altamira Press, 2007, p. 26.

③ Edward P. Alexander, Mary Alexander. *Museums in Motion: An Introduction to the History and Functions of Museums*. Plymouth: Altamira Press, 2007, p. 9.

耀。据此，一方面就能够解释为何法国大革命浪潮中追求自由、民主、现代的革命者推翻本国封建王朝的胜利集中表现为强行向公众开放了路易十六的宫廷——卢浮宫；另一方面则能够解释为何作为大革命极具影响力的领导成员之一，坎西会反对拿破仑针对其他国家的文化掠夺行为以及基于这种行为而设想的宏伟博物馆蓝图。因为坎西反对的依据有两点：第一，拿破仑文化掠夺行为所掠走的其他国家的皇室藏品与法国、巴黎所代表的大空间不适应；第二，大革命者掠走的藏品与法国、巴黎博物馆所代表的小空间不适应。究其根源，主要在于这些藏品的所属空间是当时依旧处于封建王朝的各国皇室的宫廷，而这些宫廷存在的理据就是它们代表了相应皇室拥有的权力，尤其是三界权威和荣誉。简而言之，坎西反对拿破仑博物馆蓝图的博物馆论的内核就是艺术品与空间的水土不服，而形成这种不适症的根源则是空间与权力的水土不服。坎西的这种论点对后世博物馆论，尤其是博物馆怀疑论和存在论的论争产生了巨大的影响。其中，对德国博物馆论的发展产生了三大方面的影响。

首先，促使德国学者开始批判博物馆提供时空之旅的可能性。德语中博物馆一词 Wunderkammer，由 Wunder（珍宝）和 Kunstkammer（艺术珍藏馆）合成。Wunder（珍宝）是人类收藏初期的首选，主要包括自然界的奇异贝壳、动物标本、稀有物种、怪异石头等稀贵珍宝。这些物品之所以被选中主要是因为它们代表了稀缺性。艺术珍藏馆初期收藏的主要是人类战胜自然的精美工艺品，且权贵阶层在摆放这些工艺品时倾向于让它们矗立在自然珍宝之中。例如，雷斯特·布雷顿坎普就指出："在鲁道夫二世位于布拉格的艺术珍藏馆中，詹博洛尼亚的《强掳萨宾妇女》和两个较小的拉奥孔雕像的复制品放在一排鹿角旁边，自然的艺术品似乎栩栩如生，呼之欲出。"[1]

旧王朝时期的统治者为何钟爱收藏自然珍宝和人工制品？究其根源，主要在于这些珍宝和制品能够为他们提供一场时光之旅的想象性体验，具体表现为两个方面：其一，在时间向度上，让人们跟随藏品回到往昔，徜徉于短暂流逝而无法抗拒的时间之河；其二，在空间向度上，让人们跟随藏品周游世界，畅游于广袤无垠而无法跨越的空间阻隔。为此，正如托马斯·达科斯塔·考夫曼（Thomas DaCosta Kaufmann）在《宫廷、修道院和城市：中欧艺术与文化（1450—1800）》一书中所言："统治者在形成其无所不包的收藏时，可能不仅仅通过财富的炫耀来确立其在人世间的过人之处"，因为"拥有一个微观形态

---

[1] David Karrier. *Museum Skepticism: A History of the Display of Art in Public Galleries*. Durham：Duke University Press，2006，p. 40.

第五章　博物馆——视觉化艺术之力天平及"政治"与"美学"绑定关系的文化媒介

的世界，他就象征性地重现了他对一个更大的世界的驾驭……他或许相信，在其收藏中有一个宇宙的剧场，他就可能掌握和控制一个更大的世界了"。① 确实，正是这些珍宝和工艺为人们呈现了遥远的过去，实现了想象的世界之旅。随后，这些珍宝和工艺品成为现代艺术博物馆的重要的组成部分，使人们可以进入埃及展厅、希腊展厅、中世纪和文艺复兴展厅等之间，在想象中旅行到遥远的时空。基于这种时空之旅，卡里尔认为这就"解释了王室收藏者及其继承者们、公共艺术博物馆为什么给予艺术以尊贵的价值"②。

然而，博物馆引领人们实现时空之旅就需要兼顾两个必备的条件：其一，藏品要有生存力；其二，观者要有想象力。由于德国艺术博物馆的兴起在很大程度上源于大革命对艺术的破坏力，使得进入博物馆的藏品有不少是残损品。例如，弗里德里希·施莱格尔在《1802—1804年来自巴黎和荷兰的绘画描绘》中就指出："现在我们对艺术博物馆的观感确实是零零碎碎的，因为艺术本身就只是残片，一种往昔的遗迹，即使意大利艺术本身如今也是支离破碎的，散失各处。"③

为此，这些博物馆艺术品的生存力、生命力就受到了批评者的质疑。尽管有学者认为想象力在一定程度缝合艺术残片的生命力，如保罗·盖蒂（Paul Getty）就认为"对有想象力的收藏家而言，古代雕塑的残片就会生气勃勃，如同几个世纪以前创造者完成它时那样的鲜活和美丽"，同时，这些收藏家"可以随心所欲地将自己送回过去，与伟大的希腊哲学家、古罗马皇帝，以及早已消亡的诸种文明中的伟人和庸人等一起散步和交谈"。④ 然而，批判者认为在残品面前，观者的想象力是有限的。虽然黑格尔并不是博物馆批判者，但是正如哈迪蒙在《黑格尔的社会哲学》指出，黑格尔认为"如果我们不是对每一幅画所属的国家、时代、流派和大师等有所了解，那么大多数美术馆就会让人觉得混乱而无意义，理不出头绪"，同时，黑格尔还对藏品的摆放提出了

---

① Thomas DaCosta Kaufmann. *Court, Cloister, and City: The Art and Culture of Central Europe, 1450 - 1800*. Chicago: University of Chicago Press, 1997, p. 179.
② David Karrier. *Museum Skepticism: A History of the Display of Art in Public Galleries*. Durham: Duke University Press, 2006, p. 40.
③ David Karrier. *Museum Skepticism: A History of the Display of Art in Public Galleries*. Durham: Duke University Press, 2006, pp. 42 - 43.
④ David Karrier. *Museum Skepticism: A History of the Display of Art in Public Galleries*. Durham: Duke University Press, 2006, pp. 42 - 45.

建议:"对研究和充满智性的享受最有益处的就是一种合乎历史的排列"。① 简言之,由于藏品是残损的古迹,尤其是深受和得益于坎西"语境论"影响的德国艺术界,相信藏品在反复挪移之后本身就缺失了生存力,从而影响了观者的想象力,促使博物馆无法提供预设的时空之旅。

其次,促使德国学者开始批判博物馆的建筑及藏品摆放的沉闷和冰冷性。众多学者都提及了他们进入博物馆的感受,如歌德写他参观德累斯顿的一座博物馆的感受:"里面辉煌和整洁主宰着一种无比的寂静,赋予了一种庄严感……就像人们步入教堂时的感觉,在此一切都显得只是为艺术的神圣目的而设。"② 黑格尔写于 1827 年 9 月 9 日的信中,描述了卢浮宫里的大画廊:"一条笔者的长廊,天顶是拱形,两边都挂着画——一个几乎没有尽头的走廊,要走 25 分钟。"③ 造成这种沉闷和冰冷的根源,主要有三方面。

第一,由于博物馆里皆是过去的"死物",加上大革命期间及其后应保护历史的时代要求,19 世纪能够进入德国艺术博物馆的艺术品都是经过历史考验的。正如比特·怀斯在《黑格尔的艺术史和现代性的批判》所言:"黑格尔的历史哲学被重构为想象性博物馆,他的艺术史也像博物馆一样,当下是与过去区分的,只有那些具有历史光环和被社会共识认可的(艺术)才能进入博物馆",为此,1842 年弗里德里希·费希尔(Friedrich Vischer)就把博物馆称为"美丽的墓穴",并认为它们"代表了收藏家而不是艺术家"的声望,而 1890 年朱利叶斯·朗本(Julius Langbehn)则指出"博物馆是死气沉沉的艺术的坟墓"。④

第二,由于博物馆中的藏品离开了它们的在地性就失去了相应的功能,从而在一定程度上也就是失去了生命力。例如,卡里尔就指出"希腊雕塑是为神殿而雕刻的,波斯地毯是为清真寺的仪式而编织的,文艺复兴时期的宗教绘画则是为祭坛而作的,诸如此类都是当时生活方式的一部分",故而"这样的艺术品在脱离了其创造时期关联的生活方式之后就失去了功能",博物馆"将那些缺失了功能的东西加以展示",实际上就是"把雕塑、地毯和绘画转化成

---

① David Karrier. *Museum Skepticism: A History of the Display of Art in Public Galleries*. Durham: Duke University Press, 2006, pp. 42-45.

② David Karrier. *Museum Skepticism: A History of the Display of Art in Public Galleries*. Durham: Duke University Press, 2006, pp. 42-45.

③ David Karrier. *Museum Skepticism: A History of the Display of Art in Public Galleries*. Durham: Duke University Press, 2006, pp. 42-45.

④ James J. Sheehan. *Museum in the German Art World: From the End of the Old Regime to the Rise of Modernism*. Oxford: Oxford University Press, 2000, p. 143.

第五章　博物馆——视觉化艺术之力天平及"政治"与"美学"绑定关系的文化媒介

了一个审美欣赏对象",而对于观者而言,这个对象使得"没有人在毫不了解希腊、伊斯兰文化或者基督教的条件下能够完全理解它们所表达的一切"。[①] 换言之,博物馆所保留的仅仅是其实体(也即尸体)而已。为此,朗本就在《作为教育者的伦勃朗》(*Rembrandt als Erzieher*, 1890)一书中指出:"正如一部词典不相关的词语的条栏,无法呈现有生命力的语言的本质一样,博物馆陈列的无生气客体的格子,无法表现艺术生命力的意义",因此,博物馆"不应该用无活力的条栏表现艺术的语言,而是应该传授这些条栏之间活力的内在关联性",而为了做到这一点,德国艺术界就应该"让艺术而不是学识,来统领博物馆的管理和设计",只有这样博物馆"才能为缪斯服务",并"让她带着一部抒情诗,而不是一本词典出场",同时,如果"博物馆能够停止让学识来指引其存在目的,它们就能够帮助重建艺术及其真正的源泉之间的关联性",即"我们尽管有些细微差别的多样性,但最终还是能够统一起来的民族特性"。[②]

第三,博物馆藏品之间的摆放会影响藏品自身的表现力和生命力,进而也就影响藏品之间以及藏品与观者之间的关系。1923 年,本杰明·艾夫斯·吉尔曼(Benjamin Ives Gilman)就在《关于目的和方法的博物馆概念》(*Museum Ideals of Purpose and Method*)中指出,"在艺术博物馆中,每一个孤立的藏品与其他藏品之间似乎都存在对峙关系,而所有藏品集合一体,又与观者形成对峙关系",这种关系就如保尔·瓦雷里在《德加、马奈和莫里索》一书中的描述:"每一件东西都妒意十足地想要夺取那种可以给予其生命的一瞥"。[③] 的确,从某种程度上而言,博物馆的物品需要观者的凝视才能获得生命。然而,当时德国的博物馆现象除了促使博物馆数量的大幅增加之外,还促使每个博物馆的藏品大幅增加,而这些目不暇接的藏品,让只有短暂、消遣需求的观者感到极度的不适。

这种不适就如莫里斯·布朗修(Maurice Blanchot)所言:"人们只要进入任何将大量的艺术品聚集在一起的地方,就会感受到这种博物馆的眩晕症,类似那种高山病,头晕目眩又难以呼吸……无疑,博物馆传统存在着某种无以克

[①] David Karrier. *Museum Skepticism: A History of the Display of Art in Public Galleries*. Durham: Duke University Press, 2006, pp. 57 - 58.

[②] James J. Sheehan. *Museum in the German Art World: From the End of the Old Regime to the Rise of Modernism*. Oxford: Oxford University Press, 2000, p. 143.

[③] 爱德华·P. 亚历山大、玛丽·亚历山大:《博物馆的变迁:博物馆历史与功能读本》,陈双双译,南京:译林出版社,2014 年,第 3 页。

服的野蛮性。"路德维希·帕拉特（Ludwig Pallat）在 1906 年有类似的观点，"公众对博物馆越来越不满"，他认为博物馆与艺术大众之间的关系出了问题："在很多大型博物馆中，非常不幸的是其规模和陈列之物的特征让观者疲惫，或者只是鼓励观者进行一场快速而肤浅的旅行。"1905 年马克思·奥斯本（Max Osborn）也指出在他们的庙宇中，希腊人与神灵衔接就如基督徒在大教堂里找到了他们的精神慰藉。然而，在被称为现代艺术庙堂的博物馆中，观者的体验却全然不同："他们穿过伟大建筑的门槛，怀揣着隔离和焦虑，最终只能仓促而粗浅地穿过每个陈列室。"人们进入博物馆的动力"不再是热爱或内心的欲望，他们不再追寻灵魂的复活或历史的关联"，他们只是"出于责任才进入博物馆，只因为他们觉得那样做是对的"。1906 年尤金·卡克施密特（Eugen Kalkschmidt）则指出德国陷入"一场博物馆灾难"："对艺术缺乏兴趣的或未受过良好教育的人群从博物馆逃离，以及具有美学敏感性的人群对博物馆的憎恶。"[①] 正是这种不适促使观者产生了这样的一种心境，即对一种图像的厌恶或对博物馆的厌恶，所以有必要对这些负面情绪谨慎地予以引导和避免。换言之，大众对博物馆的态度变成了冷漠、逃离和厌恶。为此，博物馆就成了艺术的屠宰场，不论是博物馆过度崇拜古代和历史而生成的令人窒息的"死亡"空间，还是藏品之间的互相对峙，或者观者的凝视，都在屠杀艺术。

再次，促进了德国学者从空间视角探讨博物馆论，典型代表就是本雅明和格罗伊斯。就对本雅明的影响而言，主要体现为其典型代表作《机械复制时代的艺术》。出生于博物馆批评浪潮中（1892—1940），成长、成熟并卒于两次世界大战期间的本雅明其艺术论的形成语境就是艺术博物馆空间向度论的发展，即主要为了规避过度的时间向度论——历史化。而这种转向就是吸收了坎西的"语境论"，以及博物馆原创的仪式据点论。19 世纪末兴起的博物馆怀疑论以"真实性"（authenticity）为焦点，展开了对德国艺术界全面"历史化"思潮的批判，其中作为艺术史及艺术界缩影的博物馆成为众矢之的。为此，20 世纪的博物馆论潜在地召唤着空间论向度，而这种召唤由第一次世界大战后众多博物馆的废墟化，以及希特勒极致化的种族论和区域化变为现实。为此，针对当时摄影和电影艺术与技术的发展，以及两者作为一种"复制"技术对艺术的影响，本雅明指出：

> 即使最完美的复制，也必然缺失了一个基本元素——艺术品的即时即

---

① James J. Sheehan. *Museum in the German Art World: From the End of the Old Regime to the Rise of Modernism*. Oxford: Oxford University Press, 2000, pp. 143 – 146.

第五章　博物馆——视觉化艺术之力天平及"政治"与"美学"绑定关系的文化媒介

地性,即它在问世的特定地点的独特存在性。正是这个独特存在,而不是其他物,承受了艺术品所隶属的历史痕迹。这一历史包括随着时间变化的生理结构,以及有关归属性的任何变化。其中,对前者的追溯取决于化学的或物理的分析(不能由复制演绎),然而归属性的变革则只能从原创品现在所处位置的立场去追寻。①

正是这个拓扑学上的"位置"成为区分原创品与复制品的关键,或者说保证艺术品"原创性"的根本,因为只有它能够保存艺术品的"光晕"(aura)。"光晕"一词最先出现在本雅明1929年的文章《摄影小史》("Little History of Photography")中,并指出它就是"空间和时间的一个奇怪的织物:一种距离感的独特幻影,无论相距如何的近";同时,本雅明还指出"原创性"与"仪式"密切相关:"原创性,把艺术品嵌入语境的传统,早在宗教膜拜仪式中就找到了表述。因为我们都知道,最初的艺术品起源于仪式服务",换言之,"'本真'艺术品的独特价值总是在仪式中才拥有根基"。② 由此可见,如果一个复制品被放置于一个与原创品不同的位置、不同的语境,那么这个复制品就不同于原创品。

当然,并不是所有的复制都无法与原创相似,正如格罗伊斯在分析本雅明时就指出有两种差异很大的复制方式。其一,在空间上得到了拓扑学的确定,并在时间上确保了与原创的连续性,而这种连续性并不会威胁原创品的原创性。例如,一件复制的艺术品在外形、境遇上延续了原创品的物质存在,但是这种存在是"被置于光晕——受崇拜的位置",就未改变原创的地位,因为它并未威胁到"牢靠的拓扑学",从而在最后"固定了原创的原创性"。其二,在拓扑学上未确定的、流散的、世俗的复制,从而并未保证时间上的连续性。例如,世俗领域那些未控制好的、流散分布的作品。然而,即使第一种复制"保证了与原创品的物质连续性和完整相似性,地点的变动就意味着对此原创品的一种亵渎——失去光晕",从而也就是"与原创分离"。同时,如果一切都是可以复制的,那么当"机械复制对世俗空间完全占据"时,就使得"原本需要一个供其衍生和发展的自由世俗空间的哲学,不再有机会构成自我"。为此,作为"一个等待自我证明的个体事件的哲学变得不可能,更重要的是

---

① Walter Benjamin. *Illuminations: Essays and Reflections*. Trans. Harry Zohn. New York: Schocken Books, 1969, pp. 217 – 251.
② Walter Benjamin. *One-Way Street*. Trans. Edumund Jephcott and Kingsley Shorter. London: Verso, 1979, pp. 240 – 257.

不再必要"。因此，毫无疑问"'原创真相'或原创光晕被损毁了，且被世俗的机械复制歪曲篡改"，因为它"不留心圣礼般的拓扑学，并把原创圣礼的复制品转变成流散的亵渎"①，而这种损毁被本雅明描述为破坏了光晕。由此可见，对于本雅明而言，艺术品之间最大的区别就成为有无"光晕"的区别，而这种区别又取决于"空间"，而且是一种与"仪式"（也就是宗教崇拜的仪式）相关的空间，这种空间原初是一个"据点"。这个"据点"在古典时期就是神庙、神殿，在中世纪是教堂、修道院以及皇室权贵的宫廷，而在现代时期则是艺术博物馆。

本雅明的空间视角和博物馆理论，影响了格罗伊斯的博物馆论。首先，格罗伊斯吸收了本雅明的"光晕"观，并提出了所谓"光晕地理学"（Topology of the Aura），他认为"光晕的本质根本不在于作品的物理属性，不在于是否经过机械复制，而在于一种地理空间，在于作品与其所处的外部空间环境的关系"，"要复制某物其实就是将它从历史地点的镌刻中剥离出来，使其脱域（deterritorialize），进入一种无地的传播之中"，这种流通性的传播是复制术的根本功能，因为"技术复制能把原作的摹本带到原作本身无法达到的境界"。②其次，格罗伊斯的《论"新"》首次以空间论视角拯救了终结论漩涡中的博物馆，即在坎西博物馆论的基础上指出艺术的创新并不在时间中而是在空间中。因此，博物馆怀疑论者把博物馆定位为艺术的坟墓，并认为应该拆除或推翻博物馆的论调是可疑的。最后，格罗伊斯的《平等审美权利的逻辑》和《趋向革命：论卡济米尔·马列维奇》的共同点就是，两者都把博物馆看成唯一可以把文艺空间与政治权力的绑定关系进行可视化处理的文化场所。在《平等审美权利的逻辑》中，格罗伊斯指出：

> 当下博物馆逐渐被业内艺术家和普通大众看成是可疑的、不可信的，两者不停地重复提议博物馆的体制边界应该被超越、解构，或者说直接把博物馆推翻，从而可以给当代艺术真正的自由，以便它可以在现实生活中确认自我。这些提议和要求变得如此流行，以至于成为当代艺术的重要特征。然而，这种观点看起来似乎只不过是现代艺术界全身心追随早期先锋派理论策略的结果。当然，表象是不可信的。这些提议废除博物馆的观点

---

① Boris Groys. *On the New*. Trans. G. M. Goshgarian. London, and New York: Verso Books, 2014, pp. 101-102.

② 唐宏峰：《艺术及其复制——从本雅明到格罗伊斯》，载《文艺研究》，2015 年第 12 期，第 98-105 页。

第五章　博物馆——视觉化艺术之力天平及"政治"与"美学"绑定关系的文化媒介

所产生语境、意义和功能,自先锋派时期开始就已经经历了本质的变化,即使两者看起来似乎是相似的。然而,由于19世纪和20世纪初期的趣味就是在博物馆中诞生的,因此在这种情况下,任何针对博物馆的抗议,同时也就变成了反对艺术品的生产,以及艺术本身涵盖的新和突破性。①

那么早期的先锋派的博物馆终结论是什么?对此,格罗伊斯在《趋向革命:论卡济米尔·马列维奇》中,引用马列维奇的博物馆论进行了阐述。格罗伊斯指出,在写于1919年的《论博物馆》("On the Museum")中,马列维奇写道:"生命自有定夺;如果它要求破坏,我们就不能阻止,否则就是阻碍了我们自身的新生之路。焚烧一具尸体,换来一克灰烬;相应地,一个药柜就可以安置数千座坟墓。我们还可以做出让步,过去的时代已死,如果保守者将过去的一切都焚烧殆尽,我们可以给他们一整间药房来安置那些灰烬。"而在不久之后,马列维奇进一步例证了自己的观点:"(这间药房的)目标仍然一致,即使人们想要检查鲁本斯和他作品的灰烬,在过程中也会产生无数的观点,而这些观点比实际的展陈更为真实生动(且占地更少)。"基于这个观点,格罗伊斯指出"马列维奇反对保守",因为"当一个时代或一件事物大势已去,人们就不该挽留,而是应该'让死者埋葬死者'",同时,"乍看之下,这种对损毁时间的作品的接受非常激进,充满了虚无主义的色彩",正如"马列维奇自己也曾称他的艺术是建立在虚无之上的",然而实际上"这种对过去的艺术冷淡漠然的态度,恰恰表明了艺术家相信艺术自身坚不可摧的特性;先锋派的第一波浪潮让连同艺术在内的所有事物都消亡了,是因为他们坚信总有些东西会留存下来",所以他们"寻找能够脱离人为的保护而依然得以留存的事物"。②

换言之,先锋派摧毁博物馆的观念,恰恰证明了他们深知博物馆是不可摧毁的。类似于先锋派的观念,当代的博物馆终结论也是无法推翻博物馆的。尽管当下的情况随着媒介体系的发展,趣味已经发生了变迁,博物馆也不再是主宰趣味的关键。然而,格罗伊斯依旧强调这些变化并未动摇博物馆与创新的紧密关联:

> 实际上,只有博物馆可以为观者提供对比新与旧、过去和现在的机会,因为博物馆是历史的仓库,这个仓库保存和展示了已经过时、陈旧、

---

① Boris Groys. *Art Power*. Cambridge, MA: MIT Press, 2008, p. 18.
② 鲍里斯·格罗伊斯:《趋向革命:论卡济米尔·马列维奇》,王婧思译,载《中国当代艺术社区》, http://www.art-ba-ba.com/main/main.art?threadId=95006&forumId=8。

腐坏的意象和事物。正是基于这种特性，就只有博物馆能够作为一个可以进行系统的历史对比的场域，而通过这种对比，我们的眼睛才能识别何谓真正的差异、创新与当代性。同理，对于那些在媒体中持续轰炸我们的文化差异和文化身份也是如此。①

换言之，博物馆"不仅收集过去，还通过对比新与旧，持续地激发着当下"②。

综上可知，不论是法国大革命、十月革命，还是现成品艺术革命引起的博物馆怀疑论都是站不住脚的。相反，正是这些革命给予博物馆持续存在的力量，而这种给予又把文艺空间与政治权力的关系，牢固地绑定在博物馆这个文化载体之中。为此，一方面，格罗伊斯重新定义了"革命"。格罗伊斯指出"革命不是构建一个新社会的过程——这是革命前时期的目标"，相反，"革命是对现存社会的激进性摧毁，尽管接受革命性的摧毁全然不是一次轻易的心理过程"，因为"我们倾向于抗拒毁灭，倾向于对我们的过去持有同情与怀旧之心，这种感怀甚至波及我们岌岌可危的当下"；就此而言，"俄国先锋派和早期的欧洲先锋派便是一剂非常有效的良药，用以击碎任何一种同情或怀旧的情愫"，因为"他们接受欧洲和俄国文化中的全部传统——哪怕是对大众来说都弥足珍贵的传统"都需要"遭遇摧毁"。③ 另一方面，格罗伊斯再次强调了俄国先锋派的核心问题："艺术革命和政治革命之间的关系"，并重新定义了"艺术的政治角色"。格罗伊斯指出当下言及的"艺术的政治角色"通常包含两部分：其一，"对主导性政治、经济及艺术系统的批评与批判"；其二，"通过一种托邦式的承诺而达到鼓动群众的目的"。④ 简而言之，博物馆就是可视的艺术之力天平，在这个天平的两端分别是艺术的政治性之力和自主性之力，也可以相应地简化为"政治"和"美学"。至此，格罗伊斯通过博物馆存在论，以及博物馆这个载体所承载的文艺空间与政治权力的视觉化绑定关系，完成了回应针对其社会主义现实主义框架存在无法弥合的裂隙的质疑。毕竟，博物馆的存在是非常必要的，因为只有它可以视觉化地呈现艺术之力天平。而依据艺术之力的平衡关系，也就是政治性之力与自治性之力之间的平衡关系，即

---

① Boris Groys. *Art Power*. Cambridge, MA: MIT Press, 2008, p. 20.
② Boris Groys. *Art Power*. Cambridge, MA: MIT Press, 2008, p. 22.
③ 鲍里斯·格罗伊斯：《趋向革命：论卡济米尔·马列维奇》，王婧思译，载《中国当代艺术社区》，http://www.art-ba-ba.com/main/main.art?threadId=95006&forumId=8。
④ 鲍里斯·格罗伊斯：《趋向革命：论卡济米尔·马列维奇》，王婧思译，载《中国当代艺术社区》，http://www.art-ba-ba.com/main/main.art?threadId=95006&forumId=8。

使是政治性艺术也应该拥有平等的审美权利，这进而就为申诉苏联文艺作品的文化身份提供了有效的路径。就格罗伊斯自身的文艺理论诉求而言，这便集中体现为弥合了其社会主义现实主义理论框架的双重裂隙。

第六章 从"灰色自我"到"黑白方块"：格氏文艺理论的双面性

综合《总体艺术》与《艺术之力》的核心论题，可以看出后者是前者的延伸，即旨在阐述社会主义现实主义框架的有效性与合理性。换言之，格罗伊斯理论的最大特点就是以艺术的视角对政治性的苏联文艺史进行重新书写，即把俄国先锋派、社会主义现实主义和苏联后现代主义看成一个互为延续的、完整的艺术发展过程，也就是《总体艺术》一书所阐述的"斯大林主义的总体艺术"。这种新颖的视角随着《总体艺术》一书1988年出版迅速地同时引起了"东方"与"西方"的关注，而且该书在1992年英文翻译版之后至2011年，一共被再版9次，足以说明格罗伊斯理论的影响力。当然，这种影响力本身也是兼顾了掌声与质疑，因此就有必要阐述格罗伊斯理论的双面性。

第一节 苏联文艺理论的新面孔

实际上，就社会主义现实主义与其他时期文学史和艺术史观念的关联而言，格罗伊斯并不是第一位开启此研究的学者。因为一方面早在20世纪50年代末就已经有学者开始把斯大林时期与俄国传统关联起来，另一方面在《总体艺术》出现之前就已经有学者对社会主义现实主义进行了美学化的研究。为此，就需要探讨格罗伊斯的研究是在何种程度上超越了其之前学者的研究。

一、重新对视的"东方—西方"与"欧洲—亚洲"

在格罗伊斯之前，探讨社会主义现实主义与其他时期文艺观的关联的学者，或者说把社会主义现实主义本身看成一个较为完整的发展时期的学者，可以大致分为两种类型：其一，西方学者，尤其是欧美学者，代表人物有小马修森和克拉克；其二，苏联学者，尤其是苏联内部的学者，代表人物有西尼亚夫斯基和叶尔莫拉耶夫。

就西方学者而言，最先从文学视角把苏联时期与俄国时期关联起来的是小马修森，他在《正面英雄》一书中指出，苏联时期的"正面英雄"这个形象实际上延续自19世纪的俄国文学传统：

> 非常明显，文学中有关英雄的中心思想几乎得到了完整的传承，以一种连续的方式从19世纪中期的俄国一直到当下的苏联。因此，类似地可以清楚地发现正面英雄这个概念在19世纪60年代不仅是文学本质与功能的一个关键论题，还是一件重要的辩论武器。当时的争论分为两个派别：一方面政治激进人士率先指出一套系统的美学，其中正面英雄是这种美学的核心；另一方面传统作家则拒绝任何政治性的建议，即拒绝把作家自身仅仅作为需要在文学中颂扬某种政治美德的建议。与此同时，他们为自我的文学作品进行辩护，即把它们看成一种自主性的探索，虽然有一定的政治关怀，但是最终独立于任何强加给它们的政治主张。由此可见，两种观点分歧的实质就是到底是自由艺术还是宰制艺术，随后这种争论持续了近一个世纪。然而，在苏联时期，继续着这种争论的参与者并没有意识到其实他们的思想之源，只需要一部被文化审查者疏忽的苏联小说，就很可能通过吸收经典遗产中的中心思想而即刻复兴这种争论。然而，通常在当下的争论中，不论是作者还是批评家，都没有意识到他们其实只是在重复由屠格涅夫和车尔尼雪夫斯基开启的论争。因此，当斯大林创造了他那令人厌恶的针对作家的描述——"人类灵魂的工程师"之时，他或许并不知道这个概念的源头实际上是19世纪中期俄国激进民主批评家的操纵性美学理论。因此，正面英雄就是一个重要的文学角色，透过这个角色可以看到主宰俄国现实主义的一个长久的论争。[①]

小马修森以"正面英雄"为切入点，把苏联文学与19世纪俄国现实主义文学传统衔接起来的观点，具有两个层面的新颖性与重要性：一方面，小马修森真正落实了苏联的文学研究。相较于之前笼统而极具偏见的"社会主义"政治类说辞，"正面英雄"深入苏联文学形象本身，超越了单纯的政治性论断。另一方面，小马修森切实开启了苏联文学与其他时期文学和传统的关联，从而打破了先前西方视野下的主观性论断，即把苏联时期作为孤立的、历史断

---

① Rufus W. Mathewson. *The Positive Hero in Russian Literature*. Stanford, CA: Stanford University Press, 1975, p. 3.

层中冒出来的、魔鬼般的纯政治"怪物"。因为正如霍斯金所指出的"大多数西方学者都倾向于否认社会主义现实主义有任何文学的立场,而把它看成是一种纯粹的政治教条"①,并列举了当时的代表人物,包括布朗、斯特鲁韦、斯洛宁,以及小马修森。当然,霍斯金也指出了小马修森与其他学者的差异:

> 小马修森大致也(针对社会主义现实主义)提出了类似的观点:他的书(《正面英雄》)中的一个连续的主题就是苏联官方文学是美学上无效的,因为社会主义现实主义同时排除了心理上的复杂性和悲剧的可能性。尽管如此,至少小马修森还是探讨了社会主义现实主义小说的一些积极的内容,即追溯了俄国文学传统中从车尔尼雪夫斯基的拉赫梅托夫(Rakhmetov)到尼古拉·奥斯特洛夫斯基(Nikolai Ostrvosky)的保尔·科察金(Pavel Korchagin)之间重复的"单体化的、功能性的、政治性的人物"。然而,小马修森也否认了这些人物可能成为一部成功的小说中的英雄,因为"小说家的责任是用其所能展现一个完整的人,并反对任何强加给小说本身的压力,比如提倡或颂扬美德"。②

对此观点,霍斯金表示怀疑,因为他觉得这个问题无法解释苏联的现实:

> 西方读者可能会赞同这个观点,即小说家可能确实需要有这类责任,但是这又如何去解释在那个封闭的、挨饿的、战争时期的列宁格勒,苏联人民排着长队去买奥斯特洛夫斯基的《钢铁是怎样炼成的》?难道他们只是如玩偶般地应对着政治宣传?抑或他们是被一些内心深处真正精神层面的饥渴追求所驱使?当然,这些问题对于西方人来说是很难理解的。③

换言之,尽管小马修森真正开启了苏联文学的"文学人物"——正面英雄的研究视角,但是依然遗留了诸多问题。克拉克的《苏联小说:作为仪式的历史》就是在很大程度上扩展了小马修森的观点。全书分为四大部分,探讨了社会主义现实主义的四个发展阶段:(1)1932 年之前的历史背景;(2)1932 年之后的斯大林主义时期;(3)第二次世界大战及其影响时期;(4)赫鲁晓夫开启的后斯大林时期。贯穿这四个不同时期的核心元素就是"正面英雄",因为这个文学形象跟随不同历史时期的政治需求,所做出的相应的变

---

① Geoffrey A. Hosking. *Beyond Socialist Realism: Soviet Fiction Since Ivan Denisovich*. New York: Holmes & Meier Publishers, 1980, p. 2.

② Geoffrey A. Hosking. *Beyond Socialist Realism: Soviet Fiction Since Ivan Denisovich*. New York: Holmes & Meier Publishers, 1980, pp. 2-3.

③ Geoffrey A. Hosking. *Beyond Socialist Realism: Soviet Fiction Since Ivan Denisovich*. New York: Holmes & Meier Publishers, 1980, p. 3.

第六章 从"灰色自我"到"黑白方块":格氏文艺理论的双面性

化,以及这种变化本身带来的不同文学情节。相较于小马修森的研究,克拉克的理论不论是在深度上还是在广度上均有所超越,甚至可以说是当时最为系统的、真正从文学层面本身进行的苏联文学研究,这也与克拉克自身的学术处境和理论诉求有着密切的关联:

> 当在很多学术场合被问及我在"做"什么研究的时候,我发现自己经常处于一个不愉快的境遇,那就是不得不承认自己是在做苏联小说研究。面对我的答案,我的对话者通常都非常乐于助人,即通过他所了解的苏联文学知识帮我解除尴尬。换言之,也就是说他们期望我所做的是针对最有名的作家的研究,如帕斯捷尔纳夫或索尔仁尼琴。然后,我们的对话就演变为:"不是?……那至少如费丁(Fedin)之类的……也不是?……哦?"随后,当我的答案是"我研究的是苏联的苏联小说(*Soviet Soviet novel*),那些成千上万不值得一读的,构成社会主义现实主义典型的文本"之后,紧接着的就是令人害怕的停顿。这种停顿就暗示了我所研究的并不是好的小说,即不是发表在苏联的、可以作为苏联小说典型的好的范例,而是在研究这样的一类糟糕的作品,即它们的作家故意遵从了社会主义现实主义条例。当我真正开始切入我的研究话题之后,我的对话者的反应就变为两种类型:要么直接退出对话本身,要么则咕哝着同情和惊讶的言辞:"很难想象你是如何挺过来的啊!"
>
> 实际上,苏联社会主义现实主义在西方斯拉夫研究界是一个禁忌话题。当然,也不完全是禁忌,因为它本身是可以被讨论的,但是讨论的口气通常需要定格为令人愤怒的、困惑的、嘲笑的或者说惋惜的。在这种总体判断基调之下,主要有两种观点:第一,苏联"社会主义现实主义"研究是存在学术可疑性的,或者直接说是浪费时间的,因为毫无疑问是在探讨坏的文学。通常的观点是苏联文学史提供了一个经典的案例,即政治革命变成了文化退化的模板。第二,由于社会主义现实主义本身是无生机和无趣味的,因此任何相关研究也将沦为绝望且无人问津的。[①]

尽管如此,克拉克的研究还是陷入了一个"死循环"之中,具体表现:虽然她真正进入文学层面,把苏联文学串联起来,然而这种串联本身变成了对苏联文学的简单化处理,即她认为苏联时期的不同阶段皆在重复同一个文学形象——"正面英雄",以及与这个英雄相关的文学情节,从而也就限制了其理

---

① Katerina Clark. *The Soviet Novel: History as Ritual*. Chicago: University of Chicago Press, 1981, pp. ix - x.

论自身的解构力和穿透力。

就苏联学者而言，最先探讨苏联时期与俄国传统关系的是西尼亚夫斯基。他在《论社会主义现实主义》一书中指出苏联文学的最为突出的特点是"有一个大写的目标"（the Purpose），也就是"社会主义"及其相关的"共产主义"，而且正是这个目标规定了"正面英雄"角色的方方面面特征。然而，西尼亚夫斯基并不认为这种目标性是来自19世纪的俄国传统。相反，他认为是受到了18世纪俄国传统的启发：

> 就内容和精神以及核心形象而言，社会主义现实主义与18世纪的俄国传统更相近，而不是19世纪的俄国传统。在没有察觉这个事实的情况下，我们直接跃过了我们父辈的传统，而复兴了我们祖父辈的传统。类似于我们的时代，18世纪的俄国也有明确的政治目标意识、高人一等的自我感知以及清晰的潜意识，即"上帝与我同在"。①

根据西尼亚夫斯基的观点，苏联社会主义现实主义与18世纪俄国传统的关联性具体表现在三个方面。

第一，两者都有明确的政治目标意识。西尼亚夫斯基指出尽管"社会主义现实主义者的作品在内容和样式上存在差异"，但是他们的共同点是都"呈现了目标，不论呈现的方式是直接的还是间接的，公开的还是隐藏的"②。西尼亚夫斯基甚至以此总结了苏联作家的创造过程：

> 在选择了他的题材之后，苏联作家就从一个固定的视角对其进行探究。他希望这个题材拥有可以指涉辉煌目标的潜能。为此，大多数苏联文学的题材都有一个显著的目标意识。换言之，苏联文学都向一个方向发展，且这个目标是提前就熟知的，故而这个方向在具体进行展示的时候，可能因为时间、地点、条件等而存在相应的差异，但是在因与果的方面是没有差异的，也就是再一次提醒读者共产主义的胜利。③

简言之，苏联社会主义现实主义作品是以有限的差异共同体现了相同的目标意识，如"颂扬共产主义，讽刺众多敌人，或'按照革命发展'的方式描述生活，也就是朝向共产主义的生活"④。

---

① Abram Tertz. *On Socialist Realism*. New York: Pantheon Books, 1960, p. 71.
② Abram Tertz. *On Socialist Realism*. New York: Pantheon Books, 1960, p. 43.
③ Abram Tertz. *On Socialist Realism*. New York: Pantheon Books, 1960, p. 43.
④ Abram Tertz. *On Socialist Realism*. New York: Pantheon Books, 1960, p. 43.

第二，两者都暗含了高人一等的自我感知。这种感知来自两个层面，一是沙皇俄国长期被"欧洲"割裂为"东方"与"亚洲"，因此当"社会主义"在1917年战胜"资本主义"之后，苏联就不再被认为是"欧洲"的附属，而是等于甚至高于后者。二是第二次世界大战期间，苏联的胜利使得它与"西方"的关系发生了质的变化，具体也是表现为苏联等于甚至大于"西方"。为此，苏联文学共同体现了苏联人的这种高等化的自我感知：

> 由于我们不想在西方面前丢脸，因此我们偶尔也停止保持一致，声称我们的社会具有丰富的个体性以及包含了多种趣味，也就是说在观点、冲突和矛盾方面是存在差异的，而且文学应该把这些都表现出来。
>
> 确实，我们在年龄、性别和民族，甚至智力方面是不同的。然而，在苏联内部大家都很清楚这种不同其实是限于一个相同性之内的，不同的观点也是在一个单一观点内部的差异，冲突也是一个基本的差异内部的小冲突。因为我们只有一个目标——共产主义，一种哲学——马克思主义，一种艺术——社会主义现实主义。这种特点被一个文学才能欠佳但是政治意识过人的苏联作家阐述为："俄国走上了独立的道路——全体一致性……在过去的几千年，人类受难于不同的观点。然而，现在苏联的男男女女，第一次互相认同对方，使用同一种大家都能理解的语言，去同等地思考生活中的重要问题。正是这种全体一致性，促使我们变得比世界上的其他人都强大和出众，因为他们总是由于不同的观点而产生内部分离或在社会层面互为隔离……"①

换言之，尽管在"资本主义"社会，不同观点、尖锐冲突等依旧存在，但是"我们毫不怀疑所有这些矛盾是都将会被解决的，世界最终是会因为社会主义而被统一起来的"。这个"伟大的和谐统一"也就是"创造的终极目标"，同时"这种冲突的完美缺场就是社会主义现实主义的未来"。②

第三，两者都内含了"上帝与我同在"的潜意识。西尼亚夫斯基指出"以目标之名，我们转向了我们的敌人曾经使用过的策略"：

> ……有时候我们觉得只有一次最终的牺牲才能换得终极目标的胜利……
>
> 哦，上帝，哦，上帝，原谅我们的罪行吧。最终，我们的世界以如上

---

① Abram Tertz. *On Socialist Realism*. New York: Pantheon Books, 1960, pp. 51–52.
② Abram Tertz. *On Socialist Realism*. New York: Pantheon Books, 1960, p. 53.

帝般的形象得以建立。尽管还没有完全达到共产主义，但是已经非常接近共产主义本身……

是的，我们已经生活在共产主义之中，它激起我们的期望，就如中世纪人们对基督的渴望，或现代西方人对自由的超人的渴望，以及人对上帝的渴望……

这种相似性就表现为我们的行为、思想和憧憬，都隶属于这个终极目标……同时，很明显艺术和文学也被吸纳进这个系统，我们变成了……这个庞大的国家机器的"一个小的轮子和小的螺钉"……"苏联文学，作为世界上最为先进的力量，就在于这种文学聚焦于苏联人民的终极目标，除此之外别无杂念"。①

正是在这三种意识的影响下，苏联文学创造了一种独特的"正面英雄"：

正面英雄日益激增的重要性，不仅表现为其不可思议的增长性，即他在数量上远远超越了其他文学角色，并把这些角色遮蔽起来，或者有时候是直接全部取代。与此同时，正面英雄质量的提高也是异常的，当达到目标的时候，他变得更积极、伟大和辉煌，以及他的尊严也变得更具说服力，尤其是在与他的西方同龄人相比时，他意识到自己无法衡量的高等性。"我们的苏联英雄已经远远地把西方人甩在了身后，他现在已经到达了山顶，而西方人还在山脚徘徊"——这还只是出现在苏联小说中，一个普普通通的农民之口。而在苏联的诗歌中，诗人发现言辞已经无法表达这种高等性，也就是我们的正面英雄的无可比拟的正面性：

从来没有人曾爬得这么高远

不论多少个世纪轮回

你已经在所有的荣光之上

你已经超越了所有的赞誉②

这种"正面英雄"与18世纪俄国文学中的英雄人物类似，因为"18世纪的文学创造了它自己的正面英雄"。这个英雄是"所有好事物之友"，他"力求以勇气战胜一切"，从而"不停地提升了他的政治美德水平，兼顾了所有的品行，故而可以盼咐所有人做任何事"③。由此可见，苏联时期的文学应该是

---

① Abram Tertz. *On Socialist Realism*. New York: Pantheon Books, 1960, pp. 39 – 40.
② Abram Tertz. *On Socialist Realism*. New York: Pantheon Books, 1960, pp. 53 – 54.
③ Abram Tertz. *On Socialist Realism*. New York: Pantheon Books, 1960, p. 74.

与 18 世纪，而不是 19 世纪的俄国文学传统具有紧密的关系：

> 尽管苏联作家以 19 世纪伟大的俄国文学传统而自豪，并希望尽可能地去追随这个传统，而且有时候把这种期望付诸实践（虽然他们时常责骂西方作家盲从地模仿陈旧的文学经典）。然而，实际上社会主义现实主义中的正面形象与 19 世纪俄国文学传统之间是相互破裂而非延续的关系。①

在此基础上，西尼亚夫斯基对社会主义现实主义进行了重新阐释：

> 社会主义现实主义艺术……表征着人和世界应该拥有的本来面貌。社会主义现实主义源于一个理想的意象，这个意象来自并超越现实生活。我们要求"要以革命发展的方式去表述生活"，实际上就仅仅召唤大家以理想之光去观照真实，去理想地阐释现实，去把事物将有的面貌呈现为本来的面貌……我们按照自我的意愿去表述生活，并期望它成为我们所设想的形式，也就是按照马克思主义的逻辑最终应该成为的样子，这也就是为什么社会主义现实主义应该被称为"社会主义经典主义"的原因。或者说如一些苏联作家和批判家在其理论书籍和文章中使用的术语"浪漫主义"和"革命浪漫主义"。②

如果说西尼亚夫斯基简要概括的是苏联时期与沙皇俄国时期之间的关联，那叶尔莫拉耶夫在《苏联文学理论》中，则重点探讨了苏联内部 1917—1934 年之间的关联，尤其是社会主义现实主义出现前后时期的延续性。叶尔莫拉耶夫首先把这一时期分为四个发展阶段：

> 苏联文学理论的发展从其起点到 1934 年 8 月可以分为四个阶段：①逐渐发展期（1917—1925）；②成熟期（1926—1930）；③减退期（1930—1932）；④社会主义现实主义的出现与明确化（1932—1934），随后就是社会主义现实主义时期，一直持续到现在。③

然后，在此基础上，叶尔莫拉耶夫指出社会主义现实主义时期与之前时期的文学理论之间的连续性：

---

① Abram Tertz. *On Socialist Realism*. New York：Pantheon Books，1960，p. 57.
② Abram Tertz. *On Socialist Realism*. New York：Pantheon Books，1960，pp. 76 – 77.
③ Herman Ermolaev. *Soviet Literary Theory 1917 – 1934: The Genesis of Socialist Realism*. Berkeley，CA：University of California Press，1963，p. 204.

在探讨 1932—1934 年时，苏联理论家倾向于拒绝承认社会主义现实主义与其之前的文学理论之间的关联，即使后者有被提及，也只限于指出它们的过失以及与社会主义现实主义的两不相容。这种单边的观点，既是在 1930—1932 年 RAPP 对早期文学理论进行镇压的逻辑结果，也是 1932—1934 年 RAPP 的文学理论成为被攻击的目标的原因。

尽管成长于"烧焦的废墟之地"，社会主义现实主义与其之前的文学理论之间的紧密关联程度远远比其在被官方化时才意识到的要多得多。正如之前的各种文学团体，如"无产文化"（Proletkult）、"史密斯"（Smithy）、"十月团体"（October Group）等，社会主义现实主义的建立者所提倡的，也是一种不朽的、乐观的、目标化的、旨在对大众进行社会主义教育的理论。同时，类似于之前的文学理论家，社会主义现实主义理论家继续在强调苏联文学的创新特征，以及对"资产阶级"艺术持一种否定的态度……①

当然，在探讨社会主义现实主义与之前的各种文学团体的关联的同时，叶尔莫拉耶夫也进一步明确了社会主义现实主义的独特性：

社会主义现实主义与之前所有文学理论的差异，主要在于社会主义现实主义是苏联历史上一个特定的政治的、社会的和经济时期的产物，也就是斯大林专政时期的产物。换言之，社会主义现实主义并非出自一个相对自然的氛围，如新经济政策时期允许不同文学概念之间的竞争。社会主义现实主义的创造者首先是政治家，而不是作家，其理论也是由苏联政府以教条形式强加的。很多社会主义现实主义的原则与之前文学理论的相似性，在于它们都是来自同一个马克思主义源头。然而，不同的是这些原则在社会主义现实主义中显示得更为狭窄、僵化和斯大林化……这种差异，尤其突出体现为对真实的理解，构成了社会主义现实主义与之前文学理论之间的概念冲突。②

由此可见，不论是西方学者，还是苏联学者，在格罗伊斯之前就已经开始探讨社会主义现实主义与苏联时期或俄国时期文学观念、传统之间的关联性。然而，相较于上述两类学者的观点，格罗伊斯的社会主义现实主义框架具有三

---

① Herman Ermolaev. *Soviet Literary Theory 1917 - 1934: The Genesis of Socialist Realism.* Berkeley, CA: University of California Press, 1963, p. 204.
② Herman Ermolaev. *Soviet Literary Theory 1917 - 1934: The Genesis of Socialist Realism.* Berkeley, CA: University of California Press, 1963, p. 206.

个方面的超越性。首先，就苏联内部不同时期之间以及苏联时期与其他时期之间的文化关联性而言，格罗伊斯探讨的不是某个被重复的文学形象——"正面英雄"，或文学情节，而是不同时期文学思想和艺术思潮之间根据历史语境与文化目标的差异而存在的、内在的发展变化与转折过渡。其次，就苏联社会主义现实主义的刻板印象而言，格罗伊斯的理论重点不局限于呈现这种刻板印象本身，还进一步深入讨论了产生这种文化偏见的根源。这种根源具体就表现为"东方"与"西方"、"亚洲"与"欧洲"、"俄国"与"西欧"等之间的一直存在的文化敌对、竞争与差异。而由于"西方""欧洲""西欧"占据着优势，因此"东方""亚洲""俄国"就成了文化偏见的承载者与受害者，通常成为"野蛮的""落后的"的代名词，故而它们的文学和艺术作品也就被贴上了"政治的""宣传的""无美学价值的"标签。

最后，就自身的学术困境与理论诉求而言，格罗伊斯跨越了单边主义。由于介于"东方"与"西方"之间的身份困惑，即东德—苏联—西德之间的生活和成长经历，使得介于两种相对立的文化裂隙、隔阂之间的格罗伊斯，追寻的是衔接双边的理论诉求。为此，格罗伊斯就曾指出，至少有两个因素促使他希望重新开启"东方"与"西方"之间的对话平台。其一，自20世纪80年代末90年代初开始，"西方"与"东方"就已经"进入了同一个文化空间之中"。然而，由于冷战的原因，导致双边"错过了彼此的60年代和70年代，即东方的社会主义经历和西方的文化变革"。其二，艺术自身"是不可分离的"，即没有哪一方可以独占艺术，不论是因为"文化的发展，还是政治的发展"。然而，由于冷战期间文化竞争人为地对艺术进行了政治性和艺术性的区隔，导致在社会主义国家发生的艺术和美学运动被"西方"忽视。与此同时，"想要向东方解释西方所发生的一切，也并不是一件易事"。[①] 为此，作为一个"双重无根"的"局外人"，格罗伊斯的理想就是使互为隔离与对立的"东方"与"西方"双方能够重新开始对视与对话：

> 一直以来，东西方之间的文化存在隔断，尤其是20世纪六七十年代，突出表现为这一时期社会主义国家在文化和艺术上都发生了很多事情，然而西方对此知之甚少，尤其是对艺术家和文化生产背后的大背景不了解，就无法知道艺术家真正在做什么和想做什么。同时，在这一时期东方对西方没有一个完备的认知。到了20世纪八九十年代初，东西方已经进入了

[①] 杜可柯、李梅：《鲍里斯·格罗伊斯，批评家，上海双年展2012联合策展人》，载《艺术界》，2012年第2期，第60页。

同一个时空。这也意味着双方错过了彼此的60年代和70年代,错过了这段时期的东方社会主义经验以及西方的重要文化变革,而这也恰好是整个20世纪西方文化变革和艺术发展的一个极为重要的阶段,向一个东方人解释清楚那个时期西方发生的事情并非易事,这也导致两方彼此始终互相缺乏认识。我现在生活在西方,所以我更感兴趣的是把东方的经验带到西方,如果我生活在东方,那么可能就相反。我们现在有一个很好的机会去消除这种隔阂,这种隔阂在第二次世界大战之后持续了30年,这也就是我正在努力做的事情。①

正是基于这种理念,格罗伊斯在进行理论实践之时,一般都采取双向度的视角。例如,他指出自己之所以选择"莫斯科概念主义"和大写的索兹艺术,而不是"莫斯科浪漫概念主义"和小写的索兹艺术的原因在于,一方面"我想使用一些简单的术语,以便使得俄国艺术可以被西方读者所理解",另一方面也"希望向潜在的苏联读者介绍一些西方艺术"②。此外,在为苏联文学和艺术作品申诉文化身份时,格罗伊斯的理论策略不仅仅在于证明苏联是有艺术的,还在于把苏联艺术与同时期的西方艺术进行类比,以让读者感知两者间的相似性。为此,格罗伊斯的双向度理论既超越了单边的对立主义,又使得曾经对立的双方审视自我的历史错误和文化偏见,进而开启重新对话与消除隔阂的可能性。

二、重新对话的"政治—美学"与"社会主义—资本主义"

在建构社会主义现实主义时期与其他时期之间关联一体的完整性之外,格罗伊斯的社会主义现实主义框架还有另一个显著特点,那就是使用俄国先锋派和苏联后现代主义的艺术极致性,对政治极致化的社会主义现实主义进行了美学化的解读。当然,格罗伊斯也并不是第一个美学化社会主义现实主义的学者。在格罗伊斯之前已经有西方学者和苏联学者进行了相关研究。其中,苏联学者的代表是 A. 奥夫恰连科,而西方学者的代表是丽金·罗宾。

奥夫恰连科于1968年出版了俄语版《社会主义现实主义与当代文学进程》,随后引起英美学术界的批判,并于1978年出版了修订版的英文版《社会主义现实主义与现代文学进程》。在"序言"部分,奥夫恰连科首先指出

---

① 杜可柯、李梅:《鲍里斯·格罗伊斯,批评家,上海双年展2012联合策展人》,载《艺术界》,2012年第2期,第60页。

② Boris Groys. *History Becomes Form: Moscow Conceptualism*. Cambridge, MA: MIT Press, 2013, p. 7.

第六章 从"灰色自我"到"黑白方块":格氏文艺理论的双面性

"社会主义文学"对世界文学创新和世界美学原则均具有不可否认的影响,因此他的目的就是呈现这种影响。随后,他阐述了自己在"西方"的学术遭遇:

> 在美国,我被邀请去参加一系列俄国文学讲座(托尔斯泰、陀思妥耶夫斯基、高尔基及一些当代苏联作家),讲座的对象是众多大学的博士生,以及与教授交流有关俄国文学的学术经历。然而,从我到达纽约的第一天开始,很明显除了讲座本身之外,我还需要参与诸多有关文学批评和当代艺术发展的基本问题讨论。当与纽约大学的一些教授安排了非正式的学术会议时,我期望我们所探讨的话题是针对文学本身的基本问题,如美国教授可以领衔探讨一些文学流派,如"新批评",也就是他们应该为文学现象学辩护,并攻击文学的社会学分析。会议的开端确实如我所愿,然而随后迅速转到了其他方向,从而使得我不得不深陷持久的、热烈的、有关人及人道主义和民族未来的论争之中。这些论争随后持续发生在斯沃斯莫尔大学、华盛顿大学和斯坦福大学,不论我的讲座本身是关于托尔斯泰、陀思妥耶夫斯基、高尔基、当代苏联作家、文学批评还是文学方法。在哥伦比亚大学(纽约)和美国大学(华盛顿)时,一些学者还针对这个问题进行了激烈的探讨:"你如何定义社会主义现实主义在当代文学进程中的位置,同时你的美学问题观点自第二十次苏联党员代表大会以来是否有所改变?"而在美国大学和乔治镇大学的问题则是"现实主义是否已经乏力无味,是否不得不屈从于现代主义?"……如果要写一本我在美国期间的书,那么题目就可以是《持续300小时的论争》。
>
> 然而,我选择不写这样的一本书,因为1961年在法国、1964年在美国,随后在英国、联邦德国、意大利、日本、南斯拉夫和中国,我都记下了那些被追问的问题与我给予的答案……
>
> 多次前往民主德国、保加利亚、捷克斯洛伐克和其他国家的旅程,使我相信有关社会主义现实主义的很多相同问题困扰着众多国家的学者。于是,我翻出曾经在法国、英国、联邦德国、意大利、日本和美国的讨论和讲座的记录,对它们进行系统的整理,并加入一些最新的文学作品和美学批评……此外,我还增加了苏联内部针对社会主义艺术基本问题的批评研究。
>
> 这本书就因此成型,为了保留对话的语调和争辩的自然性,全书的章节并未按照类型分类,以便作者可以如我一样,身临其境地去体验在全世

界不同角落探讨社会主义现实主义理论原则的紧张氛围。①

奥夫恰连科的《社会主义现实主义与当代文学进程》全书共九章，突出特点是把社会主义现实主义与"现代主义""现代文学进程""美学方法"并置一体进行讨论，而不是把它作为简单的"政治宣传工具"。在此基础上，奥夫恰连科首先指出苏联的诞生带给人类的影响："伟大的十月革命不仅'震惊了世界'，还改变了世界的每一个角落"，从而使得"我们对世界、对生活和对历史的感知，都被改变"，同时，由于"新的'人'开始构建"，而新"人"概念的出现，激发了"艺术中新'人'概念的宣言"，并催生了"新的艺术"，以及"形塑了有关艺术阐释与现实表征的新原则"。② 这个新原则一方面凸显了"社会主义"与"资本主义"文化体系之间的根本差异，另一方面也暗藏了"社会主义"与"资本主义"世界之间无法划清的美学界限：

> 在这个二元分割的世界，新的艺术不仅仅是"在我们的一边"得以发展，而是逐渐对整个当代艺术进程都产生了重要影响。新的文学活动的特征同时也形塑了"另一边"世界正在发生的文学事件。正如伊万·阿尼西莫夫（Ivan Anisimov）所言："两个世界的文学的衔接，并不是一种简单的单边需求，而是谨慎熟知的双边需要。如果没有这种需求，历史的共存就将是无效的。"……在资本主义世界文学中，也一直存在走向新的、社会主义的、未来的倾向。因为单向度的文学很难在这个世界立足。十月革命之后，世界文学重要的天赋异禀的作家，站到了社会主义革命的这一边。在社会主义世界，与新现实相结合的社会主义文学得到迅速发展，以至于甚至在资本主义世界中，最好的那一部分文学也参与了改变社会现实的抗争。由此可见，社会主义革命对两个世界的文学的整体发展都产生了影响，因此如果不考虑这种影响，就没有办法真正理解现代世界文学。

这也就是为什么越来越多的人赞同这个观点，即如果不整体考虑世界文学的进程，就无法完整理解当下这一代人关心的艺术发展规则，以及相关人性的发展。为此，社会主义现实主义对理解世界文学整体进程就具有异常重要的作用，因为它一方面吸纳了几个世纪以来的文学，另一方面则

---

① A. Ovcharenko. *Socialist Realism and the Modern Literary Process*. Moscow：Progress Publishers，1978，pp. 7-8.

② A. Ovcharenko. *Socialist Realism and the Modern Literary Process*. Moscow：Progress Publishers，1978，p. 56.

敞亮了此前世界文学从未开启的地平线。

在这种极为复杂的文学进程中，重要的和异常困难的问题总体来源于马克思主义文学思想，而具体则来自社会主义现实主义理论。①

简而言之，奥夫恰连科一方面把社会主义现实主义当成马克思主义美学的一个重要组成部分，另一方面则把这种美学放置在世界文学的整体发展进程中进行探讨。为此，奥夫恰连科的理论既使得社会主义现实主义成为现代文学进程的一个不可或缺的成分，即与"资本主义世界"文学中的"现代主义""浪漫主义"等美学方法一脉相承。同时，奥夫恰连科的探讨还使得社会主义现实主义文学进程本身超越了"社会主义世界"的文化边界，即同时涵盖了"另一边世界"中的社会主义现实主义。简而言之，奥夫恰连科所探讨的社会主义现实主义是一种世界性的、完整的、美学的、现代的重要文学进程。

相较于奥夫恰连科的宽广性，罗宾的社会主义现实主义研究则集中于苏联时期，尤其是1934年前后的诞生与发展时期。罗宾的专著《社会主义现实主义：一种不可能的美学》（*Le Réalisme socialiste: Une esthétique impossible*），最先于1986年以法语出版，1992年由凯瑟琳·波特（Catherine Porter）翻译为英文版（*Socialist Realism: An Impossible Aesthetic*）。在"前言"部分，罗宾引用克拉克提及她身为苏联小说研究者的学术遭遇，指出类似的学术诉求：

> 就如克拉克一样，我也想探究那些"不值得一读的"文本。我建议把这种"不值得一读性"的原因首先归结为我们对苏联文学和文化的无穷尽的无知。因为非常少的苏联作品被翻译，除了那些官方批准并常常在后斯大林时期具有信息误导性的作品，实际上只有非常少的苏联文学文本得以出版。因此，那些苏联文本之所以不可读是因为有太多现实的不可能因素……我过去几年就在努力寻找20世纪30年代初期的俄语、法语、英语或德语文本，这些文本不仅从我们的书架和图书馆消失了，而且在我们的记忆中也模糊了。我们对这一时期的文学知之甚少，即使有一些可知的材料也只包含了一点真相，甚至可以说是少量的半真相，因为大多数则是虚假信息。最终在面对20世纪30年代的苏联文化时，我们就不停地在重复着一个固化模式，即聚焦于在斯大林主义或日丹诺夫主义之间互换，以及一个烧焦的废墟之地上的政策。尽管我们并没有真正焚烧书籍，但是我

---

① A. Ovcharenko. *Socialist Realism and the Modern Literary Process*. Moscow: Progress Publishers, 1978, p. 57.

们的行为的特征是不可容忍,因为语言的暴力趋于恶言谩骂,并融合了坏的信念、否认等诸如此类的行为。①

为了避免再犯类似的错误,罗宾指出了能够正确理解20世纪30年代苏联文化的两个基本步骤:其一,回归当时的争论本身,进而理解斯大林文化产生的本质:为了理解20世纪30年代的苏联文化,并去阐释斯大林主义文化的崛起,我们就必须知晓这个文化曾沉浸的论争及相关本质。其二,了解20世纪30年代苏联社会主义话语关注的美学事件:"当我们开始仔细探究20世纪30年代的论争解构与提及的问题时",就很容易察觉当时对"一种特定的艺术常规的迷恋:现实主义",而作为"表现、逼真和三位空间的美学",现实主义"自意大利文艺复兴就开始主宰着西方文化世界,且在19世纪的资产阶级文学中达到极致,尤其是巴尔扎克和托尔斯泰的小说"。②

为此,《社会主义现实主义:一种不可能的美学》全书共分为三大部分:(1)苏联作家第一次代表大会有关社会主义现实主义的各种论争,详细介绍了1934年社会主义现实主义成为官方化的相关会议细节与讨论;(2)19世纪俄国的现实主义迷恋,同时吸收了小马修森和西尼亚夫斯基的观点,指出19世纪俄国文学的现实主义传统,尤其是"正面英雄"的前身——"多余的人""新人""反新人""英雄"等;(3)对现实透明的痴迷,分别论述了20世纪30年代苏联对新的"现实主义"的追寻,以及对新的"英雄"形象的探索,进而最终确立了社会主义现实主义及相关文学形象——"正面英雄"。

罗宾的理论具有三大特点:第一,系统探讨了社会主义现实主义出现的历史细节与语境;第二,详细研究了社会主义现实主义的美学源头,即19世纪的"现实主义";第三,特意指出了社会主义现实主义美学的"不可能性":

> 我的题目中使用的性质描述词"不可能",主要用于描述这样的一种美学,即试图描绘苏联文学形象中正面英雄的美学。对我来说,"不可能"并不意味着无效。相反,我们会在随后的研究中发现哪些功效是存在疑问的,以及是如何不稳定的。"不可能"就指涉了理论上的矛盾性、美学上的复杂性以及特定的综合的本质,即社会主义现实主义赋予其文学形象的综合性:史诗般的、英雄的、传说的叙述,均采取了逼真的、现实

---

① Regine Robin. *Socialist Realism: An Impossible Aesthetic*. Trans. Catherine Porter. Stanford, CA: Stanford University Press, 1992, p. xix.

② Regine Robin. *Socialist Realism: An Impossible Aesthetic*. Trans. Catherine Porter. Stanford, CA: Stanford University Press, 1992, p. xix.

主义的、表现的形式。

这些诸多的矛盾和张力并不能无限持久,只能通过这种形式得以维护,那就是通过质疑所有文学的"文本效应",从而获得一种既繁殖又吞噬小说本身的"报告效应"。①

简而言之,罗宾关注的并不是社会主义现实主义的美学,而是其小说中的诸多矛盾性和相关的效应,以及这种效应体现出的美学层面的复杂性。

相较于上述两位学者重点探讨社会主义现实主义与其他文学理论、流派、思潮之间在美学上的关联,格罗伊斯的社会主义现实主义框架具有两大特点。其一,格氏框架立足于艺术之力的平衡轴,使得位于艺术之力天平两端的"政治"—"美学"重新对话,因为两者都应该拥有平等的审美权利。其二,按照"政治"与"美学"之间的互相转化,格氏框架对苏联文艺史进行重新组合,具体为先锋派时期是以极致"美学"论开启了"政治项目",斯大林时期是以极致"政治"集权的形式完成了先锋派的"美学"极致项目,后斯大林时期非官方和半官方的文学艺术作品则又以"美学"形式与官方的"政治"作品并存。简而言之,格罗伊斯理论不论是在广度层面还是深度层面,都较先前的学者有很大幅度的提升。

此外,格罗伊斯还回到了社会主义现实主义之所以被贴上"无美学价值"标签的问题根源,即"苏联"及其"社会主义"文化体系与"西方"及其"资本主义"文化体系之间的差异。同时,在回溯问题源头的基础上,格罗伊斯还进一步从如下三个层面对比了苏联与"西方"的文化观念差异。其一,针对"何谓艺术",格罗伊斯指出在"西方",艺术被认为是在艺术市场上作为商品进行流通的作品。然而,在苏联却不存在艺术市场,因此"策展人和博物馆管理人的角色是极为渺小的",甚至可以说几乎是"不存在的",因为唯一的策展人和管理人就是"苏联政府"。② 其二,针对"何谓艺术家",在"西方",艺术家被理解为"专业人士",因此艺术机制针对策展人、博物馆管理人和收藏家的批评,就在于批判他们代表了"专业的艺术趣味"。然而,在苏联,专业的艺术家也就是苏联艺术协会的成员,因此代表了相应的政治权威。其三,就艺术作品的"美学价值"而言,"西方"艺术代表了一定程度的

---

① Regine Robin. *Socialist Realism: An Impossible Aesthetic*. Trans. Catherine Porter. Stanford, CA: Stanford University Press, 1992, p. xxiii.

② Boris Groys. *History Becomes Form: Moscow Conceptualism*. Cambridge, MA: MIT Press, 2013, p. 13.

美学自主性和艺术的自由,而在"苏联"则是所有艺术协会的成员都共享一种特定的美学——"苏联集体美学",即苏联的艺术家并不被期望去创造自我的美学,而只是去遵从已经设定好的集体美学。通过对比这些差异,格罗伊斯期望"东方"与"西方"可以正视既往历史和展望当下的现实,从而能够在承认差异的基础上重新开启有效的文化对话。

第二节 未解开的"美学"与"政治"之链

当然,正如任何硬币都有两面,格罗伊斯的理论也不例外,突出体现为其社会主义现实主义框架的双面性,即贡献性与局限性。就贡献性而言,主要就是社会主义现实主义框架和艺术之力的平等审美权利的文化逻辑。就局限性而言,除了来自艺术史家和政治史家双向度的批评之外,更多的批评还是来自苏联研究领域,尤其是苏联文学和美学研究两个领域,典型代表人物如艾莉娜·古特金和彼得·比得洛夫。

古特金在《社会主义现实主义美学的文化之源:1890—1934》中,从两个方面探讨了格罗伊斯的社会主义现实主义框架。首先,通过与克拉克理论的对比来言说格氏理论的创新性。古特金指出"从20世纪80年代初开始,研究社会主义现实主义的新方法开始出现",这种方法"超越了严格意义上的政治史,转而试图从苏联美学自身内在的逻辑去解释苏联美学的意义",其中克拉克和格罗伊斯的理论就是这种新方法的两个典型代表作,突出特性表现为"激进地改变了针对苏联文学和苏联艺术研究的方式与视角"。[①] 同时,古特金也强调了克拉克的理论和格罗伊斯的方法之间的差异:

> 他们的作品代表了当下学界关于社会主义现实主义之源这个问题的两个极端,他们各自的方法是如此的相异,以至于想知晓苏联文化的本质特征的非斯拉夫研究领域的读者,不仅很难分辨出这两个学者所探讨的是同一个美学问题,也没法理解克拉克为何会把小说作为苏联美学的主要类型,而格罗伊斯则把精力重点集中于视觉艺术。相反,通过阅读两个学者的作品,非斯拉夫研究背景的读者,会容易就苏联的文化之源以及如何评

---

① Irina Gutkin. *The Cultural Origins of the Socialist Realist Aesthetic: 1890 – 1934*. Evanston: Northwestern University Press, 1999, pp. 2 – 3.

价社会主义现实主义的潜在之源这些问题，得出完全不同的结论。①

随后，古特金进一步指出格罗伊斯理论的局限与贡献。就局限而言，重点表现为对斯大林的"美学化"：

> 格罗伊斯把社会主义现实主义的诞生，特定地安置于高度斯大林主义美学与俄国先锋派之间的关系之中。他的核心观点是社会主义现实主义并不是一个由政治人物发明的教条，而是先锋派的艺术项目的顶峰。这个论题是基于哲学上有关先锋派的反历史观，即使用尼采式的术语把先锋派的目标定义为对权力的坚定不移的追求。从这个意义上讲，斯大林就被看成了终极先锋派艺术家。尽管这个核心概念并不完全是新的观点②，但是格罗伊斯概念的极端性引发了更多未解的矛盾。③

尽管如此，古特金特意强调，格罗伊斯理论的贡献是不容忽视的：

> 格罗伊斯就苏联美学之源给出了一些至关重要而且不可忽视的观点，如社会主义现实主义是一种复杂的精英文化话语的产物，以及正是在现代先锋派中，这个"项目主义者的"或者说乌托邦的美学才得以诞生。④

为此，古特金进一步指出格罗伊斯的分析法存在的主要问题"并不在于反历史化"，而是这样的一个有关"观念设定"的事实，即格罗伊斯"没有看到俄国先锋派并不是社会主义现实主义唯一的美学之源"，因为"俄国激进知识分子的文化遗产，既被艺术先锋派继承，同时也被'偏激'政治活动家继续"，而且持续的时间是"从19世纪90年代一直到20世纪30年代"。⑤ 简而言之，在古特金看来，格罗伊斯的分析法实际上止步于俄国先锋派，而忽视了更早期的俄国传统。由此可见，其实古特金的理论是在赞同格罗伊斯的方法的基础上把社会主义现实主义的文化之源从俄国先锋派向前追溯至19世纪90年代的俄国美学传统。

---

① Irina Gutkin. *The Cultural Origins of the Socialist Realist Aesthetic: 1890 – 1934*. Evanston：Northwestern University Press, 1999, p. 3.

② 古特金指出早在俄国革命时期尼古拉·贝尔迪耶夫（Nikolai Berdiaev）和尼古拉·瓦伦蒂诺夫（Nikolai Valentinov）以及其他学者，就曾把社会主义现实主义美学视为先锋派意识形态的化身。

③ Irina Gutkin. *The Cultural Origins of the Socialist Realist Aesthetic: 1890 – 1934*. Evanston：Northwestern University Press, 1999, pp. 3 – 4.

④ Irina Gutkin. *The Cultural Origins of the Socialist Realist Aesthetic: 1890 – 1934*. Evanston：Northwestern University Press, 1999, p. 4.

⑤ Irina Gutkin. *The Cultural Origins of the Socialist Realist Aesthetic: 1890 – 1934*. Evanston：Northwestern University Press, 1999, p. 4.

如果说古特金的理论聚焦美学层面，那么比得洛夫则集中于文学本身，尤其是社会主义现实主义的诞生与苏联"作家之死"之间的紧密关联。比得洛夫也从两个方面分析了格罗伊斯的理论。一方面，他指出格罗伊斯的理论开启了"把斯大林主义和社会主义现实主义放置在一个现代主义框架中"进行探讨的模式，而这种模式在很大程度上"远离了针对苏联文化的冷战研究模式"，也就是刻板的政治化的文化偏见模式。格罗伊斯的"那本小册子（《总体艺术》"承担了解构传统的针对斯大林主义与先锋派的过渡关系的看法："无辜的先锋派神话沦陷为残酷的调制斯大林主义艺术的正教。"另一方面，比得洛夫指出格罗伊斯理论的局限性，即把社会主义现实主义和俄国先锋派都进行了简单化处理。在格罗伊斯看来，"斯大林主义是先锋派的'艺术化政治项目'的唯一合法的继承者"，因为"先锋派极端的、现代主义的美学意识形态的目标是改变世界，而不再满足于仅仅反映这个世界"，而在"试图践行这种改变之时，艺术项目改变了自身，并进入了更为宽广的生活领域"。为此，"正是基于先锋派自身的内在逻辑，其美学项目变成了美学化政治"。同时，基于相似的逻辑，先锋派陷入无法解决的自我矛盾之中，因为"边缘化的激进艺术家在其所宣言的项目中并没有宏观的改变现实的方法"。于是，就只有"一种组织有序的政治权力——控制苏联政府的政党，可以完成先锋派的任务"。据格罗伊斯所言，这也就是20世纪30年代早期切实发生在苏联的情况，即"斯大林主义'接过了'先锋派因为无法完成而留下的项目"。比得洛夫认为这种描述的最大问题在于"太过于简单化"，即"先锋派的现代主义与斯大林主义者的文化之所以能够无缝对接"，是因为格罗伊斯"极大地简化了两者原有的复杂性"。换言之，在格罗伊斯所"叙述的故事中，先锋派艺术家变成了没有实权的集权者，而斯大林主义者则成了没有天赋的艺术家"[1]。

结合古特金和比得洛夫的批评，可以看出两者具有一个共同点，那就是都指出格罗伊斯理论所侧重的"艺术"层面，具体表现为前者谈论的"视觉艺术"，以及后者所言的"艺术项目""艺术家"等。确实，如果仔细分析格罗伊斯的社会主义现实主义框架，可以发现格氏理论最显著的特点之一就是其理论的论据重心是"艺术"，而非"文学"。甚至可以说，格罗伊斯从建构到巩固社会主义现实主义框架的每一步所依据的理论内核都在"艺术"层面，具体可以表现为三个步骤。

---

[1] Peter M. Petrov. *Automatic for The Masses: The Death of the Author and the Birth of Socialist Realism*. Toronto: University of Toronto Press, 2015, pp. 3-5.

第六章 从"灰色自我"到"黑白方块":格氏文艺理论的双面性

第一,社会主义现实主义框架的建构。格罗伊斯的核心观点就是把斯大林时期的社会主义现实主义做了两个历史向度的推移:其一,向前衔接俄国先锋派时期,并重点通过分析马列维奇的"至上主义"艺术理论和相继的"生产主义"与"建构主义",进而指出俄国先锋派由此开启了美学化的政治项目。然而,由于这些站在"美学"极致一端的艺术家没有办法解决先锋派内部的诸多矛盾,如试图推翻传统、捣毁经典、摧毁博物馆等,但是由于这种诉求的本质实际上是从侧面证明了传统、经典和博物馆的不可动摇性,因此俄国先锋派艺术家无法完成他们开启的美学化的政治项目。其二,向后衔接苏联后现代主义时期,重点分析后斯大林时期苏联的非官方艺术索兹艺术和半官方艺术萨米兹塔特和塔米兹塔特,如何把苏联艺术从斯大林时期极致的政治化,拉回到俄国先锋派时期开启的极致的美学化。为此,1917—1988 年的苏联文艺历史就有了全新的面孔,即原本被视为三个相互割裂的阶段及三种相互隔离的三种文艺类型:前斯大林时期的俄国先锋派→斯大林时期的社会主义现实主义→后斯大林时期的苏联后现代主义,被格罗伊斯重新书写为一个相互关联的、完整的苏联文艺史,也就是本书所指的格氏社会主义现实主义框架。

第二,用"艺术之力"的平等审美权利缝合社会主义现实主义框架的裂隙。《总体艺术》出版之后,尤其是 1992 年的英文翻译版进入英语学术圈之后,引起了极大的关注,同时也迎来了两个向度的批评。一方面艺术史家认为格罗伊斯的社会主义现实主义框架只不过是把苏联艺术进行了政治化解读,另一方面政治史家认为格罗伊斯的总体艺术理论只不过是在把苏联政治进行美学化解读。两种批评的共同点表现为,格罗伊斯的社会主义现实主义框架并没有从根本上解决苏联文艺作品的"政治"与"美学"之间的复杂问题,突出表现为两者之间所横亘的斯大林主义问题、苏联政府严峻的文化审查等问题。换言之,也就是说格罗伊斯的社会主义现实主义框架是不成立的,因为即使在一般情况下,"政治"与"美学"之间本身就是互为对立的,何况在苏联这种体制之下。为此,格罗伊斯就以《艺术之力》进行了有力的回应。所谓的艺术之力,也就是把艺术之力看成艺术的政治性之力和自治性之力的总和,因此现代艺术的最大特征就是维持艺术之力的平衡,而最为理想的情况就是承载艺术之力平衡性的两端的力量相互抵消,从而使得总和为零。换言之,如果把艺术之力视为一个天平,那么它的两端就分别为政治性之力和自治性之力,而把两种力进一步简化之后也就是分别为"政治"和"美学"。同时,由于在"上帝已死"之后,任何权力、任何意象都已经不再超越于其他的权力和意象,因此作为维持艺术之力天平平衡的两端力量——"政治"和"美学",就都应该拥有平等的审美权利。然而，由"资本主义"文化体系主宰的"欧洲"和"西方"，一直以来都倾向于提倡和彰显"美学"，而歧视和遮蔽"政治"，所以格罗伊斯的理论诉求就是为"政治"一端的文艺作品申诉平等的审美权利，并为其拓展更多的存在空间。

第三，用"博物馆"存在论去视觉化"政治化美学"与"美学化政治"之链，并进一步巩固社会主义现实主义框架。格罗伊斯通过"艺术之力"缝合社会主义现实主义裂隙的理论，再次遭遇了两个向度的质疑：（1）格罗伊斯不过是在对逝去的斯大林总体主义的怀旧，言说的只是一些陈腐的问题；（2）艺术之力天平是不可信的，因为在历史长河中，不仅艺术的"政治性之力"与"自治性之力"是不可见的，而且"政治"与"美学"之间的杠杆原理关系也是不可见的。为此，格罗伊斯通过当时博物馆终结论与存在论之争，从三个方面相应地回应了两个向度的质疑：（1）博物馆终结论是当时最为鲜活，而非陈旧的艺术论题；（2）在博物馆终结论浪潮之中，格罗伊斯的切入点是博物馆与"新"的粘连关系，正是这种关系决定了博物馆的屹立不倒；（3）博物馆与"新"的紧密关联并不在于时间层面，而是在空间层面，这种空间层面又可以具体表现为两个方面：①博物馆作为可视的国家文化身份载体，如苏联瓦解之后新生成员国博物馆的发展，给当时饱受艺术史终结、博物馆终结之苦的西方艺术界注入的鲜活力量；②博物馆作为可见的艺术之力天平，如从法国大革命打开卢浮宫，催生了第一个现代意义的博物馆，孕育了坎西的博物馆怀疑论，到俄国十月革命，先锋派极力提倡摧毁博物馆，捣毁传统艺术品，一方面共同说明了博物馆视觉化了文艺空间与政治权力的绑定关系，另一方面则证明了博物馆的不可动摇性。

由此可见，格罗伊斯社会主义现实主义框架徘徊于"美学"与"政治"的两个极端之间，具体为对美学化的文艺作品及理论的政治性解读，或对政治化的文艺作品及理论的美学性解读。换言之，格氏理论的策略就介于"美学化政治"与"政治化美学"之间。这种策略一方面成就了格罗伊斯文艺理论的新颖性，另一方面也导向了它不可解决的矛盾性，具体可以表现为两个层面：首先，政治化美学的文化之根问题。格罗伊斯之所以要对社会主义现实主义、斯大林主义进行美学化的解读，最先来自他在西德明斯特大学遭遇的质疑，即苏联是否有艺术，随后则来自西德学界对他在法国发表的莫斯科浪漫概念主义的质疑。两种质疑的核心是社会主义体制统治下的苏联是不可能存在艺术的，即使有作品，也不过沦为意识形态宣传工具，以及苏联政治领导人盲目的个人崇拜和政治趣味的传声筒。究其根源，苏联文艺作品之所以被定义为

第六章　从"灰色自我"到"黑白方块"：格氏文艺理论的双面性

"政治性"的、缺乏美学价值的，不仅因为 1917 年十月革命之后苏联选择了"社会主义"道路，而这条道路在第二次世界大战之后被"西方"视为冷战的导火索，还在于 1917 年之前沙皇俄国与西欧之间的文化冲突，具体可以细分为六个阶段。

第一阶段：沙皇俄国与西欧大陆的对立。西欧大陆由于地理位置的差异，即相对于"西方"与"欧洲"而言，沙皇俄国是位于"东方"与"亚洲"，从而也就被定义为"野蛮的""异域风情的""亚洲性的"。换言之，沙皇俄国与西欧大陆的对立源于地理位置的差异，而终于文化层面的对立，且在这种对立体系中，西欧大陆明显处于强势的一方，而沙皇俄国处于弱势的一方，因而也就承载了强势一方的各个向度的文化歧视。

第二阶段："社会主义苏联"与"资本主义西方"的对立。十月革命之后苏联作为新生的社会主义国家，一方面努力推行国际共产主义，扶持全球的社会主义运动尤其是西欧国家共产党的成立及相关的各种无产阶级、社会主义和共产主义活动；另一方面则逐渐形成文化自信的雏形，即开始依据社会主义的胜利，反击西欧大陆长期以来对沙皇俄国进行的各种文化歧视与压制。这种反击最先体现为苏联知识分子开始声称苏联与西欧已经站在了同一个水平线上，故而不应该再受到歧视和压制，随后则进一步指出苏联的社会主义已经超越了西欧的资本主义，故而苏联不再尾随西欧的步伐。相反，苏联要引导西欧走向社会主义的道路，把西欧从资本主义的剥削体制中解救出来。

第三阶段：社会主义现实主义与"西方"文化机制之间的对立。在经历了十月革命和两年内战之后，苏联在 20 世纪 20 年代初出现了短暂的百花齐放、百家争鸣。这一时期，成立了无数文学和艺术团体。这些团体的成员针对苏联如何走出一片废墟的需求，对苏联文学和艺术的未来提出了不同的看法。这些看法随后转变为不同团体之间的竞争，随着竞争的不断恶化，这些团体开始向苏联政府提出干预的要求。为此，苏联政府先后进行了调和，并制定了相关的政策文件，包括"党中央针对出版的解决办法（1924 年 5 月），第十三次党代会针对出版的解决办法（1924 年 5 月）"，以及 1925 年 6 月 18 日"党中央有关'想象性文学领域的党的路线方针'的解决办法"[①] 等。随后的新经济政策期间，文学和艺术开始为新经济政策服务，苏联政府随之加强了对文学和艺术的干预。1928 年，在文学和艺术团体更加恶化的竞争中，苏联政府站在

[①] Herman Ermolaev. *Soviet Literary Theory 1917–1934: The Genesis of Socialist Realism*. Berkeley, CA: University of California Press, 1963, p.44.

了 RAPP 的一边，于是 RAPP 对其他团体进行无情的压制①。随后，斯大林提出第一个五年计划，然而这个计划实际上在 1932 年就宣布提前完成。第一个五年计划为苏联经济的复苏、人民生活水平的提高起到了一定的作用，同时斯大林开始对文化进行控制，集中体现为 1932 年废除了 RAPP，指出它的狭隘性及对其他团体的苛刻性，并成立了全苏联作家协会，声称所有的团体和成员都是这个协会的一部分。在此基础上，1934 年第一次苏联作家代表大会上把社会主义现实主义作为官方的文学和文学批评方法。尽管这个方法在形成之初的概念和范围本身是较为含糊不清和模棱两可的，但是这种方法与"西方"文化体系格格不入，从而也就加剧了"西方"对苏联的文化歧视。

第四阶段：斯大林主义与西方所谓的"民主主义"之间的对立。斯大林的统治为"西方"针对苏联及其文化的偏见找到了新的代名词，即斯大林主义。于是，一方面斯大林主义与社会主义现实主义之间形成了一种等同关系，另一方面斯大林主义直接成了苏联、苏联政府、苏联政党、苏联文学、苏联艺术、苏联文化，以及社会主义的代名词。

第五阶段：斯大林总体主义与"西方"所谓的"平等主义"之间的对立。第二次世界大战期间，苏联扮演了重要的角色，也首次直接把苏联与"西方"推到了同一个谈判桌上，尤其是斯大林与罗斯福和丘吉尔围绕战后如何分割德国、波兰等进行的多次会晤。此时，由于各方政治利益的冲突，也导致了相应的文化层面的冲突。然而，总体而言，此时随着苏联政治地位的提升，苏联的文化自信也继十月革命胜利之后又得到了进一步的提升，具体就表现为当时一些知识分子再三强调苏联已经不再是"亚洲"，甚至使用了三个连续的"绝不！绝不！绝不！"。当然，由于政治利益分割的不均衡，导致了"西方"与苏联矛盾的升级，从而也加剧了"西方"针对苏联的文化偏见。

第六阶段：社会主义文化与资本主义文化的对立。西方与苏联矛盾的加剧，直接导致了冷战的到来，也就是演变成了社会主义与资本主义文化体系的对立。这种对立在斯大林时期不停地恶化，而在后斯大林时期尽管表面上有所缓和，但是实质却是加剧了对立，尤其是反斯大林化思潮逐渐吞噬了苏联建立的微弱的文化自信，也就加固了冷战时期"西方"针对社会主义文化的整体偏见。

---

① 当时不同团体之间的竞争激烈，矛盾复杂，更多详情请参见 Yanli He. "Equal Aesthetic Rights, Semi-Centers/Peripheries and World Literatures", *Amaury Dehoux*, *Littératures périphériques*, *littératures mondiales: modèles*, *dynamiques et poétiques*. Chapter 2. Berlin, Bern, Bruxelles, New York, Oxford, Warszawa, Wien: Peter Lang, 2022, pp. 31 - 61.

简而言之，在与"西方"的文化对立之中，苏联从头到尾处于劣势的一方，这也就是"西方"语境针对社会主义现实主义做出纯政治性结论的根源。面对"西方"的这种文化偏见，唯一有效的办法就是去解构"西方"针对苏联文艺作品的政治性定论，这也就是格罗伊斯文艺理论的宗旨。然而，需要注意的是"西方"政治化苏联文艺作品的语境也决定了格罗伊斯理论的局限性，那就是对苏联及其文化进行极致的美学化，这也就决定了格罗伊斯对斯大林进行了极致的美学化解读：

> 当把斯大林重置为一个终极艺术家之时，即实现了俄国先锋派的梦想："斯大林，这个斯大林神话中的意象，具有个体和集体的双重身份，即承担了先锋派艺术家的超人角色，尽管他自身没有办法完成这个终极目标。"那么斯大林主义也就顺理成章地成了按照俄国先锋派的内在逻辑而形成的必然结果，即"斯大林主义作为一种政治统治，实际上是应哲学和艺术对政治权力的需求而产生的，目的是在现实实践中实现先锋派通过哲学和美学项目本身来重建世界的计划"。
>
> 如果跟随这种美学化的叙述，那么斯大林和斯大林主义都被俄国先锋派合法化，因为他们都是俄国先锋派发展的自然结果。……类似的，美学化斯大林和斯大林主义还留下了很多无法解决的问题。①

简言之，格罗伊斯文艺理论的初衷就是通过对社会主义现实主义的美学性解读，以解构"西方"的纯政治性结论。然而，值得注意的正是这种解构性决定了格氏文艺思想的艺术性策略最终指向了政治向度，即尽管格罗伊斯通过艺术的视角去证明社会主义现实主义与俄国先锋派和苏联后现代主义之间的血亲关系，从而旨在阐明苏联文艺作品的艺术性。但是，由于这种阐明从原初就被放置在不平等的"东方与西方""欧洲与他者"二元对立框架之中，以及格罗伊斯的"灰色自我"和苏联的"灰色地带"的身份问题域中。因此，如果就社会主义现实主义框架而言，格氏的艺术性策略的最终目标是撕下西方强行粘贴给苏联文化的政治性标签，从而也就决定了格氏理论的政治向度，即格罗伊斯美学化地解读社会主义现实主义的行为本身是一种政治行为。但是，这个向度并不能遮蔽格罗伊斯理论的贡献，因为除了社会主义现实主义框架，格氏理论的内核还包括艺术之力和平等审美权利的文化逻辑。

当然，由于格罗伊斯的文艺理论比较零散琐碎，覆盖了艺术评论、博物馆

---

① Yanli He. "Boris Groys and the Total Art of Stalinism", *Thesis Eleven*, 2019, 152 (1), pp. 49 - 50.

理论、媒介理论、策展理论、哲学等诸多领域，从而导致很难把握他的理论核心。总体而言，格罗伊斯文艺理论的核心组成部分为三大部分：（1）社会主义现实主义框架；（2）艺术之力和平等审美权利的文化逻辑；（3）博物馆作为视觉化文艺空间与政治权力绑定关系的文化载体。为此，可以根据三个部分的形成步骤把格罗伊斯的文艺理论简化如下：

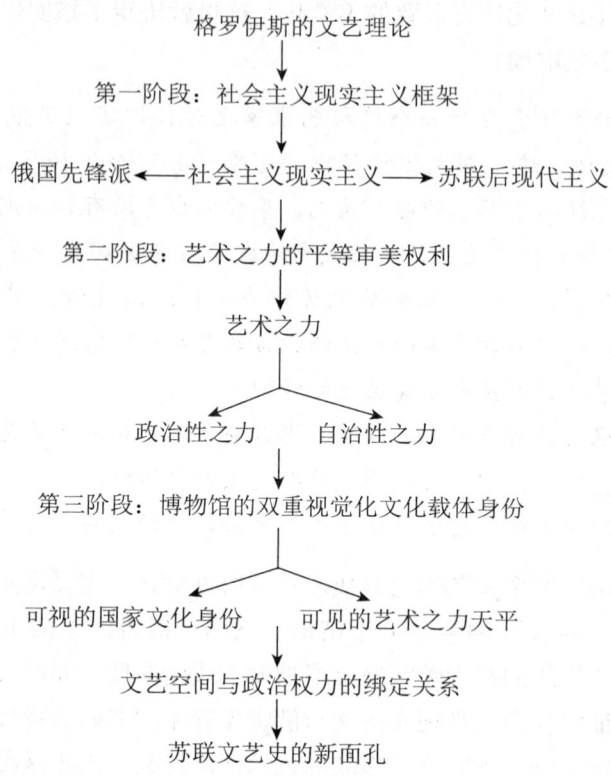

就此而言，格罗伊斯文艺理论的贡献性是不容否认的，格氏理论至少在四个层面对其他政治性诉求强的文艺理论提供了有效性：其一，为冷战时期社会主义阵营以及冷战之后依旧坚持社会主义道路的国家申诉文化身份和解构资本主义阵营国家的文化偏见，提供了有效的理论范式①；其二，为前殖民地国

---

① 毕竟，人类历史并没有如弗朗西斯·福山（Francis Fukuyama）所言，在苏联解体、冷战结束之后就走向了"历史终结"，就不再存在两种政治性意识形态冲突。福山的观点忽视了一个根本事实，那就是冷战之后依旧有走"社会主义"道路的国家。参见 Dubravka Juraga, M. Keith Booker. Rereading Global Socialist Cultures After the Cold War: The Reassessment of a Tradition. Westport, Connecticut: Praeger, 2002; Yanli He, Daniel Pratt. Special issue "Socialist World Literature", Journal of Narrative Theory, Fall 2022, pp. 267 – 418.

家,抵抗原宗主国的文化殖民和解构文化霸权,提供了合理的文化路径;其三,为当下世界体系中处于边缘的、半边缘的国家①申诉应有的文化身份,抵抗世界文化中心的文化宰制,尤其是国际主流媒介的刻板印象、故意歪曲、敌意丑化等,提供了适宜的理论策略;其四,为一个国家内部处于边缘地位的族裔群体和个人,如流散群体、同性恋群体、二等公民、政治难民、种族主义受害者、父权主义受害者等,提供了言说自我、获得话语权的可能性。

因此,笔者认为格罗伊斯文艺理论的核心本身是艺术理论,而不是文学理论。然而,格罗伊斯的核心论点——艺术之力的平等审美权利的文化逻辑,不仅对众多被宰制的、被定义为"政治性"的艺术理论申诉文化身份和美学权利有效,还可以覆盖文学理论。为了阐述格罗伊斯的理论核心对文学理论的有效性,笔者准备对比美国非裔理论家盖茨的非裔文学理论。

盖茨非裔文学理论的宗旨是改变几百年来黑人被强加的"他者"身份,抵抗白人的话语和文化霸权。就具体理论策略而言,盖茨是通过三个层面完成了他的理论诉求。首先,知识考古:阐述"粉红色"②的黑人。盖茨延续了萨义德开创的后殖民批评范式,即对西方白人的文本进行细致的知识考古,揭示它们如何模式化地描述被殖民的、有色的"他者",扭曲他们真实的形象,从而建构和维护白人的话语霸权和文化殖民主义。然而,在具体的考古过程中,盖茨对传统后殖民批评范式进行了改进,因为他不是泛泛地揭示西方白人文本为何要把黑人标记为"粉红色",以证明其构建的奴隶制、霸权体系、殖民体制等合理性这个事实存在,而是在此基础上探索了从16世纪到20世纪"主人"建构并维护霸权的途径——不停地重写黑人是否具备"人性"的标准。这就为美国非裔群体深入认识文化和话语霸权的本质,以及解构这种"白色"霸权奠定了基础。同时,盖茨考古的目的是寻根,即他只是对西方文本进行简略的知识考古,而把研究重点转向了本族裔的文学谱系寻根。

其次,族裔文学文本的文化寻根。盖茨并没有止步于针对白人文本的单向度的知识考古,而是针对白人文本剥离黑人的"人性",悬置他们的文学能力的描述,进行了相应的多向度的族裔文化寻根。换句话说,盖茨扩大了寻根对

---

① 伊曼纽尔·沃勒斯坦(Immanuel Wallerstein)把世界体系分为三种类型的国家:"边缘""中心""半边缘/中心"。详参 Immanuel Wallerstein. *World-System Analysis: An Introduction*. Durham: Duke University Press, 2004。

② 在殖民主义时期,英国在绘制地图的时候把其非洲殖民地绘制为粉红色。由此,粉红色就与被殖民者关联起来。参见何燕李:《美国黑人如何摆脱"粉红色"——盖茨非裔文学理论的"后殖民性"研究》,载《成都大学学报》(社会科学版),2012年第3期,第62-66页。

象,使它包括了黑人男性和女性文本,从而全方位地敞明了一直"在场的"非裔文学声音。为此,盖茨弥补了萨义德理论体系对女性文本的忽视。除此之外,盖茨还在寻根过程中揭示了被边缘化的非裔族群在相异的受制语境中如何回击白人的殖民压迫和霸权宰制,从而为族裔文化身份的改变、构建和认同做出相同的努力。为了达到寻根的目的,盖茨引用了杰弗里·哈特曼(Geoffery Hartman)的一个重要的概念——"文本环境"(text-milieu),即"将考古学中人与环境的能动关系运用到人文环境与文本的交互关系上"①。盖茨以这个概念为导向,对应于"主人话语"开出的四个"文学条件",逐一探寻了非裔文学文本源头:黑人"写作"(布里特·哈蒙的叙事)→黑人诗歌(菲莉丝·惠特利的诗集)→黑人小说(哈里特·威尔逊的《黑鬼》)→黑人理论(亚历山大·克拉梅尔的《英语在利比里亚》),从而逐个击破白人的文化霸权谎言和种族优越感。毕竟,宰制黑人的"人性"是否与"写作""诗歌""小说""希腊文法"等关联的不是这些条件本身,而是创造这些条件的白人群体。盖茨的族裔文化寻根就旨在解构这种宰制,因为其寻根一方面旨在证明黑人一直都"有"文学,使白人强加给黑色种族"无"文学的预设不攻自破;另一方面又揭示出不同时期、不同语境中的黑人一直在为改变族裔形象、文化和身份而努力。由此可见,盖茨的寻根不仅"发掘出大批被白人主流传统湮埋的黑人作品,为建立黑人文学经典,重建黑人文学史和传统发挥了重要作用"②。同时,盖茨还为"少数族裔文化、女性文化和沉寂的声音在理论领域提供了生存和发展空间"③。

再次,族裔文学的文化定位。对那些终于"敞明自身"的族裔文学及传统进行文化定位——建构美国非裔文学正典,从而引领它们从边缘进入中心。盖茨的正典建构包括文学文本正典和文学理论正典两个部分,其中文本正典的建构意识早于理论建构。起初盖茨专注于建构文学文本正典,以满足"对种族文化认同性及话语权利的渴求",即"专注于边缘化的写作空间,以民俗的、语言的诸多形式在西方白人文化主流中表露身份"④。因为他当时认为族

---

① 王晓路:《盖茨的文学考古学与批评理论的建构》,载《国外文学》,1995年第1期,第92页。
② 程锡麟:《一种新崛起的批评理论:美国黑人美学》,载《外国文学》,1993年第6期,第73-78页。
③ 李权文:《从边缘到中心:非裔美国文学理论的经典化历程论略》,载《外国文学研究》,2009年第12期,第85-91页。
④ 王晓路:《差异的表述——黑人美学与贝克的批评理论》,载《国外文学》,2000年第2期,第3-9页。

第六章 从"灰色自我"到"黑白方块":格氏文艺理论的双面性

裔文学理论家的任务就是发现"黑色书写",再利用主流文论去解读这些书写。然而,随后他发现"主人的文论"与其文学一样,具有一个独立的传统,而这种霸权传统不可能正确解读"奴隶的文学"。为此,盖茨意识到建构黑人自己的文学理论的重要性,从而开始发掘族裔前辈的文学理论,并把它们建构为正典,旨在彰显黑人"有"理论。在这种学理诉求的影响下,盖茨(独立编辑以及与其他族裔学者合作)编著了多本黑人文学理论作品选,包括《黑人文学和文学理论》(1984)、《奴隶的叙事》(1985)、《"种族"、写作和差异》(1986)、《阅读黑人,阅读女权主义者》(1990)、《身份》(1995)、《寻找汉娜·克拉夫茨:〈被缚女人的叙事〉的研究》(2004)、《新黑人:阅读种族、表征和美国非裔文化:1892—1938》(2007)等。至此,盖茨从文学、文论两个向度着手,既全方位地引领黑人擦除了他们被迫背负了几个世纪的"粉红色"标记,又有效地建构了"黑色性"主体。

综上可知,盖茨的文学理论富含"后殖民性",不仅因为盖氏理论本身在诞生之初就与后殖民批评具有重叠性:"两者都在追问白人/西方文化霸权如何宰制非白人文化,以及这些附属文化如何反抗和抵制这种宰制"①,还因为盖茨的理论极大地扩展了传统的后殖民理论空间。就此而言,盖氏理论包括了双向度的学理诉求和颠覆姿态:其一,对白人的主流文学、文学史、文学理论模式和阐释体系,以及相应的话语霸权和文化殖民主义进行了有力的批判、解构和修正;其二,对本族裔的文学、文学史、文学理论、文化、话语、身份、传统等进行重新审视、建构和架构。正是这种双重文化姿态大大拉长和延展了后殖民批评空间,即不仅为美国黑人擦除了"粉红色"标记,赢得了"黑色性",同时还丰富了美国文学和文学理论遗产,为其他族裔摆脱西方文化霸权,以及确立主体性和文化身份提供了全新的、值得借鉴的理论范式。盖茨的这种理论模式一方面阐明了一个新颖的种族概念——"黑人(及其他有色人种)不是天生的"②,而是后天被白人的种族主义制造的;另一方面则向"主人"宣告了一个事实:"任何你(白人)能做的事,我(有色人种)能做得更好。"③ 盖茨认为,这样或许就能够"建构一个地图上不再有'粉红色'的

---

① Mary Klages. *Literary Theory: A Guide for the Perplexed*. London: Continuum, 2006. p. 149.
② Henry Louis Gates, Jr. *Loose Canons: Notes on the Culture Wars*. New York and Oxford: Oxford University Press, 1992, p. 36.
③ Henry Louis Gates, Jr. *Loose Canons: Notes on the Culture Wars*. New York and Oxford: Oxford University Press, p. 188.

世界"①。

然而,盖茨的理论策略还是存在一定的局限性,其中最为突出的就表现为其"奈保尔谬误"。所谓"奈保尔谬误",是由奎迈·阿皮亚(Kwame Appiah)提出的,即"一种只能通过把非西方的境况、问题和文化嵌入欧洲文化以对前者进行理解的习惯"。此谬误取自印裔作家 V. S. 奈保尔(V. S. Naipaul)之名,因为奈保尔认为:"后殖民(前殖民地)文学之所以值得研究,是因为它与欧洲文学基本等同。"② 然而,阿皮亚则认为后殖民文学不应该去追求与欧洲文学的等同。随后这种观点被非西方学者广泛使用,尤其在处理读者与作者的互动关系时成为一种习惯。对于如何规避这种谬误,盖茨早有准备,他吸收了阿皮亚和波林·J. 洪通吉(Paulin J. Hountondji)的处理方式。阿皮亚指出,非洲文学不需要向西方读者提供"合法证明",用以克服他们忽视它的倾向。而洪通吉则认为在现代非洲,如果理论话语要具有意义,那么它必须是"在非洲社会内部生成的一种'本土的'理论论辩,从而能够自主发展其主旨及相关问题,而不再是作为欧洲理论和科学论辩的遥远附属物"。因为从非洲文学研究转向理论研究的目的不是"证明黑人有时也和白人一样具有智慧、道德和艺术感,并让他们相信黑人也可以成为优秀的哲学家,或者从白人那里赢得人性证明,并向他们展示非洲文明的辉煌"③,而是"要让这种理论研究和所有其他文学研究一样,仅仅为了阅读文学"④。

正是基于这两种告诫,盖茨有了自己的规避方式:"我们的目标就不能再把欧洲嵌入非洲或者把非洲嵌入欧洲。"⑤ 换句话说,黑人学者在建构族裔理论时就不能再以"黑色"理论基本等同于"白色"理论作为研究理据。然而,在白人文化霸权的大语境下进行族裔理论建构时,盖茨却又不自觉地返回谬误本身,主要表现为两个方面:其一,等同性——把非裔理论载体定位为文学的"形式";其二,嵌入性——把欧洲批评话语嵌入非洲阐释传统,证实两者是功能对等物的关系。

因此,盖茨理论的"奈保尔谬误"可以分为如下两类。

---

① Henry Louis Gates, Jr. *Loose Canons: Notes on the Culture Wars*. New York and Oxford: Oxford University Press, p. 193.
② Fawzia Mustafa. *V. S. Naipaul*. New York: Cambridge University Press, 1995. pp. 22 – 23.
③ Henry Louis Gates, Jr. *The Signifying Monkey: A Theory of Afro-American Literary Criticism*. New York: Oxford University Press, 1988, p. XX.
④ Henry Louis Gates, Jr. *Black Literature and Literary Theory*. New York: Routledge, 1990, p. 146.
⑤ Henry Louis Gates, Jr. *The Signifying Monkey: A Theory of Afro-American Literary Criticism*. New York: Oxford University Press, 1988, p. XX.

首先，形式谬误。产生的原因：解构白人批评体系预设的"内容论"，证明非裔文学与白人文学一样具有"形式性""艺术性"。整个过程可以分为三个阶段：第一，从使用各种白人文论解读黑人文学的"内容"转变为解读其"形式"；第二，从借用白人理论转变为建构"本土理论"解读族裔文学的"形式"；第三，从定位"形式"——黑人口语体语言，到定位"本土理论"——意指理论。其中，连接三个阶段的关键因素是"形式"与"本土"，而糅合这两种因素的载体是"黑人口语体语言"。为此，盖茨不仅将其定位为自己理论体系的支撑点，还将其扩展为整个族裔文学和阐释体系的基质，因为他认为黑人正是通过口语体语言的意指特性使非裔文学、文论文本之间具有形式上的关联，从而构成了黑人文学传统。尽管这种"形式论"在一定程度上克服了白人迷恋非裔文学"所指"的"内容论"极端，即从社会学、人类学的角度解读非裔文学的"内容"。同时，"形式论"有效地关注了支撑非裔文学"艺术性"的形式元素，包括语言、修辞、象征、比喻、反讽等，从而弥补了非裔文学的"能指"空无、"无"形式的理论缺陷。然而，也正是这种转向促使盖茨走向了迷恋"能指"的极端。这种过度的"形式论"主要有三大缺陷：其一，就语言本身而言，美国非裔文学的主要载体仍然是英语，尽管在字里行间夹杂着黑人口语体语言，但是它始终不可能规避标准英语的影响；其二，就文本形式关联而言，美国非裔文学从诞生之初就是"黑白混杂体"，因此不能规避白人文本形式的影响；其三，就文学传统而言，美国非裔文学传统的完整性包括不可分割的"内容"和"形式"两个部分，因此无法剥离前者的重要性。

其次，嵌入谬误。产生的原因：规避白人预设的黑人"无"理论，证明非裔文学传统内含独立的阐释体系和批评话语，而正是这种内生的、自主的、连贯的非裔文学批评理论——意指理论，解构了"源于白人文化的统一的批评标准能够适于阐述和评价黑人文艺的概念"[1]。然而，在命名和描述非洲、非裔神话中内含的理论术语时，盖茨又情不自禁地回到"白色"理论传统，去为它们寻找功能对等物，具体可以用下表表示：

---

[1] 黄晖：《20世纪美国黑人文学批评理论》，载《外国文学研究》，2002年第3期，第22－27页。

嵌入谬误	
黑人的阐释体系	白人的阐释体系
埃苏	赫耳默斯
埃苏—图法拉阿诺	阐释学
艾发	《圣经》
阿斯（ase）：埃苏的雕像通常手握一个葫芦，在这个葫芦中装满了阿斯，而约鲁巴最高神灵奥洛杜梅尔（Olodumare）就是用阿斯创造了宇宙	逻各斯
迪达发（Didafa）：阅读符号	细读
意指体系	表意体系
意指性、意指关联	互文性

这些相互嵌入的术语直接拉近了盖茨与"奈保尔谬误"的距离，从而违背了他规避这种后殖民性谬误的初衷。然而，这种文化身份困境是作为非裔文学批评家的盖茨，在白人文化霸权体制下生存的一种迫不得已的文化建构策略，同时也是少数、边缘、流散群体在宰制性语境中申诉族裔文化身份时必然会经历的一种摇摆之旅——对白人霸权文化、话语的抵抗与依赖。实际上，在整个奴隶制体系中，最早承受这种身份困境的是黑人作家。因为促使非裔文学萌芽的文化生态就是权力失衡的黑白双色传统，而其中"白色"一直都在打压、宰制"黑色"。这就迫使黑人作家"在进行文学创作时，只能通过既依赖又抵抗他们被迫认同的那个既定的（白色霸权）秩序来定义自我"。为此，非裔文学批评家"在建构文学理论时，必然会与族裔作家一样，既依赖又抵抗西方的批评正典，才能正确解读非裔文学"①。

纵观盖茨文学批评理论的"奈保尔谬误"，可以看出它起源于抵抗白人主导的文论霸权，却终于对这种霸权本身的依赖，具体关系可以用下图表示：

① Henry Louis Gates, Jr. *The Signifying Monkey: A Theory of Afro-American Literary Criticism*. New York: Oxford University Press, 1988, p. xxiii.

第六章 从"灰色自我"到"黑白方块":格氏文艺理论的双面性

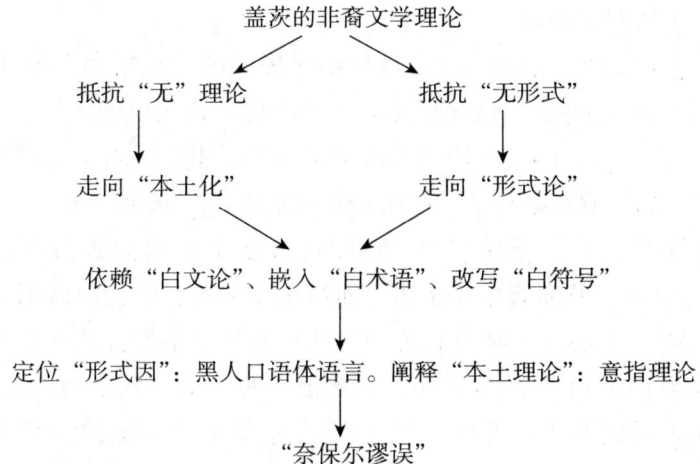

尽管依赖能够让黑人最近距离地打量对抗,但是对抗也能让他们最清晰地铭写依赖,所以对于"黑人知识分子来说,最大的问题莫过于要在既敌视又羡慕的白人文化中继续推进一种独立的本体"①。正是这种无法改变的拉锯关系决定了盖茨所有"去"谬误的努力,最终不过沦为一次"摇摆"。因为不论其抵抗是回到约鲁巴的埃苏还是弗吉尼亚詹姆斯镇(1619年第一批非洲黑奴在此上岸)的意指的猴子,最终支撑其整个"本土化"历程的理论根基还是源自他在耶鲁和剑桥大学所接受的白人教育。这种"白色"教育的原初意义是把"主人"的意识形态强加给"奴隶",以便控制、驯服他们,从而维护自身的霸权地位。当然,在随后的发展过程中,教育本身也为"奴隶"增添了反抗力,因为它开启了一个同时容纳"主""奴"的"第三空间"。

这个空间使得两个民族的文化和身份都失掉了统一性、纯洁性、固定性。正是这种混杂性使得美国非裔群体能够"在一种断裂混杂的、暂时的文化差异之间,较为自由地协商和转变自己的文化身份"②。因为成为"拟态"——像白人,但不完全"白"的优先权就是可以在一定程度上逃避"主人"的凝视,同时又能够向"黑色"滑动。这就使得非裔群体的活动空间超出"白色"框架,并留下一些抵抗痕迹或反抗标识,即"对'标准的'知识和惩戒力产生一种内在的威胁"③,从而既破坏了一些殖民话语,又为"主人"的"白

---

① 安德鲁·迪尔班科:《论美国的黑人文学——兼评路易斯·盖茨的〈意指的猴子〉》,尔龄译,载《学代文坛》,1995年第6期,第45-49页。

② Bill Ashcroft, Gareth Griffiths, Helen Tiffin. *The Post-colonial Studies Reader*. London and New York: Routledge, 1995, p. 208.

③ Homi K. Bhabha. *The Location of Culture*. 2nd Edition. London: Routledge, 1994, p. 86.

色"涂上了不协调的瑕斑。

当然,教育、第三空间、混杂性等给予黑人的"反抗力"并不足以掀翻"白色"文化和话语霸权。这种情况就正如丽塔·达芙说的:"主人的工具将永远不会拆散主人的房子,因为他们可能偶尔会让我们玩他们的游戏,但是却从来不会让我们给游戏本身带去任何本质的变化。"① 长期以来,"主人"之所以喜欢并允许"奴隶"模仿自己,却想尽办法禁止他们成为自己,是因为"当小孩像他父亲一样拿报纸是模仿,而当小孩学习、学会阅读则变成了他与其父亲的差异",因此,后者在白人统治的世界是绝不允许的,而如果被殖民者试图否认他们与殖民者的区别,越雷池一步,就"需要变成白人或者消失"。② 当然,所谓的"变成白人",也只能止步于"小孩像他父亲一样拿报纸"时的模仿,而不是阅读。

换句话说,在"主人"设计的游戏规则中,他们可以强迫、允许他者参与游戏,但是绝对不可能解放这些棋子。这就是非裔群体的生存语境,这个语境一方面需要建构独立美学和批评体系的黑人文学理论家"拾起(主流理论的)普遍性",并给予他们一些"反抗他者的权力",另一方面则让他们"丢掉了自我理论上的纯洁性"③。这就是盖茨建构美国非裔批评理论的真实写照,即首先是对"白色"理论"加以有效的改写、过滤和重新语境化",进而对富含宰制性的"表征系统、观念和理念加以清理",最终才"以最大可能的方式展现边缘族群的文学文本,并依据这些文本的特点进行理论归纳和提升,以提取自身文化传统中的理论原创点"④。这就是黑人学者在白人霸权体制中申诉族裔美学、理论身份时无法规避的文化创伤。

简而言之,盖茨理论策略的核心问题是因为一直在遵从"主人"的文化霸权逻辑,而在这个文化逻辑中非裔文学和文论从诞生之初就已经被前定地安置为"不存在的""低等的""模仿的""政治的"等。因此,在这个前定的文化预设之中,非裔群体以及其他相似的族裔群体如果不走出"主流"的文化霸权逻辑,是很难走出相应的文化陷阱的。就此而言,格罗伊斯的艺术之力

---

① Bill Ashcroft, Gareth Griffiths, Helen Tiffin. *Post-Colonial Studies: The Key Concepts*. 3rd Edition. London: Routledge, 2013, p. 264.

② Homi K. Bhabha. *The Location of Culture*. 2nd Edition. London: Routledge, 1994, p. 61.

③ Kerstin Knopf. *Decolonizing the Lens of Power: Indigenous Films in North America*. Amsterdam: Editions Rodopi BV, 2008, p. 46.

④ 王晓路、石坚:《文学观念与研究范式——美国少数族裔批评理论建构的启示》,载《外国文学研究》,2004年第10期,第75-79页。

的平等审美权利的文化逻辑的特点就不仅指出"主流"文化逻辑存在的问题，还提供了相应的一套新的文化逻辑。换言之，格罗伊斯的理论策略值得借鉴之处就在于其先从新的文化逻辑着手，而不是进入旧的文化逻辑，试图通过解构旧文化逻辑的预设来申诉文化身份和美学权利。格氏的艺术之力的平等审美权利的文化逻辑是首先摈除艺术之力——政治性之力和美学性之力之间的不平等性，也就是从文化原点开始就要去认同政治力与美学力之间的平等性，进而在此平等性的前提下为被"西方"列为"政治性"的苏联艺术申诉美学权利。为此，正是在这个层面上，笔者认为格罗伊斯的核心理论策略对其他具有类似文化身份、美学权利、话语权利等诉求的国家、群体以及个人均是有效的和值得借鉴的。

结语　回归"文学"与"艺术"的 DNA

总体而言，尽管格罗伊斯的文艺理论在美学化斯大林和斯大林主义方面遗留了无法解决的问题，但是依旧不可否认其重要性，尤其是社会主义现实主义框架的重要性，以及对苏联艺术研究的重要性。究其根源，主要表现为三个方面：首先，格罗伊斯1988年的《总体艺术》，不仅为当时的苏联文艺史提供了全新的视角，而且这种新的视角在后苏联时期依旧具有有效性。这种有效性突出表现为艺术之力的平衡及相关的平等审美权利，可以用于阐释苏联时期与后苏联时期之间的文化过渡，以及苏联晚期社会主义现实主义与后苏联俄国的后现代主义之间的过渡，尤其是后苏联初期俄国索兹艺术与俄国新民族主义之间的过渡。其次，格罗伊斯的社会主义现实主义框架，尽管是为了苏联文艺作品申诉文化身份，然而，这种申诉范式在一定程度上可以适用于苏联统治时期的组成国、苏联时期的其他社会主义国家，以及后苏联时期的社会主义国家。其中，就中国语境而言，尽管在20世纪初期没有出现如俄国先锋派时期的大规模的先锋派艺术运动，但是在20世纪80年代也出现了一定程度的先锋派艺术，而在90年代则出现了后现代艺术。同时，中国的社会主义现实主义与苏联的社会主义现实主义之间存在盘根错节的关系，故而格罗伊斯的社会主义现实主义框架在解释中国社会主义现实主义与先锋派艺术、后现代艺术过渡的方面具有一定程度的有效性。最后，格罗伊斯的文艺理论还可以用于重新思考政治性和艺术性作品，尤其是那些被安置在政治极端和美学极端的文艺作品。这些作品的文化定位通常都折射出政治冲突和文化宰制关系，如殖民主义、奴隶制度、文化冷战，以及其他真正意义上的战争。为此，格罗伊斯的理论就可以为处于被宰制的、弱势的、边缘的一方，提供申诉文化身份的理论策略。

除此之外，格罗伊斯的文艺理论还有益于重新思考艺术与美学原则的理论原则问题，如为艺术而艺术与为政治而艺术、纯艺术与流行艺术、精英艺术与媚俗艺术等。简而言之，格罗伊斯文艺理论的核心就是社会主义现实主义框架和艺术之力的平等审美权利这两个组成部分。尽管两个组成部分都不同程度地遗留了一些未解决的问题，然而，总体而言，两个部分的启发性均大于局限性。社会主义现实主义框架的最大特点就在于它以艺术的形式重新阐释了社会主义现实主义，即把社会主义现实主义向前与俄国先锋派关联起来，向后则与苏联后现代主义关联起来，从而不仅赋予苏联文艺作品以新的面孔，还把先前被认为互为敌对的、断层的苏联文化过渡阶段，衔接为一个互为延续的、完整的苏联文艺史。这个完整苏联文艺史的三个不同阶段的文艺作品的特点，分别倾向于"艺术"—"政治"—"艺术"之间。

如果说先锋派以"艺术"至上的方式宣布了"上帝之死"，那么社会主义现实主义则使用"政治"权威替代了上帝的位置，而苏联后现代主义则又以非官方和半官方的形式回到了"艺术"的一端。同时，艺术之力及其平等审美权利的文化逻辑，从艺术本身的视角既清晰地阐述了"政治性艺术"与"自主性艺术"之间的差异，又明确地指出两种类型的艺术——政治艺术与纯正艺术，以及相应的两种文化极端——政治与美学，都应该拥有平等的审美权利。因为"上帝之死"对现代艺术产生了两个层面的重要影响：其一，"上帝之死"本身就要求现代艺术尊重艺术之力的平衡，而所谓艺术之力就是艺术的政治性之力和美学性之力的总和；其二，"上帝之死"确保了政治之力与美学之力之间的平等权利，因为没有任何一种文化之力可以凌驾于其他文化之力。根据这两个层面的影响，格罗伊斯进一步从三方面指出"社会主义现实主义"框架之间的关联。首先，政治形象与美学形象不仅应该是平等的，而且还应该拥有平等的艺术权利。因此，不论是"社会主义现实主义"有限的形象，还是先锋派和苏联后现代主义的无限的形象，都应该享有相等的美学权利，而不应该是后两者的专属权利。其次，政治宣传本身也是一种调和及维护艺术之力平衡的文化形式，即使其通常显现为单边的、极端的和激进的。最后，一个艺术品，不论是作为商品，还是作为政治宣传，都拥有平等的存在权利，既可以平等地进入艺术史，也可以平等地被生产和流通。换言之，正如埃菲莫娃在评价《总体艺术》时所言，尽管格罗伊斯"时不时地走向了极端主义"，但是此书"不仅仅是一本书，还是知识分子的划时代事件，因为已经有几十年未曾出现过超出艺术史学范围去探讨艺术史的书，而格氏之书却大步跨入文化理论、政治科学和哲学史领域，全面挑战了学界熟悉的有关20世纪的艺术和政治史研究，因此即使不赞同格氏的陈述，也无法否认此书的成就"[①]，这应该也就是为何格罗伊斯会同时引起"东方"与"西方"关注的根本原因。

当然，在《论新》一书的英文版于2014年出版之时，格罗伊斯的理论中心实际上已经开始发生转向，即转向了对互联网媒介的批判，以及组织和参加各种艺术策展，与苏联研究已经渐行渐远。然而，随着苏联和西方大批量的陈旧文献的陆续出现，苏联的文艺理论研究依旧任重而道远。面对这些新发现的旧文献，格罗伊斯的文艺理论范式依旧具有一定程度的有效性，同时也相应地失去了一定程度的理论阐释力，因为格氏理论的产生根源是站在承载着西方（西德）的文化质疑的前提下，为他生活成长的苏联辩护，因此格罗伊斯所采取的是由"面"盖"点"的理论策略，即对苏联文艺作品，尤其是艺术作品，进行笼统的美学化或政治化处理。新近出现的各种文献，则已经不再代表总体特征，而是苏联时期作家或艺术家在当时语境中的文艺创作，也就在一定程度上体现了当时作家或艺术家的个人行为。毕竟，正如霍斯金早在1980年就曾指出：

> 很多（西方）学者认为发现（苏联）审查制度，原本应该允许较为真实地描述近期苏联的过去（解冻与冷冻交替）。然而，这种看法既是对文化审查本质的误读，也是对苏联文学体系的误解。因为大多数的审查实际上是先由作家自我践行的，具体表现为作家的自我审查以及苏联作家协会的编辑和委员会的审查。换言之，尽管社会主义现实主义这个教条是由苏联官方要求的，但是教条本身是作家根据文学实践提议出来的，因此随后社会主义现实主义在现实层面的发展，以及其最终的嬗变，甚至是成为陌生的形式，也是出于作家之手。因为首先苏联政府的审查只是定义了哪些是不能被官方地提及的，同时审查机构建立了基本的准则和界限，而多样性还是来自作家自身。当然，不可否认，总体而言，近期的作家正在向越来越直率的方向迈进……[②]

为此，未来苏联文艺理论研究的走向，就应该更多地回归到苏联文艺作品作为"文学"和"艺术"的DNA，即去探讨两者的固有特征与发展变化，如文学和艺术形象、文学和艺术语言、文学和艺术观念的变迁，以及当时作家和

---

① Alla Efimova. "The Total Art of Stalinism: Avant-Garde, Aesthetic Dictatorship, and Beyond by Boris Groys", *The Art Bulletin*, 1992, 74 (4), p. 692.

② Geoffrey A. Hosking. *Beyond Socialist Realism: Soviet Fiction Since Ivan Denisvoich*. New York: Holmes & Meier Publishers, 1980, p. 199.

艺术家所处的历史语境及相应于这种语境采取的创作手法。这样或许才能真正继续推进格罗伊斯理论的启发性，进而展现出苏联文艺作品和苏联文艺史的更多新面孔。

参考文献

蔡影茜. 不进入市场的艺术生产及其流通［J］. 当代艺术与投资, 2011（12）.

程锡麟. 一种新崛起的批评理论：美国黑人文学［J］. 外国文学, 1993（6）.

迪尔班科. 论美国的黑人文学——兼评路易斯·盖茨的《意指的猴子》［J］. 尔龄, 译. 当代文坛, 1995（6）.

董金平. 总体矛盾与社会的语言学化——鲍里斯·格罗伊斯的共产主义理念［J］. 黑龙江社会科学, 2016（5）.

杜可柯, 李梅. 鲍里斯·格罗伊斯, 批评家, 上海双年展2012联合策展人［J］. 艺术界, 2012（2）.

格罗伊斯. 揣测与媒介：媒介体现象学［M］. 张芸, 刘振英, 译. 南京：南京大学出版社, 2014.

格罗伊斯. 论"新"［G］. 陈旷地, 译//王璜生. 大学与美术馆——美术馆的文化策略与学科建构. 上海：同济大学出版社, 2012.

格罗伊斯. 论新：文化档案库与世俗世界之间的价值交换［M］. 潘律, 译. 重庆：重庆大学出版社, 2018.

格罗伊斯. 趋向革命：论卡济米尔·马列维奇［EB/OL］. 王婧思, 译. 中国当代艺术社区,（2017－02－24）［2020－03－08］. http：//www.art－ba－ba.com/main/main.art? threadId＝95006&forumId＝8.

格罗伊斯. 艺术, 技术与人文主义［J］. 陈荣钢, 译. 上海艺术评论, 2018（2）.

格罗伊斯. 艺术工作者：乌托邦与档案之间（节选）［J］. 费婷, 译. 东方艺术, 2013（17）.

格洛伊斯. 不进入市场的艺术生产及其流通：艺术与金钱［J］. 李佳, 译. 当代艺术与投资, 2011（12）.

格洛伊斯. 走向公众［M］. 苏伟, 李同良, 等译. 北京：金城出版社, 2012.

何燕李. 美国黑人如何摆脱"粉红色"——盖茨非裔文学理论的"后殖民性"研究［J］. 成都大学学报（社会科学版）, 2012（3）.

何燕李. 艺术空间与政治权力的绑定关系——德·昆西的博物馆论研究［J］. 中外文化与文论, 2016（3）.

黄晖. 20世纪美国黑人文学批评理论［J］. 外国文学研究，2002（3）.

吉诺韦斯，安德列. 博物馆起源：早期博物馆史和博物馆理念读本［M］. 路旦俊，译. 南京：译林出版社，2014.

李军. 收藏的逻辑与创新的空间——格罗伊斯眼中的艺术博物馆［N］. 中国社会科学报，2011-06-02（A12）.

李军. 现代艺术史体制之完成——对贝尔廷与格罗伊斯关于艺术史与博物馆"终结论"命题的再考察［J］. 艺术设计研究，2011（4）.

李权文. 从边缘到中心：美国非裔文学理论的经典化历程论略［J］. 湖北民族学院学报（哲学社会科学版），2007（4）.

卢迎华. 就去做！［J］. 当代艺术与投资，2011（12）.

陆兴华. 艺术家：在美术馆做方案的民工？——评鲍里斯·格罗伊斯的《照杜尚来看马克思》［J］. 美术文献，2012（1）.

米奈. 艺术史的历史［M］. 李建群，等译. 上海：上海人民出版社，2007.

唐宏峰. 艺术及其复制——从本雅明到格罗伊斯［J］. 文艺研究，2015（12）.

唐宏峰. 艺术体制及其批判［J］. 美育学刊，2014（6）.

陶峰. 西方文论关键词 复制［J］. 外国文学，2018（6）.

王令. 走向档案——格罗伊斯与格林伯格媒介观念的比较［D］. 重庆：四川美术学院，2017.

王晓路，石坚. 文学观念与研究范式——美国少数族裔批评理论建构的启示［J］. 外国文学研究，2004（2）.

王晓路. 差异的表述——黑人美学与贝克的批评理论［J］. 国外文学，2000（2）.

王晓路. 盖茨的文学考古学与批评理论的建构［J］. 国外文学，1995（1）.

吴佳玲. 亚媒介空间、揣测经济与"媒介即讯息"——评《揣测与媒介：媒介现象学》［J］. 国际新闻界，2016（10）.

薛君智. 欧美学者论苏俄文学［M］. 北京：社会科学文献出版社，1996.

亚历山大 E P，亚历山大 M. 博物馆的变迁：博物馆历史与功能读本［M］. 陈双双，译. 南京：译林出版社，2014.

杨磊. 媒介的幽深晦暗之处——评格罗伊斯的《揣测与媒介》［N］. 文汇报，2015-01-05（T06）.

ALEXANDER E P, ALEXANDER M. Museums in Motion: An Introduction to the History and Functions of Museums［M］. Lanham: Altamira Press, 2008.

ARTWINSKA A, STARNAWSKI B, WOLOWIEC G. Studies on Socialist Realism: The Polish View［M］. Berlin: Peter Lang, 2016.

ASHCROFT B, GRIFFITHS G, TIFFIN H. Post-Colonial Studies: The Key Concepts. London: Routledge, 2013.

ASHCROFT B, GRIFFITHS G, TIFFIN H. The Post-colonial Studies Reader. London and New York: Routledge, 1995.

AVINS C. Border Crossings: The West and Russia Identity in Soviet Literature: 1917 – 1934 [M]. Berkeley, Los Angeles, and London: University of California Press, 1983.

BALINA M, CONDEE N, DOBRENKO E. Endquote: Sots-Art Literature and Soviet Grand Style [M]. Evanston: Northwestern University Press, 2000.

BELTING H. Art History After Modernism [M]. Trans. SALTZWEDEL C, COHEN M, NORTHCOTT K J. Chicago: University of Chicago Press, 2003.

BENJAMIN W. Illuminations: Essays and Reflections [M]. Trans. ZOHN H. New York: Schocken Books, 2007.

BENJAMIN W. One-Way Street [M]. Trans. JEPHCOTT E. Cambridge, MA, and London: The Belknap Press of Harvard University Press, 2016.

BHABHA H. The Location of Culture [M]. London: Routledge, 1994.

BISZTRAY G. Marxist Models of Literary Realism [M]. New York: Columbia University Press, 1978.

BLAKE P, HAYWARD M. Dissonant Voices in Soviet Literature [M]. New York: Pantheon Books, 1962.

BORLAND H. Soviet Literary Theory and Practice During the First-Five-Year Plan, 1928 – 32 [M]. New York: Columbia University Press, 1950.

BRISTOL E. Russian Literature and Criticism [M]. Berkeley, CA: Berkeley Slavic Specialties, 1982.

BROWN D. Soviet Russian Literature Since Stalin [M]. Cambridge: Cambridge University Press, 1978.

BROWN E J. Russian Literature Since the Revolution [M]. London: Collier-Macmillan Ltd., 1969.

CLARK K. The Soviet Novel: History as Ritual [M]. Chicago: University of Chicago Press, 1981.

CLOWES E W. Russia on the Edge: Imagined Geographies and Post-Soviet Identity [M]. Ithaca, NY: Cornell University Press, 2011.

DOBRENKO E, JONSSON-SKRADOL N. Socialist Realism in Central and Eastern European Literatures under Stalin: Institutions, Dynamics, Discourses [M]. London: Anthem Press, 2018.

DOBRENKO E, TIHANOV G. A History of Russian Literary Theory and Criticism: The Soviet Age and Beyond [M]. Pittsburgh: University of Pittsburgh Press, 2011.

DOBRENKO E. Aesthetics of Alienation: Reassessment of Early Soviet Cultural Theories [M]. Trans. SAVAGE J M. Evanston: Northwestern University Press, 2005.

DOBRENKO E. Political Economy of Socialist Realism [M]. Trans. SAVAGE J M. New Heaven: Yale University Press, 2007.

DOBRENKO E. The Making of the Sate Reader: Social and Aesthetic Contexts of the Reception of Soviet Literature [M]. Trans. SAVAGE J M. Stanford, CA: Stanford University Press, 1997.

DOBRENKO E. The Making of the State Writers: Social and Aesthetic Origins of Soviet Literary Culture [M]. Trans. SAVAGE J M. Stanford, CA: Stanford University Press, 2002.

DUNCAN C. Civilizing Rituals: Inside Public Art Museums [M]. New York: Routledge, 1995.

EFIMOVA A. *The Total Art of Stalinism: Avant-Garde, Aesthetic Dictatorship, and Beyond* by Boris Groys [J]. The Art Bulletin, 1992 (4).

EMERSON C. The Bakhtin of Boris Groys: Pro and Contra [J]. Dialogic Pedagogy, 2017 (5).

ERILICH V. Modernism and Revolution: Russian Literature in Transition [M]. Cambridge, MA: Harvard University Press, 1994.

ERMOLAEV H. Censorship in Soviet Literature, 1917 – 1991 [M]. New York: Rowman & Littlefield Publishers, 1996.

ERMOLAEV H. Soviet Literary Theory 1917 – 1934: The Genesis of Socialist Realism [M]. Berkeley, CA: University of California Press, 1963.

EVTUHOV C. *The Total Art of Stalinism: Avant-Garde, Aesthetic Dictatorship, and Beyond* by Boris Groys, Charles Rougle [J]. The Russian Review, 1994 (3).

FINEBERG J. *History Becomes Form: Moscow Conceptualism* by Boris Groys [J]. Slavic Review, 2011 (3).

FOUST C M, LERNER W. The Soviet World in Flux: Six Essays [M]. Atlanta, CA: South Regional Education Board, 1966.

FRANK M B, ALDER D. German Art History and Scientific Thought: Beyond Formalism [M]. Farnham, Surrey, UK, and Burlington, VT: Ashgate, 2012.

GATES H L. America Behind The Color Line: Dialogues with African Americans [M]. New York, Boston: Warner Books, 2004.

GATES H L. The trials of Phillis Wheatley: America's First Black Poet and Her Encounters with the Founding Fathers [M]. New York: Basic Civitas Books, 2003.

GATES H L. Loose Canons: Notes on the Culture Wars [M]. New York: Oxford University Press. 1992.

GATES H L. Bearing Witness: Selections from African-American Autobiography in the Twentieth Century [M]. New York: Pantheon Books, 1991.

GATES H L. Reading Black, Reading Feminist: A Critical Anthology [M]. New York: Penguin Books, 1990.

GATES H L. The Signifying Monkey: A Theory of African-American Literary Criticism [M]. New York: Oxford University Press, 1988.

GATES H L. The Schomburg Library of Nineteenth-Century Black Women Writers [M]. New York: Oxford University Press, 1988.

GATES H L. Figures in Black: Words, Signs, and "Racial" Self [M]. New York: Oxford University Press, 1987.

GATES H L. "Race", Writing, and Difference [M]. Chicago and London: The University of Chicago Press, 1986.

GATES H L. Black Literature and Literary Theory [M]. New York and London: Methuen, 1984.

GERASIMOVA L, MASLOVA N. The Classics of Russian and Soviet Literature [M]. Moscow: USSR Academy of Sciences, 1976.

GERULAITIS R. Oakland Symposium on Socialist Realism in Literature [M]. Oakland: Oakland University Press, 1975.

GIBIAN G. Interval of Freedom: Soviet Literature During the Thaw, 1954 - 1957 [M]. Minneapolis: University of Minnesota Press, 1960.

GROYS B. Russian Cosmism [M]. Cambridge, MA: MIT Press, 2018.

GROYS B, SOROKINA E, MEARS E S. The Immortal Bodies [J]. RES: Anthology and Aesthetics, 2008 (53/54).

GROYS B. Art Power [M]. Cambridge, MA: MIT Press, 2008.

GROYS B. Artist's Project [J]. Art Journal, 2007 (2).

GROYS B. Between Stalin and Dionysus: Bakhtin's Theory of the Carnival [J]. Dialogic Pedagogy, 2017 (5).

GROYS B. Clement Greenberg's "Art and Culture", 1961 [J]. The Burlington Magazine, 2010 (152).

GROYS B. Going Public [M]. Berlin: Sternberg Press, 2010.

GROYS B. Google, Words beyond Grammar [M]. Berlin: Hatje Cantz Publishers, 2012.

GROYS B. History Becomes Form: Moscow Conceptualism [M]. Cambridge, MA: MIT Press, 2010.

GROYS B. Hurting the Feelings of Others [J]. Social Research, 2016 (1).

GROYS B. Ilya Kabakov: The Man Who Flew Into Space from His Apartment [M]. Trans. ELLIOT F. London: Afterall Books, 2006.

GROYS B. In the Flow [M]. New York & London: Verso Books, 2016.

GROYS B. Introduction to Antiphilosophy [M]. Trans. FERNBACH D. London, and Brooklyn, NY: Verso Books, 2012.

GROYS B. Invisibility of the Digital: Religion, Ritual, Immortality [J]. RES: Anthropology and Aesthetic, 2009 (55/56).

GROYS B. My Bakhtin: A Reply to Commentaries [J]. Dialogic Pedagogy, 2017 (5): DB75 - 76.

GROYS B. On the New [J]. RES: Anthropology and Aesthetics, 2000 (1): 5-17.

GROYS B. On the New [M]. Trans. GOSHGARIAN G M. London, and Brooklyn, NY: Verso Books, 2014.

GROYS B. Particular Cases [M]. New York: Sternberg Press, 2016.

GROYS B. Romantic Bureaucracy: Alexander Kojève's Post-Historical Wisdom [J]. Radical Philosophy, 2016 (196).

GROYS B. Russia and the West: The Quest for Russian National Identity [J]. Studies in Soviet Thought, 1992 (3).

GROYS B. Russian Cosmism [M]. Cambridge, MA: MIT Press, 2018.

GROYS B. The Communist Postscript [M]. Trans. FORD T H. London, and Brooklyn, NY: Verso Books, 2009.

GROYS B. The Logic of the Collection [J]. Nordisk Museologi, 1993 (2).

GROYS B. The Problem of Soviet Ideological Practice [J]. Studies in Soviet Thought, 1987 (33).

GROYS B. The Role of the Museum when the National State Breaks Up [J]. ICOM News, 1995 (4): 99-106.

GROYS B. The Total Art of Stalinism: Avant-Garde, Aesthetic Dictatorship, and Beyond [M]. Trans. ROUGLE C. Princeton, NJ: Princeton University Press, 1992.

GROYS B. Time-Based Art [J]. RES: Anthology and Aesthetics, 2011 (59/60).

GROYS B. Under Suspicion: A Phenomenology of Media [M]. Trans. STRATHAUSEN C. New York: Columbia University Press, 2012.

GROYS B. What Is German Media Philosophy? Subjectivity as Medium of the Media [J]. Radical Philosophy, 2011 (169).

GUTKIN I. The Cultural Origins of the Socialist Realist Aesthetic: 1890-1934 [M]. Evanston: Northwestern University Press, 1999.

HAYWARD M, CROWLEY E L. Soviet Literatures in the Sixties: An International Symposium [M]. New York and London: Frederick A. Praeger Publisher, 1964.

HAYWARD M, LABEDZ L. Literature and Revolution in Soviet Russia, 1917-1962 [M]. Oxford: Oxford University Press, 1963.

HAYWARD M. On Trail: The Soviet State versus "Abram Tertz" and "Nikolai Arzhak" [M]. Revised and Enlarged Edition. New York and Evanston: Happer & Row Publishers, 1967.

HAYWARDM. Writers in Russian: 1917-1978 [M]. San Diego, CA, New York, and London: Harcourt Brace Jovanovich, 1983.

HE Y. Introduction: Socialist World Literature [J]. Special Issue "Socialist World Literature", Journal of Narrative Theory, Fall 2022 (3).

HE Y. Equal Aesthetic Rights, Semi-Centers/Peripheries and World Literatures, chapter 2,

Littératures périphériques, *littératures mondiales* [M]. Berlin, Bern, Bruxelles, New York, Oxford, Warszawa, Wien: Peter Lang Publisher, 2022.

HE Y. Boris Groys and *The Total Art of Stalinism* [J]. Thesis Eleven, 2019 (1).

HELLEBUST R. Flesh to Metal: Soviet Literature & the Alchemy of Revolution [M]. Ithca & London: Cornell University Press, 2003.

HIRSCHBERG W R. *Gesamtkunstwerk Stain* by Boris Groys, Gabriele Leupold [J]. World Literature Today, 1989 (4).

HOSKING G A. Beyond Socialist Realism: Soviet Fiction Since Ivan Denisvoich [M]. New York: Holmes & Meier Publishers, 1980.

IOFFE D G, WHITE F H. The Russian Avant-Garde and Radical Modernism: An Introductory Reader [M]. Boston: Academic Studies Press, 2004.

IVANOV V. *The Total Art of Stalinism: Avant-Garde, Aesthetic Dictatorship, and Beyond* by Boris Groys, Charles Rougle [J]. Slavic Review, 1993 (3).

JAMES C V. Soviet Socialist Realism: Origins and Theory [M]. New York: St. Martin's Press, 1973.

JARDINE B. *Art Power* by Boris Groys [J]. Leonardo, 2009 (3).

JUNGEN B. *History Becomes Form: Moscow Conceptualism* by Boris Groys [J]. Russia Review, 2012 (1).

JURAGA D, BOOKER M K. Rereading Global Socialist Cultures After the Cold War: The Reassessment of a Tradition [M]. Westport, Connecticut: Praeger, 2002.

KARP I, LAVINE S D. Exhibiting Cultures: The Poetics and Politics of Museum Display [M]. Washington, DC: Smithsonian Books, 1991.

KARRIER D. Museum Skepticism: A History of the Display of Art in Public Galleries [M]. Durham: Duke University Press, 2006.

KAUFMANN T D. Court, Cloister, and City: The Art and Culture of Central Europe, 1450 – 1800 [M]. Chicago: University of Chicago Press, 1997.

KIND-KOVÁCS F, LABOV J. Samizdat, Tamizdat, and Beyond: Transnational Media During and After Socialism [M]. New York: Berghahn Books, 2013.

KLAGER M. Literary Theory: A Guide for the Perplexed [M]. London: Continuum, 2006.

KNOPF K. Decolonizing the Lens of Power: Indigenous Films in North America [M]. Amsterdam: Editions Rodopi BV, 2008.

KOLESNIKOFF N, SMYRNIW W. Socialist Realism Revisited: Selected Papers from the McMaster Conference [C]. Hamilton, Ont.: McMaster University, 1994.

KOMAROMI A. Uncensored: Samizdat Novels and the Quest for Autonomy in Soviet Dissidence [M]. Evanston: Northwestern University Press, 2015.

KUNITZ J. Russian Literature Since the Revolution [M]. New York: Boni and Gaer, 1948.

KURCHANOVA N. Totalitarianism of Art [J]. Art Journal, 2009 (1).

LAHUSEN T, DOBRENKO E. Socialist Realism Without Shores [M]. Durham: Duke University Press, 1997.

LAUREN E. Toxic Voices: The Villains from Early Soviet Literature to Socialist Realism [M]. Evanston: Northwestern University Press, 2013.

LODDER C. *Dream Factory Communism: The Visual Culture of the Stalin Period/Traumfabrik Kommunismus: Die visuelle Kultur der Stalinzeit* by Boris Groys, Max Hollein [J]. Slavic Review, 2007 (3).

LORD R. Russian and Soviet Literature: An Introduction [M]. London: Kahn & Averill, 1972.

LOWE D. Russian Writing Since 1953: A Critical Survey [M]. New York: The Ungar Publishing Company, 1987.

MALEUVRE D. Museum Memories: History, Technology, Art [M]. Stanford, CA: Stanford University Press, 1999.

MARRIDALE C. *The Total Art of Stalinism: Avant-Garde, Aesthetic Dictatorshiop, and Beyond* by Boris Groys [J]. The Slavonic and East European Review, 1993 (3).

MATHEWSON R W. The Positive Hero in Russian Literature [M]. Stafford, CA: Stafford University Press, 1975.

MCCLELLANA. Inventing the Louvre: Art, Politics, and the Origins of the Modern Museum in Eighteenth-Century Paris [M]. Chicago, CA: University of California Press, 1999.

MUSTAFA F. V. S. Naipaul [M]. New York: Cambridge University Press, 1995.

MYZELEV A. *Contemporary Art in Eastern Europe* by Phoebe Adler, Duncan McCorquodale and Boris Groys [J]. The Slavic and East European Journal, 2012 (3).

NICHOLAS M A. *The Total Art of Stalinism: Avant-Garde, Aesthetic Dictatorshiop, and Beyond* by Boris Groys, Charles Rougle [J]. The Slavic and East European Journal, 1993 (4).

OVCHARENKO, A. Socialist Realism and The Modern Literary Process [M]. Moscow: Progress Publishers, 1978.

PÉTERI G. Imagining the West in Eastern Europe and the Soviet Union [M]. Pittsburgh: University of Pittsburgh Press, 2010.

PETROV P M. Automatic For The Masses: The Death of The Author and The Birth of Socialist Realism [M]. Toronto: University of Toronto Press, 2015.

PETROV P M. *The Communist Postscript* by Boris Groys, Thomas S. Ford [J]. The Slavic and East European Journal, 2011 (1).

PIKE D. German Writers in Soviet Exile, 1933 – 1945 [M]. Chapel Hill: University of North Carolina Press, 1982.

PROKHOROV A. *Traumfabrik Kommunismus: Die Visuelle Kultur der Stalinzeit/Dream Factory Communism: The Visual Culture of the Stalin Era* by Boris Groys, Max Hollein [J]. The Slavic and East European Journal, 2005 (2).

ROBIN R. Socialist Realism: An Impossible Aesthetic [M]. Trans. PORTER C. Stanford, CA: Stanford University Press, 1992.

ROZMAN G. The Chinese Debate About Soviet Socialism: 1978 – 1985 [M]. Princeton, NJ: Princeton University Press, 1987.

SCRIVEN M, TATE D. European Socialist Realism [M]. Oxford: Berg Publishers Ltd. , 1988.

SEIFRID T. Getting Across: Border Consciousness in Soviet and Emigre Literature [J]. The Slavic and East European Journal, 1994 (2).

SHEEHAN JJ. Museums in the German Art World: From the End of the Old Regime to the Rise of Modernism [M]. New York: Oxford University Press, 2000.

SIMMONS E J. Through the Glass of Soviet Literature: Views of Russian Society [M]. New York: Columbia University Press, 1953.

SLONIM M. Soviet Literature: Writers and Problems, 1917 – 1977 [M]. New York: Oxford University Press, 1977.

SLONIM M. Soviet Literature: Writers and Problems [M]. New York: Oxford University Press, 1964.

STRUKOV V. *Ilya Kabakov: "The Man Who Flew into Space from His Apartment"* by Boris Groys, Fiona Elliott [J]. The Slavic and East European Journal, 2007 (3).

STRUVE G P. 25 Years of Soviet Russian Literature [M]. London: G. Routledge & Sons, 1944.

STRUVE G P. Russian Literature under Lenin and Stalin, 1917 – 1953 [M]. Norman: University of Oklahoma Press, 1971.

STRUVE G P. Soviet Russian Literature: 1917 – 1950 [M]. Norman: University of Oklahoma Press, 1951.

STRUVE G P. Soviet Russian Literature [M]. London: G. Routledge & Sons, 1935.

TERTZ A. On Socialist Realism [M]. New York: Pantheon Books, 1960.

TREADGOLD D W. The West in Russia and China: Religious and Secular Thought in Modern Times [M]. Cambridge: Cambridge University Press, 1973.

WALLERSTEIN I. World-System Analysis: An Introduction [M]. Durham: Duke University Press, 2004.

WOLL J. *Nietzsche and Soviet Culture: Ally and Adversary* by Bernice Glatzer Rosenthal [J]. The American Historical Review, 1996 (4).

WOLL J. *Socialist Realism without Shores* by Thomas Lahusen, Evgeny Dobrenko [J]. Slavic Review, 1996 (3).

WOOD P. Regarding Soviet Culture [J]. Oxford Art Journal, 1995 (1).